CONTRA-BASS

Titelfoto Jerusalem: Verlagsarchiv

1. Auflage 2019, 2. Auflage 2021
Ausstattung, Herstellung und ©:
Literarischer Verlag Edition Contra-Bass UG Hamburg
Homepage: www.contra-bass.de
E-mail: contra-bass@orange.fr
Druck+Einband: TZ-Verlag & Print GmbH Rossdorf
ISBN 978-3-943446-44-9   Alle Rechte vorbehalten

Die Edition Contra-Bass unterstützt die Förderung einer freien, unabhängigen Verlagslandschaft in der Kurt-Wolff-Stiftung KWS.

www.kurt-wolff-stiftung.de

NOAMI
Eine Reise nach Jerusalem

Roman

Peter Berg

Erstes Buch

Terror und Liebe　　　　　　　　Seite　7

Zweites Buch

Im Nebel der Zeit　　　　　　　　Seite 103

Drittes Buch

Baue die Mauern zu Jerusalem　　Seite 215

Erstes Buch
Terror und Liebe

Eins

Grimmige Kälte, Flüsse eisbedeckt, die Felder weiß gepudert. Ein dunkelroter Sonnenball verschwindet, kaum dass er über dem Horizont erschien, hinter schweren Winterwolken. Ich sitze im Regionalexpress Kassel - Frankfurt und wärme meine Füße an der Zugheizung.
 Zwei Herren im grauen Flanell sind mit mir im Abteil. Sie beginnen sofort mit der Arbeit: Termine, Gespräch über neue Mitarbeiter, Finanzplanung. Ein Stapel Papiere rutscht auf den Fußboden. Sie bücken sich umständlich, heben alles sorgfältig wieder auf.
 Zuerst stört mich ihre Geschäftigkeit, ich wollte eigentlich in Ruhe fahren, meine Gedanken ordnen, etwas lesen. Ich gehe durch den Zug, um ein freies Abteil zu finden, ohne Erfolg. So akzeptiere ich mein Schicksal. Die Herren betrachten Baupläne, die Bahn rumpelt und tost, ich nehme nur noch Wortfetzen wahr: „Experten zusammensetzen..."
 Draußen verschneite Landschaft, mitteleuropäischer Winter, Anfang März 1996. Kahle Bäume recken sich in den grauen Himmel, manche wie Fragezeichen, stumm auf Antwort wartend.
 Konfuzius begegnete mir in der Bahnhofsbuchhandlung. Spontan gekauft, stelle ich nun fest, es handelt sich um eine neue Übersetzung und Kommentierung zeitloser Weisheit. Vielleicht kann mir der Text helfen, mich ein wenig einzufangen.

Nur zwei Tage ist es her, seit Eva ihre Sachen abholte. Knall auf Fall hat sie mir eröffnet, dass sie Abstand braucht, mich unerträglich findet, ihr alles „zu eng" geworden ist. Ist es wirklich wahr? Kann eine Beziehung, die drei Jahre unseres Lebens prägte, so einfach vorbei sein? In letzter Zeit hatten wir fast nur noch gestritten, doch es gab ebenso die Versöhnungen, die uns wieder nahe brachten.

Vor meinem inneren Auge die Bilder der Zerstörung: Zerfetzte Leiber auf der Straße, herumirrende Menschen, weinende Mütter, deren Kinder nie wiederkommen werden, hilflose Helfer, sprachlose Polizisten, ein unglaubliches Chaos. Die Reaktionen aufgebrachter Passanten, Buhrufe und Pfiffe beim Eintreffen des Premiers. Innerhalb einer Stunde zwei Bombenanschläge mit 27 Toten und 80 Verletzten.

Mein unruhiger Geist, eh schon aufgewühlt, traf schnell einen Entschluss. Seit Eva sich im vorigen Sommer über meinen Herzenswunsch, nach Israel zu reisen, hinweggesetzt hatte, war mir der Plan nicht mehr aus dem Kopf gegangen.

Die Anfrage beim Reisebüro war positiv, der Flug schnell gebucht. Natürlich ist es eine Flucht, ein wenig auch Trotz, aber ist Flucht nicht manchmal die bessere Realität?

Ich ertappe mich dabei, Konfuzius bis Seite zehn gelesen zu haben, ohne einen einzigen Gedanken wirklich wahrzunehmen. So sehr beschäftigen mich die Ereignisse der vergangenen Tage.

Inzwischen redet sich der jüngere der beiden Herren in Fahrt, regt sich über den Vorstand auf, der ältere stimmt ihm stets zu: „Ich glaube ich spinne, wir gehen mal wieder auf Kurs vorauseilender Gehorsam!"

Dann sprechen sie Versicherungsfall für Versicherungsfall durch. Es ist etwas „in Vergessenheit geraten", Berichte und Kommentare gehören dazu. Man wird „sich zusammensetzen" und „am Montag sehen, wo die Fehler liegen". Dann spricht der Eiferer von „getürkten Zahlen". Die Statistik stimme nicht, weil Zahlen einfach fortgeschrieben würden. Fehlerhafte Berechnungen und „Gemauschel im Haus". Man geht deshalb von falschen Voraussetzungen aus. Der Jasager meint, genau das sei das Problem.

Die Schuldfrage wird eine Rolle spielen. Sie spielt immer eine Rolle, vor allem wenn man nach Israel reist. Wir alle tragen unsere Schuldscheine in der Tasche, wollen es aber nicht wahrhaben.

„Das Gemauschel in den Konzernen wird von allen gedeckt, die Verluste vertuscht, beschönigt." Alle haben Anteil an mieser Praxis. Der Jasager stellt fest, nun müsse man los. Der Eiferer findet das schade. Marburg.

Was bringt einen deutschen Studenten dazu, ausgerechnet in Zeiten verschärften Bombenterrors nach Israel zu reisen? Was suche ich dort? Was hoffe ich zu finden? Der Zug setzt sich wieder in Bewegung. Neue Besatzung, Mitreisende sind uns gegeben, wir suchen sie nicht aus, sie sind unser Schicksal. Ein älteres Paar nimmt die Plätze der Konzernangestellten ein. Sie behält ihre Pelzkappe auf, ordnet ihm liebevoll den Schal. Ein Taschenträger setzt sich vis-a-vis, zückt die Lesebrille, schlägt einen Reiseprospekt auf: Träume. Alle drei verlassen mich so schnell, wie sie kamen, Gießen. Zwei junge Frauen ersetzen sie. Ich habe rechtzeitig das linke Bein großzügig über das rechte gelegt, einem Speer gleich, der sich jedem entgegenstellt, der es wagen sollte, meine räumlichen Spielzonen einzuschränken. Beide Frauen lesen: Träume von Liebesromanzen. Nasen werden geputzt, der Zug muss warten. Leicht schweben Schneeflocken auf den Bahnsteig, bleiben dort liegen.

Ein eigenes Bild von den Ereignissen zu gewinnen, heißt für mich hinzufahren und Gespräche mit Betroffenen zu führen. Weil Eva das weiß, verspürt sie keinen Drang, wieder einmal einen Urlaub mit Recherchen zu füllen.

Ein Jahr zuvor schon hatte ich ihr zugemutet, im ehemaligen Jugoslawien zerschossene Häuser aufzusuchen und Zeitzeugen zu befragen, statt des versprochenen Strandurlaubs. Zuerst war sie widerstrebend mitgekommen, um dann nach acht Tagen wieder abzureisen. Resigniert hatte sie mich meinem „irren Hobby" allein überlassen. Mein unbändiger Drang nach dem Faktischen und der wirklichen Begegnung ist nicht so leicht mit den bodenständigen Idealen der angehenden Lehrerin in Einklang zu bringen. Auch die Strapazen der bevorstehenden Staatsprüfung lagen Eva auf der Seele, aber kann das allein Grund sein, eine Liebe fortzuwerfen?

Der Zug fährt wieder. Meine Gedanken schweifen weit. Der Schaffner sortiert Zugestiegene von den schon länger Mitreisenden. Hätte ich die Krawatten daheim lassen sollen? Es ist ein Tick: Ich finde es schick, bei passender Gelegenheit die passenden Hemden mit Jackett und Krawatte zu kombinieren. Eva fand das angenehm. „Ein perfekt gekleideter Mann ist sexy", höre ich sie lachen. Ich muss unwillkürlich an meine fast dreihundert Krawatten denken. Wohl fünfzig davon hat sie in den letzten Jahren bei den verschiedensten Anlässen hinzugefügt. Oft kam sie von einem Einkauf zurück und präsentierte stolz ein neues Stück.

Ein neuer Mensch kommt ins Abteil, schaut mich nicht an. Er stellt seine Tasche mir gegenüber ab und setzt sich daneben. Das erhält meine gewünschte Beinfreiheit. Eine der jungen Frauen beginnt zu husten und hört nicht wieder auf. Die andere greift verständnisvoll in die Tasche und reicht ihr ein Hustenbonbon. Mein Gegenüber liest das Boulevardblatt: „Die toten Urlauber - wer hat sie auf dem Gewissen?" Wenige Tage zuvor stürzte ein Flugzeug mit deutschen Urlaubern in die Karibik. Jetzt geht es um die Schuldfrage. Manche befassen sich gern mit ihr, wenn sie nicht zu direkt gestellt wird, sozusagen nur hypothetisch. Dann ist sie erträglich, hat sogar einen Unterhaltungswert. Viel ist nicht zu lesen darin, schnell ist er darüber hinweg. Nun betrachtet er schon eine ganze Weile das Pin-up-girl, das nicht so recht in die Winterlandschaft passt. Wir nähern uns Frankfurt. Ich steige um.

Der Schnee schmilzt auf den Bahnsteigen außerhalb der Halle, noch bevor er sie erreicht. Die Stadt strahlt eine unangenehm feuchte Wärme aus, die nach schlechter Luft riecht. Jedes Mal hier packt mich Beklemmung, die Hektik, die raschen Wechsel, die plötzliche Nähe der vielen Menschen. Eine junge Frau mit Kopftuch, vielleicht Zigeunerin oder Eritreerin, Bosnierin, beschleunigt auf dem Querbahnsteig neben mir ihren Schritt, während ich mich mit dem Koffer abmühe, hält mir einen handschriftlichen Zettel vor, fleht mehrfach: „Bitte!" - Ich bin in Eile, mein Zug fährt in zwei Minuten, schaue nicht sie und nicht den Zettel an, sage gereizt: „Nein danke!" – Im Augenwinkel sehe ich ihre dunkle Haut am schlanken Handgelenk. Sie dreht ab, um ihren Zettel einem anderen Reisenden hinzuhalten, der mehr Entgegenkommen zeigt. Im Weitergehen trifft mich ein Zweifel: Bin ich ganz entgegen meiner Überzeugung doch Rassist? Hätte ich bei aller Zeitknappheit eine hellhäutige Blonde angehört?

Kurz darauf tatsächlich Augenkontakt mit einer jungen Reisenden, wohlgekleidet, ein klares „Entschuldigung" meinerseits, da meine Tasche im Vorübergehen die ihre streifte, ein ebenso deutliches „Bitte", verbunden mit einem Lächeln zurück.

Szenenwechsel. Jetzt im bequemen Intercity: „In wenigen Minuten erreichen Sie Frankfurt-Airport." Der Bord-Service geht um und teilt Angebotszettel aus: Bockwurst 4,20 DM, Sandwich 5,20 DM, Baguette 5,40 DM, Kaffee, Tee, Limo. Ich sitze im Raucherabteil, bemerke meinen Irrtum und wechsele einige Reihen nach vorn.

Zwei Reihen weiter, schräg gegenüber, sitzt eine schöne Frau mit leicht orientalischen Gesichtszügen in meiner Blickrichtung. Sie hat ungefähr mein Alter, Ende zwanzig, ist schlank, ganz in Schwarz gekleidet, das schulterlange Haar exakt gewellt. Sie liest in einem Journal, die Beine lässig auf der Sitzbank nebenan. Eben noch hat sie sich zur Gepäckablage emporgereckt, um Aktenkoffer, Tasche, Mantel und Hut hinaufzulegen. Dabei hat sie meine Aufmerksamkeit erregt: Das aparte Gesicht mit leichtem Rouge, die weiblichen Konturen unter dem Wollpulli. Als sie sich setzt, treffen sich unsere Augen kurz, sie lächelt – fast unmerklich, aber doch. Erste Augenkontakte entscheiden die Sympathiefrage, kurze Blicke sind besonders gefährlich, sortieren, machen zum Jemand oder zum Niemand.

Es gibt in unserer satten Gesellschaft Tausende, die gar nicht wahrgenommen werden. Für viele Menschen ist es Gewohnheit, ein Niemand zu sein. Der Zugkellner kommt, die Frau bestellt einen Kaffee. Was wäre, wenn sie jetzt feststellte, ihre Geldbörse verloren zu haben? Gern würde ich ihr aushelfen, großzügig, generös, spendabel, multikulturell! Dabei ist sie genauso fremd wie die Bettlerin vor wenigen Minuten auf dem Bahnsteig! Sie zahlt, wechselt mit dem Kellner ein paar Worte. Dann lächelt sie mir noch einmal zu, jetzt deutlich, ich lächle zurück. Die Fluggäste rüsten sich zum Ausstieg.

Zwei

Sie ist ungewöhnlich klein, fast wie ein Kind. Ich bemerke es, als sie nach zwei Stunden den schmalen Gang zwischen den Sitzreihen des Airbus entlang zur Toilette geht. Erst jetzt sehe ich, dass ihr Körper eine bucklige Last trägt. Zielstrebig hatte die Alte den Gangplatz neben mir belegt, eine Vielfliegerin, die keine Mühe mit der Orientierung kennt. Spontan war ich aufgestanden und hatte ihren Bordcase ins Mantelfach gehoben. Man weiß, was sich gehört. Sie dankte höflich und generös, so als habe sie es erwartet. Ein kleines Lächeln, welches die Augen noch nicht trifft.

Die Sicherheitsabfertigung zuvor war extrem sorgfältig. Flüge nach Israel stehen unter besonderem Augenmerk. Fast immer muss das Gepäck geöffnet, der Inhalt herausgenommen werden. Heute wollten sie es besonders genau wissen: Meine Kamera, in der sich glücklicherweise noch kein Film befand, musste geöffnet, mein Haarföhn aus der Verpackung genommen werden. Sicherheit hat ihren Preis, und wenn man es nicht persönlich nimmt, kann eine solche Untersuchung, bei allen Fluggästen in gleicher Weise durchgeführt, ungeheuer beruhigend wirken. Es folgte die Leibesvisitation, ein vorsichtiges Abtasten der Kleidung durch eine darauf spezialisierte Sicherheitskraft, und dann endlich die Abgabe des

Koffers und die Ausgabe der Platzkarte.

Da noch etwas Zeit blieb, bat ich eine ältere Frau, kurz auf mein Handgepäck zu achten, und ging noch einmal durch die Sperren zurück, um einige Filme zu kaufen. Das gefiel den Sicherheitsbeamten überhaupt nicht. Als Strafe musste ich erneut anstehen und auch den Bodycheck ein zweites Mal über mich ergehen lassen. So kam ich gerade noch rechtzeitig zur ‚Last Boarding Time'.

Sarah. So soll sie heißen.

Ohne Umschweife beginnt sie einen Monolog. Sie teilt mir mit, sie sei nun zehn Stunden unterwegs seit New York, sei hier nur umgestiegen und habe seit gestern früh keinen Schlaf gehabt. Sie spricht ein fließendes Amerikanisch, ich bin erstaunt, sie so mühelos zu verstehen. Auf ihre Mitteilungen reagiere ich mit nicht zu aufmerksamem Nicken, derweil wird der obligate Film über Sicherheitsmaßnahmen abgespult: Benutzung der Sauerstoffmasken und der Überlebenswesten.

Beim Einsteigen habe ich mir von einer freundlichen Stewardess Lesestoff geben lassen. Dem möchte ich mich nun widmen. Die Maschine rollt in Startposition. Ein kurzer Halt nur, dann das Aufheulen der Antriebe, ein schneller Sprint, und der Airbus hebt ab. Jetzt gibt es kein Zurück mehr.

„It's over" prangt auf dem Cover des neuesten TIME-Magazins. Dazu ein Porträtfoto der gekrönten Diana. Daneben die NEWSWEEK mit einer Variation zum selben Thema: Diesmal eine ungekrönte aber sichtlich angerührte Di. Und die Schlagzeile „Royal Split". Das eine Heft trägt den Untertitel „Diana and Charles are history, but a battle royal looms over her future", das andere nicht weniger geistreich „Diana fights for her kids, her title and her future".

Kann Trennung, wenn sie denn vollzogen ist, nicht auch eine Chance bedeuten?

Trennungen von Regentenpaaren werden stellvertretend vollzogen. Auch die deutschsprachige Presse greift gern danach. Der STERN, den ich, maßlos wie oft, noch zusätzlich ergriff, bietet das Pendant. Auf dem Titel ein zwischen den Personen zerrissenes Foto des Niedersächsischen Regentenpaares aus besseren Zeiten. Darauf prangen Lettern: „Die Trennung – Das bittere Ende eines Traumpaares". Ich beginne meine Lektüre natürlich mit Hillu und Gerhard. Doch ich komme nicht weit, denn ich gleite sogleich in jenen Bereich der Gedanken, der meiner eigenen Gemütslage entspricht. Ist wirklich die Trennung vollzogen, wenn Fakten geschaffen wurden? Was ist mit den unsichtbaren Banden, die über Jahre gewachsen sind? Ein geräuschvoller Auszug, eine Flugreise, was mögen sie bewirken, wenn unsere Seele zurückbliebe?

„Where are you from?" Ich höre sie wie durch eine Wand. Sie muss es schon einmal gefragt haben, denn sie zieht ihre dünnen, nachgezeichneten Augenbrauen über den Rand ihrer goldgefassten Brille. Und während die Flugbegleiter ein warmes Mittagsmahl in Alufolie austeilen, bin ich schon ihr Gefangener.

Aus New York stammt sie. Jetzt ist sie mit ihrer Nichte und deren Ehemann erstmals in ihrem Leben auf dem Weg nach Israel. Die dezent gekleidete alte Dame teilt sich in wohlgesetzten Worten mit. Doch sie spricht etwas zu leise. Das hat zur Folge, dass ich wegen der übertönenden Fluggeräusche immer wieder nachfragen muss. Sie hingegen interpretiert das als gesteigertes Interesse meinerseits: Ihr Mann ist vor vielen Jahren aus Dänemark kommend in Amerika eingewandert. Nur einen Tag haben sie sich gekannt und dann gewusst, dass sie heiraten werden! Ihre Familie ist jüdisch, die Eltern waren streng gläubig.

„Wir Juden haben feste Lebensregeln", erklärt sie mir, „es sind Gebote, die uns von Gott gegeben wurden."

Schlagartig ist mein Interesse geweckt: Bahnt sich hier die erste bedeutsame Begegnung dieser Reise an, Seite an Seite mit dem Weltjudentum?

Hillu und Gerhard können warten.

Einen Früchtegroßhandel haben sie in Florida gegründet. Im Laufe der Jahre wurden mehrere Filialen daraus. Sie haben gutes Geld damit verdient. Die großvolumigen Goldringe an ihren Fingern, das diamantbesetzte Pillendöschen, aus dem sie ihre „vitamines" nach dem nur halb probierten Schellfisch auf Rosinenreis entnimmt, bezeugen das. Nun ist der Gatte seit acht Jahren tot. Doch meine Nachbarin, ich nenne sie Sarah, ist überzeugt: Er weilt noch bei ihr, ist auch hier im Flugzeug! Und überhaupt glaubt sie an Reinkarnation und darüber hinaus an „Synchronicity". Diesen Begriff erklärt sie mir am Beispiel ihrer Ehe: Wenn der Richtige kommt, ist es klar, dass man die Übereinstimmung wahrnimmt und sie akzeptiert. Keinen einzigen Gedanken an einen anderen Mann hat sie in ihrem ganzen Leben verschwendet. Zur Vertiefung empfiehlt mir Sarah den Autor Deepak Chopra, dessen Namen sie mir zur Mitschrift buchstabiert. Deepak Chopra hat ihr auch zu dem Weltverständnis verholfen, welches sie ohne jegliche Angst vor Bombenterror nach Israel reisen lässt, sogar in dieser verschärften Lage, in der täglich wieder mit neuen Attentaten zu rechnen ist. Meine Frage, ob die jüngsten palästinensischen Selbstmordanschläge sie denn nicht beunruhigen, belustigt sie sichtbar.

Als Sarah erfährt, dass ich Student bin, möchte sie wissen, was ich denn in Israel zu studieren gedächte. Mit meiner Antwort „politics" kann sie überhaupt nichts anfangen. Durch gezieltes Nachfragen nötigt sie mich, in das Gespräch mit ihr einzusteigen. Die alte Frau weiß sehr wohl, dass es für junge Deutsche der nachwachsenden Generationen auch um die Bearbeitung des Holocaust gehen muss. Von dem millionenfachen Judenmord in der Zeit des Nationalsozialismus will sie von mir selbst hören, will mir gerade dabei nichts schenken, nichts ersparen.

Zuerst spreche ich von der „actual political situation" heute in Israel. Das interessiert sie jedoch nicht sonderlich. Da gibt es für sie nichts zu deuten: Dass man sich für die Palästinenser interessieren könnte, ist für die amerikanische Jüdin völlig abwegig. Allerdings: „Die Araber sind auch semitischen Ursprungs", meint sie, „insofern sind sie eigentlich unsere Brüder".

Unumwunden erklärt Sarah, dass man viel Geld an diesen Staat Israel von Seiten der amerikanischen Juden zahle. Man müsse ihn am Leben erhalten, koste es, was es wolle. Man wisse aber auch, dass ein Jude in etwaiger Verfolgung dort immer einen gesicherten Unterschlupf finden würde. Niemals dürfe sich wiederholen, was während der Zeit des Naziregimes passierte, dass Juden ausweglos in die Vernichtung gingen. Dann äußert sie als Gipfel der Versuchung: „Vielleicht musste es geschehen, damit der Staat Israel gegründet wird?"

Mit sichtlichem Wohlwollen reagiert sie auf mein ehrliches Bekenntnis, dass der Mord an Millionen Juden in Deutschland ein ungeheures Verbrechen ist, welches eine nicht gutzumachende Schuld auf die Deutschen geladen hat. Es veranlasst sie ihrerseits zu betonen, dass mich als viel Jüngeren, der die damalige Zeit nicht miterlebt hat, natürlich keine persönliche Schuld treffe: „You're a baby!" Wie schmeichelhaft!

Offen fragt sie mich, welche Gründe Adolf Hitler wohl gehabt habe für seine rassistische Politik. Und zur Veranschaulichung des Widersinns fügt sie hinzu, dass die deutschen Juden sich immer zuerst als Deutsche gefühlt haben: „Die deutschen Juden haben wertvolle philosophische Beiträge zur abendländischen Kultur erbracht. Sie waren wegen ihres Wohlstandes und Einflusses auch ein enormer wirtschaftlicher Faktor."

Meine Antwort, ein totalitärer Staat habe sich schon immer Sündenböcke als sichtbare Feinde suchen müssen, will Sarah als psychologisch gefärbte Begründung wohl gelten lassen, aber sie reicht ihr nicht aus. Meine weiterführende Überlegung jedoch, eine im Christentum verankerte Wurzel für die Denkweise, die zur Katastrophe führte, könne eine Rolle gespielt haben, weist sie entschieden zurück: „Nein, die Juden waren nicht die Mörder von Jesus Christus! Jesus war selbst Jude, er war ein Rebell!" Ich kann dem nichts entgegnen.

Als ich nach zwei Stunden zum Waschraum gehe, treffe ich voller Verwunderung eine Bekannte: Die Orientalin aus dem Intercity lächelt mich an und nickt mir freundlich zu. Sie sitzt zwei Reihen schräg hinter mir. Mit der gleichen Offenheit erwidere ich ihren Blick. Wie kommt sie hierher, und warum habe ich sie nicht im Warteraum oder beim Einsteigen gesehen?

Ich bin verwirrt und erfreut zugleich.

Auf meinem Platz zurück erwartet mich Sarah mit einem weiteren Thema. Auch das Problem der Einwanderung soll zur ersten Lektion dieser Reise gehören. Aber ich bin jetzt abgelenkt. Mein Interesse gilt der jungen Frau hinter mir, deren Blicke ich nun spüre.

„First of all immigration is a problem of language", belehrt mich meine erfahrene Reisebegleiterin. Sie plappert weiter munter drauflos, ist nicht mehr abzustellen. Amerika sei schon immer ein „melting pot" der verschiedensten Rassen und Nationen gewesen. Doch komme es nicht darauf, sondern in erster Linie auf die Sprache an. Heute kämen viele Mexikaner über die amerikanische Grenze, vielfach illegal. Dagegen habe sie nichts einzuwenden, nein, überhaupt nicht. Amerika sei ein großes Land mit vielen Möglichkeiten, wenn die Einwanderer bereit wären, die englische Sprache zu lernen, sei dies „o.k." Viele verweigerten dieses jedoch aus Bequemlichkeit, würden mehr und mehr unter Ghettobedingungen leben wollen. Ihre eigene Putzfrau sei auch von dieser Sorte. Die Vorteile wolle man in Anspruch nehmen, sich aber nicht richtig in die Gesellschaft integrieren. Sprache sei, so wiederholt sie sich nachdrücklich, nun mal das zentrale Verbindungselement.

Die wohl schon an die achtzig Jahre zählende Geschäftsfrau entwickelt bei diesem Thema erstaunliche Energien. Sie selbst habe jüngst erst Unterschriften gesammelt für ein Gesetz, das in Amerika längst überfällig sei:

„Wir brauchen eine nationale Vorgabe, die verbindlich regelt, dass Englisch die Landessprache in Amerika ist." Leider sei das aber bis heute nicht durchzusetzen, da Abgeordnete immer zuerst an die Wählerstimmen dächten, und auch die Zuwanderer schließlich das Wahlrecht hätten. In Israel sei dieses Problem gelöst. Hebräisch sei verbindliche Landessprache für alle Immigranten, eine Sprache, die nationale Identität schaffe.

Beim Landeanflug auf Tel Aviv bemerke ich, dass die Zeit mit Sarah im Gespräch wie im Flug verging. Ich frage sie, ob sie schon einmal in Deutschland war.

Sie schaut mich entgeistert an und verstummt einen Moment. Dann erklärt sie, nie im Leben würde sie in dieses Land reisen! Sie selbst hätte vielleicht schon ein Interesse, nein, so sei das ja nicht, aber wegen ihrer amerikanischen Freunde könne sie unmöglich je nach Deutschland fliegen. Diesen Gruppenzwang gesteht sie stolz ein: In dieses Land reist man nicht! Für mich ist das eine völlig neue Sichtweise und Erfahrung. Nach unserem Holocaustgespräch frage ich nicht nach einer Begründung.

Zum Abschied sage ich der alten Dame, dass sie eine bemerkenswerte Frau sei, und bedanke mich für das gute und lehrreiche Gespräch. Ersteres weist sie zurück, zu Letzterem bemerkt sie, dass ein Gespräch immer zweiseitig sei und auch sie daraus gelernt habe. Was sie damit meinte, erfahre ich nicht. Nach der freundlichen Verabschiedung im Flugzeug blickt sie mich später im Flughafen und in der Warteschlange beim Zoll nicht mehr an, - mag sein wegen ihrer Müdigkeit, vielleicht auch wegen der Kurzsichtigkeit, oder aber auch nur gedankenverloren. Ich nehme mir vor, Deepak Chopra zu lesen.

Drei

„The fact is, that mistakes happen!" Lacht sie mich an oder aus, oder beides?

Vor mir steht die Fee aus Tausendundeine Nacht, freut sich offensichtlich, mich noch immer in der Bannmeile des Flughafens anzutreffen, und gibt mir kopfschüttelnd zu verstehen, dass ich an der falschen Bushaltestelle warte, während an der richtigen gerade der Bus nach Jerusalem abgefahren sei.

„Komm, wir nehmen uns ein Sammeltaxi", schlägt meine

schöne Zugbekanntschaft in bestem Deutsch vor. Es ist mir so, als würden wir uns schon lange kennen. Ohne eine Antwort abzuwarten, winkt sie mit routinierter Geste einen der Großraumwagen heran. Der Fahrer, ein alter Mann, verstaut unser Gepäck, klemmt sich hinter das Lenkrad und beginnt umständlich am Taxameter zu hantieren. Die junge Frau nennt ihm Jerusalem als Fahrziel und fügt schnell den Fahrpreis, den sie zu zahlen bereit ist, hinzu, worauf er die Vorstellung aufgibt, ein Extrageld zu verdienen, das Gerät wieder abstellt und leise murrend losfährt.

„Was führt dich her in dieser Zeit?", ergreift sie erneut die Initiative, „für Tourismus gibt es angenehmere Ziele."

Die Anspielung gilt den terroristischen Selbstmordanschlägen, die an zwei Sonntagen in Folge die Aufmerksamkeit der Welt auf Israel richteten. Ihre Augen blicken fragend, während sie sich mit der Linken leicht durchs Haar fährt.

„Gewiss", entgegne ich, „um uns kennenzulernen, hätten wir uns den Flug ersparen können."

„Das ist doch ein kleiner Unterschied", widerspricht sie, und ihre Augen funkeln. „Du kommst in ein Land, das sich im Krieg befindet, ich kehre zurück in meine Heimat."

„Wieso sprichst du so gut Deutsch, und wie bist du vorhin in die Maschine gekommen?"

„Du bist ja gar nicht neugierig! Stellst du immer zwei Fragen auf einmal?" kontert sie und gibt so keine Antwort.

„Entschuldige, ich sollte mich erstmal vorstellen", beginne ich erneut: „Joachim, Student aus Göttingen."

„Du studierst bestimmt Geisteswissenschaften", lächelt sie in mir nun schon vertrauter Weise.

„Politik und etwas Psychologie. Wie kommst du darauf?"

„Auf mich wirkst du wie ein freundlicher Frühlingstag. Du sprichst mit den Augen und beschäftigst die Menschen mit schlauen Fragen."

Aha, sie hatte wohl im Flugzeug von ihrem Platz aus mein Gespräch mit Sarah belauscht, vielleicht sogar Einzelheiten mitbekommen.

„Mein Name ist Leila", fährt sie fort, da ich sie nur erstaunt anschaue. „Auch ich studiere in Deutschland. Ich bereite mich auf die Promotion vor. Zuerst war ich an der Uni in Bir Zeit, dann in Hamburg."

„Danach zu beurteilen, wie genau du beobachtest, tippe ich bei dir auf ein naturwissenschaftliches Fach."

„Oh, du erstaunst mich", ihre Augen weiten sich einen Moment, während sie nachdenklich mit dem rechten Zeigefinger an der Nase entlang streicht. Dann fasst sie sich schnell wieder, richtet ihren Oberkörper im Sitz auf, so als wolle sie ein unangenehmes Thema verlassen und fügt hinzu: „Ich bin Biologin. Du hast Recht, alles Natürliche ist mir nicht fremd. Im Übrigen hat man mich in Frankfurt sehr ausführlich, ... wie sagt man, ...gefilzt. Erst im letzten Moment konnte ich die Maschine besteigen."

„Werden Israelis denn gründlicher gefilzt als Deutsche?" wundere ich mich, schaue dabei wohl etwas naiv drein.

„Ach, du hältst mich für eine Israelin? Wie schön, dann wirst du gleich erschrecken, wenn du erfährst, dass du seit heute Vormittag einer Palästinenserin schöne Augen machst. Aber ich muss dich enttäuschen, ich beiße trotzdem nicht!"

In der Tat bin ich überrascht. Ich fühle mich zugleich durchschaut. Die jahrzehntelange, israeltreue Informationspolitik der deutschen Medien hinterlässt Spuren in Form von Vorurteilen in unseren Köpfen.

Leila schaut mich ein wenig trotzig, ein wenig fragend von der Seite an. In Deutschland lebend gehört diese Erfahrung zu ihrem Alltag. Man gibt sich daher lieber als Ägypterin, Jordanierin und so weiter aus. Deutsche stellen sich unter dem Stichwort Palästinenser in der Regel kaum eine europäisch gekleidete junge Frau mit Charme und Geist vor.

„Es wird wohl noch eine Weile dauern, bis sich die Verhältnisse auch für uns Palästinenser bei der Einreise normalisieren. Jedes Mal nehmen sie mein Gepäck bis in alle Einzelteile auseinander. Sie haben Angst vor Sprengstoff. Deshalb befühlen sie sogar die Schmutzwäsche. Heute habe ich die Frau bei der Einreise gefragt, ob sie wirklich überzeugt ist von dem, was sie da macht. Sie hat mich angesehen und gesagt:

Don't force me to do something against you! Ich bin froh, jetzt endlich einen eigenen palästinensischen Pass zu haben. Vor dem Oslo-Abkommen war die Prozedur noch schwieriger." Während sie spricht, benutzt sie beide Hände zur Untermalung des Gesagten. Eine Haarlocke, die ihr über die Wange rutscht, wischt sie leicht fort. Dann stockt ihr Redefluss plötzlich, und ihr Blick verliert sich für einen Augenblick in der Ferne, so als suche sie etwas am Horizont. Auf ihrer Seele lastet wohl mehr, als sie zu berichten bereit ist.

„Arme Leila", sage ich sanft und berühre sie leicht am Arm, „kann ich dir helfen?" Einen Moment scheint es mir, als wolle sie ihren Kopf an meine Schulter legen, aber sie fängt sich schnell wieder und sagt:

„Wir sind jetzt in einer neuen Zeit und alles wird besser werden. Doch helfen können wir uns nur selbst."

„Wohin fährst du jetzt, können wir uns in den nächsten Tagen sehen?" Ich bin nicht bereit, sie so schnell verschwinden zu lassen, wie sie in mein Leben trat.

„Ich werde meine Familie besuchen, in der Nähe von Ramallah. Vielleicht sehen wir uns einmal wieder, aber mach dir keine falschen Hoffnungen. Mein Leben ist komplizierter, als du dir vorstellen kannst. Es ist besser, du fragst nicht zu viel."

Der Taxifahrer schaut kaum merklich in den Rückspiegel, wohl nur, weil ein großer Wagen amerikanischen Fabrikats zum Überholen ansetzt. Den Ben Gurion Airport haben wir längst hinter uns gelassen, der zähe Großstadtverkehr löst sich allmählich auf. Die Autobahn windet sich nun in die judäischen Berge, unser Chauffeur tritt aufs Gaspedal. Ich möchte mehr erfahren über die Situation im Westjordanland, der Heimat der Palästinenser, und frage daher direkter:

„Wie stehst du zu den schrecklichen Selbstmordattentaten auf unschuldige Menschen? Du kannst sie doch unmöglich gut finden?"

Ein seltsames Lächeln spielt um ihren schönen Mund. Sie zieht die Lippen zusammen, und es scheint für einen Moment, als forme sie eine Kuss-Schnute, dann antwortet sie überlegt:

„Terror ist nicht neu in dieser Weltgegend. Wir leben seit Jahren damit. Doch das, was jetzt Terror genannt wird, drückt etwas aus. Unsere Jugend steht heute mehr denn je unter Druck. Sie haben gekämpft und fragen sich nun, wofür."

„Aber Gewalt ist kein legitimes Mittel der Politik", wende ich sofort ein.

„Gewalt ist eine tägliche Realität in unserem Land. Hier geht es auch nicht um Politik. Hier findet Krieg statt."

„Diejenigen, die sich selbst in die Luft sprengen, tun alles, um den Frieden zu verhindern!" gebe ich zurück.

„Was ist das für ein Frieden, der den einen alles gibt und den anderen alles nimmt?"

Ich spüre, dass ich noch zu wenig weiß, um mir ein Urteil erlauben zu können, daher schweige ich.

Aber Leila fährt fort:

„In Palästina werden nach wie vor junge Menschen abgeholt und gefoltert. Die Brutalität der Besatzer geht weiter! Dabei haben wir so gehofft, der Frieden würde unsere Lage verbessern. Aber es gibt überall Sperren. Wenn ich nachher zu meinen Eltern fahre, muss ich mindestens fünf Kontrollen passieren.

Das Land ist wie ein Schweizer Käse, in A-, B- und C-Gebiete eingeteilt. Es gibt die A-Gebiete, Großstädte, die schon eine Teilautonomie haben, die B-Gebiete, ländliche Bereiche, wo die Zivilverwaltung bei uns liegt, die Kontrolle aber bei den Israelis, und die C-Gebiete, die noch ganz von den Israelis beherrscht werden. Nach wie vor ist das ganze Land israelisch dominiert, und sie können jederzeit die Zugänge abriegeln."

„Kannst du denn nicht verstehen, dass ein Staat sich gegen Terrorattacken, die in nur vier Wochen sechzig arglose Zivilisten töteten und viele andere verletzten, schützen muss?" greife ich noch einmal meine Frage auf.

„Natürlich haben wir Terroristen, Radikale. Die haben die Israelis aber auch! Wie du sicher weißt, war der Mörder von Rabin ein Israeli. Es wird immer Radikale geben, die mit dem Frieden nicht einverstanden sind, weil sie alles haben wollen und nicht kompromissbereit sind. Wenn aber zwei, drei Attentate genügen, um die Verträge ungeschehen zu machen, dann ist es mit der Friedensfähigkeit nicht so weit her. Sie strafen unser Volk kollektiv. Ich klage deshalb die Unfähigkeit zu differenzieren an."

Leila spricht mit Leidenschaft in der Stimme und wird beständig lauter. Der Taxifahrer schaut wieder in den Spiegel.

„Die Mehrheit meines Volkes begrüßt den Friedensprozess. Aber es ist schwer für die jungen Leute, so schnell umzuschalten. Wir sind in der Intifada, dem Aufstand gegen die Besatzungsmacht, aufgewachsen. Die Jugendlichen und die jungen Erwachsenen haben den Hass gegen die Israelis mit der Muttermilch eingesaugt. Wenn es nicht möglich sein wird, die Dinge gerade jetzt, wo es um einen wirklichen Frieden gehen soll, mit kühlem Kopf zu sehen, wird es noch lange kein Leben in Frieden geben."

Während dieser flammenden Rede blitzen Leilas Augen wie Feuer, ihre Wangen erröten. In ihrem letzten Satz jedoch schwingt Schwermut mit, und sie fügt nach einer Weile hinzu:

„Die Ereignisse der letzten Wochen habe ich als lähmend empfunden. Ich weiß noch nicht, wie es weitergeht und was mich zuhause erwartet."

Eine ganze Weile sitzen wir stumm nebeneinander.

Draußen beginnt es zu dämmern. Die meisten Wagen haben schon die Scheinwerfer eingeschaltet. Mir scheint, Leila hat sich mit ihren Worten weiter vorgewagt, als es einem Fremden gegenüber eigentlich angemessen ist. Sie hat mich ins Vertrauen gezogen, obwohl, ich spüre es deutlich, ein Geheimnis in ihren Augen liegt, das zu lüften mir heute nicht gelingt, wenn es überhaupt je möglich sein wird, darüber zu sprechen.

Wir nähern uns Jerusalem. Linkerhand tauchen bereits die zahlreichen Wohnburgen auf, Tausende von neuen Heimstätten für jüdische Immigranten, Lebensraum im Westjordanland. Hier werden Fakten geschaffen, unumkehrbar, eine künftige, friedliche Lösung der Siedlungsfrage erschwerend.

„Wo wirst du wohnen?" fragt Leila nun in die Stille hinein.

„Im Österreichischen Hospiz."

„Das liegt in der Altstadt, unweit vom Löwentor", erklärt sie, „ich werde den Fahrer anweisen, am Tor zu halten."

„Werden wir uns wiedersehen?" versuche ich es erneut.

„Das wird sich zeigen, lieber Freund", entgegnet sie mir mit pessimistischem Unterton, „ich habe zuerst etwas zu regeln. Dann weiß ich auch noch nicht, wie die Lage sein wird, ob ich aus dem autonomen Gebiet wieder herauskomme. Aber wenn alles so läuft, wie ich es möchte, komme ich dich in spätestens drei Tagen besuchen. Dann zeige ich dir ein paar arabische Lokale in der Altstadt. Abgemacht?" Sie lächelt und versucht dabei, optimistisch zu klingen. Ich kann nicht widersprechen, doch fürchte ich, dass alles ganz anders kommen wird.

Am Stephanstor, auch Löwentor genannt, im Ostteil der Jerusalemer Altstadt, hält unser Wagen an. Leila verweigert beharrlich, meinen Anteil an den pauschalen Fahrkosten anzunehmen. Sie weist mir den Weg: „Immer geradeaus bis zur nächsten Querstraße, dann kannst du deine Herberge rechts an der Ecke nicht verfehlen."

Wir drücken zum Abschied wie gute Bekannte Wange an Wange. Ich fasse dabei ihre Hand, die einen Moment lang warm in der meinen liegt, streiche ihr die Haarlocke aus der Stirn, schaue noch einmal tief in die schwarzen Augen, sehe die Sterne und steige schnell aus, bevor es zu schwer wird.

Der Fahrer reicht mir meinen Koffer, ich winke kurz hinter dem Wagen her, bevor er in die Straße einbiegt und meinem Blick entschwindet. Einen Moment stehe ich noch gedankenverloren auf dem Platz vor dem Tor, bis mich ein kleiner arabischer Junge wegen eines Almosens antippt, beachte ihn nicht, nehme vielmehr meinen Koffer auf und gehe den Weg, den sie mir beschrieb. Der Betteljunge folgt mir.

Vier

Vorsichtig ins Helle blinzelnd muss ich mich zuerst erinnern, wie ich hierher gekommen bin. Eine Weile schon höre ich im Halbschlaf die Gesänge eines muslimischen Morgengebets in unmittelbarer Nähe. Als ich endlich die Augen öffne, flutet die Sonne ins Zimmer und fast in mein Bett.

Das Österreichische Hospiz „Zur Heiligen Familie" im moslemischen Viertel der Altstadt Jerusalems ist ein Geheimtipp, eine erste Adresse für Kenner der Szene. Gewöhnlich für Monate im Voraus ausgebucht, hatte ich das Glück, über meinen Freund Fredi einen Unterschlupf in dieser Oase zu finden.

Fredi war Stammgast der Göttinger Studentenkneipe, die ich hin und wieder gern besuche, wenn Eva ihre Basketballabende hat, zuletzt aber auch öfter. Eines Abends teilte er seinen Kumpels mit, dass er sich für ein halbes Jahr „nach Israel absetzen" werde. Als Student der Theologie müsse er „ein ganz privates Semester in Jerusalem verbringen", das sei er seiner Seele schuldig. Um seinen Lebensunterhalt zu finanzieren, war er auf die geniale Möglichkeit gestoßen, ein Volontariat im Österreichischen Hospiz anzutreten. Dafür hatte er Kost und Logis frei, konnte seine Freizeit in unmittelbarer Nähe der heiligen Stätten mit dem Studium der bunten Religionsvielfalt verbringen und bekam sogar noch ein Taschengeld für die von ihm zu leistende Arbeit.

Mit Fredi hatte ich seinerzeit immer wieder über meine Vorstellung von einer Israelreise gesprochen. Als er dann vor einem Vierteljahr abreiste, reichte er mir augenzwinkernd seine Adresse mit der Bemerkung: „Lass dich mal sehen, altes Haus." Die Knall-auf-Fall-Trennung ließ mich zunächst den Flug buchen, um dann sofort bei Fredi wegen einer Bleibe nachzufragen. „Komm auf jeden Fall, ich bringe dich schon unter", waren seine Worte.

Nun muss ich mich zuerst orientieren, bin ich doch gestern Abend fest eingeschlafen, als ich mich nach der Ankunft nur kurz aufs Bett legte. Die Erschöpfung nach den Strapazen der letzten Tage, dazu die Erlebnisse der Reise forderten einen gesunden Ausgleich. Fredi, so kommt mir in Erinnerung, hatte mich mit den Worten „Willkommen in Jerusalem" empfangen und mir den Zimmerschlüssel gereicht, denn er selbst versah den Rezeptionsdienst. „Morgen Abend bin ich frei, dann werde ich dir die nötigen Weihen verabreichen", hatte er gescherzt, und man sah ihm die Freude an, einen alten Bekannten aus der Heimat zu empfangen.

Ein Blick auf die Uhr zeigt mir, dass ich fast zwölf Stunden geschlafen habe. Ich trete ans Fenster, recke mich und ziehe den Vorhang zur Seite. Das einfach eingerichtete Zimmer liegt im obersten Stock des herrschaftlichen Hauses zum Hinterhof, eine Bediensteten-Unterkunft. In der anderen Zimmerecke steht ein zweites, ungenutztes Bett. Ein Blick aus dem Fenster gewährt mir Einsicht in diverse Höfe und auf Dachterrassen der umliegenden, meist niedrigeren Bauwerke. Unmittelbar gegenüber befindet sich eine Wohnung, in der ein junger Mann lautstark mit einer älteren Frau diskutiert. Darunter ein Balkon, auf dem eine junge Frau mit Kopftuch üppige Kastenpflanzen begießt. Eine Katze sonnt sich, Tauben gurren, fliegen auf. Ein Blick in die Gasse schräg unten zeigt hinter dem hospizeigenen Parkplatz und einer hohen Mauer bereits lebhaften Fußgängerverkehr.

Nichts hält mich mehr hier. Schnellen Schrittes steige ich die Stufen zur nahen Dachterrasse empor, wo sich ein faszinierender Blick auf das atemberaubende Panorama der heiligen Stadt, Al-Quds, bietet. Linkerhand, ganz nah, der Ölberg mit den glitzernden Kuppeln der russisch-orthodoxen Maria-Magdalena-Kirche, nicht weit davon muss der Garten Gethsemane liegen, wo Jesus unter Olivenbäumen die letzten Augenblicke vor seiner Festnahme verbrachte und das österliche Geschehen seinen Lauf nahm.

Ganz dicht dabei im Zentrum des Panoramas der Tempelberg mit dem alles dominierenden islamischen Felsendom, der im

Sonnenlicht glänzenden goldenen Kuppel. Rechts dahinter die dunkel kontrastierende kleinere Haube der Al-Aqsa-Moschee.

Mein Blick von diesem privilegierten Aussichtspunkt schweift weiter über das Meer der Gassen und Häuser bis hinauf zur Kuppel der christlichen Grabes- und Auferstehungskirche. Dieser Gegenpol zum Felsendom ist derzeit eingerüstet. Zwei Arbeiter sind gerade dabei, einem neuen, wohl über vier Meter hohen Kreuz, in dessen Gold und Kristallen sich die Sonne spiegelt, den letzten Schliff zu geben. Tief unter mir in den Gassen herrscht reges Treiben, erste Pilger, die bereits den Weg der Schmerzen gehen, die Via Dolorosa, um die Leiden des Herrn in vierzehn Stationen bis zur Kreuzigung nachzuempfinden. Christen aus aller Welt ziehen im Gedenken an die Passion Jesu von der nahen Festung Antonia, dem vermuteten Gerichtssaal des Pontius Pilatus, bis nach Golgatha, dem heute von der Grabeskirche umhüllten Schädelhügel. Auf diesem symbolischen Weg tragen sie das Kreuz mit Christus.

Das Frühstück nehme ich im ‚Wiener Caféhaus' des Hospizes ein, in Gesellschaft meines teuren Freundes, der mich inzwischen aufgespürt hat. Wir verabreden uns für den Abend, den Fredi nutzen will, um mir zu zeigen, wie man hier in Jerusalem „die Sau rauslässt".

Ich gehe durch den gepflegten Garten, nehme mir vor, unter Palmen in schattigen Winkeln zu ruhen, steige die hellen Sandsteinstufen hinab durch die Gänge und Korridore, die ich gestern noch unter dem Eindruck einer orientalischen Fee erklomm, drücke den elektrischen Sicherungsschalter, der ein massives Eisengitter nur von innen öffnet, gelange darauf kurz in einen nach beiden Seiten gesicherten Zwischenkorridor, öffne nun die Eichentür zur Straße und befinde mich, nach dem sanften aber endgültigen Zugleiten der Pforte, ungeschützt mitten in Jerusalem, im Herzen des muslimischen Viertels. Voll ungebändigter Neugier lenke ich meinen Schritt zu den Pilgern, ihrem schweren Holzkreuz, das sie die Via Dolorosa entlang von Station zu Station tragen, dabei frühchristliche Gesänge anstimmend. Sie bleiben stehen, auch ich verweile

kurz. Ein junger Priester verliest seinen Text mit pathetischer Stimme:
„Jesus fällt das erste Mal. Die, die gesehen haben, wie er Kranke und Gelähmte heilte, wunderten sich: Sollte er alle Macht verloren haben? Doch Jesus hatte zu seinen Jüngern gesagt: Niemand nimmt mir das Leben, ich bin es, der es gibt."

Ich dränge mich an den Brüdern und Schwestern vorbei. Es zieht mich zum Tempelberg.

Sogleich tauche ich ein in die Düfte von Kardamom, Nelken, Kumin, Kiefernharz, Moschus und Amber. Vorbei an Pyramiden aus Orangen, jemand preist Säfte aus Karottenextrakt an, Kunsthandwerkliches aus Olivenbaumholz und Leder, hier finden Pilger alles, was an Mitbringseln benötigt wird, um den Daheimgebliebenen die Wallfahrt zu belegen: Die Jungfrau Maria in allen Variationen, das Abendmahl in Leder oder Holz, die Flucht aus Ägypten in Elfenbein. Auch für Juden wie für Moslems sind die entsprechenden Reliquien auf T-Shirts als Menora oder als Felsendom, auf Tassen, Decken oder Postkarten tausendfach präsent, der Bibel- oder Koran-Einband in allen Farben oder Materialien, dazwischen getrocknete Früchte, frisches Gemüse und Kräuter. Handwerker arbeiten in tiefen, kellerartigen Gruften, eingegraben in ihren Utensilien und Produkten: Schlosser, Schuster, Schnitzer. Über allem der Duft süßen Gebäcks, Stapel von Sesambroten, Honig, Mandeln, Oliven, Pistazien, – alles, was das Pilger-Herz begehren könnte, wird hier mit frömmelnder Inbrunst dem Vorbeieilenden feilgeboten.

Ich halte mich daran nicht auf, lenke meinen Schritt gradewegs in einen finsteren, überdachten Gang, der von hier aus rechtwinklig auf den Tempelberg abzweigt. In der Luft liegt ein beißender Rauch, der von einem offenen Feuer ausgeht, das in einem alten Ölfass mit Abfallholz entzündet wurde. Drei Muslime hocken auf dem Boden und saugen an einer Wasserpfeife. Nach dem hellen Sonnenlicht in den Gassen bin ich zunächst halb blind in der geräucherten Dunkelheit, gehe mutig weiter, und allmählich gewöhnen sich die Augen, nehmen Verkaufsstände wahr, wartende Frauen mit Kopftüchern, Händler, die in Fett gebackene Falafel anbieten, dazu eine mit Kardamom gewürzte dunkle Brühe, die sie als Kaffee anpreisen, Minztee, nicht minder zweifelhaft in der Zusammensetzung.

Hier betrete ich einen weiteren Seitengang, von dem ich annehme, er führe zum Tempel. Muslime stehen wartend an Schaltern. Ich frage einen der Männer auf Englisch nach der Bedeutung und erfahre, dass man sich hier für Pilgerfahrten nach Mekka und Medina einschreiben könne. Wieder zurück im Hauptgang strebe ich auf jenes helle Rechteck zu, das am Ende einer Treppe den Zugang zum Felsendom verheißt, will hinaustreten und werde barsch zurechtgewiesen: „It's closed now!"

Ein Araber verwehrt mir den Zutritt, nur betende Moslems seien jetzt zugelassen. Dahinter an einem Tisch ein israelischer Soldat mit Gewehr im Anschlag, die Sicherheit des Bezirks wahrend.

Ratlos schaue ich mich um. Ihm zu widersprechen oder auf sonstige Art zu widersetzen, mich an der Wache vorbei zu mogeln, erscheint zwecklos und gefährlich. So kehre ich um. Haram Al-Sharif, das erhabene Heiligtum, ist jetzt für mich nicht zu erreichen.

Ich durchquere die dunklen Basar-Gassen erneut, inzwischen an das Dämmerlicht gewöhnt, überlege ich kurz, ob ich etwas zu mir nehmen sollte, lasse es mit Rücksicht auf meinen Magen lieber sein und trete wieder ans Tageslicht.

Kurz darauf ein anderer Tunnel, der Zugang zum jüdischen Viertel. Hier komme ich erstmals zu einem der Kontrollpunkte, die von den israelischen Sicherheitskräften in der geteilten Altstadt errichtet sind. Ich kann ungehindert passieren. Hinter dem Durchgang in gleißendem Sonnenlicht der Platz mit dem höchsten Heiligtum der jüdischen Welt, der Kotel Ha Ma'arivi, der Westmauer. Seit dem Mittelalter wird diese Wand aus geschichteten, zyklopischen Steinen in der christlichen Welt Klagemauer genannt. Ich trete näher, passiere eine Absperrung, an der mir die Kippah als Papphut verabreicht wird. Ohne Kopfbedeckung ist der Zutritt verboten. Und dann erlebe ich eindringlich die Inbrunst der Gebete gläubiger Juden. Völlig in sich gekehrt und dennoch demonstrativ, der Gegenwart Gottes nirgends so gewärtig wie hier, beten Männer und Frauen nach Sektionen getrennt, laut und mit heftigen Körperrhythmen der Mauer zugewandt. Als letzter Überrest des Jahwe-Tempels, der von Salomo einst errichtet, durch Nebukadnezar zerstört, unter Herodes wieder neu erbaut und durch Titus unter römischer Besatzung endgültig vernichtet wurde, ist diese Mauer nun staatstragendes Symbol.

Als Nichtjude kann ich die Kraft der Stätte nur erahnen. Auf dem Platz innerhalb der Absperrung haben sich etwa zehn Männer mittleren Alters, bärtige Väter mit ihren etwa achtjährigen Söhnen eingefunden. Alle tragen ihre Kippah. Sie halten sich an den Händen, laufen singend in einem großen Kreis, es wird gelacht, gescherzt, eine mir fremde Atmosphäre der Freude und des Zusammenhalts. Ich spüre intuitiv, dass hier die Religion Gemeinde stiftet, eine Form der echten Initiation, der Weitergabe von Werten an die nächste Generation, die uns im Christentum vielfach abhanden gekommen ist.

Nachdenklich gehe ich durch die Gassen zurück.

Auf dem Tisch in meinem Zimmer im Hospiz finde ich eine handschriftliche Nachricht auf Deutsch:
TREFFE DICH UM 15 UHR IM HINNOM-TAL!
Fredi kann mir nicht sagen, wie die Nachricht dort hinkam. Während seines Dienstes hat er keinen Boten gesehen. Das Zimmer hatte ich wohl nicht abgeschlossen, bin mir aber nicht sicher. Der Zettel enthält keinen Hinweis auf den Absender. Natürlich denke ich an Leila, und mein Herz schlägt unwillkürlich höher. Ich sehe auf dem Stadtplan nach. Warum sollte ich sie in dem stillen Tal südlich des Berges Zion treffen?

Für ein solch verschwiegenes Rendezvous kennen wir uns doch wohl noch nicht gut genug! Und warum hat sie nicht mit ihrem Namen unterzeichnet? Welchen Grund gibt es für diese Geheimniskrämerei?

Um 14 Uhr schon breche ich auf, um der ungewöhnlichen Einladung zu folgen. Ich brenne vor Neugier und halte es nicht mehr in meinem Zimmer aus, obwohl ich kaum länger als eine Viertelstunde für den Weg benötige. Ich durchquere wieder die Gassen, folge nun dem Hauptstrom und komme zum Jaffa-Tor, wo ich die Altstadt verlasse. Da noch etwas Zeit ist, gönne ich mir einen kleinen Umweg, überquere die Hativat Yerushalayim, eine der Hauptverkehrsadern, gehe durch Yemin Moshe, das Künstlerviertel. Danach erkunde ich einen ruhigen Park mit dem klangvollen Namen ‚The Liberty Bell Garden', in dessen Mitte eine Nachbildung der amerikanischen Freiheitsglocke auf einem Gestell thront.

Ringsum das Tosen des Mittagsverkehrs, und hier nun, welch ein Kontrast, eine Oase des Müßiganges. Spatzen zanken vor lauter Langeweile, Kinder turnen an Klettergerüsten, ein Hund bellt, zwei Jungen rennen mit ihrem Fußball vorbei, dann ein kleines Freilichttheater, in dem eine junge Frau ihr Mittagsbrot verzehrt, ein friedliches Bild.

Überall moderne Kunstplastiken in Nischen aufgebaut. Angrenzend eine Schule mit mehreren Plätzen für Basketballspiele. Ich muss an Evas Leidenschaft für dieses Spiel denken. Hat sie ihren Schritt inzwischen bereut?

Zwei junge Frauen kommen schwatzend und lachend den Weg entlang. Einen Moment erliege ich der Täuschung, glaube fest, die mit dem langen, blonden Haar sei Eva. Unmöglich, das kann nicht sein! Sie gehen vorbei, hebräische Töne, ich drehe mich um, blicke ihnen lange nach.

Dann ein Rastplatz unter schattigen Arkaden. Eine jüdische Großfamilie hat ihn erobert. Ich zähle sechs Männer, drei Frauen, eine Horde Kinder. Viele Plastiktüten mit Nahrungsmitteln, Tomaten, Brot, Getränke in Flaschen. Zwei der jungen Männer sind lautstark in heftigem Streit. Es geht um Organisatorisches. Sie tragen ihre Kippah am Hinterkopf.

Die Frauen räumen und hantieren.

Inmitten des Familiengetöses wird ein kleiner Junge, vielleicht zwei Jahre alt, aufwendig und mit rituellem Eifer geschoren. Er sitzt auf dem Schoß seiner Mutter. Ein junger Mann schneidet mit einer Schere eine der langen Haarsträhnen nach der anderen ab. Der Junge gibt lautstarkes Wehgeschrei von sich, als gehöre es dazu. Doch niemanden scheint es zu stören.

Man bereitet Fleisch auf einem dampfenden Grill, trägt Getränkeboxen heran, richtet das bevorstehende Mahl. Auch hier wieder der enge familiäre Zusammenhalt, ähnlich wie bei der zuvor beobachteten Beziehung der Väter zu ihren Söhnen an der Klagemauer. Ob es sich um ein religiös gefärbtes Ritual handelt? Ich wüsste es gern, doch ich mag nicht die Kreise der Familie stören, um danach zu fragen.

So verlasse ich den Park zur Seite, überquere die sehr belebte David Hamelech und wende mich meinem Ziel, dem Hinnom-Tal, zu, das hier seinen Eingang hat.

Einen Moment noch muss ich verweilen, um den eindrucksvollen Blick vom Süden her auf die Altstadt wirken zu lassen: drüben der rechteckige Kasten des legendären King-David-Hotels und der markante YMCA-Turm. Davor die Windmühle des Sir Montefiore, dann die weiß strahlende Mauer der Altstadt vom Jaffa-Tor über den Zionsberg mit der Dormitio-Abtei, davor das Institute of Holy Land Studies und rechterhand, steil abfallend, das Hinnom-Tal.

Obwohl die Nächte Anfang März im über 800 Meter hoch gelegenen Jerusalem noch empfindlich kalt sind, blühen hier überall schon Bäume, sind Blumenkästen mit Geranien aufgestellt, Lilien in weiß und violett im Beet, gelb lachende Gerbera. Der Eingang zum Tal stellt sich als Teil des ‚National Park Jerusalem Gardens' vor. Eine Inschrift weist darauf hin, dass die Anlage von einer Londoner Stiftung geschenkt wurde.

Kaum ein Mensch ist zu sehen in diesem Garten Eden. Wäre nicht das Getöse des nahen Verkehrs, man könnte nicht begreifen, inmitten der Großstadt zu sein, zu ländlich und zu friedlich scheint die Gegend. Ein satter Rasen breitet sich aus, leicht abschüssig talwärts. Darauf einige kahle Bäume, die sich zum Austrieb rüsten, durch erste Spitzen das Blattgrün angedeutet. Über die Wiese sind weiße Felsbrocken verstreut, Quader wie von Riesenhand hierher gelegt. An einen der Felsen gelehnt hockt ein halbwüchsiger Junge in kariertem Hemd. Als er mich kommen sieht, schaut er auf, neben ihm sitzt ein gleichaltriges Mädchen. Die beiden sind in angeregter Unterhaltung vertieft. Beim Näherkommen erkenne ich die Zugehörigkeit des Jungen an seiner Kippah. Die beiden haben nichts mit meiner Verabredung zu tun. Sie bieten ein trauliches Bild.

Mein Blick schweift über die sich langsam talwärts verengende Landschaft auf der Suche nach einem Anhaltspunkt für die Bestellung. Aber Leila ist nirgends zu erblicken, so sehr ich dies auch wünsche, auch sonst keine Seele. Soll ich weitergehen? Der Weg wird ungewiss. Abseits der Touristenströme und jenseits des Alltagsgetriebes am Rande der zivilisierten Welt wird mir der Ort langsam ungeheuer. Wäre nicht jenes Gemisch aus freudiger Erwartung und ungewisser Abenteuerlust in mir, ich würde kaum diesen Weg weitergehen. Doch es treibt mich an.

Aus dem Park am Eingang des Tales wird, je weiter ich gehe, eine urwüchsige Landschaft. Die Wiesen sind ungepflegt, naturbelassen. Uralte Ölbäume haben die Jahrhunderte überdauert. Ein Wasser fließt leicht dahin, sammelt sich und versickert im Untergrund. Terrassen aus Steinmauern, von Menschenhand geschichtet, zeugen von früherer Nutzung.

Je tiefer ich steige, desto steiler ragen die Felswände empor, die das Tal rechterhand begrenzen.

Zwei halbwüchsige Jungen haben ein Tau von den Felsen herabgelassen. Sie üben sich im Erklimmen der etwa zwanzig Meter hohen Steilwand. Mich nehmen sie nicht wahr. Da taucht, ich weiß nicht woher, wie im Sturm ein Maultier vor mir auf. Auf seinem Rücken sitzen zwei arabische Jungen, treiben es eifrig an. Im Nu sind sie auch schon den Berg herauf gekommen. Den Galopp eines Mulis habe ich nie zuvor gesehen. Sie reiten zum Zion, halten nur kurz inne und rufen den beiden Bergsteigern am anderen Ende des Tales etwas zu.

Jetzt erblicke ich eine schwarz verhüllte Araberin, die einen schmalen Weg vom jenseitigen Dorf herabsteigt. Langsam setzt sie Fuß vor Fuß. In einiger Entfernung bleibt sie stehen. Wohl kaum meinetwegen, wohl aber wegen der zwei Männer, die sie nun erblickt. Auch ich sehe jetzt die finsteren Gestalten, Müßiggänger in schäbiger Kleidung, dem westlichen Auge bedrohlich im Anblick. Sie lehnen an einer der geschichteten Steinmauern unter Ölbäumen. Die Frau hält inne, blickt herüber und kehrt dann um. Jetzt haben die Männer mich bemerkt, bleiben aber unbewegt an ihrem Ort. Ich gehe weiter talwärts, denn noch immer hoffe ich auf meine Begegnung.

Auf meinem Weg ins Tal wandelt sich die Landschaft zur Müll- und Schuttdeponie. Es ist unglaublich, dass ein historischer Platz, so nahe bei den heiligen Stätten und fast im Herzen der Großstadt, so elend verkommen kann. Zwischen ehrwürdigen Ölbäumen stapeln sich haufenweise Steine, Pappkartons, Plastikmüll, eine wilde Deponie. Wer wird den Unrat je beseitigen?

Tief unterhalb der Westmauer wandere ich nun wie mit einem Ziel dahin. Nur nicht stehen bleiben! Hinter mir taucht ein Auto auf, ich trete zur Seite, es fährt vorbei. Der Unrat nimmt an Dichte noch zu. Alte Kühlschränke liegen am Weg. Irgendwo hinter Mauern quiekt ein Tier in Todesangst. Blaue und rote Plastikkanister, verrostete Blechdosen. Vor mir am gegenüberliegenden Hang hunderte arabischer Wohnungen, sehr einfach, aus Platzmangel kühn ineinander verschachtelt. Ein Hahn kräht.

Ich bin froh, im Talgrund angekommen zu sein und hier endlich vom Abweg und Müllplatz, auf den ich ungewollt geriet, wieder auf eine belebte Straße zu gelangen. Das Treffen fand nicht statt. Enttäuscht wende ich mich wieder der Zivilisation zu, gehe an der Straße entlang bergauf. Da kommt mir auf dem schmalen Seitenstreifen erneut ein Junge auf dem Rücken eines Esels entgegen, treibt ihn just vor mir unverschämt an, ich muss zur Seite springen, um nicht umgerannt zu werden. Lachend dreht er sich um.

Später lese ich, dass dieses Tal einst Stätte eines Kultes

war, bei dem man Kinder durchs Feuer gehen ließ. Der Ort wurde zum Inbegriff des Bösen. Der Name des Tales ‚Hinnom' soll sich deshalb von dem arabischen Wort ‚gehenna' für ‚Hölle' herleiten. Hier soll der Hohepriester Kaiphas die im Johannesevangelium (11, 42-53) beschriebene Versammlung abgehalten haben, bei der die Tötung Jesu beschlossen wurde. Schließlich, so erfahre ich, liegt hier der Blutacker, der nach Matthäus (27, 6-8) von den dreißig Silbergroschen gekauft wurde, die von dem reuigen Verräter Judas Ischariot in den Tempel geworfen wurden.

Vor mir eine Gruppe von Touristen. Im Stadtplan erkenne ich, es handelt sich um den Siloah-Teich, an dem Jesus den Blindgeborenen heilte (Johannes 9, 7). Durch arabische Wohnviertel steige ich weiter den Berg hinauf. Unterwegs kaufe ich für einen Schekel, den ich zufällig in der Hosentasche finde, zwei Bananen bei einem Straßenhändler und komme gleich darauf zu wartenden Bussen, deren Fahrgäste für ein paar Minuten ihres Programmes von hier aus zur Klagemauer eilten: Die Hinterhöfe des Tourismus.

Die Fahrer stehen schwatzend beisammen, sie kennen sich alle von ihren Holy-Land-Tours, sehen sich wöchentlich an denselben Stellen wieder.

Ich gehe an der vielbefahrenen Straße entlang, dann zur Stadtmauer empor. Durch eine kleine Pforte gelange ich auf einen arabischen Friedhof, steige zum Goldenen Tor auf, das kein Tor mehr ist, seit man es zumauerte. Der Messias sollte nach Ansicht der Juden an dieser Stelle die Stadt betreten. Deshalb, so wird erzählt, mauerten die Araber den Zugang zu und platzierten hier zusätzlich einen Friedhof. Auch hier treffe ich keine Menschenseele, nun hoch über dem angrenzenden Kidrontal.

Gegenüber liegt der Ölberg jetzt in seiner ganzen Ausdehnung und Pracht. An seinem Fuße die Kirche der Nationen mit bunter Fassadenbemalung. Über den Hang, südlich davon, Tausende steinerner Gräber der Juden. Sie alle wollen am Tag der Ankunft des Messias das Ereignis nicht versäumen.

Eindrucksvoll im Talgrund die aus dem Felsen gehauenen Grabmale des Absalom und des Zacharias. Ich fotografiere, bin von den immer neuen Ausblicken angetan. Am Löwentor, unweit meiner Herberge, endet der abenteuerliche Aufstieg. Nun, da ich wieder das Licht der Welt erblicke, kommt es mir vor, als habe ich einen ersten symbolischen Ausflug in die Urgründe Zions unternommen. Was alles mag verborgen liegen im Urgestein dieses Berges, den eine Jahrtausende lange Geschichte mit unserer Zeit verbindet? Welch verschlungene Pfade weist dieses Land in seinen abgelegenen Winkeln noch auf?

Fünf

Neonfarben zuckende Blitze erhellen den Raum im Staccato des ohrenbetäubenden Gedröhnes. Bewegte Leiber, wehende Mähnen, lachende Gesichter, flackernd wie zu Stummfilmzeiten. Zwei junge Frauen stehen plötzlich auf den Tischen, werfen die Arme hoch, verdrehen die Augen wie in Trance. Die Umstehenden klatschen im Rhythmus der Musik.

Das „Underground" in Jerusalem gilt in Kennerkreisen als Gipfel der Kultszene. Natürlich muss der Abend mit Fredi hier enden. Zuerst speisten wir gemütlich bei Eldas Vesehov in der Yaffaroad, französische Küche, um dann einen Streifzug durch die angrenzenden Straßen und deren Kneipenkultur zu starten. Viel Volk ist hier abends unterwegs. Eine gewisse Ähnlichkeit mit unserer heimischen Studentenszene ist nicht zu leugnen, wenn auch das Bier internationaler ist.

Die Stunden flogen dahin. Fredi erzählte von seiner aufregenden Zeit im Schnittpunkt der Kulturen, dem Aufeinanderprallen der westlichen mit der arabischen Welt. Ich berichtete ihm von den jüngsten Ereignissen, die mich so unverhofft auf diese Reise führten bis hin zu meinem Ausflug ins Hinnom-Tal am Nachmittag. Als Krönung unserer Tour will Fredi mir nun gegen Mitternacht diesen kultigen Schuppen zeigen.

Noch stehen wir unentschlossen am Rande der Tanzfläche, doch ich spüre schon, wie es mich gleich packen wird; das rhythmische Getose fordert alle, die sich noch etwas Lebensfreude in den Knochen bewahrt haben, unbarmherzig zum Mittanzen auf.

Und schon sehe ich, wie Fredi über die Fläche wirbelt, und folge ihm. Ringsum junge, fröhliche Gesichter. Hier zählt weder Rasse noch Nationalität; die Jugend der Nationen ist sich in der Welt der Musik längst über alle Grenzen hinweg einig. Im Tanz verschmelzen die zuckenden Körper zu einem gemeinsamen Lebensgefühl, öffnen sich die Augen und die Seelen und man ist verbunden, ohne Worte wechseln zu müssen. Jeder tanzt mit jedem.

Unwillkürlich schießt es mir durch den Kopf: Was wäre, wenn jetzt ein verrückter Selbstmordattentäter seinen teuflischen Auftrag erfüllte? Unweit von hier in der Yaffa Road, wir sahen vorhin die Stelle, wurde vor zwei Wochen ein Linienbus zur Todesfalle. Ich verwerfe den Gedanken schnell wieder, denn eine Weile schon schaut sie mich nach jeder Drehung wieder lachend an, die attraktive dunkelhaarige Tänzerin mit dem strahlenden Gesicht und der langen Mähne.

Kaum zwanzig ist sie wohl. Gilt ihr Lachen mir, oder ist es nur Ausdruck ihrer Lebenslust? Nein, ich merke deutlich, das gilt mir, tanzen wir doch nun schon eine ganze Weile in fast symmetrischen Figuren. Unsere Körper ergänzen sich. Sie entwickelt eine spürbare Freude dabei, mich zu immer neuen Bewegungen zu animieren, die sie mir mit Phantasie vorgibt. Ich lasse mich auf das Spiel ein, mal springend, mal hüpfend, mal langsam, mal schnell: Kreisen der Hüften, Schütteln des Pos, phantastische Bewegungen des Rumpfes und der Arme. Im Augenwinkel fange ich die wissenden und vielsagenden Blicke Fredis auf.

Als die Musik wechselt, fasst sie mich leicht an der Schulter, beugt sich vor und fragt in mein Ohr: „You like a drink?"

„Yes, I do", brülle ich zurück, denn eine Unterhaltung ist hier unmöglich.

Mit zwei Cola-Whiskys treten wir auf die Straße vor dem Lokal, die sehr bevölkert ist. Lauter fröhliche, junge Menschen, die in Gruppen zusammenstehen und sich unterhalten. Ich spüre warme Sympathie, als sie mich beim Hinausgehen unterhakt, dabei zwei Freunden zuwinkt. In deutlichem Kontrast dazu steht ihre erste Reaktion, als sie merkt, dass ich Deutscher bin.

„Du kommst aus Deutschland?" dehnt sie und wechselt wie selbstverständlich die Sprache. „Es spricht für dich, dass du in diese Zeit herkommst."

„Du kannst die Deutschen nicht leiden?" frage ich direkt.

„Wir wurden von jenen erzogen, die Nummern am Arm trugen", spielt sie direkt auf den Holocaust an, fährt dann aber fort: „Niemand ist hier feindlich mit die Deutschen, und du kannst nichts für die Geschichte. Aber zuerst zuckt man zusammen."

„Beim Tanz eben haben wir uns wunderbar verstanden, fand ich."

„Du hast Recht, ich finde, du warst eine gute Tanzschüler." Sie reicht mir versöhnlich die Hand und sagt: „Ich bin Noami, wir sollten Freunde sein." Ich nenne meinen Namen, und wir tauschen uns nur kurz über unsere Biografien aus. Dabei erfahre ich, dass sie zurzeit ihren Wehrdienst ableistet, jedoch für eine Woche Urlaub hat.

Schon kommt Fredi, der alte Neidhammel, und stupst mich von hinten an: „Sag mal, behandelt man so einen Freund? Lässt mich beim Tanzen allein! Ist das der Dank für die gelungene Sause?"

Ich stelle die beiden einander vor, – im selben Moment kommen zwei weitere junge Frauen, grüßen Noami überschwänglich auf Hebräisch, Küsschen hier, Küsschen da, ziehen sie mit sich zu einem Pulk von Freunden nebenan, wildes Palaver, Gelächter, lautstarke Wortwechsel.

„Du hast ein besonderes Talent, gerade im richtigen Augenblick zu erscheinen", werfe ich Fredi vor.

„Nimm es leicht, Alter, du glaubst doch nicht, dass du hier gleich am ersten Abend eine Jüdin anbaggern kannst!"

Da löst sich die junge Frau aus dem Kreis, tritt erneut an meine Seite und flüstert mir zu: „Wollen wir uns morgen treffen? Ich zeige dir ein paar Ecken die Stadt, wenn du willst." Sagt es, und mir bleibt kaum die Zeit zu bejahen, elf Uhr Jaffator, und schon steht sie wieder im Kreise der Ihren.

Fredi gähnt unverschämt deutlich. Trotz der späten Stunde ist noch viel junges Volk am Zion Square, Ecke Ben Yehuda versammelt. Wir entschließen uns, den Abend zu beenden, und winken einem Taxi, das uns zum Damaskustor bringt. Unsere Schritte hallen durch die nächtlichen Gassen. Schweigend gehen wir die wenigen Meter zum Hospiz. Kaum zwei Tage unterwegs, bin ich bereits zum zweiten Mal verzaubert.

Als ich wenig später in meiner Kammer liege, denke ich an Leila. Wo mag sie sein? Hat sie versucht, Kontakt mit mir aufzunehmen? Was verhinderte das Treffen? Mir fällt die verschleierte Frau ein, die den Pfad herabstieg, dann jedoch umkehrte. Meine Gedanken wenden sich der jungen Israelin zu, mit der ich verabredet bin. Müde und mit dem seligen Gefühl, trotz aller Wirren in meinem Leben ein Glückspilz zu sein, gleite ich hinüber in die Traumwelt, wo mich heute Nacht zwei schöne Frauen verzaubern.

Sechs

Die Augen Evas waren es, die mir am nachhaltigsten erschienen. Jene graublauen Augen, aus denen zuletzt nur noch Hass zu mir sprach.

Am Morgen kaufe ich zuerst eine Postkarte in einem der Souvenirshops nahe dem Hospiz. Danach sitze ich in der angenehm warmen Märzsonne auf der Dachterrasse, vor mir wieder das herrliche Panorama mit dem Felsendom im Zentrum. Eine halbe Stunde bin ich damit beschäftigt, eine einzige Postkarte zu beschriften. Ich finde keinen Anknüpfungspunkt. Hätte ich nicht so überstürzt abreisen sollen? Was ist das für eine Partnerschaft, in der einer von beiden immer davonläuft? Aber war Eva nicht zuerst gegangen? Vielleicht habe ich zu wenig Verständnis gehabt für all die Probleme, die sie zurzeit mit ihrem Examen plagen, zu sehr nur an mich gedacht?

Die Karte, die ich auswählte, auf der schon seit zwanzig Minuten nur die Adresse steht, die Adresse von Evas Eltern, wo ich sie vermute, diese Karte ist voller Symbolik: Sie zeigt einen ganz im schwarzen Schlamm des Toten Meeres eingepackten Mann, unkenntlich, doch lachend vor der salzigen Kulisse des tiefsten Meeres der Welt. Vielleicht ist es diese Symbolik, die mich am Schreiben hindert? Die Karte soll witzig sein, ist aber doch voller hintergründiger Ironie. Ich sitze noch eine Weile brütend über einem möglichen Text. Dann zerreiße ich die Karte.

Elf Uhr, Jaffator. Ich warte seit zehn Minuten. Weitere zehn Minuten vergehen.

Ich lese in meinem Reiseführer: Die Bresche im Tor wurde am Ende des vorigen Jahrhunderts von den Türken geschlagen, um dem deutschen Kaiserpaar bei dessen Besuch den Einzug in die Stadt mit der Kutsche zu ermöglichen.

Um mich herum ist reges Treiben. Ganze Heerscharen von Touristen, von den Bussen auf die Hativat zum Altstadtgang ausgespuckt, traben die Straße entlang, Amerikaner, Japaner, Deutsche. Taxifahrer lauern innerhalb der Mauern auf Kundschaft. Später, wenn die Touristen, müde gelaufen, orientierungslos zum Hotel streben, ist hier ein schneller Schekel zu verdienen. Polizisten sind wie überall präsent, lassen sich bereitwillig fotografieren: Dunkelblaue Nylonanzüge mit breiten, weißen Querstreifen an Armen und Beinen, auf der Brust der hebräische Schriftzug für Polizei, dazu dunkelblaue Kappen mit goldgelber Aufschrift und Emblemen.

Auch der orthodox-griechische Patriarch, der vor der Cafeteria steht, die Hände vor dem Leib verschränkt, ist für ein Porträt bereit. In seinem schlicht schwarzen Talar, mit dem langen, silbergrauen Bart, dem schwarzen, zylinderförmigen Hut ohne Rand gibt er ein Bild von Ruhe und Gelassenheit ab.

„Hallo Joachim", sie spricht mich von einer Seite an, von der ich sie nicht erwartet habe. Noami steht vor mir, ist durch den Basar gekommen, fast hätte ich sie nicht erkannt. Heute trägt sie ihr Haar sittsam verknotet mit einer Spange am Hinterkopf. Sie ist wunderschön, eine junge Frau von eigenwilliger Eleganz. Sie trägt wieder die lässige Jeans von gestern Nacht, dazu heute eine schlichte, weiße Bluse mit weiten Ärmeln, die einen schönen Kontrast zu ihrer gebräunten Haut abgibt.

Lachend nimmt sie die dunkle Sonnenbrille von den Augen, lässt sie an einem Lederband um den Hals fallen und fragt: „Wartest du schon lange?" Eine Antwort erwartet sie nicht auf ihre Frage, hat sie doch mit meiner deutschen Pünktlichkeit gerechnet, sich selbst hingegen israelisch verhalten.

„Komm, ich zeig dir die Altstadt, wie sie kein Tourist kennt." Sagt es, greift nach meiner Hand und strebt vorbei an einem Schild ‚Rampert's walk' zur nahen Zitadelle. Einige Stufen führen zunächst hinab in den Keller des Turmes, um dann nach bezahlter Gebühr den Weg über eine hohe Wendeltreppe zum First der Stadtmauer hinauf freizugeben.

Fast packt mich ein leichter Schwindel beim Besteigen. Oder ist es die Aussicht, mit der zupackend natürlichen Frau, die vor mir die schmale Treppe erklimmt, den Tag zu verbringen? Mir bleibt nicht viel Zeit, darüber nachzudenken, denn schon fasziniert mich ein neues, hinreißendes Panorama.

Hand in Hand schlendern wir auf dem Mauergang in südliche Richtung, bleiben hin und wieder an einer der Scharten stehen, um hinüberzublicken gen Westen.

„Wo hast du Deutsch gelernt?"

„Mein Großvater stammt aus Deutschland. Bei meine Elternhaus wird noch etwas Deutsch gesprochen. Mein Vater spricht es perfekt. Er war in seine Beruf in Deutschland. Ich war noch klein dabei. Ein Jahr war ich in der Kindergarten in Bonn."

Noami macht Fehler, vor allem die Pronomen bereiten ihr Schwierigkeiten. Doch klingen ihre Worte dadurch für mich besonders sympathisch. Sie gibt mir in allem bereitwillig Auskunft, ist von fröhlicher Gesprächigkeit. Die Vorbehalte, die ich gestern mir gegenüber als Deutschem zu spüren glaubte, sind völlig verschwunden.

Ihr Großvater, sagt sie, kam aus der Nähe von Berlin. Er ist über achtzig und lebt heute in einem Kibbuz im Norden. Er gehört zur Generation der Staatsgründer. Ihre Mutter stammt aus Südafrika, deren Eltern auch. Nach Israel kamen sie, weil sie vor Pogromen flüchteten. Noami hat zwei Geschwister, einen älteren Bruder und eine jüngere Schwester.

„Unsere Eltern machten uns verschieden, sie machten uns stark!" Die Atmosphäre in ihrem Elternhaus sei immer „israeloriented" gewesen, auch wenn ihre Generation nicht die Wahl hatte, nach Israel zu kommen oder nicht. Sie selbst steht zu diesem Staat, der ihre Heimat ist, und auch zur jüdischen Geschichte, die ihre Identität bestimmt.

Treppauf und treppab geht der Weg. Mitten durch die Fünfhunderttausend-Einwohner-Stadt ist er dennoch am hellen Tag menschenleer.

Noami erklärt, dass die Menschen selbst für einen solchen Spaziergang durch die eigene Stadt kein Geld ausgeben würden und auch keine Zeit dafür hätten. Die Touristen steuern hingegen beim Abspulen ihrer zeitlich knappen Israelprogramme in Jerusalem andere, als wichtig angesehene Orte an.

Das armenische Viertel, das von der Mauer eingegrenzt wird, weist ein weites, brachliegendes Areal unmittelbar an der Mauer aus. Die Bevölkerungsgruppe der Armenier, so Noami, besteht aus nur dreitausendfünfhundert Menschen.

Die Mauer knickt im rechten Winkel ostwärts ab und führt über den eigentlichen Berg Zion, der in herodianischer Zeit zur Oberstadt gehörte. Unser Blick fällt auf die Dormitio Kirche, in deren Untergeschoss sich der Saal der Fußwaschung befindet. Im Obergeschoss darüber, nicht minder geschichtsträchtig, wird von Pilgern der Abendmahlsaal besucht.

„Dort sind wichtige Orte für uns Juden, für die Christen, und auch die Moslems beten dort", erklärt Noami. „König Davids Grab ist hier". Sie erläutert mit bedeutungsvoller Mine: „König David spielt für uns eine sehr große Rolle. Er hat mit unsere Identity zu tun. Für viele Israelis König David lebt noch unter uns, jetzt. Er ist ihnen viel wichtiger als Menschen, zum Beispiel Politiker. Überhaupt hat history, also die Geschichte, eine große, wie sagt man...?"

„Bedeutung?" ergänze ich.

„Ja, Bedeutung" fährt sie fort, „wir Israelis definieren uns durch die Erinnerung. Das gibt uns Kraft. Es gibt auch eine gemeinsame Zukunft."

Ich ahne, dass Noami mir einen wichtigen Schlüssel zum Verständnis der jüdischen Identität nennt.

Aber wie, so frage ich mich gleich, definieren wir jungen Deutschen des ausgehenden zwanzigsten Jahrhunderts uns eigentlich?

Inwiefern ist es uns möglich, aus der Geschichte Kraft zu schöpfen?

Wird es gelingen, in ein paar Jahrzehnten eine größere, europäische Identität aufzubauen?

Das Zionstor überqueren wir auf ein paar Stufen, die hier hinauf und drüben wieder hinab führen. Dann zwängen wir uns durch eine schmale Öffnung, bevor wir den Mauerweg weitergehen. Noami merkt, dass ich still und nachdenklich geworden bin. Sie fragt: „Was denkst du?"

„Ich denke an den Teil der Geschichte, der uns Deutsche mit den Juden besonders verbindet."

„Ich habe es gewartet", antwortet sie. Nach einer Pause fügt sie hinzu: „Was denkst du über die Shoa, über der Holocaust?"

„Ich schäme mich für diese Verbrechen, die in meinem Vaterland passiert sind. Ich kann nicht verstehen, wie es dazu kommen konnte. Das geht über meinen Verstand."

Schweigend gehen wir weiter, jeder für sich in Gedanken

versunken. Oberhalb des Hinnom-Tales bleibe ich kurz stehen, um über die Mauerbrüstung hinabzuschauen. Ein alter Mann mit schwarz-weißem Palästinensertuch um den Kopf sitzt außen vor der Mauer am Boden. Er hütet ein paar Ziegen, die hier friedlich grasen, ein Bild wie vor tausend oder zweitausend Jahren.

Im jüdischen Viertel, unweit des Dungtores, steigen wir hinab. Noami möchte mir die Westmauer zeigen. Ich sage ihr nicht, dass ich die Klagemauer bereits gestern vom moslemischen Viertel aus besuchte. Sie soll die erste sein, die mir diese wichtige religiöse Stätte erschließt.

„Theodor Herzl, der Gründer des Zionismus, hat gesagt: Der Glaube hält uns zusammen!" Während wir den Platz überqueren, erklärt mir Noami, welch enormen Einfluss in Israel die Religion hat: „Über achtzig Prozent der Bevölkerung sind Juden. Viel mehr als die Hälfte sind hier geboren. Vierzehn Prozent sind Araber, also Moslems. Christen gibt es nur ganz wenige. Aber nicht für alle Juden ist die Religion so wichtig. Nur etwa fünfzehn Prozent sind Orthodoxe. Trotzdem ist unsere Staat von die Religion bestimmt."

Wir stehen nun an dem Gatter, welches die Zaungäste von den Betenden an der Westmauer trennt.

„Bestimmt die Religion auch dein Leben?" frage ich sie interessiert.

„Ja, als eine Beispiel der Sabbat. Und die jüdische Feste sind Feiertage für alle in das Land. Du wirst von die Nachbarn missgeachtet, wenn du an der Sabbat Auto fährst. Man darf nach das jüdische Gesetz an das Sabbat keine Arbeit tun. Auch die besondere koschere Nahrung gilt überall im Land. In Hotels, bei die Armee, in Hospitals, sogar in die Gefängnisse."

„Bist du denn gläubig?" frage ich sehr direkt, aber die Indiskretion stört sie nicht: „Gott ist für mich eine Realität, doch muss ich deshalb nicht die Regeln der Orthodoxen halten. Viele Israelis, ich glaube die meisten, denken heute so. Aber meine Mutter führt eine koschere Küche. Und am Abend von der Freitag sammelt sich auch bei uns die Familie, um der Sabbat zu feiern."

„Was wäre denn, wenn..." Ich halte mitten im Satz inne. Ich muss lachen. „Was wäre, wenn ein Nichtjude eine junge Jüdin wie dich heiraten wollte?"

Sie errötet fast unmerklich, setzt sich schnell über meine Anspielung hinweg und entgegnet in ernstem Ton: „Du kannst in Israel keine Zivilehe schließen, auch keine Scheidung. Alles geht über das Rabbinat. Eine Zivilehe ist nicht verboten, aber sie ist gar nicht möglich in dieses Land. Einige Paare fahren nach Zypern, um eine Zivilehe zu schließen."

Wir schauen noch eine Weile dem Treiben auf dem Platz zu. Auf der einen Seite die betenden Juden an der Mauer, davor die Besucher. Und als eine Horde deutscher Touristen einfällt, lärmend, knipsend, - „Karl-Heinrich, schau mal, die mit ihren Hüten da drüben!" - fasse ich sie bei der Hand und ziehe sie fort, unbewusst in Richtung des Hospiz.

„Wohin willst du?" fragt sie und zieht in die Gegenrichtung, „komm, lass uns etwas essen, dann zeige ich dir Yad Vashem."

Ich widerspreche nicht.

Sieben

Ich höre mich von meinem Großvater erzählen, einem elsässischen Patrioten. Im ersten Weltkrieg hatte er als junger Mann für Deutschland gekämpft. Er hatte sich einen Rang erdient und war enttäuscht über den verlorenen Krieg in das dann französische Elsass zurückgekehrt, die zivile Laufbahn, die er als Lehrer versuchen wollte, beendete er jäh unter dem für ihn entscheidenden Eindruck des Selbstmordes eines Kommilitonen. Mit familiärer Hilfe wurde er dann Geschäftsmann. Er kaufte ein Haus und gründete mit seiner Frau eine Schuhhandlung. Weil dieses nicht für den Lebensunterhalt ausreichte, verdiente er als Fleischbeschauer hinzu, zählte Trichinen unter dem Mikroskop und stempelte im Laufe von Jahren Berge von Tierkörpern zum Verkauf frei. Er brachte so manches Stück für den eigenen Suppentopf mit nach Hause.

Meine Mutter verehrte ihren Vater sehr. Sie war gerade dreizehn, als er gegen Ende des Zweiten Weltkrieges erneut für Deutschland an die Front zog, diesmal freiwillig um des Endsieges Willen. Es ging um alles oder nichts. Sein Verschwinden im Kugelhagel der Ostfront hätte dennoch für die nachfolgenden Generationen als Heldentod gelten können, wäre er nicht für Adolf Hitler gestorben! Einzig meine Mutter glorifizierte ihn weiter. Für sie war er „edel, hilfreich und gut".

Doch nie wurde in der Zeit danach darüber gesprochen, warum seine Frau mit ihren beiden Töchtern nicht in das inzwischen nach der Befreiung wieder Französisch gewordene Elternhaus zurückkehren konnte. Erst nach dem frühen Tod meiner Mutter musste ich einer Bemerkung ihrer älteren Schwester entnehmen, dass Denunziation und Deportation elsässischer Juden im Leben dieses deutschnational gesinnten Mannes ein bedrohlicher Schatten geworden waren, der schuldhaft seine Heimkehr und die Heimkehr seiner Familie unmöglich werden ließ. So lag die Vermutung seines Freitodes angesichts des verlorenen Krieges an der Ostfront für meine Mutter nahe. Furcht vor Rache der Juden, vor Vergeltung, Bestrafung, – der Weg in das westliche Deutschland war naheliegend.

Aber es sind die Hinterbliebenen der Kriegshelden, die die Zeche zahlen, immer und überall. So stand die Schuldfrage in meiner Kindheit unausgesprochen im Raum. Viel subtiler jedoch als in politischen Kommentaren. Verdrängte Schuld in den Knochen, vererbte Schuld in der Seele. Schuld, die man benennen kann, zu der man sich bekennt, ist verantwortete Schuld. Namenlose Schuld jedoch ist unerträglich und ausweglos. Sie kann in seelische Erkrankung führen.

Zahllose Selbstmordversuche prägten das Leben dieser Verzweifelten, die meine Mutter wurde. Nie funktionierte es wirklich. Sie trank Tinte, das half nicht. Sie ging in den Fluss, der zu flach war. Sie legte sich auf die Schienen, die zu der Zeit nicht befahren wurden, in den Schnee, der doch nicht kalt genug zum Erfrieren war und schnitt sich schließlich die Pulsadern auf, nicht richtig jedoch, wusste sie nicht, wie man den Schnitt setzen muss.

Die Schuld anderer, zumal der Vätergeneration zu tragen, ist, ich ahne es, zerstörerisch. Vor zehn Jahren, als ich gerade achtzehn wurde, starb meine Mutter an Herzversagen.

Noami hat mich offen gefragt, welche Verbindung meine Familie zum Holocaust hat. Ebenso offen ist meine Antwort. Nun ernte ich betroffenes Schweigen. Wir sitzen auf einer Mauer, vor uns auf einer hohen Rampe, die ins Nichts führt, ein alter Eisenbahnwaggon, der einst als Menschentransporter Juden in Konzentrationslager brachte.

„Gedenkt ihr an den Holocaust?" fragt Noami in die Stille.

In der Tat, die Holocaustgedenkstätten in Deutschland gibt es, vor allem die ehemaligen Vernichtungsstätten sind uns als authentische Orte des grausigen Geschehens für Gedenken zugänglich. Aber, da muss ich ehrlich sein, der Normalbürger nutzt sie kaum. Sie erinnern uns an die Schande. Auch ich war, ich muss es voll Scham gestehen, bis heute in keinem einzigen der Lager. Es gab in meiner Schulzeit keine Verpflichtung dazu. Auch im Schulunterricht waren sie nicht wirklich Thema. In den oberen Klassen ist die Geschichte der Nazizeit zwar Gegenstand des Unterrichts. Aber nach meiner Erfahrung fällt es den meisten Lehrern schwer, für die Auseinandersetzung mit diesem düsteren Kapitel der deutschen Vergangenheit unsere Generation zu motivieren. Wie also kann Betroffenheit erreicht werden?

Die Lehrer, zumal die der älteren Generation, hatten ihre eigenen Familiengeschichten in dem Punkt kaum aufgearbeitet und haben sich eifrig an der Verdrängung des ungeliebten Themas beteiligt. Allzu gern wurde es übergangen oder nur oberflächlich behandelt. Andere, Jüngere spulten es pflichtgemäß ab – auf der Ebene des Kopfes. Aber die schuldhafte Vergangenheit im Kopf zu behandeln heißt nicht, sie zu verstehen oder gar aufzuarbeiten.

Wieder andere Lehrer wurden zu Eiferern. Sie konfrontierten ihre Schüler gefühllos mit allen nur greifbaren Fakten. Kaum einer von den Schülern konnte einen emotionalen Zugang zu den nicht selbst miterlebten Gräueln herstellen, zumal diese Lehrer sich schwertaten, Antworten auf die Schülerfragen zu geben.

„Es lässt sich nicht leugnen", höre ich mich sagen, „die Schuldfrage spielt fünfzig Jahre nach Ende des Zweiten Weltkrieges immer noch eine Rolle in unserem Land. Doch wir sprechen selten darüber. Wir müssen lernen, damit umzugehen. Sie ist subtil, versteckt, untergründig. Mit dem Abstand der Zeit gelingt die Verdrängung immer besser. Diejenigen, die nicht wahr haben wollen, was passiert ist, oder es nicht wissen wollen, nehmen zu."

„Gibt es wirklich Leute, die nicht an die Shoa glauben, who deny the holocaust?"

„Über Zahlen muss nicht gestritten werden, wenn die Tatsachen als solche erdrückend sind!"

Wir wenden uns dem ‚Tal der Gemeinden' zu. Jerusalemsteine wie an der Westmauer, große Felsblöcke, sind hier geschichtet zu einem Labyrinth von Gängen und Gassen, die ins Nichts führen. In den Winkeln und Nischen trifft man auf die in den Stein gehauenen Namen der zahlreichen jüdischen Gemeinden, die in Europa vor der Vernichtung existierten.

Wir schreiten durch dieses Tal, die junge israelische Frau und ich, der junge Deutsche. Und trotz der Beklemmung, die der Ort als Ganzes hervorruft, atme ich jetzt freier als vorhin im historischen Haus und im Kinderhaus, denn hier ist der Himmel zu sehen! Dort waren die Eindrücke so grauenhaft, die Betroffenheit so überwältigend, dass wir nur in bewegtem Schweigen die Bilder, die das ganze Elend beweisen und für die Nachwelt konservieren, betrachten konnten.

Für Noami ist Yad Vashem eine Realität seit ihrer Schulzeit. Alle israelischen Schulklassen werden zu dieser nationalen Gedenkstätte geführt. Die Shoa gehört in Israel zum Pflichtpensum der schulischen Reifeprüfung.

Noami, die wie ich jene Zeiten nicht selbst erlebte, war sichtlich berührt, als sie sah, dass mir beim Anblick der furchtbaren Zustände im Warschauer Ghetto und in den Vernichtungslagern Tränen in die Augen traten. Es ist verdammt schwer, das alles zur Kenntnis zu nehmen, geschweige denn zu verstehen. Es ist viel leichter, nicht hierher zu kommen. Das hatte ich ja schon vorher geahnt. Doch ich wollte, ich musste es mir zumuten.

„Wie kann man das alles nur verarbeiten?" frage ich in das lange Schweigen.

Dass Noami die Kraft fand und willens war, mit einem Deutschen durch Yad Vashem zu gehen, lässt in mir den Funken glimmen, dass die „Zeit danach" nun bald anbrechen wird, vielleicht schon begonnen hat. Die Zeit des langen Schweigens ist auf jeden Fall für mich vorbei.

Nun stehen wir zwischen den wuchtigen Felsblöcken. Ich lese laut die Namen der jüdischen Gemeinden meiner Heimatregion. Noami, so scheint mir, hat mich sehr genau beobachtet.

Plötzlich tritt sie wie aus einem Anflug innerer Berührung vor mich, schlingt, ehe ich weiß, wie mir geschieht, ihre Arme um meinen Hals, umarmt mich mit Inbrunst, küsst mich lang. Dann läuft sie davon, lässt mich allein mit meiner Sprachlosigkeit in dem Gewirr der Steine.

Ich drehe mich nach ihr um, doch sie ist schon verschwunden. Auch auf den Wegen vor dem Tal ist sie nicht, wo ich nach ihr suche. So akzeptiere ich es, allein weiter über das Gelände zu gehen und mich meinen Gedanken hinzugeben. Sie kreisen hier deutlicher als an jedem anderen Ort der Welt um die Begriffe Schuld, Scham, Schande und Verantwortung.

Um meine Erkenntnisse ordnen zu können und sie später in eine meiner Seminararbeiten einzubringen, suche ich in meinen Taschen nach Notizzetteln zum Aufschreiben.

Hier sind sie, ungeordnet:

Scham ist angebracht, auch wenn Schuld im persönlichen Sinne verworfen wird! Denn geschichtliche Fakten erzwingen

Scham, unabhängig von etwaiger persönlicher Verstrickung. Verantwortung zu übernehmen bedeutet zuerst einmal, Zuständigkeiten anzuerkennen. Wer blind und taub ist für die Schande, kann seine Zuständigkeit nicht erkennen, wird allzeit stumpf und unbeweglich verharren.

Wer jedoch erkennt, welch grauenhafte Verbrechen an Menschen begangen wurden, kann seine Betroffenheit nicht mehr hinunterschlucken. Also ist Erkenntnis von Betroffenheit der erste Schritt zum Selbstverständnis.

Wir deutschen Nachkriegsgenerationisten sind zuständig für das Eingeständnis der Schande. Angesichts des Grauens, welches uns bei vollem Erkennen der ganzen Wahrheit packt, muss uns die Schamröte ins Gesicht steigen.

Wenn Verantwortung meint, Klarheit ins Geschichtsbild zu bringen, dann muss nicht nur Faktenwissen in jeden einzelnen Schädel, dann muss emotionales Nachempfinden in die Seelen hinzu, dann reicht das bloße Er-klären nicht aus, weil Worte allein noch nicht Klarheit bedeuten.

Wie aber kann das, was uns geschichtlich zu entrücken droht, zum Zwecke der Verantwortung festgehalten werden? All die Massaker der Vergangenheit verschwammen früher oder später im Nebel der Zeit.

An der Cafeteria unweit des Ausgangs treffe ich Noami wieder. Sie sitzt mit zwei Israelis, einer Frau und einem Mann, bei Café Melange. Als sie mich entdeckt, winkt sie mir schon von weitem, mich zu ihnen zu setzen. Dann stellt sie vor:

„Das sind Isaak und Marita, Freunde von mir. Sie gehören beide zu das Personal von dieses Museum. Marita kommt aus Österreich, auch Isaak spricht Deutsch. Sie können es beide besser als ich."

„Hallo", grüße ich die beiden, die mich freundlich und aufgeschlossen anschauen. Was hat Noami ihnen bereits von mir erzählt?

„Jeder, der jetzt zu uns kommt, in diesen belasteten Tagen", begrüßt mich Isaak, „ist uns willkommen." Ich sehe ihn an. Er hat ungefähr mein Alter, trägt einen schwarzen Vollbart und eine dunkel umrandete Brille mit sehr dicken Gläsern.

„Die letzten Wochen haben uns alle sehr aufgewühlt", fügt Marita hinzu. Vorigen Freitagabend habe ich Kerzen angezündet, obwohl ich das sonst nicht so oft mache." Sie spricht ein klares Deutsch mit alpenländischem Akzent. Ich frage sie danach und erfahre, dass sie in Wien geboren wurde.

„Ich bin die Tochter von Holocaustüberlebenden." Ihre Eltern sind in Wien geblieben, während sie nach der Matura mit achtzehn in Israel eingewandert ist. In Österreich, im „Land der Väter", wurde sie bereits im Sinne der jüdischen Identität erzogen, war Mitglied einer jüdischen Jugendbewegung und fand so eine Beziehung zum Staat Israel. Die Auswanderung war für sie konsequent. Mit viel innerer Bewegung in der Stimme erzählt sie von ihrem Vater, der nach der Befreiung aus dem Lager Auschwitz „psychisch völlig fertig" gewesen sei.

„Die Vergangenheit begleitet uns lebenslang!"

Mir wird deutlich, dass das für die Opfer wie für die Täter und deren Nachkommen gilt. Marita erzählt ihre Geschichte immer wieder gern. Inzwischen ist sie hier verheiratet, hat zwei Kinder, „die als kleine Israelis mit jüdischer Religion und Kultur aufwachsen".

Der Holocaust ist der zentrale Bestanteil jüdischer Identität. Hatte ich mich auf dem Herflug noch über Sarahs direkte Ansprache dieses Themas gewundert, so ist mir dies nun klar. Maritas Leben, das ist leicht auszumachen, wäre ohne die Shoa in ganz anderen Bahnen verlaufen. So geht es vielen Juden auf der ganzen Welt. Dass Marita noch heute, obwohl sie hier Familie hat, ihre Wurzeln in Wien spürt, wird deutlich, als sie sagt: „Die Tatsache, dass ich physisch hierher gekommen bin, heißt nicht, dass alles andere auch mitgekommen ist."

Ich schweige respektvoll.

Nach einer Weile sagt Noami: „Diese Attentate haben mich dazu gebracht, die Araber noch mehr zu hassen als zuvor."

Bisher hatte ich die junge Frau als weltoffen, tolerant, ja beinahe friedfertig erlebt. Die nun freimütig geäußerte Rechtfertigung von Hass passt nicht in dieses Bild. Doch sie selbst erhellt ihre Gefühlslage, indem sie gleich hinzufügt: „Ich begann, auch die Sonntage selbst zu hassen. Sie haben für die Anschläge immer Sonntag früh gewählt, um die Soldaten zu treffen. Die kommen nach der Sabbat mit Bussen in ihren Dienst zurück. Ich stelle mir vor, ich selbst sitze in diese Bus und meine Eltern warten. Viele haben auch Angst, ob der Vater heimkommt. Alle Leute telefonieren nach einem neuen Attentat viel, ob jemand verletzt wurde. Es gibt dauernd im Radio Nachrichten. Welche Art Musik sie spielen, daran merkt man schon, ob wieder etwas passiert ist. Alle haben Angst, Bus zu fahren, sie nehmen lieber ein Taxi."

Noami hat sehr schnell gesprochen. Sie schaut ihre Freunde an und schließt noch den englischen Satz an:

„In whole Europe there is no more dangerous place to live in as in Israel."

„Du darfst nicht vergessen", entgegnet Isaak in seiner ruhigen, bedächtigen Weise, „dass es ein kollektives Trauma gibt." Und zu mir gewandt fährt er fort: „Wir wurden bekämpft, seit es diesen Staat gibt. Mit Ägypten und Jordanien haben wir jetzt Frieden, doch die islamischen Fundamentalisten wollen uns nach wie vor vernichten, uns ins Meer schmeißen, wie sie sagen. Die uns jetzt bekämpfen, stehen nicht vor unseren Grenzen, sie sind mit ihren Terrorbomben mitten unter uns. Es ist also eine Situation, die uns hilflos macht. Das Trauma mit seinem Ursprung im Holocaust bekam in jedem der vielen Kriege neue Nahrung. Auch jetzt ist es wieder wirksam. Im Golfkrieg war es ganz extrem. Das hat etwas von einer Massenhysterie! Die Leute meinen, es gibt einen neuen Holocaust, und der kommt hierher. Die Angst sitzt für ganz viele tief in den Knochen, und die Angst ist ansteckend. Die gemeinen Anschläge können unsere Sicherheit nicht wirklich bedrohen, aber die öffentliche Meinung und die Friedenspolitik sind ernsthaft in Gefahr. Die Leute sind sofort bereit, zu kämpfen. Angst führt uns immer zu enormer Stärke. Nie wieder wollen wir hilflos unseren Feinden ausgeliefert sein. Verstehst du das?"

Isaaks sachlich nüchterne Analyse gefällt mir. Ich bestätige seine Frage und möchte mehr über seinen Job wissen. Er arbeitet wie Marita in der pädagogischen Abteilung des Holocaustmuseums. Im Rahmen der zentralen Aufgabe der „Verewigung", wie er es nennt, gibt es hier das größte Holocaust-Archiv der Welt.

„Der Holocaust ist ein Hindernis für uns, eine normale Gesellschaft zu sein; vielleicht verhindert es auch den Frieden", sagt Isaak in langsamen Worten fast gedankenversunken. Nach einer Weile fügt er noch hinzu: „Unsere Neigung, uns mit dem Holocaust zu beschäftigen, wird sicher auch kleiner werden, wenn es Frieden gibt."

Ich nehme mir vor, nicht nur den Holocaust in seiner ganzen Bedeutung und Tragweite zur Kenntnis zu nehmen, sondern auch zu versuchen, das von Isaak beschriebene Israeltrauma zu verstehen.

„Es ist noch zu früh", meldet sich wieder Marita zu Wort, „um die Shoa als einen Teil der Geschichte zu betrachten. Wir tun, was wir können, um noch Zeugnisse von Überlebenden zu sammeln. Irgendwann werden die unmittelbar Betroffenen ausgestorben sein. Isaak hat von der Verewigung gesprochen. Wir Juden sind eines der ältesten noch lebenden Völker der Erde. Es gibt uns seit mehr als dreitausend Jahren. Das schafft eine lange Erinnerung. Ich glaube, wir sind so alt, weil die Erinnerung uns so wichtig ist. Indem wir Erinnerung am Leben erhalten und weitergeben, schaffen wir die Verewigung."

„Der Holocaust war aber nur eines von zwei schlimme Ereignisse in unsere History", wirft Noami ein.

„Ja", entgegnet Isaak, „du meinst die Verfolgung und Vertreibung der Juden durch die Römer im Jahr einhundertdreißig nach christlicher Zeitrechnung."

„Vorhin, als wir in das Tal der Gemeinden waren, hast du gefragt, wie man das alles nur verarbeiten kann", fährt Noami an mich gewandt fort. „Es ist das nach meiner Meinung nicht die Frage, wie verarbeite ich das? Verarbeiten hört sich an, als kann man das wegarbeiten, dann ist es fort. Die Frage muss immer sein: Wie leben wir weiter? Wir Juden haben immer weitergelebt, auch wenn wir kollektiv ausgerottet, zerstört werden sollten."

Wie zum Abschluss sagt der junge Mann mit dem dunklen Bart und dem dicken Brillendurchblick: „Die Erinnerung an das, was die Deutschen gemacht haben, wird es noch geben, wenn es mal keine Deutschen mehr gibt auf dieser Welt."
Auch das ist für mich ein völlig neuer Gedanke. Er hat es langsam und bedächtig gesagt und dabei keineswegs unfreundlich. Nun beginnt er ebenso bedächtig seine Pfeife zu stopfen und verbreitet kurz darauf den angenehmen Duft des süßlichen Tabaks.
Noami schaut auf ihre Uhr und trinkt den Kaffee aus. Um achtzehn Uhr, sagt sie, hat sie eine wichtige Verabredung. Mit wem, lässt sie uns nicht wissen. Wir verabschieden uns von Marita und Isaak. Ich habe das Gefühl, auch zu ihnen einen freundschaftlichen Kontakt gefunden zu haben.

In Noamis altem Ford fahren wir zurück, vorbei am Grabmal Theodor Herzls, des Begründers des Zionismus, von dem sie vorhin an der Klagemauer schon sprach.

„Du hast erschrocken geschaut, als ich sagte, dass ich die Araber hasse?" bemerkt sie wie beiläufig und fädelt sich in den Verkehrsfluss.

„Das hast du gemerkt?" entgegne ich, „es passt nicht zu einer jungen, toleranten Frau wie dir."

„Es hat nichts mit Toleranz zu tun, sondern mit Erfahrung. Das sind unsere Erfahrungen hier. Aber es gibt auch Zeichen dafür, dass wir mit den Arabern, wenn Frieden wird kommen, ganz gut leben werden. Heute hassen wir einander, und es wird nicht morgen früh einen wirklichen Frieden geben. Aber es gibt manche, wie sagt man, Indizien dafür, dass sie uns ähnlich sind, ähnlicher als die Deutschen." Als sie merkt, dass ich erschrocken schaue, fügt sie noch hinzu: „It is very difficult to put it into black or white terms, we have a great diversity and complexity!"

Acht

Am nächsten Morgen sind wir schon um neun am Strand von Tel Aviv. Bevor Noami mich gestern am Damaskustor absetzte, fragte sie wie selbstverständlich, ob ich Lust hätte, mit ihr eine Reise zu machen. Am Abend habe sie noch ein wichtiges Gespräch mit ihrem Vater und am Morgen müsse sie für ihn eine Fahrt auf die Golan-Höhen im Norden des Landes unternehmen. Ihre Erledigungen würden nicht lange dauern, und so könnte sie mir vorher einiges vom Land zeigen. „Nimm mit, was du brauchst, vielleicht bleiben wir auch über die Nacht", fügte sie noch hinzu. Natürlich willigte ich sofort ein. Treffpunkt Jaffa-Tor, acht Uhr.

Nun sitzen wir nach rund einstündiger Fahrt nebeneinander auf einem Felsblock am Mittelmeer.

An einem Werktag um diese Zeit ist die Promenade nur wenig belebt, für Strandtourismus ist es noch zu früh im Jahr. Nur einige Rentner gehen mit ihren Hunden Gassi. Andere angeln am Kai zwischen den Hotelfronten. Die Sonne brennt schon vom blauen Himmel herab und wärmt angenehm unsere Rücken.

Vor uns auf den Schaumkronen tanzen Hunderte schwimmender Möwen. Linkerhand die Altstadt von Jaffa mit dem Franziskanerkloster auf dem Akropolishügel, dem Uhrturm und der Großen Moschee. Hin und wieder ein einschwebendes Flugzeug. Ein vereinzelter Jogger kommt am Ufer entlang. Dann erscheint in Gegenrichtung ein knatternder Hubschrauber, der ziemlich tief die Küstenlinie abfliegt. Alles wird überlagert vom Rauschen der am steinernen Bollwerk gebrochenen Brandung.

Noami trägt heute zu Jeans und T-Shirt eine braune, speckige Lederjacke. Ihre Haarpracht hat sie völlig unter einer knallroten Baseballkappe mit goldenen, hebräischen Schriftzeichen verborgen. Ihre kleinen Ohren, die nun völlig frei sind, ziert silberner Schmuck, der in Ohrsteckern Halt findet und sich dann in filigraner Schmiedearbeit lilienförmig an der Ohrmuschel empor rankt.

Noami ist mir innerhalb von zwei Tagen so überraschend vertraut geworden. Wie sie so dasitzt auf dem Felsen, aufs Meer hinausschaut, die Arme um die Beine geschlungen, bietet sie meinem Herzen ein Bild, das ich nie vergessen werde. Mich überkommt plötzlich ein Gefühl der Wärme und Zuneigung für diese junge Frau, die neben mir Steinchen in die Fluten wirft. Nur kurz denke ich an Eva, weil sie voriges Jahr nicht mit mir nach Israel reisen wollte. Dieser Strand würde sicher ihren Vorstellungen entsprechen. Doch Eva ist weit von hier, und die Realität ist voller Reize für einen nunmehr unabhängigen Mann. Wie im Reflex lege ich meinen Arm um Noamis Schulter, doch sie zuckt elektrisiert zurück.

„Was ist los mit dir?"

„Joachim, du sollst dir keine falsche Fantasy machen! Ja, ich habe dich gestern in eine Gefühl geküsst. Das hatte auch mit die Situation zu tun."

Sie blickt mich an und senkt gleich wieder die Augenlider. Dabei fallen mir ihre langen, schwarzen Wimpern auf.

„Meine Gefühle sind jetzt nicht ganz einfach. Bitte akzeptiere das."

„Sag mir, warum du mich mit auf diese Reise nimmst, wenn du jetzt Schwierigkeiten mit meiner Nähe hast?"

„Bitte frag mich nicht. Gestern Abend habe ich lange mit meine Vater gesprochen. Ich wollte dich vielleicht noch anrufen und dir sagen, dass ich nicht fahren kann. Er ist ein sehr kluger Mann. Er hat mir gesagt, ich soll tun, was mir mein Herz sagt. Mein Herz hat gesagt, fahre mit Joachim. Aber mein Verstand sagt...the opposite."

„Das Gegenteil", helfe ich aus.

„Du bist im Zwiespalt mit dir selbst, weil du eine Jüdin bist und ich ein Nichtjude, noch dazu ein Deutscher, nicht wahr?"

„Das ist nicht der einzige Grund, aber ich habe dir gesagt, bitte frag mich nicht. Ich werde dir alles sagen, aber bitte habe Geduld und don't force me!"

„Ich verspreche, ganz brav zu sein, allerliebste Noami! Aber einmal in meinem Leben gibst du mir noch einen solchen Kuss, ja? Dann erst kann ich sterben!" Ich sage es mit Ironie. Sie fasst es auf wie es gemeint ist, lacht, stupst mich mit dem Zeigefinger auf die Nase, nimmt mich dann bei der Hand und sagt: „Komm, wir haben noch eine weite Fahrt, und ich will dir viel zeigen von diese schöne Land."

Wir fahren die Hamelech George bis zur Dizengoff, halten am Dizengoff Centre kurz an. Hier sind Blumen aufgestellt, hunderte von Kerzen brennen. Erst wenige Tage sind vergangen, seit die schrecklichen Bilder von dieser Straßenecke um die Welt gingen. Ein palästinensischer Selbstmordattentäter hatte sich auf der belebten Straße in die Luft gesprengt. Die Folgen waren verheerend.

Ein Fernsehbericht über die fürchterliche Zerstörung von menschlichem Leben hatte gerade begonnen, als Eva wieder ins Zimmer kam und mir eröffnete, dass sie unsere Beziehung aufkündigen wolle, in ihren Augen stand blanker Hass.

Die aufgebrachte Menge skandierte: „Das ist Terror, das ist nicht der versprochene Frieden!" Es war das vierte Attentat innerhalb von neun Tagen.

In den letzten Tagen hatten wir besonders viel gestritten.

Am Tag zuvor kamen auf die gleiche Weise in einem gesprengten Bus in Jerusalem achtzehn Menschen um, viele wurden verletzt. Trauer, Wut, Hass. Menschen, die auf der Straße beten, Psalmen singen, Kerzen anzünden. Ein vom Reporter befragter orthodoxer Jude mit langem Bart rief ins Mikrofon: „Solange Araber hier leben, haben wir keine Zukunft!"

Wir fahren weiter und biegen in die Ibn-Gabirol-Straße. Links das Parkdeck vor dem Rathaus, wo im November das Attentat auf Ministerpräsident Rabin passierte, das die Nation erschütterte und die Welt aufschreckte.

Eine makabre Form des Sightseeings, finde ich. Ich bitte Noami, nicht anzuhalten.

Wir durchqueren die Stadt bis in die nördlichen Außenbezirke. Noami meint, mir unbedingt das Diasporamuseum zeigen zu müssen. Mein Bedarf an musealen Gedenkstätten ist eigentlich vorerst gesättigt. Doch ich will sie nicht kränken und füge mich ihrer wohlmeinenden Absicht. Dabei bekomme ich langsam den Verdacht, dass ich für sie der Deutsche schlechthin bin. Zeigt sie nicht eigentlich mir, sondern in ihrer Vorstellung stellvertretend allen Deutschen die Eckpfeiler des heutigen Judentums? Wer eine umfängliche Einführung in jüdisches Leben und Selbstbewusstsein sucht, ist im Nahum Goldmann Diasporamuseum, das sich auf dem Gelände der Universität Tel Aviv befindet, an der richtigen Stelle, bemerkt Noami einleitend. Diaspora sei das griechische Wort für Zerstreuung.

Assyrians, Babylonians
and Romans conquered
the land and drove
the jews into exile.
But the jewish nation
persisted.

Hier wird auch dem letzten Zweifler klar, dass Israel ein einzigartiges Phänomen auf der Welt darstellt: Ein Volk, das im Altertum aus seinem Land vertrieben wurde, kehrt im zwanzigsten Jahrhundert dorthin zurück. Während all der Jahre wurde die Hoffnung auf eine Heimkehr nie aufgegeben, sondern durch die Weitergabe von Gebeten und religiösen Überzeugungen von Generation zu Generation tradiert. Noami hatte dieses Phänomen auf dem Berg Zion mit ‚Erinnerung' bezeichnet. Isaak sprach in Yad Vashem von der ‚Verewigung'.

Von einem Raum zum anderen führt sie mich durch die hervorragenden Darstellungen und lehrreichen Übersichten. Noami erläutert dazu mit anschaulichen Worten. Sie ist die geborene Führerin, denke ich. Im Eingangsbereich sind wieder die Jerusalemsteine aufgeschichtet, jene wuchtigen Quader, die ich bereits an der Westmauer und in Yad Vashem sah. Hier handelt es sich jedoch um Nachbildungen aus Kunststoff, wie Noami durch dumpfes Pochen mit der Hand beweist.

A tree may be alone in the field,
a man alone in the world, but no Jew
is alone in his holy days.

„Judentum ist eine Religion von Geboten", erläutert Noami, „fünfzig Prozent Gebote, fünfzig Prozent Verbote. Das geht bis in die Kleinigkeiten in der Haushalt. Man darf als ein Beispiel das Buttermesser nicht für die Wurst nehmen. Für Fleisch und Milch sind verschiedene Geräte zu benutzen."

In einem Raum blicken uns von den Wänden viele Gesichter von Menschen jeden Alters an. Die Fotografien zeigen den kulturellen und ethnischen Pluralismus und widerlegen die Vorstellung von einer einheitlichen jüdischen ‚Rasse'. Doch Noami macht mich auf eine wichtige Unterscheidung im Hinblick auf die Herkunft aufmerksam, die bis heute stark in die innenpolitische Entwicklung Israels hineinspielt:

„Aschkenasische Juden und sephardische Juden. Aschkenasim haben meist helle Hautfarbe, blaue Augen, sind also blond wie du. Sie stammen aus dem Osten mit dem Ausgang in Deutschland. Sephardische Juden sind eher von dunkler Haut, sehen wie Orientalen aus. Sie kamen früher aus der spanische Bereich."

Behind the variety
in this faces
lies a common
heritage: The jewish
family, tradition
and the Jewish
way of life.

Noami sagt: „Die jüdische Familie stellt die Erziehung von die Kinder an die erste Stelle."

Einige der Gebote, die von der Religion ausgehend den jüdischen Alltag bestimmen, sprechen mich besonders an. Ich notiere:

– Ehre deinen Vater und deine Mutter. Verstoße mich nicht

in meinen alten Tagen.
- Wer den Kranken besucht, nimmt ihm einen Teil des Leidens.
- Lass deine Bücher deine Freunde werden.

Und natürlich begegnet uns hier wieder der Holocaust! In einem zentralen, abgedunkelten Treppenhaus finden wir eine Wandinschrift:

In the year one thousand nine hundred
and thirty three of the Christian era
Adolf Hitler came to power in Germany.
In this time the Germans and their accomplices
murdered six million Jews...
... while the world stood by in silence.

Noch bevor ich die Schrift richtig gelesen habe, fügt Noami bereits entschuldigend hinzu: „Ich finde nicht ganz richtig, dass man von die Deutschen spricht, so als sind es alle Deutschen gewesen. Es muss richtig heißen: die Nazi-Deutschen."
„Noami, es ist genug! Ich kann es nicht mehr hören! Gibt es denn für uns beide wirklich nichts anderes auf der Welt als die Vergangenheit?"
Deutlich bricht es aus mir heraus, allzu deutlich, wie mir gleich darauf scheint, denn Noami schaut erschrocken und voller Unverständnis. Habe ich bisher gute Miene zu ihrem Kulturprogramm gemacht, so ist mir diese permanente Art des Umgangs mit dem Holocaust wenigstens seit Yad Vashem jetzt unerträglich: „Ich habe verstanden, was passiert ist, ich habe es zutiefst bedauert. Was soll ich noch tun? Ist es wirklich nicht möglich, dass wir beide uns ganz normal verhalten wie andere junge Leute auf der Welt? So, wie an jenem ersten Abend im Underground, als Du von meiner Nationalität noch nichts wusstest? Draußen scheint die schönste Sonne aller Zeiten von einem azurblauen Himmel, der Winter ist endgültig vorbei, wir aber verbringen unsere Zeit in einer dunklen Gruft mit akademischen und ideologischen Gemeinplätzen, die

man getrost auch in stillen Stunden daheim nachlesen kann. Warum darf ich die tiefen Empfindungen von Yad Vashem nicht einfach so stehen lassen? Warum müssen intellektuelle Sinnsucher immer alles bis zum Überdruss im Kopf zerreden? So jedenfalls kann nie etwas Gescheites aus den Beziehungen werden! So wird nur Schuld, was immer damit gemeint sei, konserviert! Wenn es wirklich um Verantwortung statt um Schuld geht, dann muss die permanente Belehrung aufhören!"
Doch schon bereue ich meinen Ausbruch. Noami hatte verständliche Absichten mit ihrem Bildungsprogramm. Jetzt habe ich sie verärgert, an einer empfindlichen Stelle gar verletzt. Meine Anwandlung, das Zeichen der Übersättigung, kann sie nicht einordnen in ihr Weltbild. Meine Ungeduld hat unversehens neue Schuld erzeugt. Wer sich nicht beherrscht, setzt sich ins Unrecht. Das bekomme ich nun zu spüren.

Noami sitzt schweigend am Steuer ihres Wagens. Sie schaut nach vorn und redet kein Wort. Vorbei an der Stadt Herzlia, benannt nach dem Begründer der Zionistenbewegung, vorbei an Netanja düsen wir auf der gut ausgebauten Autobahn durch die Küstenebene gen Norden. Der alte Ford schnurrt wie am Schnürchen.

Kurz vor Caesarea sage ich: „Noami, es tut mir leid. Ich habe dich nicht kränken wollen."

Sie reagiert nicht, schweigt weiter beharrlich. An der nächsten Ausfahrt biegt sie jedoch ab. An einem römischen Aquädukt, einer gemauerten Wasserleitung, hält sie an. Wir steigen aus und gehen unter den historischen Rundbögen aus dem zweiten Jahrhundert hindurch. Das Mauerwerk ist erstaunlich gut erhalten hier am Meeresufer inmitten des Dünensandes. Dahinter gen Westen gleich das blaue Meer, die Brandung, der Sandstrand.

Wir sitzen mit dem Rücken an der Mauer des Aquädukts und halten unsere Gesichter in die Sonne. Dabei schweigen wir weiter. Noami ist tief in Gedanken. Aus der Verärgerung wurde ein Stück Zweifel. Sie hat ihr T-Shit ausgezogen, so warm ist es hier bereits in Märztagen. Im Windschatten des Gemäuers kann man erste Bräunungsversuche wagen. Ihr BH ist züchtig, was er hält, ist aufregend, finde ich.

Mit einem Halm streiche ich über ihre nackte Schulter und wiederhole:

„Ich wollte dich nicht kränken. Aber verstehe bitte, dass ich nicht ständig und für alle Zeiten darauf festgelegt sein möchte, ein mit Schuld Beladener zu sein. Ich reise mit dir als Joachim Siebenstein, nicht als der Deutsche schlechthin! Die Fragen, die zu stellen sind, möchte ich selbst stellen. Antworten müssen gesucht und gefunden werden. Sie werden mir aber ständig vorgegeben. Schlimmer noch: Die Antworten sind mir schon übergestülpt, bevor ich dazu komme, eine Frage zu stellen. Alles ist schon durchgekaut und verewigt. Dabei gibt es hier so viel Wunderbares, so viel Aktualität, auch so viel Fragwürdiges. Du selbst bist für mich das lebendigste Beispiel für heutiges Judentum, nicht die starren Regeln, die ihr im Museum aufbewahrt!"

„Ich bin überhaupt keine gute Beispiel", protestiert sie, „ich bin nicht typisch. Ich denke, ich mache alles falsch."

„Nein", entgegne ich, „überhaupt nicht." Ich fasse ihre beiden Hände und umschließe sie zärtlich mit meinen.

„Was du tust, ist wunderbar. Du lässt dich von deinem Gefühl leiten und folgst nicht blind den Regeln und Gesetzen einer religiösen Vorgabe.

Auf dem Flug hierher traf ich eine alte Jüdin aus New York. Sie hat mir erklärt, was Synchronicity ist: ein nicht ursächlicher oder begründbarer Zusammenhang von äußeren Ereignissen und psychischem Empfinden, sie wusste gefühlsmäßig, dass der Mann, dem sie da begegnete, der Richtige war.

Ich glaube, sie hatte Recht. Du spürst es doch auch in deinem Herzen: Wir sollen aufhören, uns den zwanghaften Vorstellungen im Kopf zu unterwerfen. Wir sollen auf unsere Gefühle achten und unsere Entscheidungen mit dem Herzen treffen."

„Ich verstehe nicht, was du meinst", antwortet sie nur auf meine leidenschaftlichen Worte.

Dann springt sie auf und verschwindet hinter dem Pfeiler. Nach zwei Minuten kehrt sie mit einem gefüllten Picknickkorb zurück, den sie aus dem parkenden Auto hervorgezaubert hat. Breitet eine Decke aus, verteilt würziges Sesambrot, Salate, verschiedene Cremes und Dips, Mineralwasser und Säfte, Obst sowie Teller und Besteck:

„Da staunst du wohl?"

„Ja, liebste Noami, das ist genau, was ich meinte. Du führst mir vor, welch wunderbare Gabe du besitzt, dich in jedem Moment des Lebens an den Erfordernissen des Augenblicks auszurichten."

„Ach Joachim", lacht sie nun wieder, „sei doch nicht so..., wie sagt man, ich glaube... kompliziert!"

Neun

Das Kibbuzhotel liegt an hervorragender Stelle am Hang oberhalb des Sea of Galilee, den die Israelis Yam Kinneret und wir See Genezareth nennen. Um sechzehn Uhr kommen wir in Ramot an. Zwei Zimmer sind telefonisch vorbestellt. Ich betrete die gemütlich eingerichtete, kleine Suite im Untergeschoss und ziehe als erstes den Vorhang zum Garten auf. Als ich auf die Terrasse trete, steht dort Noami, die so wie ich der tief stehenden Sonne entgegensieht. Wir müssen lachen wegen unseres Gleichklanges. Zusammen gehen wir ein paar Schritte durch den parkähnlich angelegten Garten. Dann lassen wir uns auf einer Mauer aus Natursteinen nieder, um den Sonnenuntergang gemeinsam abzuwarten.

Noch steht der glutrote Ball eine Handbreit über dem Horizont, doch mit jeder Minute wird sein Abstieg sichtbarer. Der See Genezareth liegt rund zweihundert Meter unter dem normalen Meeresspiegel, sodass wir hier oben am Hang eigentlich auf Höhe Null sind.

Ringsum zelebrieren Vögel einen herrlichen Gesang an dem sonst so stillen Ort. Der östlich des Sees gelegene Hang mit unserem Kibbuzhotel gehört schon zu dem von Israel 1967 besetzten Gebiet des Golan. Noami sitzt vor mir, die Sonne vis-à-vis. Sie lehnt ihren Kopf etwas zurück; ich spüre den angenehmen Duft ihres Haares, das sie nun wieder offen trägt. Er mischt sich mit einer Spur von Lavendel und Thymian in der Luft. So sitzen wir eine Ewigkeit, still, vertraut, als gäbe es nur uns und die untergehende Sonne auf dieser Welt. Der zuerst noch hellrote Feuerball einer ungeheuren Verbrennung im All verändert jetzt seine Farbe zusehends, wird orange, dunkelrot, von den dichteren Luftschichten eingefärbt, die gen Horizont die Atmosphäre nebelartig verbreitern. Jetzt berührt er die Kuppen der Galiläischen Berge am anderen Ufer des Sees, ist nur noch halb zu sehen, verringert sich zu einem kleinen, dunkelroten Schnipsel und entschwindet ganz gen Westen, wo der neue Tag beginnt.

Eine Weile verharren wir träumend in dem stillen Garten, wo der Vogelgesang sich jetzt legt und rasch die Dunkelheit von den jenseitigen Bergen herüber kriecht. Ach, könnte man nun den Lauf der Welten anhalten, für eine Weile nur!

Später treffen wir uns im Restaurant, das im Obergeschoss des Haupthauses liegt. Auch hier hat man einen weiten Blick über den nun dunklen See und das gesamte Tal. Jetzt blinken die Lichter von Tiberias herüber. Schräg rechts befinden sich die neutestamentlichen Stätten von Kapernaum und Tabgha. Einzelne beleuchtete Boote ziehen ihre Bahnen auf dem See.

„Es gibt auch Schiffe mit Tanz an Bord", berichtet Noami, während wir auf die Vorspeise warten. „Von En Gev aus starten historische Boote. Sie wurden einem Schiff nachgebaut, das sie im Mud fanden."

„Im Schlamm", erkläre ich das deutsche Wort.

„Ja, es soll aus die römische Zeit sein, und die Christen glauben, Jesus ist vielleicht damit gefahren."

Der Kellner bringt gefüllte Artischockenböden.

„Hier wird immer wieder die Geschichte aus die Bibel erzählt, wie Jesus auf das Wasser gelaufen ist. Um sie zufrieden zu machen und gute Geschäfte, hat man das Boot nachgebaut etwas größer und fährt nun die Touristen über den See nach Tiberias. Dort können sie dann den original Petrusfisch essen. Auf das Boot zieht ein Mann ein weißes Kleid an und spielt die Zeit von Jesus."

Ein Kellner holt die Teller und bringt den zweiten Gang, Selleriecremesuppe. Ein anderer nimmt die Weinbestellung auf.

„Sag mal, wie sieht denn das Programm für morgen aus?"

„Ich werde dir, wenn es dem Herrn recht ist, den schönen Weg auf den Golan zeigen." Sie spielt noch einmal mit einer gewissen Schnippigkeit auf meinen Eigensinn im Diasporamuseum an.

„Dann habe ich ein Treffen mit meiner Tante Esther, welches ist die Schwester von meine Vater."

„Dein Vater spielt eine wichtige Rolle in deinem Leben, nicht wahr?"

Noamis Augen blitzen auf, und sie berichtet mit Leidenschaft in der Stimme: „Mein Vater ist wunderbar. Wir lieben ihn alle sehr, auch meine Geschwister. Er ist in ein Kibbuz aufgewachsen, und nach die Militär ist er ein Diplomat geworden. Viele Jahre war er im Ausland. Die Kinder haben sie zuerst mitgenommen. Zuerst war ich mit die Familie in Bonn, danach in London. Später, als mein Vater nach Amerika gehen musste, bin ich bei meiner Tante geblieben, um das israelische Leben zu lernen. Tante Esther war da noch in der Kibbuz, wo mein Großvater zuerst lebte."

Der Kellner räumt die Teller ab, entzündet die Kerzen auf dem Tisch und bringt den Salat. Der zweite kommt mit dem Wein. Wir trinken einen 1992er Yarden. Noami erweist sich als Kennerin:

„Dieses Wein ist aus Trauben der Sorte Sauvignon Blanc mit einer kleinen Portion Trauben der Sorte Semillon. Sie wachsen hier auf die Golanhöhen. Das Klima ist eher kühl, und der Boden ist mit Felsen aus Vulkangestein mit viele Mineralien. Das Wein kann wachsen bis über eintausend Meter hoch. Das sind ideale Konditionen für eine klassische Wein. Er reift in alte französische Fässer aus Eiche. Davon bekommt er seine besondere Aroma."

Der Hauptgang besteht aus Rindersteak, Naturreis und gegrillten Zucchini.

„Arbeitet dein Vater heute noch als Diplomat?"

„Nein, er ist ein Mitglied von das Parlament, in die Knesset." Ein stolzer Unterton in ihrer Stimme ist nicht zu überhören. So gehört sie also zu einer der führenden Familien im Land. Mir wird einiges klarer, wenn sich auch viele neue Fragen stellen. Welcher politischen Richtung mag er wohl sein? Wie ist überhaupt das Spektrum der vielen kleinen und großen Parteien in Israel zu verstehen? Ich nehme mir vor, sie später danach zu fragen. Gern würde ich natürlich wissen, was sie für ihren Vater zu erledigen hat. Aber ich bin nicht so indiskret, jetzt darauf einzugehen, zumal ich sicher bin, keine offene Antwort zu erhalten.

Ich blicke auf die Scheibe des dunkel glänzenden Sees, schaue dabei in die spiegelnde Fensterscheibe, wo mir die Augen Noamis begegnen. Wir müssen lachen, heben unsere Gläser und stoßen auf den ungewöhnlichen Abend an.

„Le Chaim! Was heißt auf das Leben!"

„Prost!" erwidere ich.

Bei gefülltem Windbeutel auf erstarrter Schokolade und einem guten Kaffee haben sich bald die Seelen wieder so weit geöffnet, dass unser Gespräch ins Urpersönliche gelangt. Noami möchte wissen, was mich bewegt hat, „gerade jetzt so allein nach Israel zu kommen."

„Ich habe mich von meiner Freundin getrennt", höre ich mich – nicht ganz der Wahrheit entsprechend – sagen, hat sich doch eher Eva von mir getrennt.

„Warum?" will sie wissen.

„Wir haben drei Jahre zusammengelebt. Irgendwann kommt die Zeit, da muss man sich entscheiden, wie es weitergehen soll. Entweder man heiratet, oder man zieht die Konsequenzen daraus, dass man merkt, man passt nicht so recht zusammen."

„Und das hast du gemerkt? Wieso erst nach drei Jahren?"

Die Beharrlichkeit, mit der sie ihre Fragen stellt, behagt mir nicht. Ich möchte den besonderen Abend an diesem ungewöhnlichen Ort mit der hinreißenden Frau genießen und nicht ausgerechnet jetzt an die Affären der Vergangenheit erinnert werden.

„Wir haben uns auseinandergelebt", antworte ich daher lapidar. Doch Noami gibt sich nicht zufrieden, sie hat wohl ein eigenes Interesse an dem Thema.

„Ist sie hübsch, deine Ex-Frau?"

„Sie ist nicht meine Ex-Frau, wir waren nicht mal verlobt". Ich gerate zunehmend in die Defensive.

„Ihr seid wirklich, wie sagt man? - komisch - in euren Ansichten, ihr Christen! Eine israelische Frau wird nicht sich einem Mann ergeben, der sie nicht heiraten wird."

Sie sagt es mit der Kraft der Überzeugung, die im Rang der Wahrheit keinen Widerspruch duldet.

„Die Ehe ist heilig und deshalb die wichtigste Entscheidung in das Leben. Mann und Frau müssen wissen, was sie tun. Die Ehe ist für das ganze Leben, und deshalb ist eine Scheidung sehr schwer in unserem Land. Ich finde das richtig. Nach das jüdische Gesetz ist die Frau auch heute noch der Besitz von der Mann. Für Männer ist die Scheidung möglich, Frauen dürfen sich nicht ohne die Erlaubnis von ihre Mann scheiden lassen. Ohne Scheidung aber kann sie nicht wieder heiraten."

Noami berichtet freimütig, und es hat nicht den Anschein, als würde sie diese für westeuropäische Verhältnisse vorsintflutlichen Regelungen bedauern.

Hat Eva sich von mir „geschieden", weil ich mich nicht für sie entschied? Ist es nicht eher so, dass die meisten Verhältnisse passieren, ohne dass wir uns bewusst für sie entscheiden?

„Was du sagst bedeutet, dass ihr aus religiösen Gründen keine Gleichberechtigung habt?" Es ist mir recht, dass wir nun von den sehr persönlichen Fragen Noamis eher ins Allgemeine kommen.

„Wir leiden nicht darunter, wenn wir einen guten Mann haben", greift Noami den Faden auf. „Wir Frauen haben eine sehr starke Stellung in die Familie. Zuhause sind wir der Chef!" Sie lacht verschmitzt. „Außerdem haben wir eine starke Stimme in die Gesellschaft und im Beruf. Wir gehen zu das Militär zwei Jahre und auch in die Politik sind wir sehr wichtig."

Irgendwie beeindruckt mich diese Haltung, doch ist sie mir aufgrund der eigenen Erfahrungen völlig fremd.

Nach dem Essen setzen wir unser Gespräch auf der weitläufigen Terrasse fort, die eine Etage tiefer liegt. Viele Gäste haben sich hier versammelt. Einzelne Paare aus Israel, die hier einen Urlaub verbringen, Touristengruppen auf der Durchreise. Auch deutsche Töne sind zu hören.

Als der Discjockey neben der Bar seine Arbeit beginnt, die Lichtorgel aufblitzt, hält uns nichts mehr auf den Plätzen. Wie schon zwei Tage zuvor ergänzen wir uns ganz außergewöhnlich gut beim Tanz. Einzelne Touristen und wenige Paare kommen dazu, doch wir haben die längste Ausdauer, und schließlich sind wir noch allein auf der Fläche, umringt von klatschenden, uns anfeuernden Menschen, die uns für ein schönes Paar halten.

Nachdem wir an der Bar noch einen Soda zur Ernüchterung getrunken haben, gehen wir schlafen, natürlich jeder in sein Zimmer, ich habe nichts anderes erwartet. Ein Küsschen auf die Wange ist der Tribut an unsere Freundschaft. Als wir uns auf dem Hotelflur trennen, sage ich: „Gute Nacht, Noami! Vielen Dank für den herrlichen Tag mit dir."

„Schlaf gut, Joachim", entgegnet sie mit selbstbewusstem Augenaufschlag, „du bist ein feiner Kerl."

Wenig später auf der Terrasse bin ich erneut überwältigt von diesem zauberhaften Ort. Eine dünne Mondsichel steht jetzt am sternklaren Himmel, die helle Venus begleitet ihn in gebührendem Abstand. Der Sternenhimmel ist hier, fern der Städte, so hell und so klar, wie selten an anderem Ort. Die Luft ist würzig und rein, ein kühler Abendwind weht über den See.

Irgendwo zirpt eine einsame Grille. Sind es die Grillenmännchen, die nach der Partnerin rufen, oder ist es umgekehrt?

Gedankenversunken gehe ich durch den ruhenden Garten, und dabei begleiten mich drei Frauen, mit denen ich in stiller Zwiesprache bin: Räumlich am nächsten ist mir die kluge Noami. Ihr bin ich in kurzer Zeit unglaublich nahe gekommen. Das hätte ich nie für möglich gehalten. Schon jetzt, nach wenigen Tagen ist sie mir erstaunlich vertraut. Sie hat mein Herz verzaubert, und ich weiß nicht, wie es weitergehen kann. Haben wir eine realistische Chance, ich, der nachgeborene Sohn der Tätergeneration, und sie, die Jüdin aus gutem, israelischem Hause? Ich werde mich wohl wieder von ihr lösen, darf mich nicht in diese tragische Liebe verrennen. Allzu klar und deutlich sind die Berge an Hindernissen, schier unüberwindbar vor allem für Noami die inneren und äußeren Widerstände.

Eva, die mir hier räumlich am weitesten entfernt ist, verfolgt mich, wenn ich ehrlich bin, unaufhörlich. Nach drei intensiven Jahren mit Eva kann ich noch nicht wirklich fassen, dass alles vorbei sein soll. In der stillen Einsamkeit des Berges oberhalb des dunklen Sees, in dessen klarem Wasser sich die jenseitigen Lichter als glitzernde Straßen herüber spiegeln, hier nun, im ewigen Universum, auf einem kleinen Planeten eines kleinen Sterns in einer unermesslichen Milchstraße, fehlt sie mir. Wäre sie jetzt da, ich würde ihr alles verzeihen, was es nur zu verzeihen gäbe, wenn sie nur hier wäre heute Nacht.

Und dann sind da noch zwei schwarze Augen, die mich stumm fragend anblicken. Leila, was willst du mir sagen? Fast hätte ich dich vergessen in den ereignisreichen Tagen. Nun kommst du mir wieder in den Sinn. Werde ich dich noch einmal wiedersehen in Jerusalem?

Als ich etwa nach einer halben Stunde zurückgehe durch den dunklen Garten und über die Terrasse in mein Zimmer, ist es mir, als huschte gerade ein Schatten vor mir her, und das leise Klappern einer Tür bestätigt die Bewegung. Noami, schlaf gut!

Nach dem Frühstück, das aus einem reichhaltigen Buffet besteht, fahren wir zunächst wieder hinunter zum See.

Am Straßenrand sitzen Murmeltiere zu Dutzenden, machen Männchen und pfeifen ihre Weisen. Vorbei an En Gev lenkt

Noami den Wagen am südlichen See entlang. Sie wählt für mich eine besonders reizvolle Fahrstrecke auf die Golanhöhen.

Die Straße führt vom südlichen Ende des Sees ostwärts. Hier grenzt der Golan an das jordanische Bergland. Der Nahr al Yarmuk hat sich als ein natürlicher Grenzfluss tief ins Gebirge eingegraben, die Straße windet sich den steilen Hang empor. An einer scharfen Kehre halten wir an und schauen ins Tal.

Eine im Krieg zerstörte Eisenbahnbrücke, ein zerschossener und nun vor sich hin rostender Pkw am Straßenrand, der weite Blick hinunter ins Tal und hinüber auf jordanisches Gebiet. Tausende von Blumen blühen rot und gelb am Straßenrand. Wir fahren weiter, die Straßen werden zunehmend alpin. Dann öffnet sich die Hochebene, und von einer Minute auf die andere ist die Steigung überwunden. Noami weist auf die Eukalyptusbäume hin, die in vereinzelten Gruppen das Landschaftsbild prägen.

Mit deutlich hörbarer Ironie erzählt sie die Geschichte der Syrer, die hier ihre Stellungen auf dem kahlen Bergrücken hielten. Ihnen sei der Rat gegeben worden, durch Anpflanzung der schnell wachsenden Baumgruppen etwas gegen die sengende Hitze auf den Häuptern der Wachsoldaten zu unternehmen: „Als wir dann 1967 und 1973 den Golan stürmten, wussten unsere Leute genau, wohin sie schießen mussten, nämlich auf diese Baumgruppen!"

Sie lenkt ihren Wagen ein kurzes Stück westwärts auf einen Parkplatz, von dem aus sich ein weiter Blick eröffnet, aus rund tausend Metern Höhe auf den tief liegenden See Genezareth, wo die Boote wie winziges Spielzeug übers Wasser ziehen. Von hier aus können wir bis hinüber zum Berg Tabor sehen. Auf der anderen Seite des Sees liegt der Berg der Seligpreisungen, wo Jesus die Bergpredigt gehalten haben soll. Nördlich schweift der Blick bis in die Hule-Ebene, die an den Libanon grenzt. An solchen Stellen wird schlagartig klar, welch strategische Bedeutung der Golan besitzt. Wem dieser riesige Adlerhorst mit den Maßen zwanzig mal fünfzig Kilometer gehört, der hat das Sagen in dieser Region. Für Israel, so wird anschaulich, ist die Frage der Rückgabe dieses Gebietes von überlebenswichtiger

Bedeutung, solange es von feindlichen Staaten umgeben ist.

„Vor 1967 wurde Israel von hier aus fast täglich beschossen", erklärt Noami. „Man konnte unten im Tal keine normale Leben führten. Man lebte in Bunkern. Wenn man in Bunkern lebt, können sie nicht richtig anpflanzen und nicht richtig die Kinder erziehen. Seit Israelis hier leben, geschieht das nicht mehr."

„Israel hat das Land annektiert", merke ich den bekannten Tatsachen entsprechend an.

„Was willst du damit sagen?" kontert Noami, und ich spüre dabei eine leichte Reizbarkeit.

„Nun, es war doch syrisches Land, und ihr habt es 1981 als israelischen Besitz erklärt, das nennt man annektieren, oder man sagt auch, sich das Land einverleiben."

„Wenn du das so nennen willst, ja. Aber es war davor nur zwanzig Jahre lang syrisches Land, jetzt ist es schon dreißig Jahre israelisches Land. Denk doch mal an die Elsass bei euch, diese Land, von dem du wegen deinem Großvater sprachst. War es nicht auch einmal Deutsch und dann wieder Französisch wegen der verlorene Krieg? Syrien existiert erst seit 1949. Es hat viele Beweise, dass es hier schon im Altertum jüdische Siedlungen gab. Der Golan gehörte im ersten Jahrhundert zu das Gebiet des Philippus, der Sohn von Herodes. Man hat hier Synagogen ausgegraben, die zwei- bis dreitausend Jahre alt sind.

Nach kurzem Halt fahren wir weiter. Wir kommen an einer zerschossenen Siedlung vorbei, deren kleine Moschee ist von Einschüssen zerfetzt, nur noch wenige Wände stehen.

„Wer hat hier gelebt?" frage ich meine Führerin. Sie schaut nur strikt nach vorn und sagt: „Das musst du nicht anschauen, das ist keine schöne Bild, ich weiß nicht, warum sie das noch nicht fort getan haben."

„Wer hat hier gelebt?" frage ich erneut.

„Es waren meist die Offiziere von die syrische Armee", antwortet sie, doch es klingt nicht sehr überzeugend.

„Was ist mit der Zivilbevölkerung, die hierher gehörte?" frage ich daher nach.

„Es lebten zehntausend Drusen hier in ihre Dörfer, und sie leben auch heute noch da weiter im Norden. Sie sind eine Sekte mit einer geheimen Religion. Sie haben keine nationale Streben. Sie wollen nur ihr Land bearbeiten."

„Du meinst, sie sind nicht an der Regierung interessiert?"

„Ja, sie werden öffentlich nicht zugeben, dass sie lieber in die Staat Israel bleiben wollen, weil sie Verwandte haben in Syrien. Syrien ist keine demokratische Land, es ist eine Diktatur. Man kann dort nicht frei sagen, was ist seine Meinung."

Wir nähern uns einem Aussichtspunkt unweit der neuen Grenze, die als Waffenstillstandslinie heute den Gipfel des Golan von Syrien trennt. Von einem Parkplatz aus haben wir einen guten Ausblick auf die etwa zwei Kilometer entfernt liegende syrische Stadt Al Qunaytirah, die völlig verlassen scheint. Die Straße, die ehemals von hier nach Damaskus führte, ist abgeschnitten.

„Kineitra liegt in die demilitarized Zone", erklärt Noami, „das wird kontrolliert von UN-Soldaten."

Bevor wir weiterfahren, kaufen wir bei einem Drusen an seinem uralten Lieferwagen zum Spottpreis frische Datteln. Sie schmecken köstlich.

Es ist gegen Mittag, als wir unser Ziel, den Kibbuz, in dem Noamis Tante heute lebt, erreichen. Esther, die Schwester ihres Vaters, ist eine robuste Natur. Noami hat mich auf der Fahrt vorsorglich vorbereitet, ich solle mir nichts daraus machen, wenn sie geradewegs ihre Meinung sage, das sei ihre Art.

Ein Kibbuz ist eine gemeinschaftlich verwaltete Siedlung, deren Besitz allen Mitgliedern zusammen gehört. Kosten für Unterkunft, Nahrung, Ausbildung der Kinder und notwendige Anschaffungen werden vom Kibbuz getragen. Der Geschäftsführer bekommt das gleiche Gehalt wie die Küchenhilfe. Jeder hat die gleichen Rechte und Pflichten. In den Anfangsjahren der Staatsgründung Israels spielten die Kibbuzim eine wichtige Rolle beim Aufbau. Inzwischen geht deren Bedeutung im Gesamtgefüge des Staates jedoch zurück. Nach wie vor von besonderem Gewicht sind Kibbuzim, die in herausragender geografischer Lage angesiedelt sind.

Noami erklärt mir, dass es Kibbuzim in der Wüste Negev gibt, die sich durch besondere Technologien als blühende landwirtschaftliche Oasen entwickelten. Andere Kibbuzim liegen in politisch bedeutsamer Lage, wie in der Nähe der libanesischen Grenze oder die Siedlungen auf dem Golan. Die Frage, ob der Golan irgendwann im Rahmen des Friedensprozesses von Israel ganz oder teilweise an Syrien zurückgegeben werden könnte, steht in engem Zusammenhang mit der Besiedlung dieser Gebiete, hier vor allem durch Kibbuzim, die weite, zuvor brachliegende Landschaft urbar machten und nun landwirtschaftlich mit Erfolg nutzen. Der am Abend mit Noami genossene Wein vom Golan führte mir die besondere Qualität der solchermaßen erzeugten Produkte vor.

Die beiden Frauen fallen sich freundschaftlich in die Arme. Esther klopft ihrer Nichte auf Rücken und Schulter, streicht ihr liebevoll übers Haar. Dabei wechseln sie lachend Worte der Begrüßung auf Hebräisch. Es dauert eine Weile, bis man sich meiner Anwesenheit entsinnt.

„Und das ist er wohl, dein neuer Freund?"

Tante Esther lächelt freundlich, dabei mustert sie mich von oben bis unten mit kritischem Blick. Etwas zögernd reicht sie mir dann die Hand zum Gruß: „Shalom! Passen sie gut auf, junger Mann, dass sie unserer Noami nicht auf die Füße treten beim Tanz. Sie ist so ziemlich das Wertvollste, das wir besitzen!"

„Gerade beim Tanz ergänzen wir uns hervorragend", kontere ich die Kriegserklärung.

Tante Esther trägt ihr Haar kurz im Pagenstil. Die sonnengebräunte Haut in Gesicht und Nacken, die muskulösen Arme, ihre stämmige, untersetzte Figur in derber Arbeitskleidung verleihen ihr ein fast männliches Aussehen.

„Meine gute Esther ist nicht so grob, wie sie tut", beschwichtigt Noami und übergibt ihrer Tante zwei verschnürte Pakete, die sie aus dem Kofferraum ihres Wagens greift. Diese nimmt sie rasch an sich.

„Dann geht schon mal vor zum Essen, du weißt wohl noch, wo es lang geht, Noami. Ich komme gleich nach, wenn ich mich umgezogen habe." Sie verschwindet hinter dem Haus, vor dem wir sie trafen, und ich denke, dass sie zuerst die Pakete in Sicherheit bringen will.

„Tante Esther ist eine wichtige Person in unsere Familie und hier in der Kibbuz", erklärt mir Noami, während wir zu Fuß die Straße zwischen den verschiedenen Gebäuden entlanggehen. Die Tante sei eine von zwei Geschäftsführern des Kibbuz. Noami winkt einigen Passanten freundlich zu. Dann betreten wir ein geräumiges Gemeinschaftshaus an zentraler Stelle der Siedlung, in dessen Obergeschoss die Großküche und die Kantine liegen.

Von einigen jungen Frauen, die beim Essen sitzen, wird Noami mit Hallo begrüßt. Alle werden der Reihe nach umarmt, Worte der Freundschaft auf Hebräisch gewechselt. Sie stellt mich vor, was ich daran erkenne, dass die jungen Frauen mich nun interessiert anschauen, mir freundlich zunicken. Wir werden aufgefordert, uns zu ihnen an den Tisch zu setzen, was Noami gern annimmt. Der Einladung folgen wir umgehend.

Dann zeigt sie mir zuerst, wie die Selbstbedienung funktioniert und welche Speisen zur Auswahl bereitstehen. Dabei sagt sie: „Ich hoffe, du störst dich nicht an meine Freundinnen hier. Sie sind alle sehr, sehr nett, und ich glaube, du gefallst ihnen."

Inzwischen habe ich das ungute Gefühl, vorgeführt zu werden. Schon bei Tante Esther konnte ich mich des Eindrucks nicht erwehren, von wem auch immer mit dem Auftrag der Begutachtung angekündigt worden zu sein. Aber vielleicht höre ich das Gras wachsen oder bilde mir dies alles nur ein. Vielleicht ist auch mein eigener, geheimer Wunsch, Noami näher kennenzulernen, Ursache meiner Zweifel.

Noami beginnt sofort eine angeregte Unterhaltung mit den Freundinnen, bei der ich leider weder mitreden, noch irgendetwas verstehen kann. Sie berichtet lebhaft, lacht, die anderen lachen auch. Einmal höre ich meinen Namen: „Joachim".

Derweil mache ich mich über die gute Gemüsesuppe, das halbe Hähnchen mit Kartoffeln und Gemüse, den leckeren

Pudding her. Dann hole ich mir einen Kaffee. Inzwischen kommt Esther und nimmt neben Noami mir gegenüber Platz. Die fünf jungen Frauen räumen ihre Tabletts und rüsten zum Aufbruch. Es scheint, als nähmen sie Tante Esthers Eintreffen zum Anlass, ihre Mittagspause zu beenden.

Später erfahre ich, dass Esther auch die Chefausbilderin der jungen Frauen in der Hauswirtschaft ist. Noami verabschiedet die Freundinnen genauso überschwänglich wie bei der Begrüßung. Man steht auf, lacht, umarmt sich, fasst sich hier und da beim Arm, berührt Schulter oder Rücken, eine der Frauen, die Noami etwas ähnlich sieht, küsst sie auf beide Wangen. Als sie gegangen sind, sagt Esther: „Du bist lange nicht hier gewesen, bestimmt ein halbes Jahr!"

Noami antwortet auf Hebräisch, ich vermute, sie nennt die Gründe für die lange Abwesenheit.

Esther ist sehr gesprächig. Ihre raue Schale hat offenbar auch mit ihrer Lebensweise zu tun, alleinstehend und in verantwortlicher Stellung. Sie gehört zu den Entscheidungsträgern, kümmert sich um die betriebliche Ausbildung, die Planung der Geschäfte und leitet verschiedene Gremien. Dieser Kibbuz hat sich auf Landwirtschaft und Kunsthandwerk spezialisiert.

„Es gibt nicht so viele Frauen, die das tun möchten", antwortet sie auf meine Frage, ob die Leitung eines Großbetriebes in solch exponierter Lage nicht eine starke Herausforderung sei, „aber mir macht es Freude."

Meine unterschwellige Anspielung auf das Leben in besetztem Land wird von der resoluten Frau überhört. Doch erfahre ich, dass diese Grenze hier die ruhigste in ganz Israel sei: „Dieser Teil des Landes ist nur sechzig Kilometer von Damaskus, der Hauptstadt Syriens, entfernt. Das ist näher als Tel Aviv. Im Auto könnte man in einer Stunde dort sein, in einem Flugzeug in drei Minuten. Das heißt, die israelische Luftwaffe kann in drei Minuten im Wohnzimmer des Präsidenten von Syrien sein, wenn hier etwas passiert, was uns nicht gefällt."

Vorhin, an dem Aussichtspunkt vor Quneitra hatte ich Noami nach den riesigen Satellitenschüsseln und Radaranlagen auf dem dort liegenden Bergrücken gefragt, der hier wie ein von

Menschen geschaffener Horchposten als höchste Erhebung das Ausspähen des Landes jenseits der Grenze ermöglicht.

„Das ist das Sache von Militär, das musst du nicht fotografieren", hatte sie mir nur geantwortet, ohne näher darauf einzugehen. Jetzt, nachdem sie ihren Pudding gelöffelt hat, erfahre ich von der Tante praktischen Unterricht in zentralen Fragen der israelischen Sicherheits-, Wirtschafts- und Gesellschaftspolitik:

„In Israel gibt es nicht viel Wasser. Es gibt Wasser in der Westbank, dem Land, wo die Palästinenser sitzen. Darüber wird im Rahmen des Friedensprozesses verhandelt. Ein Teil davon könnte für uns verloren gehen. Das ist ein Grund, warum viele Politiker nicht auf diese zentralen Teile des Landes verzichten wollen. Es gibt zweitens Wasser in der Nähe der Küste. Leider ist es von schlechter Qualität, denn es ist salzig, und die Entsalzung ist kostspielig und aufwändig. Und es gibt drittens Wasser im See Genezareth. Es ist ausgezeichnetes Wasser. Der See bekommt seine Nahrung von allen Flüssen, die vom Golan kommen. Ein Drittel des Wassers von Israel kommt also vom Golan. Vor dem Sechs-Tage-Krieg, vor 1967 also, haben die Syrer versucht, uns das Wasser abzugraben, es umzulenken. Für uns steht daher fest: Wenn wir heute auf die Golanhöhen verzichten, verlieren wir dieses lebenswichtige Wasser."

Esthers Ausführungen sind so einleuchtend wie realpolitisch: „Als israelischer Politiker würde ich kein Risiko eingehen und etwa annehmen, dass wir nach einem Friedensschluss mit den Syrern das Wasser vom Golan bekommen, nur weil wir etwa Freunde sind. Das wäre mir zu unsicher."

Noami fügt hinzu: „Das Mittlere Osten ist eigentlich eine Wüstenzone, wir brauchen das Wasser sehr, es ist ohne Wasser kein Leben."

Mit der völkerrechtlichen Frage von Gebietsannektierungen setzt man sich hier also wegen des Überlebens des ganzen Staates täglich auseinander. Man sieht diese Dinge halt anders als an den weit entfernt von hier stehenden Stammtischen, fern der realen Bedrohung und der Wasserknappheit.

Um mir noch ein paar Fakten zu liefern und ihre Position

zu untermauern, fügt Esther hinzu: „Die Syrer haben ein sehr großes Land, du musst es dir mal auf der Landkarte anschauen. Es sind 184000 Quadratkilometer. Ganz Israel ist ohne den Golan nur 22000 Quadratkilometer groß. Der Golan alleine hat 1000 Quadratkilometer. Außerdem hat Syrien sehr viel unbesiedeltes Gebiet. Es ist deshalb nicht so, wie aus der Ferne betrachtet, dass wir den armen Syrern ihren Platz zum Leben weggenommen hätten."

Hinzu kommt, so Esther, die politische Instabilität des Nachbarn: „Es ist eine Diktatur, und man weiß nicht, wer an die Regierung kommt, wenn der jetzige Präsident Assad nicht mehr ist. Er ist nicht mehr jung und trifft Vorkehrungen, um sein Land in eine Demokratie umzuwandeln. Ob ihm das gelingen kann, will ich bezweifeln. Israel hingegen ist schon eine Demokratie. Alle vier Jahre wird durch das Volk die Regierung gewählt."

Ob dieses denn nicht gerade für die Nachbarn ein Unsicherheitsfaktor sei, will ich wissen, denn Friedensverträge mit Israel müssten doch auch für die anderen verlässlich sein. Diese Frage will sie nicht akzeptieren. Für eine Demokratie sei es selbstverständlich, dass die abgeschlossenen Verträge auch für Nachfolgeregierungen Geltung hätten: „Auch der Likud wird die Oslo-Verträge als Fakt nehmen müssen, wenn sie an die Regierung kommen."

Ich beginne, Achtung vor dieser Frau zu gewinnen. Sie steht mit ihren beiden Beinen mitten im Leben. Ihre politische Meinung ist vom Überleben in dieser Situation im besetzten Land diktiert, wie könnte es anders sein!

„Ich bin nicht bereit, den Golan für Frieden zurückzugeben. Die Supermacht Amerika hat entschieden, hier Frieden zu machen. Die Syrer brauchen Geld, und sie bekommen nur Geld, wenn es Frieden gibt. Sie kommen also nicht freiwillig zu den Friedensgesprächen. Sie kommen, weil sie es müssen. Eigentlich widerstrebt es ihnen sehr. Ich bin nicht so sicher, ob sie schon verstanden haben, dass es ein Recht auf einen israelischen Staat gibt."

Als wir aufbrechen, um in einem kurzen Rundgang die

Einrichtungen des Kibbuz zu besichtigen, fügt sie mit einem Anflug von Zweifel hinzu: „Ich weiß nicht, ob wir in fünf Jahren noch hier sein werden, aber bis dahin leben wir so, als sei es für ewig."

Ziemlich schnell haben wir nach unserem Rundgang Tante Esther verlassen. Noami war noch einmal verschwunden, um zu telefonieren. Dann kam plötzlich Hektik auf. Die Tante wurde am Telefon verlangt. Als sie zurückkam, erklärte sie, dass sie gerufen wurde, schnell zu kommen. Man brauche sie an anderer Stelle. Esther und Noami wechselten noch rasch ein paar Worte auf Hebräisch, dann übernahm Noami zwei schwere Aktenordner und verstaute sie im Kofferraum ihres Wagens. Die beiden Frauen drückten sich kurz zum Abschied, mir wurde wieder die Hand gereicht, diesmal mit den Worten: „Sie sind ein interessierter junger Mann. Leben sie wohl."

Wieder im Auto, eröffnet mir Noami, sie habe erfahren, sie müsse noch einen weiteren Kibbuz besuchen. Ich möge bitte Verständnis haben, wenn sich unsere Rückfahrt nach Jerusalem verzögere. Mir ist diese Entwicklung natürlich eher angenehm, erhalte ich doch hautnahen politischen Unterricht und darf dabei noch länger mit der bezaubernden Noami zusammen sein. Neugierig bin ich nun auch auf die für mich undurchsichtigen Aktivitäten der beiden Frauen und deren Hintergründe. Was ich hier erlebe, ist so ganz nach meinem Geschmack.

Während wir die Straße weiter nördlich in Richtung Libanon fahren, taucht nun deutlich vor uns die eindrucksvolle Kulisse des schneebedeckten Hermongebirges auf. An der Grenze zum Libanon bildet es zugleich mit seinen 2814 Metern die höchste Erhebung der gesamten Region.

Derweil erklärt mir Noami die geopolitische Strategie:

„Wenn es wieder einen Krieg gibt, dann braucht Israel diese Teil von das Land. Wir haben eine Reservistenarmee. Es braucht achtundvierzig Stunden zur Mobilisierung. Du hast gesehen, wie mühsam der Aufstieg hierher ist. Stell dir vor, wie lange es dauert, mit Panzern hierher zu kommen. Wir haben Raketen und sehr gute Flugzeuge. Aber in dieser Teil von die Welt wird

ein Krieg auch heute noch mit Panzern entschieden. Solange wir hier oben sitzen, müssen die Panzer nicht herauf klettern. Wenn sie erst wieder hierher steigen müssen, wird es sehr viel Blut kosten. Hier zu bleiben heißt für uns also, präventiv der Verlust von Leben,... to avoid..."
„zu vermeiden", ergänze ich.

Mir wird schlagartig klar, dass sie mit ganzer Seele und mit ganzem Verstand auch Soldatin ist, ergebene Dienerin dieses so verletzlichen Staates.

Zehn

„Let's go HaGoshrim!" fordert der Werbeslogan des Kibbuzhotels. HaGoshrim bedeutet: Die Brückenbauer. Offenbar ist es ein besonderes Lebensgefühl, sich hier aufzuhalten!
Als einer der nördlichsten Kibbuzim Galiläas liegt HaGoshrim mitten in der fruchtbaren Ebene des Huletales. Vom Golan herunter gut einzusehen, war dieses Gelände in den Anfängen der Besiedlung von Syrien aus hervorragend zu beschießen. Zwei Kilometer südlich der Libanesischen Grenze und nur fünf Kilometer östlich der von Hisbollahkämpfern immer wieder beschossenen Stadt Kyrjat Schmonah, ist diese Anlage eine jüdische Trutzburg und Ausdruck des kämpferischen Beharrens der Bewohner.
Neben dem Hotelbetrieb gibt es ertragreiche Obstplantagen sowie eine industrielle Fertigungsanlage mit einem Patent zur Herstellung weltweit vertriebener Lady-Shaver.
„Die Idee von der Kibbuz hat sich überlebt, weil sie zu viel Erfolg hatten», sagt Noami am Ende ihrer Erklärungen und stoppt am Kontrollpunkt.

Vorbei an den Wasserfällen des Banyas, einem der Quellflüsse des Jordan, und an Bunkern der Syrer aus der Zeit vor 1967 sind wir zügig aus dem Gebirge in die Ebene gefahren. Das Kibbuz ist von einem hohen Zaun umgeben. Türme mit Wachposten sichern es wie ein Militärlager gegen unliebsame Überraschungen.

Der Posten am Tor erkennt Noami, grüßt freundlich, und wir passieren ungehindert.

Auf dem Parkplatz des Hotels stellt Noami den Wagen ab. Zielstrebig führt sie mich durch die Siedlung. Auf dem weitläufigen Gelände gibt es die flachen Bauten der Gründerzeit, daneben moderne Gebäude sowie Reihenhäuser, die an westeuropäische Vorstadtsiedlungen erinnern.

An einem klaren Bach, der sprudelnd durch das Kibbuz fließt, stehen einige grüne Holzbänke. Hohe Eukalyptusbäume überragen diesen Platz. Sie spenden wohltuenden Schatten. Dort, wo eine kleine Brücke über das Wasser führt, auf der letzten Bank, sitzt ein alter Mann mit schneeweißem Haar. Wir gehen auf ihn zu, noch hat der Greis uns nicht bemerkt.

Da fasst Noami mich am Arm: „Joachim, bitte warte hier auf diese Bank, bis ich dich rufe." Sagt es und eilt weiter, während ich staunend stehe und die Szene betrachte.

Die junge Frau, die ihr langes, wehendes Haar jetzt offen trägt, geht in sanften Schritten auf den Alten zu. Der schaut sie nicht an, sitzt ganz ruhig und starrt vor sich zum Wasser. Jetzt hat sie ihn erreicht. Da kniet sie plötzlich ihm zu Füßen und spricht ihn ruhig an. Was sie sagt, kann ich auf die Entfernung von zehn Metern beim Rauschen des Baches nicht verstehen, doch seine Gestalt gewinnt Leben. Er ergreift mit beiden Händen ihr Gesicht, fühlt ihre Wangen, streicht ihr übers Haar. Einen Moment nur legt sie ihren Kopf auf sein Knie, dann greift er ihre Hand und zieht sie neben sich auf die Bank. Wohl fünf Minuten vergehen im ruhigen Gespräch; ich habe auf einer der Bänke Platz genommen, da winkt mir Noami zu kommen.

Sein Blick ist leer. Er schaut durch mich hindurch. Doch ist sein Gesicht voller Ruhe und Frieden. Sein langes, weißes Haar ist für das hohe Alter noch voll, seine Wangen sind rund und von guter Farbe.

„Das ist mein Großväterchen", sagt Noami, „das ist meine neue Freund Joachim."

„Setzen Sie sich zu uns, junger Mann," erhebt der Alte seine klare Stimme und weist zu seiner Rechten, während Noami aufsteht und erklärt, sie müsse nun einige Wege erledigen, ich solle so lange bei Großväterchen bleiben. Dieser bekommt einen Kuss auf die Wange und fort ist sie. Etwas ratlos bleibe ich bei dem Greis zurück, der offensichtlich blind ist.

Als könne er meine Gedanken lesen, beginnt er: „Seit fünf Jahren bin ich völlig ohne Augenlicht."

„Sie sind Noamis Großvater?" frage ich, als könne ich es nicht glauben.

„Großväterchen nennt sie mich seit meinem Geburtstag vor zehn Jahren. Als ich sechsundsiebzig wurde, war sie zehn. Ihre Eltern kamen mit ihr aus London. Sie hatte sich auf mich gefreut. In ihrem Übermut rief sie: Da ist ja mein liebes Großväterchen! Alle mussten lachen. Seitdem nennen mich alle in der Familie so, und ich höre es gern."

„Ich bin erstaunt, Sie hier zu treffen", erkläre ich unumwunden.

„Sie hat nichts von mir erwähnt? Sie wollte wohl uns beide überraschen. Das ist ihr gelungen."

Und dann wendet er sich langsam zu mir: „Junger Mann, Sie haben sich mit Noami, meinem lieben Enkelkind, angefreundet, wie man sagt. Das ist für uns sehr ungewöhnlich. Sie sind Nichtjude und Deutscher. Sie stammen aus dem Volk der Täter. Noami bat mich um Erlaubnis, die Freundschaft mit Ihnen zu pflegen."

Ich bin überrascht. Dieser Greis denkt und spricht so klar, und er vergeudet keine Zeit, um zu den wesentlichen Dingen zu kommen: „Weil ich nicht mehr mit den Augen sehe, habe ich gelernt, meine anderen Sinne umso intensiver zu gebrauchen."

Er hebt die Hände, will meinen Kopf erfühlen. Wie im Reflex und ohne Kontrolle durch den Verstand, nur einer unbewussten Gefühlslage folgend, gleite ich vor ihm nieder und befinde mich nun in der gleichen Demutshaltung auf dem Boden vor

Großväterchen wie Noami kurz zuvor. Dies kommt seinem Wunsch entgegen, mich mit seinen Händen kennenzulernen. Behutsam erfühlt er meine Wangen, meine Ohren, streicht über das Haar, die Stirn, die Nase, über Augenbrauen, Mund, Kinn und Hals, um dann einen Moment die Hände auf meinen Schultern ruhen zu lassen. Dabei schweigen wir.

Als ich nach einer Minute, die mir wie eine Ewigkeit erscheint, mich erhebe, sagt er nur: „Schön. Sie sind ein stattlicher, junger Mann. Was wollen Sie wissen?"

„Was meinen Sie?"

„Noami sagte mir, dass Sie einen großen Drang nach der Wahrheit haben." Seine Direktheit überrascht mich erneut.

„Erzählen Sie ihr Leben", entgegne ich und bin mir der Lage bewusst, in die ich den Alten bringe. Doch es scheint, als habe er auf eine solche Gelegenheit gewartet, denn er beginnt freimütig und in bedächtigen Worten:

„Ich war achtundzwanzig, als ich neunzehnhundertneununddreißig nach Israel kam. Ich schloss mich einem Kibbuz im Süden an. Dort lernte ich meine Frau kennen. Sie stammte auch aus Deutschland. Wir gehören zu den Jeckes, wie man hier die deutschen Juden nennt. Unser Leben lang haben wir Deutsch miteinander gesprochen, bis sie mich neunzehnhundertachtundsiebzig verließ. Sie starb schon mit dreiundsechzig Jahren nach einem Schlag. Das war nicht immer leicht in diesem Land, die deutsche Sprache zu sprechen, weil es die Nazisprache war und viele Leute sie gehasst haben. Im Deutschland habe ich eine Medizinausbildung gehabt, auch mein Vater war Arzt. Nach der Pogromnacht ging ich spontan ins Ausland. Freunde halfen mir, nach Palästina zu gelangen. Und es war nicht einfach, der Staat Israel existierte noch nicht. Es war britisches Mandatsgebiet. Wir waren jung und unternehmungslustig. Ich schloss mich der Kibbuzbewegung an. Mordechai liegt nur zwei Kilometer nördlich von Gaza. Wir haben den Kibbuz aufgebaut und zu dem gemacht, was er heute ist. Ich war der Arzt. Als 1948 der Staat Israel gegründet wurde, begann sogleich der Krieg mit den Arabern. Alle um uns herum fielen gleichzeitig über uns her. Vom Süden kamen die Ägypter. Sie wollten nach Tel Aviv, was erst ein kleiner Ort war. Aber bei uns stießen sie auf Widerstand. Es ist uns gelungen, sie ein paar Tage zu beschäftigen, bis Hilfe aus der Luft kam. Die Ereignisse kannst du heute in einem Museum in dem Kibbuz sehen. Man hat alles dort sehr schön aufgebaut und nachgestellt."

Im Eifer des Erzählens ist er dazu übergegangen, mich mit Du anzusprechen. „Hierher bin ich erst nach dem Tod meiner Frau gekommen. Mein Augenlicht wurde immer schlechter, und als Arzt konnte ich nicht mehr arbeiten. Seit achtzehn Jahren bin ich nun hier bei meiner jüngsten Tochter, Judith. Sie ist ein Engel. Meine Kinder sind alle tüchtig. Esther, die Älteste, hast du gesehen. Noamis Vater, mein ältester Sohn, war zuerst Diplomat, jetzt ist er politischer Abgeordneter in der Knesset, unserem Parlament. Der zweite Sohn lebt in der Landwirtschaft. Er hat in einen Moshaw eingeheiratet. Was willst du noch wissen?"

„Wie leben Sie hier, in diesem gefährlichen Winkel der Welt? Bei uns taucht Kiryat Shmonah immer wieder in den Fernsehnachrichten auf, wenn die Gegend mit Raketen beschossen wird."

„Ich lebe sehr gut, wie du siehst. Jeden Nachmittag bei gutem Wetter bin ich hier auf meiner Bank, manchmal lesen mir die jungen Leute, welche Deutsch können, etwas vor. Ich habe mich nie so ganz an das Hebräische gewöhnt. Meine Muttersprache ist Deutsch geblieben, es war auch die Sprache meiner Frau. Außerdem ist es die Sprache der Literatur, welche ich sehr liebe."

„Warum leben Sie nicht in einem ungefährlicheren Teil des Landes?" will ich wissen.

„Was ist denn die Gefahr?" entgegnet er mit einem wissenden Schmunzeln. „Diese lächerlichen Katyuschas, die sie immer mal wieder von der sogenannten Sicherheitszone jenseits der Berge herüber senden? Das ist keine Gefahr. Ich bin noch nie in den Bunker gegangen. Im Juli 1981 fielen in nur zehn Tagen tausend Raketen auf Kiryat Shmonah. Das ist fünf Kilometer von hier. Dreiundzwanzig Menschen sind in 23 Jahren daran gestorben. Sie haben eine Katyuscha auf den Kopf bekommen. Was glaubst du, wie viele Menschen in derselben Zeit hier aus einem anderen Grund starben? Dutzende!" Er lacht.

Ja, die Kinder müsse man schon schützen und trainieren im Bewusstsein einer besonderen Lage. „Jetzt hocken sie auch wieder in der Nacht in den Bunkern. Im Keller von jedem Haus sind Sicherheitsräume mit verstärkten Wänden eingebaut. Dann fahren nachts die Jeeps mit Lautsprechern durch die Straßen. Die Leute sollen in die Bunker gehen. Das ist lästig, weil man nicht schlafen kann. Die Kinder wollen dann am Morgen nicht aufstehen. Wie überall auf der Welt wollen sie nicht zur Schule gehen, lieber bei Mama bleiben."

Er lacht wieder verschmitzt und fährt fort: „Nein, in einen Bunker bringt mich niemand. Ich habe einen guten Schlaf. Mit Katyuschas müssen sie viel Glück haben, um überhaupt etwas zu treffen. Eine Stadt, ja, da gelingt es manchmal. Sie ist als Ziel groß genug. Mal ist hier eine vorbeigeflogen, als ich am Wasser auf meiner Bank saß. Ich habe gedacht, was ist das? Ssssss bum. Weiter oben im Feld ist sie eingeschlagen. Niemand wurde verletzt. Aber es ist eine Belastung für die Jungen. Und es muss aufhören!"

Es beginnt zu dämmern. Das Gespräch mit dem alten Herrn, der mich sehr beeindruckt, hat mich die Zeit völlig vergessen lassen. Wo bleibt Noami?

Als spürte er meine Gedanken, sagt er: „Noami hat eine wichtige Aufgabe für ihren Vater übernommen. Du musst die Geduld üben."

Und so, als sei es ein und dasselbe Thema, fährt er fort: „Die Väter haben eine besondere Aufgabe und Bedeutung in jeder Gesellschaft. Die Deutschen haben nach dem Krieg von der vaterlosen Gesellschaft gesprochen. Ich habe immer noch deutsche Bücher gelesen. Es war Mitscherlich, der Psychoanalytiker, der diese These vertrat. Meine Meinung ist, dass die Deutschen nach der Shoa die kollektive Schuld gefühlt haben. Die Gesellschaft der Deutschen war nicht nur vaterlos, weil viele Väter umgekommen waren, sondern auch, weil die Väter keinen Stolz entwickeln konnten. Alles, was sie an die Jüngeren weitergeben konnten, war belastet durch das Bewusstsein der Schuld. Niemand konnte sie freisprechen. Jeder, auch wenn er nicht zu den Polizeikommandos, zum Wachpersonal oder zu Teilen der Wehrmacht gehörte, jeder hat wenigstens etwas im Umfeld gewusst. Das Klima in Deutschland war schon vor dem Holocaust über Jahrzehnte hinweg judenfeindlich. Zivilisten, Industrielle, Beamte im Umkreis der Konzentrationslager und nicht nur überzeugte Nationalsozialisten haben durch Wissen Schuld erworben."

Eine tief wurzelnde Erregung packt mich bei diesen Worten. Ob ich es will oder nicht, da ist sie wieder, die Stelle, an der ich Noami gestern der akademischen Belehrung bezichtigte.

Waren es „nur" die Nazideutschen, die den kollektiven Massenmord planten und durchführten, oder hält diese These einer genaueren Überprüfung nicht stand?

„Ich habe Deutschland verlassen, weil ich es habe kommen sehen, dass das Leben als Jude unerträglich wird. Meine Eltern und die Schwester wollte ich nachholen, wenn ich ein Heim geschaffen hatte. Dazu kam es nicht mehr. Die Verbindung brach 1942 ab. Später erfuhr ich, dass sie in einem Lager umgekommen sind. Ich habe mir immer große Vorwürfe gemacht. Wenn ich sie nicht verlassen hätte, wären sie vielleicht mit meiner Hilfe am Leben geblieben. Später hat meine eigene Familie mir etwas Trost gegeben. Aber ich habe noch heute Träume, in denen meine Schwester nach mir ruft. Dann sehe ich ihre Augen vor mir. Wir können den Holocaust niemals vergessen."

„Es ist auch heute in Deutschland sehr schwer möglich, mit den alten Leuten, den Großvätern und Großmüttern, die damals lebten, über diese Zeit zu reden", bemerke ich, möchte ich doch mehr hören von ihm über dieses für mein Seelenheil so wichtige Thema. „Wie war ein solcher Massenmord in einem zivilisierten Land mitten in Europa möglich?" Diese Frage beschäftigt mich, seit ich von den geschichtlichen Fakten weiß und von der Verwicklung meiner eigenen Vorfahren. Theorien gibt es genug, und als Politikstudent habe ich sie erfahren.

Doch nichts kann so tief berühren, wie die bedeutsamen Mitteilungen eines Betroffenen. Davon bin ich überzeugt, und ich glaube jetzt, dass mein Drang, nach Israel zu reisen, mit dieser in mir lastenden Schuldhypothek zu tun hat.

Der Alte räuspert sich. Seine Stimme ist vom ungewohnt langen Sprechen angestrengt. Ich höre das lebendige Rauschen des Baches. Dann hebt er erneut an: „Es gibt keine Kollektivschuld. Doch wie sagt Goethes Faust? Wehe Dir, wenn du ein Enkel bist!"

Und nach einer Pause fügt er hinzu: „Psalm 51 gibt dir, mein Sohn, eine Antwort auf deine Fragen."

Just in diesem Moment, da ich ihn gern weiter befragt hätte und vielleicht am Anfang der Lösung stehe, kommt Noami leichten Fußes des Weges entlang. Sie wird von einer Frau begleitet, die etwa Mitte Fünfzig ist. Es ist die zweite Tochter des Alten, die ihn nach dem frühen Tod seiner Frau aufgenommen hat. Ich sehe es an der verblüffenden Ähnlichkeit mit Esther und dem Vater. Der alte Mann verlässt nun, auf die Tochter gestützt, seinen Stammplatz am Wasser. Großväterchen will nun seine Radiosendung hören. Zum Abschied ergreife ich seine Hand und drücke sie. Dass er bereits in seiner Kindheit in Deutschland an einem rauschenden Bach wohnte, erzählt mir Noami erst später. So ist es ihm vergönnt, seinen Lebensabend im inneren Gleichklang mit sich und der Natur zu vollenden.

Noami hat ihre Aufgaben erfüllt und ist sehr zufrieden mit sich. Morgen will sie mir davon erzählen, sie verspricht es. Doch für heute ist es bereits zu spät, zurück nach Jerusalem zu fahren. Die Dunkelheit hat sich in das Tal geschoben, ein sofortiger Start würde uns erst nach Mitternacht zurück bringen. Da Noami morgen noch frei hat, schlägt sie vor, einen Tag zu verlängern. Jeder Moment mit ihr ist mir wertvoll, und längst habe ich begriffen, dass diese Reise ein ganzes Studium ersetzen kann.

Wir essen in der Hotelgaststätte, in Gesellschaft von Tante Judith, zu Abend. Sie erweist sich als Frohnatur und erzählt einige erbauliche Anekdoten aus dem Kibbuzleben. Ihr

Deutsch ist nicht sonderlich gut, meine Gedanken schweifen immer wieder ab. Ich gebe daher schon bald vor, heute sehr müde zu sein. Man weist mir ein Zimmer im Hotel zu, Noami übernachtet bei ihrer Familie.

Die Gedanken kommen nicht zur Ruhe. Ich gehe daher noch einmal zur Rezeption, um nachzufragen, ob es eine Bibel im Hause gibt. Eine Frage, die sicher hier nicht jeden Tag gestellt wird, doch der junge Mann bedeutet mir, helfen zu wollen.

Nach einer Viertelstunde klopft er an meine Zimmertür und reicht mir eine deutschsprachige Bibel herein. Mit vielen Grüßen von dem alten Doktor!

„Errette mich von Blutschuld, Gott, der du mein Heiland bist." (Psalm 51, 16)

Und: „Tu wohl an Zion nach deiner Gnade, baue die Mauern zu Jerusalem." (Psalm 51, 20)

In dieser Nacht träume ich wieder von flehentlich rufenden Augen. Schweißgebadet erwache ich gegen Mitternacht.

Es ist heiß in meinem Zimmer. Ich öffne die Balkontür und trete hinaus. Eine Militärpatrouille fährt außen am Zaun entlang, leuchtet mit Scheinwerfern in die Gegend.

Da, ein Rascheln unter dem Balkon, dicht an der Hauswand. Die dünne Mondsichel leuchtet nicht hell genug, als dass ich etwas erkennen könnte, was mag es sein? Ich starre angestrengt ins Dunkel. Dort bewegt sich etwas, kriecht am Boden entlang. Als es sich von der Wand entfernt, sehe ich, dass es ein Tier ist. Eine Ratte? Ist es möglich, dass eine Ratte so groß wie ein kleines Schwein wird? Nie werde ich erfahren, was es wirklich war.

Der Schlaf ist für Stunden dahin. Meine Gedanken kreisen um die Schicksale der Großväter. Vom Vater meines Vaters habe ich bisher noch zu niemandem gesprochen. Wen geht es etwas an, dass er SS-Mann war? Ein strammer Bursche in seiner Uniform. Der Stolz des jungen deutschen Soldaten im Familienalbum ist unverkennbar. Was hat er erlebt, woran war er beteiligt? Welche Schuld hat er unmittelbar auf sich geladen?

Nie wird es möglich sein, mit ihm darüber zu sprechen! Er lebt noch, vierundachtzigjährig in einem Alten-Pflegeheim, vom Krebs zerfressen, auf den Tod wartend.
Am Morgen verschlafe ich prompt.

Noami klopft besorgt gegen neun an meine Tür. Gerade noch bekomme ich ein Frühstück. Dann brechen wir schnell auf, ein neues Tagesprogramm, von meiner bezaubernden Freundin entworfen, wartet auf uns. Zügig geht die Fahrt nun im Tal entlang. Die Hule-Ebene ist ein blühender Garten. Zum ersten Mal in meinem Leben sehe ich die Blüten von Mangobäumen, die umso zahlreicher auf den Plantagen links und rechts der Autostraße werden, desto südlicher wir fahren. Es ist wenig Verkehr an diesem Freitagmorgen.

Noami kenne ich gerade erst seit drei Tagen, doch es kommt mir vor, als seien Wochen seit unserem Tanzabend in Jerusalem vergangen. Ich sehe sie an, wie sie neben mir am Steuer ihres Wagens sitzt. Heute hat sie die ausgewaschene Jeans gegen eine knallenge, schwarze Röhrenhose eingetauscht, dazu ein weißes T-Shirt. Ihre Haarpracht steckt wieder unter der roten Baseballkappe. Die Ohren ziert ein neues, nicht minder skurriles Gehänge: Blaue Glasarbeit mit Strass-Steinen in messingfarbenen Kunststoff gegossen, zwei Schmetterlinge etwa in Originalgröße, eine Handwerksarbeit aus dem Kibbuz von Tante Esther, wie sie mir erklärt.

Jetzt ist der Zeitpunkt gekommen, da ich sie nach ihren geheimnisvollen Aktivitäten befragen muss. „Es geht um die Politik von meine Vater", erklärt sie, „er ist eine wichtige Mitglied von eine rechte Partei, die noch in die Opposition sind. In die Wahlen wollen sie die Regierung übernehmen. Dazu brauchen sie die Unterstützung von die verschiedenen Teile des Volkes. Wir denken, die Mehrheit ist nicht bereit, Land für Frieden zu geben. Wir machen eine Analyse von die Meinung. Es geht um die Rückgabe des Golan."

„Und du hast dabei geholfen?"

„Mein Vater braucht die Ergebnisse so schnell als möglich. Tante Esther hat in die letzte Wochen die Bewohner von die

Golan-Hights gefragt und eine große Analyse vorgelegt. Aber es fehlten noch ein paar Ergebnisse von Hagoshrim."
„Die hast du jetzt geliefert?"
„Ja, deshalb habe ich dich bei meine Großväterchen gelassen. Ich habe der Parteivertreter in diese Kibbuz getroffen. War es gut, das Sprechen mit Großväterchen?"
„Er ist ein kluger Mann", schmeichle ich, „er ist eben dein Großvater." Am schnellen Themenwechsel merke ich, dass sie über den Auftrag ihres Vaters, die Zusammenhänge mit den Parteistrategien im Hinblick auf die Wahlen, nicht mehr als nötig sprechen möchte. Plötzlich biegt der Wagen nach links ab. Sie verlässt ohne Ankündigung die Schnellstraße Richtung Teverya (Tiberias). Die Fahrt geht erneut nach Osten. Der Golan taucht wieder vor uns auf.

„Ich will dir eine wichtige Stelle zeigen", deutet sie geheimnisvoll an. In drei Minuten kommen wir zu einer alten Militärbrücke, die mit wackeligen Bohlen auf einem Eisengestell einen Fluss überspannt.

„Der Jordan", sagt sie nur und biegt auf der anderen Seite des Flusses verbotswidrig nach rechts ab, fährt noch einige Meter und lässt das Auto am Rande einer Parkbucht stehen. Hier am Fuße des Golan bildet der Jordan vor 1967 die Grenze zu Syrien. Schilder warnen noch heute vor den im Boden vergrabenen Tretminen. Hunderte, ja tausende sind verstreut, eine tödliche Hinterlassenschaft, die noch in Jahrzehnten ihre Opfer einfordern wird. Wilder Mohn blüht in grellem Rot über der Gefahr, breitet sich hier ungehindert aus, ein Bild wie Blut, grausam schön.

Noami zieht mich an der Hand einen Pfad durch grüne Wiesen entlang, einen kleinen Schotterhang hinab ans Ufer des Jordan. Viel besungen, viel beschworen, ein Fluss mit langer Geschichte. Hier fließt er reich an Wasser hin zum See Genezareth, den er speist. Später, unterhalb des Sees, verkümmert er zunehmend zum Rinnsal, denn das Wasser, das er früher ins Tote Meer einbrachte, wird, wie Tante Esther erklärte, als Trinkwasser-Ressource gebraucht.

Der wilde Fluss gluckert über Stromschnellen, sammelt

sich in ruhigeren Becken, um dann erneut zu beschleunigen. Am jenseitigen Ufer hängen alte Bäume ihre grünen Zweige bis dicht über das Wasser, derweil sich ihre Wurzeln im dauerhaften Fußbad laben.

Kaum haben wir den Platz erreicht, schallen lebhafte Stimmen von flussaufwärts zu uns herüber. Und schon schießt ein Schlauchboot hinter Büschen hervor, zwei junge Pärchen in bunter Gummikluft mit Schutzhelmen und Paddeln rauschen lustvoll jauchzend an uns vorbei, drehen in einem ruhigeren Becken neben uns gen Ufer ab, um ein zweites Boot zu erwarten, das schon über die Stromschnellen kommt.

Beim Aussteigen rutscht eine der jungen Frauen im Uferschlamm aus, liegt der Länge nach im Wasser, lacht grell auf, man hilft ihr hoch, nichts ist passiert, trägt sie doch schützende Kleidung. Die Boote werden an Land gezogen. Ich fotografiere, während Noami lachend hebräische Worte ruft.

Die Boote können mit Zubehör fürs Wildwasserfahren bei einem Kibbuz etwas oberhalb der Stelle gemietet werden, erfährt sie. Ein berauschendes Vergnügen. „Die junge Leute sind auch bei die Army", erklärt sie mir, „auf der Golan stationiert, haben sie ihre freie Zeit."

„Du hast mir noch gar nichts von deinem Dienst erzählt», stelle ich fest, denn mir fällt auf, dass ein ungezwungenes Verhältnis der Soldaten beiderlei Geschlechts zu beobachten ist. Ob Noami einen festen Freund hat? Warum ist mir dieser Gedanke nicht längst gekommen? Ich frage sie aber nicht danach. Zu schön ist der Tag, um Illusionen zu zerstören. Die beiden Boote legen nach kurzem Halt wieder ab, wir gehen weiter am Ufer entlang.

Bei einem großen Stein, der halb an Land und halb im Wasser liegt, kommt mir die Idee, im Jordan baden zu müssen, wenigstens die Füße. Ein symbolischer Akt nur, gewiss, Noami soll mich dabei fotografieren. Jesus, so die biblische Überlieferung, wurde von Johannes dem Täufer in Jordanwasser getauft. Die christliche Taufe hat in diesem Fluss ihren Ursprung. Schnell entledige ich mich meiner Schuhe und Strümpfe, schiebe die Hosenbeine hoch, und schon stehe ich auf dem

Stein, der mir als idealer Zugang zum Taufbecken erscheint.

„Pass lieber auf, Joachim", sagt Noami warnend, den Finger am Auslöser. Doch da ist es schon geschehen. Der Stein ist glatt, ich gleite, versuche, mich noch zu halten, aber das Gleichgewicht ist dahin, so sehr ich auch mit den Armen rudere, ich muss ins kühle Nass, die Taufe will vollzogen sein. Noami schreit auf, knipst, lacht gellend, als sie sieht, dass mir nichts passiert. Ich tauche völlig unter in dieses tiefe Becken, dessen trügerischen Untergrund ich völlig falsch eingeschätzt habe. Schwimmend und prustend erreiche ich das Ufer. Noami lacht immer noch. Sie reicht mir die Hand. Triefend steige ich an Land, pitschnass bis auf die Haut. Was nun? Das Wasser vom Hermon ist empfindlich kalt. Es ist auch sehr sauber, aber so genau wollte ich das gar nicht wissen.

„Warum hast du mich nicht vorher gesagt, dass du dich selbst taufen willst?" ulkt Noami. Ich nehme Schuhe und Strümpfe in die Hand und trage sie sorgfältig zum Auto zurück, sind sie doch die einzig trockenen Kleidungsstücke, die ich hier noch besitze.

Ausziehen soll ich mich, aber wie? Noami holt eine Wolldecke aus dem Kofferraum. Ich staune, was sich noch alles darin verbirgt. Bis auf die Unterhose entkleide ich mich. Dann wickle ich mich in die Decke und setze mich auf den Beifahrersitz. Noami verstaut die nassen Sachen im Fond.

Zurück zur Straße Richtung Tiberias lenkt sie den Wagen, biegt dann oberhalb des Sees erneut nach Osten, um eine Anhöhe anzusteuern, die bereits von einigen Busladungen von Touristen besetzt ist. Vorbei an den wartenden Fahrern lenkt sie den alten Ford auf einen Feldweg unterhalb des Touristenrummels. Dort stellt sie den Wagen in der warmen Mittagssonne ab, holt meine nassen Kleider wieder hervor und drapiert sie zum Trocknen auf Motorhaube und Dach. Derweil räkele ich mich wohlig auf dem Beifahrersitz und lüfte die Decke. Ein Blick von besonderer Güte steht vor der Windschutzscheibe. Allerdings klebt ein Heer von Mücken darauf: Der Berg der Seligpreisungen, wo der Überlieferung nach Jesus die Bergpredigt hielt. Er dient uns heute als

Trockenraum und Picknickstätte.

Nur hundert Meter oberhalb des verschwiegenen Platzes am Feldrain hinter Büschen hören wir das Stimmengewirr der zahlreichen Holy-Land-Pilger. Massentourismus zur Vermarktung biblischer Stätten. Ob es sich wirklich um die richtige Stelle handelt, sei nicht so sicher, meint Noami. „Aber die Christen wollen wissen, wo Jesus lebte und wo er mit seine Freunde war", fügt sie mit der mangelnden Ehrfurcht der Ungläubigen hinzu, „also wird ein Platz bestimmt, der ein wenig wahrscheinlich ist."

Aus dem Kofferraum hat sie die reichlichen Reste unseres Picknicks geholt, inzwischen aufgefrischt durch Beigaben der Kibbuzküche. Frisches Obst, Brot, Käse, gebratene Hühnerbeine. Dazu einen Cidre für mich als besondere Überraschung. Noami, du bist eine Perle! Wie glücklich der Mann, dem du gehören wirst, denke ich mit Wehmut.

Sie plaudert beim Essen frisch drauflos. Es ist, als habe sie mein unfreiwilliges Bad in eine fröhliche Gemütslage versetzt. Doch vielleicht ist es nur der Versuch, den bevorstehenden Trennungsschmerz durch überzogene, gespielte Leichtigkeit zu überwinden. Uns ist beiden unausgesprochen klar, dass Noamis Urlaub zu Ende geht. Am Abend wird, wie sie mir erklärte, der Sabbat eingeleitet. Der Samstag ist in Israel der arbeitsfreie Tag, der als solcher auch eingehalten wird, viel strenger als bei uns der Sonntag. Er gehört der Familie. Telefon und Fernseher schweigen in vielen Familien still. Am kommenden Sonntag dann, der hier ein ganz normaler Werktag ist, wird Noami wieder ihren Dienst am Rande der Wüste Negev im Süden des Landes antreten.

Aber noch darf ich mich wohlig in der warmen Decke räkeln, an ihrer Seite verwöhnt. Meine Fantasie schlägt Purzelbäume, doch ich weiß, dass ich ihr Vertrauen nicht unbedarft trüben darf. Selig sind, die reinen Herzens sind!

Eine halbe Stunde vielleicht genießen wir den Blick über den gelben Raps vor dem tiefblauen See. Dahinter das Golangebirge. Dann holt Noami die Wäsche rein, die ich im Wagen überstreife, noch etwas klamm und ungebügelt.

Unser Weg führt uns über Kanaa und Nazareth gen Westen. Die Sonne steht noch hoch am Himmel. Da tut sich die Yizre'el Ebene vor uns auf, eine fruchtbare Obst- und Gemüsekammer in zentraler Lage des Landes. Über einige Nebenstraßen steuert meine Freundin einen Ort an, den sie mir noch unbedingt zeigen möchte.

Bei einem Wäldchen biegt sie auf einen Schotterweg ab, den Hügel hinauf. Sie parkt den Wagen unter Bäumen. Durch ein rostiges Eisengatter treten wir ein, folgen dem schattigen Weg über einen kleinen, jüdischen Friedhof. Grabsteine mit hebräischer Schrift, spärlicher Schmuck auf steinernen Kammern, alte Bäume, efeuberankt, keine Menschenseele ringsum zu sehen. Am anderen Ende des Friedhofs, wo der Wald aufhört, öffnet sich ein weiter Blick vom Hang über die Ebene. An exponierter Stelle befindet sich ein Grab, das sie mir zeigen will: „Mosche Dajan ist eine Legende."

Wir stehen am Grab des berühmten Feldherrn und Politikers. Der Mann mit der Augenklappe war schon zu Lebzeiten ein Symbol des jungen Staates Israel.

„Er ist 1915 im ersten Kibbuz von Israel geboren. Später war er Kommandant von Jerusalem. Dann hat David Ben Gurion, unser erster Ministerpräsident, ihn zum Generalchef von die Army genannt. Mit einundvierzig Jahre hat er noch Politik studiert, um dann eine Minister zu werden. Zuerst war er Landwirtschaftsminister, dann 1967 Verteidigungsminister. Später war er noch Außenminister. Er starb 1981 und liegt nun in diese Grab hier. Ganz in der Nähe ist der Moshaw, wo er Mitglied war, seine Tochter ist noch dort." Sie zeigt auf eine ausgedehnte Ansiedlung im Tal vor uns.

Wir setzen uns am Hang unweit der Gräber nieder und schweigen.

Was mag sie denken?

Ich fühle mit Schmerz die verhinderte Leidenschaft, die auf dieser wunderbaren Rundreise – von zu großer Vernunft überdeckt – gar nicht erst gelebt wurde. Ach könnte ich sie doch an mich ziehen, sie mit den Armen umschlingen, ihren Mund mit meinen Küssen bedecken! Könnten wir doch hier, im stillen, schattigen Hain ein Paar sein! Ich glaube sicher, dass mein Empfinden mehr als Leidenschaft und Begierde ist. Ist es Liebe? Noami denkt und spürt das Gleiche, dessen bin ich mir sicher. Wenn ich sie nur ansehe, prickelt ein warmes Gefühl der Wohligkeit durch meinen Körper. Schon auf dem Felsen am Ufer von Tel Aviv spürte ich diese angenehme, mir bisher unbekannte Innigkeit. Synchronicity?

Wir schweigen noch immer. Noami spielt gedankenversunken mit einem Stöckchen im Laub. Dann sagt sie: „Joachim, wir werden uns bestimmt einmal wiedersehen! Du wirst zu deine Ex-Frau fahren und sie verzeihen. Versuche, sie zu verstehen, und sei eine gute Mann, ja?"

„Ich werde noch eine Weile in Jerusalem bleiben, mindestens eine Woche", entgegne ich, „wann bist du wieder da?"

„Ich komme nächste Woche zum Sabbat, aber dann bin ich bei meine Familie."

Wir tauschen unsere Adressen aus, weil wir es sonst vergessen könnten. Jeder schreibt sie auf eine Hälfte des Notizzettels, den ich in Yad Vashem mit meinen spontanen Gedanken beschriftete. Die Rückseite bietet sich an, denn ein anderes Papier ist nicht zur Hand. Dann zerreißen wir ihn in der Mitte. Noami bekommt den oberen Teil.

„Wie lange bist du noch beim Militär, und was tust du eigentlich dort?" will ich nun wissen.

Als habe sie auf die Frage gewartet, erzählt sie mir ihren Bildungsgang: „Sechs Jahre war ich in die Grundschule, sechs Jahre in die, wie sagt man, weiter..." „Weiterführende Schule", ergänze ich. „Danach kam das Militärdienst. Ich war zuerst bei das Panzerarmy, ein Jahr. Nun bin ich fast ein Jahr bei die Bodenstation von das Airforce", klärt sie mich auf. „Ich bin jetzt in das Luftwaffenmuseum und führe die Besucher. Diesen Sommer beginne ich das Studium. Ich will Biologie studieren, weil ich liebe die Natur und alles was ist natürlich."

Seltsam, schießt es mir durch den Kopf, das war doch schon einmal ein Thema auf dieser Reise? Aber es will mir nicht gleich einfallen, zu nah und zu real ist mir die zauberhafte Noami.

„In Israel gibt es für die junge Leute eine gute Ausbildung", fährt sie fort, „die Kibbuzim zum Beispiel bezahlen für jedes Kind die zwölf Jahre Schule und drei Jahre Studium oder eine, wie sagt man, Berufsschule nach das Militär. Die Männer sind drei Jahre bei die Army, Frauen zwei."

„Gibt es darüber keinen Streit? Finden Männer die verschiedene Dauer für die Geschlechter nicht ungerecht?" lenke ich das Gespräch mit echtem Interesse weiter in diese Richtung.

„Wohin denkst du", lacht sie, „wenn ich Babys kriege, jedes Mal neun Monate, werde ich sagen, du warst nur drei Jahre bei die Army."

Hand in Hand schlendern wir über den friedlichen Platz zum Auto zurück. Kurz davor lege ich meinen Arm um ihre Schulter, diesmal verwehrt sie es nicht.

Zügig fahren wir den Schotterweg zum Moshaw hinunter auf die Hauptstraße, die in den Ort führt, und dann auf die Ringstraße durch die kreisrunde Siedlung. Ein Moshaw, so erklärt sie mir, ist eine Weiterentwicklung des frühen Kibbuzgedankens. Eine Gruppe junger Leute gründete 1921 den ersten Kibbuz in Israel. Unter ihnen waren die Eltern von Moshe Dajan. Aber einige von ihnen waren unzufrieden: „Sie wollten ihre eigene Farm haben, aber dabei auch zusammen leben."

Wir fahren tatsächlich im Kreis, denn nun kommen wir an jene Stelle, an der wir die Rundfahrt begannen. Im Inneren des umrundeten Gebietes befinden sich die gemeinschaftlichen Einrichtungen wie Arztpraxis, Kindergarten, Schule, Geschäfte, Bücherei und anderes. Um das Zentrum herum, auf der äußeren Ringstraße, liegen die Eigenheime der Siedler, die hier auf den sich strahlenförmig erweiternden Grundstücken ihre landwirtschaftlichen Unternehmen in eigener Verantwortung betreiben.

„Es sind fünfundsiebzig Familien auf fünfundsiebzig verschiedene Farmen", erklärt Noami, „es ist wie ‚sitting round the campfire', um das Lagerfeuer sitzen."

„Kennst du jemanden an diesem Ort, können wir eines der Grundstücke besichtigen?" will ich wissen, denn ein Gespräch mit einem solchen Siedler würde mir, so stelle ich mir vor, wichtige Erkenntnisse zur Situation der Landwirtschaft in Israel bringen.

„Mein älterer Bruder hat hier bei einer der Familien ein paar Wochen gearbeitet nach seine Militärzeit, aber er ist jetzt in einem anderen Moshaw. Er hat Freude an die Landwirtschaft und vor allem an die Viehzucht." Sie fügt mit Bedauern hinzu: „Wir können uns nicht länger aufhalten hier, sonst kommen wir zu spät nach Jerusalem vor der Sabbat."

„Gibt es viele solche Ansiedlungen in Israel?"

„Dieser Moshaw mit Namen Nahalal war der älteste in Israel. Danach gab es noch weitere dreihundert nach die gleiche Idee." Sie fährt noch einmal langsam durch den Ring. Sehr verschiedene Haustypen stehen hier. Zum Teil sind noch die Siedlungshäuser der Gründergeneration zu erkennen, zum großen Teil wurde inzwischen erweitert und angebaut. Einige Häuser haben sich zu stattlichen Villen entwickelt.

„Das heißt, man hat diese Siedlungen auf der grünen Wiese geplant und gebaut?"

„Ja, das Land wurde zuerst für viel Geld von eine arabische Familie gekauft und gehörte der jüdische Staat. Er hat es an die Familien weitergegeben. Und es gibt eine ..., restriction in selling the farm,..." „... eine Zusicherung, dass das Land nicht weiterverkauft wird?" frage ich.

„Ja, es darf auch keine Familie das Land teilen auf die Kinder. Immer ein Kind von die Familie muss die ganze Farm führen. In die arabische Länder ist das eine große Problem. Der Boden wird von der Vater immer auf seine Kinder geteilt, dann haben sie bald nur kleine Stücke. Sie können nicht davon leben. Hier muss immer alles zusammen bleiben."

„Was ist daran gut für diese Leute? Welchen Vorteil hat diese Siedlungsform für sie?" möchte ich noch wissen. Noami hält erneut an einer der Straßen, die den Kreis diagonal durchtrennen.

„It is a mutual responsibility, eine gemeinsame ..., wie sagt man...?" „Verantwortung" werfe ich ein.

„In die Finanzprobleme, in die soziale Fragen, die ganze Gemeinde ist hinter dir. Du bist nicht allein mit die Probleme.

Alle haben eine gleiche Chance, und es gibt gute Preise auf der Markt durch die Konzentration."

„Also wird die Vermarktung gemeinsam unternommen?"

„Das war der Plan. Inzwischen hat sich das alles weiter entwickelt. Es gibt hier sehr viele verschiedene Sorten von Geldverdienen. Sie haben Fantasie. Manche züchten Tiere. Hühner, Gänse, Enten, Truthühner, Hasen, Vogel Strauß. Andere bauen Früchte an, exotische Sorten, die hier gut wachsen. Wieder andere haben angefangen, Sachen zu produzieren. Hast du noch eine Frage?"

„Ja, was heißt Moshaw?"

„Es ist eine hebräische Name für eine runde Stuhl wie für die Kühe melken." „Ein Schemel", stelle ich fest.

Unsere Rückfahrt nach Jerusalem verläuft zähflüssig. An einigen Stellen staut sich der Verkehr. Der Freitag führt in Israel die Familien zusammen, alle Welt ist unterwegs. Noami zeigt jetzt Eile. Auch ihre Familie erwartet sie zum rituellen Freitagabendessen. Während der ganzen Fahrt sind wir sehr still. Eine Art Lähmung der Seelen schützt uns, weil das Unvermeidbare naht.

In Jerusalem biegt Noami von der Jaffaroad in eine kleine Seitenstraße, findet tatsächlich einen Parkplatz und sagt: „Wir haben nicht mehr viel Zeit, Joachim, aber wir sollten noch einmal an diese Ecke gehen zusammen, ja?"

Wir steigen aus, gehen die wenigen Meter bis zur pulsierenden Jaffaroad und hören schon das rhythmische Schlagen der Trommeln. Ein paar junge Leute haben sich hier versammelt, lassen auf ihren Bongos ihre innere Seele spielen. Andere stehen um sie herum, auch sie mit weit geöffneten Sinnen, wiegen sich im Rhythmus, klatschen, schauen sich an, lachen.

Hier, unweit des Underground, wo wir vor Tagen uns kennenlernten, bleibt sie stehen, wendet sich zu mir, fasst mich mit beiden Händen von vorn sanft um den Nacken, schaut mit offenem Blick mir in die Augen und sagt: „Joachim, sie waren sehr, sehr schön, diese Tage mit dir. Nun müssen wir uns trennen."

„Also hat dein Verstand gesiegt? Was sagt heute dein Herz?"

„Wir hatten von der Anfang an keine richtige Chance, Joachim. Ich habe mir in die Realität getauscht."

Da muss ich doch lachen: „Du meinst getäuscht, liebe Noami."

„Ja, getäuscht."

„Ich muss dir danken für alles, vor allem für dein Vertrauen. Ich weiß nun, dass wir uns lieben könnten jenseits von Hass, der sich aus Vergangenem ergibt. Es war wunderbar, mit dir durch dein Land zu fahren. Du hast mir sehr geholfen mit allem, was ich durch dich erfahren durfte und mit den Begegnungen. Vielen, vielen Dank! Aber du selbst bist mir bei allem das Wichtigste geworden."

Während der ganzen Fahrt habe ich über diese letzten Worte nachgedacht. Und dann füge ich noch hinzu: „Ich möchte dich gern wiedersehen!"

„Meine Tante Esther und mein Großväterchen haben viele Erfahrung in das Leben. Sie sagen mir, Noami, lass die Finger von diese junge Deutsche. Sie sagen, er ist gut, aber du wirst nur Schwierigkeiten bekommen, wenn du auf dein Herz hörst."

„So hast du mich deinen Verwandten mit Absicht vorgeführt? Ich habe es geahnt."

Nach einer Pause des betretenen Schweigens füge ich hinzu: „Noami, wir beide wissen doch längst, dass wir uns lieben."

Sie entzieht mir die Hand, die ich ergriff, und entgegnet mit einem Anflug von Entrüstung: „Sag nicht solche große Worte, Joachim, ich bitte dich. Ja, wir verstehen uns gut, und wir beide können Freunde sein. Zwischen die Völker steht aber die Vergangenheit. That's reality. Ich kann mein Leben nicht verlassen, bitte versteh das. Ab der Sonntag bin ich wieder in das Army. Wir haben keine Chance. Es gibt keine Zeit und keine Berührung mehr für uns in unsere Leben!"

Sagt es und will, wie schon einmal in Yad Vashem, mich mit einem Kuss überraschen. Schnell weiche ich aus und gebe ihr stattdessen einen Kuss auf die Stirn. Es sollte wohl dein Abschiedskuss sein, doch so schnell kommst du mir nicht davon!

Ich greife Noami bei der Hand, sie folgt mir zu ihrem Auto.

Am Jaffator entlässt sie mich samt meinem Gepäck. Ich winke ihr kurz nach, sie dreht sich nicht mehr um, die Rückleuchten reihen sich in den fließenden Verkehr auf der vielbefahrenen Straße ein, das Rot verschmilzt und entschwindet meinem Blick.

Ich bin fest entschlossen, Noami wiederzusehen.
Diesen Kuss hebe ich mir noch auf!

Zweites Buch

Im Nebel der Zeit

Liebe Eva,

aus Israel sende ich Dir
freundschaftliche Grüße.
Vermutlich hast du schon geahnt, dass
ich mir meinen Traum nun erfülle.

Die Eindrücke und Erlebnisse in diesem Land
sind überwältigend! Vieles geht mir unter die Haut.

Dein plötzlicher Weggang hat mich
sehr getroffen.

Wenn auch zwischen uns nicht alles so lief,
wie es vielleicht hätte sein sollen,
so wäre es doch besser gewesen,
darüber zu sprechen.

Du hast mit deinem Auszug Fakten geschaffen,
die ich akzeptieren muss. Manchmal, denke ich,
kann auch eine vorübergehende Trennung gut
sein, bis eine neue Lage sich ergibt.

Vielleicht sehen wir uns wieder?

Interessante Leute und neue Freunde habe ich
hier kennengelernt und auch Fredi aus
Göttingen getroffen, der mir Unterkunft
im Österreichischen Hospiz gewährt.

Für dein Examen wünsche ich dir alles Gute.

Möge dir der Abstand von mir
hilfreich dabei sein.

Joachim

Eins

Das zweite Bett in meinem Zimmer ist auch vergeben. Fredi sagt, ich könne mich „ja nicht wochenlang herumtreiben und gleichzeitig ein ganzes Zimmer blockieren". Ein wenig bekomme ich bei seinen Worten zu spüren, dass er selbst keine so besondere Resonanz bei den Damen hat. Mein Ausflug mit Noami erscheint ihm widersinnig und überflüssig. Er sagt es nicht, aber er hat wohl eher geglaubt, ich würde seinem Lebensstil zuneigen. Der besteht darin, morgens möglichst emsig zu schaffen, mittags eine ruhige Kugel zu schieben und abends, wenn sein Dienst im Hospiz beendet ist, ein umfassendes Studium der Stadt mit allen gastronomischen und kulturellen Aspekten, die sie bietet, zu beginnen. Dazu gehören auch theologische und andere Vorträge, Konzerte, Kinobesuche.

Stefan Reich aus Graz ist ein sympathischer und auf den ersten Blick unkomplizierter junger Mann, Anfang zwanzig, forsch, zupackend, kräftig, dabei intelligent und gefühlsbegabt. Seit zwei Tagen hat er sich im Zimmer eingenistet, hat sich ausgebreitet, überall liegen seine Sachen, nur nicht auf meinem Bett. Er begrüßt mich freundlich, ist gleich beim persönlichen Du, fragt mich nach meinen bisherigen Erfahrungen in Israel und weiteren Interessen hier. Ich gebe bereitwillig Auskunft, - von den Frauen, die mich beschäftigen, sage ich nichts.

Stefan arbeitet als Volontär im Hospiz. Zwei Tage lang hat er sich um die Wäsche gekümmert, die Zimmer mit Handtüchern versorgt, mit Bettwäsche, die Waschmaschine bedient und andere Hilfsdienste geleistet. Ob dies etwas sei, was ihm Spaß mache, und ob er allein dafür zuständig ist, frage ich.

„Was tut man nicht alles, um billig auf der Welt herum zu kommen!" lacht er, „eine alte Araberin ist mein Chef." Sie habe das Regime im Wäschebereich. Er sei zunächst mal ihr Bote und die Verbindung zum Zimmerservice. Man könne ja nicht gleich am Anfang die Rezeption versehen oder Kellner spielen.

Er ist sehr gesprächig. Seine Matura hat er im vorigen Sommer bestanden, jetzt reist er erst mal, sammelt Erfahrungen. Zuvor war er ein Vierteljahr in Amerika, sagt er. Las Vegas und San Francisco seien „ganz toll", aber Los Angeles könne man vergessen. In Las Vegas hatte er zwei Wochen lang einen Job als Anwerber für einen Nachtclub. Seine Aufgabe war es, deutschsprachige Touristen anzusprechen und mit Werbematerial zu versorgen, ihnen den Weg zu zeigen. Da könne man etwas erleben! Auf Dauer sei das natürlich nichts, doch man müsse eben sehen, wie man im Ausland über die Runden komme.

Stefan ist ein guter Kumpel, das ist mir nach wenigen Minuten klar, und so stört mich die neue Nachbarschaft nicht. Ich erzähle ihm vom Underground und der Kneipenszene. Heute, an seinem dritten Abend hier, will er sich umsehen. Sorgfältig föhnt und kämmt er sein kurz geschnittenes, blondes Haar, steht lange vorm Spiegel. Dreimal wechselt er die T-Shirts, bis er mit seinem Outfit zufrieden wirkt. Dann stürzt er, weil spät, zur Tür hinaus, er ist mit einem anderen Österreicher verabredet, der in der Küche arbeitet.

Endlich komme ich zur Ruhe. Ich habe ein großes Bedürfnis, die intensiven Eindrücke und Erlebnisse der letzten Tage zu ordnen, und ich möchte gern Klarheit in meine Gefühlswelt bringen.

Was ist eigentlich los mit mir? Seit Eva mich verließ, bin ich wie verwandelt. Ich verreise Hals über Kopf, laufe fremden Frauen hinterher, die so völlig anders als Eva sind, komplette Gegentypen.

Sollte ich nicht bald zur Vernunft kommen? Aber was ist Vernunft? Ist es unvernünftig, nach den Urgründen der eigenen Identität zu suchen?

Ich glaube, wir Deutschen neigen dazu, es uns schwer zu machen. Tiefsinniges Grübeln, pedantisches Aufarbeiten, das sind wohl auch heute noch deutsche Eigenheiten.

Meine Gedanken springen. Dann schreibe ich einen Brief an Eva. Er geht mir flott aus der Feder. Ich tüte ihn ein in einen

Briefumschlag des Hospiz, den ich bei Fredi an der Rezeption bekomme. Er schaut leicht verschmitzt auf die Adresse und sichert mir zu, den Brief mit der Hotelpost weiterzuleiten.

„Wie geht es denn nun weiter?" fragt er, und ich glaube, er will das Programm für den nächsten Tag sicherstellen.
„Morgen bin ich frei, gehen wir auf den Tempelberg?"
Die Nacht wird sehr unruhig. Vielleicht eine Folge meiner unfreiwilligen Jordantaufe? Ich habe wüste Träume. Gegen ein Uhr erwache ich das erste Mal, bin völlig durchgeschwitzt, wechsele den Schlafanzug, lege mich wieder hin.

Stefan ist noch nicht da. Die Träume gehen weiter: Ich laufe durch unterirdische Gänge, und irgendetwas verfolgt mich. Ich spüre es ganz deutlich auf meinen Fersen, aber ich weiß nicht, was es ist. Mein Herz schlägt bis zum Hals. Aus dunklen Ecken und Nischen schauen mich Gesichter an. Dazu eine Stimme, die mir sehr vertraut ist: „Aschkenasim haben blaue Augen, helle Haut, Sephardim sind dunkel."

Dann bin ich Aschkenase, denke ich und renne weiter.

Ich sehe Leiber, links und rechts, viele Tausende, sie sind nackt, völlig abgemergelt und wälzen sich. Dabei strecken sie seltsamerweise ihre Hände nach mir aus. Ich verspüre Ekel, Abscheu, Grauen. Ich irre verzweifelt durch das Labyrinth, will entfliehen, suche einen Ausweg. Aus einer dunklen Ecke tritt eine junge, hübsche Frau hervor, mir ist, als habe ich sie schon einmal gesehen. Ich bleibe stehen. Sie streckt die Arme zu mir aus. Irgendetwas hält mich zurück, unsichtbar, obwohl ein großes Verlangen mich zieht. Eine Stimme sagt: „Baue die Mauern zu Jerusalem!" Aber wie denn, wenn ich den Ausweg nicht finde. Ich rufe: „Hilf mir heraus! Hilf mir doch ans Licht!"

„Sei ganz ruhig, du hast wohl Fieber?" Eine Hand legt sich auf meine Stirn, wischt mir mit einem Tuch den Schweiß. Mein Zimmergenosse ist zurückgekehrt. Erschrocken springe ich auf, draußen ist noch Nacht. Die Uhr zeigt erst zwei Uhr.

„Kann ich dir helfen?" fragt Stefan.

Ich lehne dankend ab, erkläre mir selbst und ihm, dass ich

einen Alptraum hatte. Kühles Wasser lasse ich über meinen Nacken laufen. Ob ich geredet habe, will ich wissen. Stefan steht im Zimmer und zieht sich aus.

„Du hast gerufen: Hilf mir raus, ich will ans Licht! Gerade, als ich herein kam."

Die restliche Nacht verläuft ruhig. Am anderen Morgen scheint die Sonne wieder auf mein Bett. Ich blinzele ins Licht, recke mich, besinne mich, fühle mich fast wie neu geboren. Gegenüber liegt Stefan, schläft noch den Schlaf der Gerechten.

Leise stehe ich auf, ziehe mich an, nehme die drei Ausgaben der Jerusalem Post, die Stefan auf dem Tisch gestapelt hat und besteige wieder die Treppe zur Dachterrasse. Das helle Sonnenlicht empfängt mich freundlich. Eine stille Insel im Häusermeer, eine Oase zum ungestörten Lesen, ohne Hektik, ganz allein mit sich und seinen Gedanken. Ich schlage die Dienstagsausgabe auf, lese wie immer von hinten nach vorn. Ich schließe zuerst die Seiten aus, die nichts Lesenswertes für mich enthalten, um dann ausgiebig im politischen Teil zu verweilen.

Ein gewisser Sam Orbaum beschreibt im Feuilleton in einem satirischen Artikel den einzigen Ort auf Erden, wo drei Gottesmänner der drei hier vertretenen Weltreligionen sich wirklich treffen können: Ein christlicher Priester betet in der Grabeskirche, ein jüdischer Rabbi betet an der Westmauer, ein arabischer Sheikh gedenkt im Felsendom. Alle räumlich nahe beieinander, aber doch durch Welten getrennt. Zu genau derselben Zeit überkommt sie ein menschliches Bedürfnis, das sie zur Unterbrechung ihres Gebetes zwingt. In der öffentlichen Toilette der Akabat el-Saraya Street treffen sie an drei Urinalbecken gleichzeitig nebeneinander ein. Hier haben sie dasselbe Ziel, genau dieselbe Methode und erfahren just dieselbe Entlastung! Nur hier, so der Autor, sind alle Menschen wirklich gleich. Ich muss schmunzeln bei der Vorstellung.

Die Weltführer, so heißt es auf der ersten Seite, werden sich zu einer Konferenz der „Friedensschaffer" treffen. Treffen vielleicht auch sie an Urinalen zusammen?

Die politischen Meldungen sind schnell überflogen.

Premierminister Peres hat gesagt: „Wir werden dem Terror nicht erlauben, den Frieden zu töten. Terror kann ein Wesen vernichten, nicht eine Idee". Hoffentlich behält er Recht!

Ein kleiner Artikel berichtet, dass Israel beabsichtigt, die Häuser der Familien von Selbstmordattentätern zu vernichten: „Wir haben tatsächlich keine andere Wahl, als den Vater für den Sohn verantwortlich zu machen. Wir müssen dem Vater sagen: Wenn jemand aus deinem Haus ausgeht, dann glaube nur nicht, dass er geradewegs ins Paradies kommt. Dein Haus ist in Gefahr. Es wird zerstört, es wird dem Erdboden gleich gemacht werden!"

Die Mittwoch- und Donnerstagausgaben berichten ausführlich über den „Anti-Terror-Gipfel" der „Weltführer" im ägyptischen Sharm el Sheikh und den Besuch des amerikanischen Präsidenten in Israel.

Das Schinkencroissant im Wiener Caféhaus des Hospiz ist köstlich. Fredi kommt und frotzelt: „Hast du dich von deiner anstrengenden Tour erholt? Die israelische Damenwelt soll ja sehr anspruchsvoll sein!"

„Alter Neidhammel", kontere ich und boxe ihn freundschaftlich an die Schulter. Er nimmt Platz und überrascht mich mit einer Mitteilung: „Übrigens, der Zettel, den du vor Tagen in deinem Zimmer fandst, wurde von Hiam, der Wäschefrau im Hospiz eingeschmuggelt. Ich habe sie vorgestern ertappt, wie sie gerade wieder eine Botschaft auf den Tisch legte, als ich deinem neuen Zimmergenossen das Bett zeigen wollte. Natürlich habe ich sie gleich zur Rede gestellt. Sie spricht kein Englisch, deshalb ist es ein schwieriges Geschäft. Aber ich habe trotzdem herausgefunden, dass sie diese Nachrichten von einem arabischen Händler namens Omar bekommt, der in unserer Straße ein Geschäft betreibt. Ich kenne ihn, weil ich manchmal bei ihm kaufe. Die gute Alte ist nur die Überbringerin, sie weiß sonst von nichts. Wenn du dieses Spielchen weiter mitspielen willst, wovon ich dir abrate, kannst du bei dem Ladenbesitzer nachfragen, wie er auf dich kommt, und woher er die Botschaft nimmt."

Dann reicht er mir die neue Nachricht, die er für mich in der Hosentasche verwahrt hat. Aufgeregt entfalte ich den schmalen Zettel, auf dem in der selben Handschrift wie das vorige Mal auf Deutsch geschrieben steht:

ICH KONNTE DICH NICHT TREFFEN.
VERSUCHE ES WIEDER SAMSTAG 15 UHR.

Auch diese Nachricht ist anonym. Da Fredi sie seit zwei Tagen in Verwahrung hat, ist sie heute höchst aktuell. Der erneute Versuch eines Treffens mit dem oder der geheimnisvollen Unbekannten, von der ich annehme, dass es Leila ist, soll heute am Nachmittag stattfinden.

Zwei

Den Tempelberg betreten wir von Südwesten durch das Bab al Maghariba, das Tor der Marokkaner.
Der Aufgang wird von einigen schwerbewaffneten Soldaten abgesichert. Sie überblicken von hier aus den gesamten Platz vor der West-mauer, dem heiligen Bezirk der Juden. Etwas entfernt von ihnen steht ein bärtiger Mann mittleren Alters. Er trägt einen azurblauen Umhang auf schwarzer Kutte, auf dem Haupt eine goldene Königskrone und hält eine Harfe im Arm. Auf dem Instrument klimpert er abscheulich schön. Dazu erhebt er seinen sonoren Bariton, singt in englischer Sprache von König David.
„Der komische Vogel steht jeden Tag hier", weiß Fredi zu berichten. Passanten bleiben erst staunend, dann lachend stehen, greifen zur Geldbörse, um ein Almosen zu geben.
Da ist es wieder, das Bettelthema! Dieser intelligente Mensch

hat den erfolgreichen Dreh herausgefunden! Er greift den Menschen hier ans Herz: Er steht an historischer Stelle, wo die Bereitschaft, großzügig zu sein, mitgebracht wird. Viel Geld haben die meisten Passanten investiert, um hierher zu gelangen. Warum sollte man nicht ein Scherflein demjenigen geben, der dafür auch etwas zurückgibt? Das ist der Trick in unserer materiellen Welt: Wir wollen einen Gegenwert für unsere Gabe! Dieser singende Mann bietet Skurrilität, die scheinbar lebendig gewordene Historie. Was hatte Noami gesagt? „König David lebt unter uns!" Ein Foto mit dieser Symbolfigur ist also ein wertvolles Souvenir. Die schaurigen Gesänge des Mannes, die keiner melodisch einfühlsamen Weise folgen, werden uns noch zuhause beim Betrachten des Fotoalbums im Ohr klingen, wir werden den Daheimgebliebenen lachend von „dem komischen Vogel" berichten, der anscheinend nichts Besseres zu tun hat, als hier herumzustehen und dem internationalen Publikum seine nichtssagenden Botschaften vorzusingen.

Fünf Meter weiter eine erbärmliche Alte in Lumpen. Ihr geht es wirklich schlecht, das sieht man auf Anhieb. Mehrere Beutel, Taschen, Plastiktüten an Arm und Handgelenken, trägt sie ihren Hausstand bei sich. Sie geht schweigend auf die Leute zu, schaut ihnen mit wehleidigem Blick flehend ins Gesicht, streckt die Hand mit offenem Handteller in eindeutiger Gestik aus, doch hat sie kaum Erfolg. Sie bettelt ohne Gegenleistung. Genau so wie die junge Frau auf dem Frankfurter Bahnhof, die mir hier wieder in den Sinn kommt.

Die brutale Armut erschreckt mich oft, so dass ich unfähig bin, etwas zu geben. Sicher geht es vielen ebenso, weil sie sich damit nicht auseinandersetzen wollen.

Ich erinnere mich an eine Szene in Brechts Dreigroschenoper, in der Bettler systematisch angeleitet werden, Mitleid zu erregen. Das Outfit der Alten stimmt, sie ist jämmerlich anzusehen, doch das alte Bettelmuster nach Brecht wirkt nicht mehr. Das Mitleid ist vielen ebenso abhanden gekommen, auch hier in Jerusalem. Der Barde nebenan erntet derweil schon wieder Lachen bei einer Gruppe von Japanern. Jeder will einmal mit dem König fotografiert werden. Man wechselt sich ab, lacht in die Kamera. Der Sänger spielt willig mit, wird fürstlich entlohnt. Wie reich mag er schon sein?

„Ich glaube, das noch unausgesprochene Thema hier in Jerusalem ist die bleibende Vorherrschaft der Moslems auf dem Tempelberg", beginnt Fredi. „Juden und Christen reklamieren den Platz für ihre Religionen. Unzweifelhaft haben die Juden die älteren Rechte. Der erste jüdische Tempel auf dem Berg Morija wurde von Salomo, dem Sohn des David, errichtet. David hatte um das Jahr 1000 vor Christus hier zuerst einen Altar gebaut und die Bundeslade mit den Gesetzestafeln hergebracht. 950 vor christlicher Zeitrechnung war der erste Tempel fertig."

Wir gehen langsam über den weitläufigen Platz vor der Al-Aqsa-Moschee, die mit ihren Nebengebäuden einen Großteil der Südseite des Tempelplatzes einnimmt. Der gegenüberliegende Platz bietet den Pilgern Rastmöglichkeiten unter schattigen Bäumen. Von dort kommt ein kleiner, bärtiger Mann auf uns zu, spricht uns auf Deutsch an: „Eine gutte Führung übee die Tempel?" Wir lehnen dankend ab, er spielt ernsthaft beleidigt und will nicht aufgeben. Wir beachten sein Gehabe nicht, gehen weiter. Dann bleiben wir am Eingang zur Vorhalle der Moschee stehen, hier sind die Schuhe der Betenden abgestellt.

„Der erste Tempel stand immerhin fast vierhundert Jahre", berichtet Fredi weiter. „Er wurde unter dem babylonischen König Nebukadnezar zerstört, dann aber nach der Babylonischen Gefangenschaft wieder aufgebaut. Herodes ließ im letzten vorchristlichen Jahrhundert das Heiligtum neu errichten, weil es Schäden erlitten hatte. Vorbild war der hellenistisch-römische Stil."

Wir wenden uns gen Norden und steigen die zweiundzwanzig Stufen zu vier Spitzbogenportalen empor, die durch schlanke Säulen getragen uns den Weg zu dem engeren Bezirk des heutigen Felsendoms weisen.

Kurz vor der Treppe kommt ein Muslim in schwarzem Umhang mit Kopftuch schnellen Schrittes daher, will an uns vorübereilen, da erkennt ihn Fredi: „Hallo, Mister Omar!"

Der Mann bleibt stehen, blickt erstaunt, sieht Fredi und dann mich an, erkennt Fredi, und die beiden wechseln schnell ein paar Worte auf Englisch. Da geht mir auf, es ist der arabische Händler, der in einer der Straßen hier in der Nähe sein Geschäft betreibt und der die Waschfrau des Hospiz beauftragt hatte, mir die Botschaften von Leila ins Zimmer zu legen. Fredi befragt ihn, woher die Zettel an seinen Freund stammen und wozu die Geheimniskrämerei gut sein soll. Mister Omar ist sichtlich verlegen, bedauert sehr, jetzt keine weitere Auskunft geben zu können, er müsse schnell zu seinem Laden, seine Gebetszeit sei vorüber und der Laden müsse von ihm besetzt werden. „I'm sorry, I'm really sorry!" betont er immer wieder. Wenn er mehr weiß, so bereitet es ihm sichtlich Unbehagen, über diese Kontakte zu sprechen. Er winkt uns freundlich zu und setzt dann schnellen Schrittes seinen Weg fort, ohne sich noch einmal umzusehen.

„Eine komische Geschichte", sagt Fredi, „ich kriege langsam Lust, dich zu deinem Rendezvous zu begleiten, denn es kommt mir nicht ganz geheuer vor."

Den Felsendom betreten wir von seinem Westtor her, dem Bab el-Gharb. Unsere Schuhe bleiben vor dem Eingang zurück. Ein Oktogon mit einer riesigen, vergoldeten Kuppel, die sich über dem heiligen Felsen Morijah erhebt. Durch die farbigen Fenster fällt gleißendes Licht auf die kostbare Ausstattung und in den kreisrunden Säulengang, der mit rotem Teppich ausgelegt ist. Holzdecken, Marmorsäulen, vergoldete Kapitelle und Mosaiken.

„Der Felsendom ist nach Mekka und Medina das dritthöchste Heiligtum der Mohammedaner», flüstert mir Fredi zu. Der heilige Ort zwingt unwillkürlich, die Stimme zu dämpfen. Wir treten an den glänzenden Fels, der sich in der Mitte des Umganges erhebt. Er misst vielleicht zwanzig Meter in der Länge und zwölf Meter in der Breite.

„Hier hat schon das Brandopfer der Juden gestanden, hier hat Abraham seinen Sohn Isaak opfern wollen, und von hier ist nach islamischem Glauben Mohammed in den Himmel gefahren. Auch für uns Christen ist der Platz von Bedeutung", beendet Fredi seinen Vortrag, „denn Jesus hat hier mit den Schriftgelehrten als zwölfjähriger Knabe diskutiert."

Wir treten aus dem Dom. So recht kann ich mich nicht auf Fredis Ausführungen konzentrieren. Er ist zu gescheit, um es nicht zu merken. „Komm, wir gehen etwas Ordentliches essen, und dann begleite ich dich, das Geheimnis der schönen Leila wartet auf uns!" Wir verlassen den Tempelberg durch das Bab el-Hadid, das Eisentor. Hier in einem Gebäude zwischen den Toren liegt Hussein I. begraben, erster König von Arabien. Sein Sohn war seit1948 König von Jordanien. Dieser wurde 1951 in der Al-Aqsa-Moschee ermordet. Gewalt war schon immer präsent am Tempelberg. Hussein II., jetziger König von Jordanien, ist sein Enkel. Er war bei dem Mord anwesend. Ich staune, welche umfassenden Kenntnisse sich Fredi zugelegt hat. Er freut sich über mein Lob.

Ein arabisches Essen ist eine spannende Angelegenheit, vor allem, wenn man nicht weiß, was sich hinter den Bezeichnungen der Gerichte verbirgt. Gleich hinter dem Eisentor betreten wir die nach ihm benannte kleine, arabische Gaststätte ‚Bab El-Hadid' in der Al-Wad. Der untersetzte Chef, dessen Glatze so glänzt wie die große Messingkanne, die zur Zierde auf dem Tresen thront, schlägt fast Purzelbäume der Freude bei unserem Eintreten. Fredi ist bereits wiederholt bei dem freundlichen Mann eingekehrt. Er bietet uns sogleich die besten Plätze an, mit Blick auf die belebte Gasse und doch nicht zu nah am Eingang. Dann nennt er die Namen der Gerichte, die verfügbar seien. Fredi schlägt vor, zwei verschiedene Speisen von der Karte zu wählen, die er auch noch nicht kennt, um eventuell auszutauschen und auch Verschiedenes kennenzulernen. Ich bin einverstanden, der Wirt strahlt immer noch vor Freude. Die gähnende Leere seines Restaurants lässt mich auf große Konkurrenz schließen, doch Fredi meint, wir seien noch zu früh dran, erst am Nachmittag und am Abend füllten sich die Lokale.

Der Wirt verschwindet kurz hinter den Kulissen, gibt offenbar Anweisungen zu unseren Bestellungen und taucht dann gleich wieder bei uns auf, um uns zu unterhalten. Bereitwillig gibt er

Auskunft über sein Leben. Zehn Jahre war er in Amerika, hat dort bei Chicago in einer Fabrik gearbeitet, Geld gespart. Dann ist er hierher gekommen, hat das Lokal gekauft, als es politisch noch möglich war. Ich frage ihn, ob er einen palästinensischen Pass habe. Ja, lacht er, einen palästinensischen auch. Aber als Araber, der seit Jahren in Ost-Jerusalem lebt, habe er auch einen israelischen. Verschmitzt verklärt sich sein Gesicht, als er hinzufügt, er habe aber außerdem noch den amerikanischen Pass aus seiner Amerikazeit, und wegen seiner geburtsmäßigen Herkunft habe er sich auch den ägyptischen Pass immer wieder auf Reisen erneuern lassen. Man kann ja nie wissen!

Ich gehe in Restaurants gern die Toiletten inspizieren, bevor das Essen kommt. Eine Angewohnheit, die mir viel über die Qualität der Einrichtungen verrät. Als ich das Treppchen zu den hinteren Räumen hinuntergehe, schwant mir Schlimmstes. Mein Blick fällt in ein chaotisches Durcheinander von Töpfen und Pfannen, die unaufgeräumt und schmutzig im Raum umherliegen. Was wird hier gespielt? Haben wir nicht eine Mahlzeit bestellt? Wie konnte der Wirt sich so über unser Kommen freuen? Mit ungewisser Spannung kehre ich zu Fredi zurück, sage jedoch nichts über meine Entdeckung, um ihm nicht voreilig Freude und Appetit zu verderben. Das war gut so: Denn nun öffnet sich die Tür des Lokals, und ein etwa zehnjähriger Junge kommt schnellen Schrittes herein, in den Händen vor seinem Körper einen heißen Topf tragend. Die Vorsuppe wurde von der Mama auf heimischem Herd produziert. Doch nur Fredi bekommt die dampfende Kost. Zu meinem Gericht gehört ein kühler Joghurt als Vorspeise. Dazu wird frisches Fladenbrot serviert. Es dauert nicht lange, dann zaubert uns der Wirt je ein halbes, knuspriges Hähnchen mit Salatbeilagen auf den Tisch, zwei völlig identische Gerichte. Wir fragen irritiert nach einer Erklärung für die verschiedenen Namen dafür auf der Speisekarte und werden belehrt: Ja, einmal mit Joghurt und einmal mit Joghurtsuppe, das macht den Unterschied!

Das Fleisch ist sehr gut, in der Küche des Hauses wurde es nicht gegrillt. Offenbar hilft man sich als Wirte hier gegenseitig aus. Was zählt, ist der Gast, er wird überall bedient, wo er sich niederlässt. Die Speisen kommen zu ihm. Nach dem Essen kredenzt uns der Weltbürger einen Kaffee, der seinen Namen durchaus verdient, wenn er auch eine Prise Kardamom nicht leugnen kann. Als ich das feststelle, meint Fredi: „In arabischen Ländern wird dem Kardamom eine aphrodisierende Wirkung nachgesagt."

Zum Kaffee wählen wir verschiedene Teile des süßen Fettgebäcks, das hinter dem Glastresen verlockend aufgeschichtet ist. Gefüllt mit gehackten Pistazien, umhüllt von süßen Teigsträngen ist der Biss köstlich, doch nach dem zweiten Teil überwiegt die penetrante Süße.

Bestens gesättigt verlassen wir das Lokal. Nach einem angemessenen Trinkgeld verbeugt sich der ausgezeichnete Wirt immer wieder und hofft bestimmt auf ein künftiges Wiedersehen.

Auf der Gasse treffen wir unversehens wieder auf jenen Händler, den Fredi vorhin auf dem Tempelberg Mister Omar nannte. Er hat schräg gegenüber dem Lokal seinen Laden. Gerade verhandelt er mit einem amerikanischen Touristen über den Preis für einen Film im Sechserpack. Omar trägt nun eine glänzende Lederjacke zu dunkler Hose. Um seinen Kopf hat er ein schwarz-weiß kariertes Palästinensertuch drapiert. Zwei schwarze Riemen halten es zusammen. Ich schaue ihn mir genauer an und finde, dass sein Gesicht sympathische Züge trägt. Hinter dem dunklen Vollbart erscheint ein Lächeln, als er uns jetzt erkennt. Er wird mit dem Amerikaner handelseinig. Dann tritt er zu uns herüber. Hier vor seinem Laden ist der Mann wie ausgewechselt. War er vorhin auf dem Tempelberg wirklich nur in Eile?

An der Ecke vor dem Lokal, seinem Laden vis-à-vis, stehen zwei Stühle. Einer davon ist ein gut gepolsterter Lehnstuhl, der schon einmal bessere Tage gesehen hat. Hierhin weist er nun mit freundlicher Geste, fordert uns zum Sitzen auf, um sich mit uns zu unterhalten. Er spricht ein gut verständliches Englisch.

Fredi bemerkt, er müsse nochmal kurz zum nahen Hospiz, um seine „Ausrüstung" zu holen, bevor wir unseren „Ausflug" starten könnten. Ich möge ruhig solange mich mit dem Mann unterhalten, er käme gleich zurück.

Also lasse ich mich nieder. Omar besteht darauf, dass ich den bequemeren der beiden Stühle wähle. Dann verschwindet er in der Gaststätte nebenan, um gleich darauf mit zwei Tassen Mokka zurückzukehren.

Inzwischen betrachte ich seine Ware. Auf Tischen und Bänken sind die verschiedensten Utensilien ausgebreitet, die den Touristen ansprechen könnten: Stadtpläne, Postkarten, Palästinensertücher in rot und schwarz, Umhänge, T-Shirts, Fotozubehör, Mützen und Kekse, ein buntes Sammelsurium.

Er sei sehr in Eile gewesen vorhin, erklärt er entschuldigend, denn sein Schwager, der ihn während der Gebetszeiten im Laden vertrete, müsse zu bestimmten Zeiten an seiner Arbeitsstelle erscheinen. „Sonst wird er von seinem Chef gefeuert."

Er schaut mich mit sympathischen Augen und einer gewissen Sanftheit an, die schnell Vertrauen weckt: „Sie sind der junge Mann, der seit vier Tagen gesucht wird von meiner Nachbarin in Abu Tor", sagt er auf Englisch. „Meine Frau hat mich gefragt, ob ich die Nachricht weiterleiten kann, denn sie versteht sich gut mit der Nachbarin. Natürlich will ich helfen, wenn ich kann", schließt er die Erklärung und zieht die buschigen, dunklen Augenbrauen in die Höhe. Dabei macht er eine Handbewegung, als wolle er sagen: Ob es etwas nützt, weiß nur Allah.

Ob seine Nachbarin Leila sei, will ich wissen. Nein, Leila heißt sie nicht, und er wisse nicht, was sie von mir wolle. Nur sehr wichtig müsse es wohl sein, denn die Frauen seien sehr geheimnisvoll, und er dürfe mit niemandem darüber sprechen.

Da kommt wieder Kundschaft, Omar springt auf, um einem jungen, deutschen Touristenpaar zu demonstrieren, wie ein Palästinensertuch gewickelt wird. Inzwischen kommt Fredi zurück. Er trägt eine kleine Handtasche unter dem linken Arm, in der Rechten hält er ein Fernglas. Er lacht mir auffordernd zu. Von Mister Omar ist offenbar nichts weiter zu erfahren. Ich winke ihm freundlich und verlasse mit Fredi den Ort.

Drei

Der Eingang zum Hinnom-Tal ist unverändert schön. Die Sonne verwöhnt uns in diesem März, doch heute ist es merklich kühler, und jetzt beginnt sogar ein leiser Nieselregen.
Fredi bleibt bei einem der Felsen auf der Wiese stehen und setzt den Feldstecher ans Auge.
„Was tust du?" frage ich unsinnigerweise, sehe ich es doch.
„Ich will verhindern, dass wir überrascht werden", entgegnet er. Er schaut aus der Deckung heraus sorgfältig die gesamte Tal-Lage vor uns an, und schließlich stellt er fest: „Dort unten unter den Ölbäumen sitzt ein alter Mann mit ein paar Ziegen. Sonst ist niemand zu sehen. Halt, doch, da oben am Felsen klettern zwei Buben."
„Die waren auch vor Tagen schon hier", stelle ich fest.
Wir besprechen unser Vorgehen, und Fredi legt die Strategie fest: „Du bewegst dich möglichst ungezwungen als touristischer Spaziergänger. Ich bleibe verdeckt und folge dir im Abstand, damit du nicht verloren gehst. Treffpunkt ist auf jeden Fall wieder hier. Den unteren Teil des Tales vermeiden wir. Wenn keine Begegnung stattfindet, bis sagen wir einhundert Meter hinter dem Alten unter den Bäumen, dann kommst du zurück, und wir lassen die Sache bleiben."
Ich stimme ihm zu und mache mich auf den Weg. Ein paar Meter von dem Alten entfernt gehe ich talwärts vorbei. Es kommt mir vor, als hätte ich ihn schon einmal gesehen. Richtig, als ich mit Noami auf der Mauer ging, schaute ich kurz an einer Stelle unweit von hier über die Zinnenscharte und erblickte einen Ziegenhirten. Er sah aus wie dieser.

Der alte Mann beachtet mich nicht. Er hat sich hier wohl zum Schutz vor dem aufkommenden Regen niedergelassen. Es ist die Stelle, an der bei meinem vorigen Besuch in diesem Tal die zwei finsteren Gestalten standen.

Ich gehe langsam weiter, und plötzlich nähert sich ein Getrappel vom nördlichen Hang; hinter Büschen taucht das Maultier mit den zwei reitenden Buben auf, die mir hier bereits begegneten. Kurz vor mir springt der Ältere der beiden ab, hält das Tier am Riemen fest, tut so, als stimme etwas nicht am Zaumzeug und als müsse er dieses neu schnüren, schaut mich dabei nicht an, doch spricht er deutlich vor sich hin: „Mister, take the right way up." Dann springt er wieder auf, und sie galoppieren mir voraus.

Ich sehe den Pfad, der hier leicht ansteigend unter den Bäumen südwärts den Hang hinaufführt. Dort liegt der Stadtteil Abu Tor. Von hier aus soll Titus im Jahre 70 Jerusalem erstürmt haben, von hier aus nahm also die Zerstörung des Tempels ihren Ausgang, nahm die Geschichte ihren Lauf. Wenn ich diesem Weg folge, wird Fredi mich nicht mehr lange von seinem Platz aus hinter dem Felsen sehen. Soll ich dem Maultier, das nun verschwunden ist, nachgehen? Der Regen wird heftiger. Vielleicht wäre es besser umzukehren? Aber die Spannung überwiegt, und so gehe ich den Weg, der mir gewiesen wurde.

Auf dieser Seite des Tales nähere ich mich den zwei Jungen, die sich am Fels im Klettern trainieren. Nur noch einen von beiden kann ich entdecken. Vorbei an Gestrüpp folge ich dem Pfad und werde wenige Meter später aus einem Gebüsch heraus angerufen. Ein etwa zwölfjähriger Junge in kurzen Hosen winkt mir zu: „Hey, Mister, follow!"

Es ist der andere Kletterbube. Nun wird es spannend. Ich schaue mich um, keine Menschenseele weiter zu sehen, auch Fredi nicht hinter mir. Ich folge dem Knaben durch sein Versteck. Hinter dem Buschwerk wird das ansteigende Gelände wieder offener, wir erklimmen die Höhe, es sind etwa zwanzig Meter bis zum Fuße der Kletterfelsen. Da wird hinter einigem Buschwerk ein Felsspalt sichtbar, der von anderer Stelle aus nicht zu sehen ist. Dort bleibt der Junge stehen und bedeutet mir mit der Hand einzutreten. Mir ist nicht wohl bei dem Gedanken, was mir hier begegnen könnte. Warum begebe ich mich in dieses Abenteuer? Was treibt mich an? Doch die Gewissheit, dass Fredi im Notfall Hilfe holen wird, und mein innerer Drang, dem Geheimnis Leilas auf die Spur zu kommen, verstärken nach kurzem Zögern den Entschluss. Ich trete in den Felsspalt ein, der sich als Eingang zu einer Höhle erweist. Der Junge bleibt als Wache vor der Tür.

Der Raum, dessen Ausmaße für mich nicht leicht zu erkennen sind, liegt im Dunkel. Meine Augen können sich nur allmählich gewöhnen. Doch ist es angenehm warm und trocken hier. In dieser Gegend der Berge um Jerusalem gibt es zahlreiche Felsenhöhlen, teils natürlichen Ursprungs, teils von Menschenhand erweitert. Über die Jahrtausende hinweg dienten sie oft den Menschen als Unterschlupf, früher sogar als Wohnstätte. Auch zu Jesu Geburt wird von einzelnen Historikern angenommen, dass sie nicht in einem Stall, sondern in einer solchen Höhle stattfand.

Da, ein paar Meter vor mir, steht eine vermummte Gestalt, die sich nun bewegt, auf mich zukommt. Sie trägt einen dunklen Umhang. Ich erkenne sofort die verschleierte Frau, die vor Tagen den Pfad herunterkam, dann aber umkehrte.

„Leila!" rufe ich aus und gehe einen Schritt auf sie zu. Sie hebt das Tuch vom Gesicht, und ich ahne die schwarzen Augen im Dämmerlicht.

„Leila", wiederhole ich.

„Nein, ich bin nicht Leila, ich bin Souhaila, ihre Schwester", sagt sie in verständlichem Deutsch.

Wir treten nahe an den Ausgang, und nun sehe ich in ihr Gesicht. Ihre Züge haben große Ähnlichkeit mit denen der jungen Frau, die ich vor Tagen auf der Taxifahrt nach Jerusalem kennenlernte. Allerdings ist sie etwas älter, und sie scheint sorgenvoll. Auch für sie muss es abenteuerlich sein, sich hier mit einem Fremden zu treffen.

„Warum bestellst du mich hierher, und was ist mit Leila?"

„Meine Schwester ist verschwunden. Als sie von Deutschland

kam, hat sie mich besucht, bevor sie zu den Eltern fahren wollte. Sie hat mir von einem sehr sympathischen jungen Mann aus Deutschland erzählt, mit dem sie hierher gekommen ist. Sie war ganz anders, als ich sie sonst kenne."

Sie schweigt einen Moment und schaut mich an, dann fährt sie fort: „Natürlich haben wir zuerst über das Unglück gesprochen, das unsere Familie traf. Wir haben zusammen geweint. Aber sie brachte auch einen Hauch von Optimismus mit, der wohl mit der Begegnung zu tun hatte, die sie kurz zuvor berührte."

„Wieso sprecht ihr alle Deutsch in eurer Familie?" unterbreche ich sie.

„Ich war drei Jahre in Berlin, bevor ich zurückkehrte, um den Mann zu heiraten, den mein Vater bestimmt hatte." Souhaila spricht mit der gleichen, sanften Stimme wie Leila.

„Ich habe Krankenschwester dort gelernt. Wir sind palästinensische Christen. Ich war in der Jugend bei den deutschen Schwestern in der Nähe von Bethlehem. Sie haben mir den Aufenthalt in Deutschland ermöglicht, und dort habe ich die deutsche Sprache gelernt."

„Aber du trägst doch ein arabisches Kleid, bist verschleiert?" frage ich verwundert.

„Das ist eine Tarnung", entgegnet sie. „Keiner darf erfahren, dass ich dich um Hilfe frage. Bitte sage niemandem etwas von mir."

„Du machst es sehr spannend! Was ist mit Leila?"

„Wir haben ein großes Pech, ein Unglück in unserer Familie. Ich kann dir jetzt nicht alles erzählen. Aber ich fürchte das Schlimmste für Leila. Sie ist nicht in Ramallah angekommen, wo die Eltern sind. Ich fürchte, dass sie an einer der Sperren zwischen den Zonen festgenommen wurde."

„Wie kann ich dabei helfen? Ich bin doch nur ein Tourist, der die Verhältnisse nicht weiter kennt. Willst du mir nicht endlich sagen, warum ihr so geheimnisvoll tut, Leila hat auch schon solche Andeutungen gemacht!"

„Wir sind sieben Kinder von meinen Eltern. Ich bin die Älteste. Ich bin verheiratet hier in Abu Tor. Ich habe drei Kinder, zwei davon hast du gesehen, den Jungen vor dem Fels und den Ältesten, er reitet das Maultier."

„Wer sind die beiden anderen?" will ich wissen.

„Es sind Söhne von meiner Schwägerin. Wir Frauen halten zusammen. Die Familie ist sehr wichtig. Deshalb haben wir beschlossen, nur du kannst herausfinden, was mit Leila passiert ist. Wir Palästinenser bekommen keine Auskunft von den Besatzern und den israelischen Behörden in solchen Fällen."

„Was für Fälle?" frage ich, noch immer im Dunkeln tappend. Und endlich erfahre ich die finstere Wahrheit.

„Bitte erschrecke nicht, und wende dich nicht gleich ab, wenn ich dir von dem großen Unglück meiner Familie sage. Unser jüngster Bruder hat bei einem Onkel gelebt in Gaza seit drei Jahren. Die Eltern sind arm, alle leben in einem großen Zimmer. So war es gut, dass Bassam bei dem Onkel eine Bleibe fand. Dort ist er aber in ... wie sagt man? ... schlechte Gesellschaft gekommen. Seit zwei Wochen ist Bassam tot."

„Tot?" frage ich ungläubig, „was ist passiert?"

„Bassam hat sich den Islamisten angeschlossen, einer radikalen Gemeinschaft. Er ist vom christlichen Glauben seiner Familie abgerückt. Er war nicht schlecht, er wurde verführt."

„Was ist denn passiert?" will ich endlich wissen.

„Bassam hat geglaubt, er kommt in ein Paradies, wenn er die verhassten Israelis mutig bekämpft. Er wollte beweisen, was in ihm steckt."

„Hat er etwa ein Selbstmordattentat begangen?" schießt es mir laut in den Sinn.

„Ja, er hat geglaubt, dann hat sein Leben einen Sinn." Der Frau steigen Tränen in die Augen, schnell verbirgt sie ihren Blick hinter der rechten Hand. Ich bin sprachlos und verwirrt, in was bin ich hier hineingeraten!

„Das ist doch wohl nicht wahr?" stottere ich, als ich meine Sprache wiederfinde.

„Doch", haucht Souhaila, „leider. Und nun ist auch noch Leila verschwunden. Sie ist nach dem Besuch bei mir nicht mehr gesehen worden."

„Was kann ich tun?" frage ich ratlos.

„Du hast Leila gesehen. Du bist nicht, wie heißt es, ...involved, verwickelt in die Sache. Du bist neutral und nicht verdächtig. Wenn du sie nur ein wenig gern magst, dann hilf uns, Informationen zu bekommen. Man muss herausfinden, wo sie ist. Unsere Familie ist jetzt banned, im Bann! Wir erfahren nichts. Aber es kann nur sein, dass die Israelis Leila verhaftet haben, wegen dem Bruder und wegen der Verbindungen, die sie als Studentin hat. Sie ist verdächtig als Intellektuelle, die aus dem Ausland kommt. Bitte hilf uns, Leila zu finden."

In Souhailas Stimme schwingt alle Besorgnis und Verzweiflung dieser Welt, und sie bekräftigt erneut: „Leila hat nichts damit zu tun, was Bassam getan hat. Du weißt, dass sie aus Deutschland kam. Und wenn sie dir nicht ganz egal ist, dann bürge für sie."

„Wie kann ich das, ich habe doch als Ausländer keine Möglichkeiten?" entgegne ich.

„Du kannst es versuchen. Leila hat von dir mit Achtung und Begeisterung gesprochen. Sie wollte sich mit dir treffen. Ich glaube, sie wollte dich unbedingt wiedersehen. Wir haben ein gutes Verhältnis, wir Schwestern, sie hat mir ihre Gefühle erzählt. Wenn du Leila nur ein wenig leiden magst, dann versuche zu helfen, so gut wie du kannst. Über Omar kannst du mir Nachricht geben. Ich bitte dich. Ich weiß keinen anderen Rat, sie zu finden." Die letzten Worte kommen nur unter Schluchzen hervor. Jetzt verschlägt es ihr ganz die Stimme, sie geht in Tränen unter. Ich lege ihr meine Hand tröstend auf die Schulter. Doch sie zieht sich zurück und presst hervor: „Geh jetzt. Geh, wie du kamst."

Betroffen bleibe ich noch einen Moment stehen. Für mich beschließe ich: Das, was ich hier erfuhr, werde ich für mich bewahren. Ich werde nicht durch unbedachte Geschwätzigkeit Gefahren für mich oder andere heraufbeschwören. Auch Fredi werde ich von dem ‚Erfolg' des Treffens nichts sagen.

Das Gespräch mit Souhaila hat keine zehn Minuten gedauert. Doch rechne ich damit, als ich den Pfad zurückgehe, dass Fredi wegen meines Verschwindens schon beunruhigt ist.

Umso überraschter bin ich, als ich ihn unter einem der Ölbäume sitzend neben dem alten Ziegenhirten antreffe. Die beiden scheinen sich zu verstehen. Als wir kurz darauf das Tal verlassen, frage ich Fredi, wie er sich mit dem Alten verständigen konnte.
„Ich habe ihm eine Zigarette angeboten, da war alles klar. Ansonsten haben wir uns prächtig verstanden!"
„Und was hast du von ihm erfahren?"
„Dass Schweigen oft die bessere Alternative ist."
Als Fredi mich wenig später fragt, ob ich eigentlich jemanden getroffen habe, antworte ich nur mit einem Achselzucken."
„Da will sich jemand einen Spaß mit dir erlauben, mein lieber Freund. Du solltest ab sofort keinen Gedanken mehr an diese Leila verschwenden." Er klopft mir trostreich auf die Schulter.

Zurück im Hospiz erlebe ich eine große Überraschung. Fredi schlägt vor, noch eine Tasse Kaffee im ‚Wiener Caféhaus' zusammen zu trinken. Dazu sollte man den Apfelstrudel mit Sahne nicht auslassen, meint er. Als wir das Café betreten, sitzen, ich traue meinem Augen nicht, Noami und Stefan bei Apfelstrudel und Kaffee an einem Tisch und sind in angeregter Unterhaltung vertieft. Sie bemerken uns nicht sofort, da sie etwas der Tür abgewandt sitzen. So trete ich hinter Noami und halte ihre Augen von hinten zu. Sie fragt sogleich „Joachim?", springt auf und umarmt mich herzlich mit spürbar echter Freude. Dann begrüßt sie Fredi, der sich nicht der zynischen Bemerkung enthalten kann: „Was für eine innige Liebe!" Wir setzen uns zu den beiden und bestellen auch für uns von dem köstlichen Gebäck. Noami hat sich an diesem Nachmittag für ein Stündchen aus ihrer häuslichen Umgebung befreien können und wollte die Zeit nutzen, mich noch einmal zu sehen, bevor sie am frühen Sonntagmorgen nach Be'er Sheva aufbricht. Stefan lief ihr im Hospiz als erstes über den Weg. Sie fragte nach mir und erfuhr, ich sei mit Fredi ausgegangen. Dann wurde sie von ihm zum Kaffee eingeladen. Offenbar sind die beiden sich nicht unsympathisch, denke ich. Nach einigen belanglosen Gesprächsthemen in der Runde schlage ich Noami vor, die aussichtsreiche Dachterrasse zu besichtigen, sie willigt sofort ein.

Auf meiner Bank über den Dächern frage ich Noami: „Sag mal, was geschieht eigentlich mit den Angehörigen von den Selbstmordattentätern?"

„Warum willst du das wissen?"

„Nun, ich habe in der Jerusalem-Post gelesen, dass die Familien für die Taten der Söhne verantwortlich gemacht werden sollen."

„Lieber Joachim", entgegnet sie, „damit musst du dich nicht beschweren, die Gehirne dieser Mörderbanden sind alle sehr krank. Sie müssen hart bestraft werden, dass sie nicht sich Illusionen machen. Unser Staat muss alle potentielle Nachfolger klar machen, dass wir diese Verbrechen nicht akzeptieren."

„Woher weiß man denn, wer die Schuld trägt? Warum straft man die Familie?"

„Jetzt aber genug damit!" lacht sie, „ich habe eine viel wichtigere Neuigkeit für dich. Wir können uns noch einmal sehen diese Woche, wenn du willst. Am Mittwochabend fahre ich nach der Dienst zu meine Onkel in Efrat. Das ist eine Siedlung bei Bethlehem und ist nicht weit von hier. Vielleicht willst du dort hinkommen. Ich zeige dir die Siedlung, und du lernst meine Onkel kennen."

„Du meinst, er mich?" frage ich belustigt, denn die Sammlung der Bekanntschaften der Familie Noamis ist dann bald vollständig.

Aber Noami versteht da keinen Spaß: „Wenn du mich nicht mehr sehen willst, musst du es nur sagen", fügt sie etwas enttäuscht hinzu, und ich beeile mich, schnell zu beteuern, wie schön ich die Idee finde. Doch bin ich im Zwiespalt mit mir selbst. Seit heute Nachmittag habe ich eine große Aufgabe, von der ich noch nicht weiß, wie und ob ich sie bewältigen kann. Allzu gern würde ich mit Noami darüber sprechen. Doch das vorsichtige Antippen des Themas hat mir gezeigt, dass ich bei ihr mit keinem Verständnis für meine Aktivitäten rechnen könnte. Einen Freund, der Kontakte zu Terroristen sucht, würde Noami niemals in ihrer Nähe dulden. Ja, es bestünde sogar die große Gefahr für sie, das wird mir nun bewusst, ihren Vater, der ein öffentliches Amt bekleidet, zu kompromittieren. Nein, niemals darf sie davon erfahren! Sie würde wohl sofort alle Kontakte mit mir abbrechen müssen.

„Du bist so in Gedanken", stupst sie mich von der Seite an, „denkst du auch an die schöne Stunden, die wir hatten?"

„Ja, Noami, es waren die schönsten Tage in meinem Leben", sage ich ihr zur Freude, doch ich habe dabei das Gefühl, nicht die Unwahrheit zu sagen.

Den Abend verbringt Noami bei ihrer Familie. Ihre Stippvisite bei mir hat mich erneut sehr angenehm berührt, zeigt sie mir doch, dass Noami nicht endgültig mit mir abgeschlossen hatte, wie es gestern in der Endzeitstimmung auf der Heimfahrt schien. Und nun soll bereits ein weiteres Treffen mit ihr in der kommenden Woche möglich sein? Für den Mittwoch sind wir um 18 Uhr am Gemeindehaus in Efrat verabredet. Das darauf folgende Wochenende, so teilte sie mir mit, könne sie allerdings nicht nach Jerusalem kommen, da sie Dienst habe.

So sehr mich die neuen Kontakte zu Noami erfreuen, so ungewiss ist mir der weitere Verlauf meiner Tage hier in Israel.

Nachdem Noami gegangen ist, bleibe ich noch eine Weile auf dem Hospizdach sitzen. Im Westen verschwindet gerade die Sonne über den Dächern. Der Regen hatte aufgehört. Gegen Abend war plötzlich der Himmel am Horizont noch einmal aufgerissen und hatte ein paar Sonnenstrahlen gebracht.

Leila, wo bist du?

An diesem Abend greife ich wieder zu Konfuzius:

„Erst wenn der Winter überstanden ist, weiß man, dass Kiefern und Zedern immergrün sind."

Vier

Die neue Jerusalem-Post bringt mir etwas Klarheit in das Bild: „Selbstmordattentäter von Gaza aus auf den Weg geschickt" lautet die Hauptmeldung. „Die Hamas-Aktivisten arbeiten von Gaza aus. Die jüngsten Selbstmordattentäter waren als Soldaten verkleidet, und der Sprengstoff, den sie benutzten, kam von Tretminen, die im Gazastreifen oder Sinai aufgelesen wurden." Weiter berichtet die Zeitung, die israelischen Sicherheitskräfte hätten angeordnet, dass alle Studenten vom Gazastreifen, die in der Westbank studieren, sich sofort zum Rücktransport nach Gaza zu melden haben. Wer der Aufforderung nicht nachkommt, wird als illegal angesehen und muss mit „allen möglichen Konsequenzen" rechnen.

An diesem verregneten Sonntagmorgen habe ich mich in der arabischen Gaststätte, wo ich gestern mit Fredi zu Mittag aß, niedergelassen. Der Wirt erkannte mich sofort wieder und begrüßte mich freundlich. Nun bringt er mir den Kaffee ungefragt mit einem jener süßen Gebäckteile, die wir schon am Vortag probierten. Dann vertiefe ich mich in meine Zeitung.

Sie berichtet, Studenten vom Gazastreifen bildeten die Kerntruppe der Hamas-Aktivisten in den Universitäten auf der Westbank. Militärische Quellen betonten, die Palästinensische Selbstverwaltungsbehörde habe bisher abgelehnt, Studenten von Gaza vom Studium in der Westbank auszuschließen. Kürzlich sei ein Lehrerausbildungsseminar in Ramallah als Hamas-Terrorzelle aufgedeckt worden. Diese sei von einem Gaza-Bewohner geleitet worden, der noch auf freiem Fuß ist. Diese Terrorzelle sei verantwortlich für die beiden jüngsten Bombenattentate auf Busse in Jerusalem.

Dann berichtet das Blatt über Entschädigungen für Nachbarn von Familien, deren Häuser man in die Luft gesprengt hat. Schäden an Fenstern umliegender Häuser werden bezahlt. Der

Besitzer eines Hauses, das an das Haus einer Familie grenzte, deren Sohn in der letzten Woche den Bus der Linie achtzehn in die Luft jagte, wird dafür entschädigt, dass sein Haus mit in die Luft flog. Man bietet ihm einen Mietvertrag an, bis ein neues Haus auf Kosten Israels gebaut werden kann. Die Meldung endet mit dem lapidaren Satz: „Palästinenser haben die Hauszerstörung als Kollektivbestrafung verurteilt."

Ich weiß jetzt, dass ich Leila nur auf die Spur komme, wenn ich in die Westbank, in das autonome Gebiet der Palästinenser fahre. Ich muss die Universität von Bir Zeit besuchen, von der Leila sprach. Vielleicht kann ich auch Kontakt zu ihrer Familie aufnehmen. Aber wie komme ich ohne viel Aufsehen dorthin?

Beim Verlassen des Lokals treffe ich erneut auf Omar, den Händler von gegenüber, der mir als Verbindungsmann zu Leilas Schwester dient. Er begrüßt mich freundlich, nimmt mich an der Schulter zur Seite und sagt in vertraulichem Ton, er freue sich, dass ich Souhaila getroffen habe, und er wisse natürlich, worum es gehe. Vielleicht könne ich der armen Familie helfen, denn sie als Palästinenser hätten wenig Möglichkeiten, sich einzusetzen. Ich teile Omar meinen Entschluss mit, so bald wie möglich zu der palästinensischen Universität Bir Zeit nördlich von Ramallah zu fahren. Ich sage ihm, dass ich dabei auch die Probleme seines Volkes besser kennenlernen möchte. Da hellt sich sein Gesicht auf. Er ist ganz erfreut und will sich um eine Mitfahrmöglichkeit für mich kümmern. Morgen früh soll ich zeitig um acht bei ihm sein. Er wird alles für mich arrangieren.

Fredi und Stefan haben sich für heute Nachmittag zu einem Ausflug verabredet. Wenn ich wolle, könne ich mitfahren. Nach Qumran soll die Fahrt gehen, jenem Ausgrabungsort am Nordwestufer des Toten Meeres, eine halbe Autostunde von Jerusalem entfernt, wo vor zweitausend Jahren eine jüdische Sekte wohnte. Natürlich fahre ich mit.

Wir verlassen Jerusalem auf der Straße in Richtung Jericho. Bald kommen wir an eine erste Militärsperre. Wir können ungehindert passieren, denn der Kleinbus vom Hospiz weist sich durch sein gelbes Nummernschild als israelisches Fahrzeug aus. Die Fahrt geht zügig bergab. Am Horizont hinter uns wieder, wie schon auf der Herfahrt nach Jerusalem, die riesigen, trutzburgartigen Siedlungen in der urbanen Vorstadt, die in den letzten Jahren den ungebremsten Zuzug von Immigranten nach Israel erst ermöglichten. Wir passieren die Abzweigung nach Jericho und erblicken nun den glänzenden Spiegel des mit rund vierhundert Metern unter Normal Null tiefsten Gewässers der Welt vor uns.

Stefan ist merklich nervös. Er ist auf den Ort gespannt, von dem er erstmals in San Francisco hörte. Dort hatte er im ‚de Young Museum', wie er uns nun berichtet, eine Ausstellung besucht, die den Titel ‚The Mystery of the Dead Sea Scrolls' trug, das Geheimnis der Rollen vom Toten Meer. Nun hat er Gelegenheit, die Fundstätte persönlich zu sehen. Fredi ist Experte, Qumran gehört zu seinen bevorzugten Studienobjekten hier, wir sind also bei dieser Exkursion fachkundig beraten. So bin auch ich gespannt auf das Gebotene, wenngleich ich mich, ehrlich gesagt, eigentlich nicht so sehr für alte Gemäuer interessiere. Die heutigen Menschen sind mir näher.

„Qumran heißt zwei Winde", beginnt Fredi seine Darstellungen. „Das ist arabisch, doch keiner weiß genau, warum der Ort so genannt wurde. Vielleicht wegen der Spiegelung des Mondes im Meer. An klaren Abenden erscheinen zwei Monde, der eine am Himmel, der andere in der See. Andere meinen heute, es sei auf zwei Sichtweisen des Geistes bezogen, den Geist der Wahrheit und den Geist des Frevels."

Wir biegen von der Uferstraße in die Zufahrt zum Ausgrabungsgelände ein. Unterwegs auf der Straße von Jerusalem hierher, das bemerke ich erst jetzt, hörte der Regen schlagartig auf. Es ist, als habe an der Ostflanke des Berglandes plötzlich jemand den Duschhahn abgestellt. Binnen kürzester Zeit sind wir aus der mediterranen Klimazone durch Steppe in die Wüstenregion rund um das Tote Meer gelangt und dabei über tausend Höhenmeter hinab gefahren.

Vor der Steinmauer beim Eingang von Qumran wartet ein findiger Kameltreiber auf reitlustige Touristen. Wir kümmern uns nicht um ihn und auch nicht um den Rummel, der täglich mit den Horden neu einfallender Bustouristen betrieben wird und wenden uns gleich der jenseits des Grabungsgeländes liegenden Höhlenregion zu. Getrennt durch einen Taleinschnitt kann man von einem Aussichtspunkt, der fast auf gleicher Höhe mit den Höhlen liegt, den berühmten Blick auf das kahle Bergland und die Höhleneingänge werfen.

1947 fand ein Schafhirte, so die Legende, in einer dieser Felsenhöhlen die ersten Schriftrollen in Tonkrügen. Es stellte sich heraus, dass die halbverfaulten Pergamentrollen mit althebräischen, aramäischen und altgriechischen Schriftzügen einen Schatz besonderer Art darstellten. Weil sie die Jahrhunderte überdauerten, gewähren sie direkte Einblicke in die Zeit vor und um die Geburt Jesu.

„Es handelt sich um die Geschichte, die dem Neuen Testament zugrunde liegt", erklärt Fredi. „Dabei geht es um das Bild der christlichen Urkirche in Jerusalem. Die Forscher sind sich bis heute nicht einig über die Tragweite der Texte. Einige glauben, das Bild von Jesus im Neuen Testament müsse verändert werden. So haben einige Bibelforscher anfangs geglaubt, die rund zweihundert Leute, die hier wie in einem Kloster bis 68 nach Christus lebten, wären die eigentlichen Vorläufer der Christen gewesen.

„War Jesus ein Jude?" fragt Stefan in seiner jugendlichen Unbefangenheit.

„Natürlich", antwortet Fredi, „das Christentum ist aus dem Judentum entstanden. Jesus war Jude. Aber seine andere Sichtweise von Gott, seine Beziehung zu Gott als seinem Vater, führte zur Entstehung einer neuen Weltreligion."

Wir gehen langsam gegen den Strom der geführten Reisegruppen zurück und folgen dem Pfad, der zu den Höhlen hinüberführt.

„Ihr müsst euch vorstellen, dass die Juden zu jener Zeit, in der Jesus lebte, ebenso wenig wie heute eine einheitliche Meinung vertreten haben. Man sagt auch noch heute oft ‚zwei Juden, drei Meinungen'", lacht Fredi, „das Judentum war zersplittert. Alle glaubten zwar an den einen Gott der monotheistischen Religion, das sind die, die wie wir Christen nur an einen Gott glauben. Aber es gab sehr unterschiedliche Gruppen. Zum Beispiel die Pharisäer, die Sadduzäer oder die Zeloten. Eine andere Gruppe waren die hier in Qumran lebenden Essener. Das heißt übersetzt ‚die Frommen'."

„Kann man also sagen, hake ich an dieser Stelle ein, „dass die Essener so etwas wie die Fundamentalisten der damaligen Zeit waren?"

„Ja", entgegnet Fredi, „durchaus." Er gefällt sich in der Rolle des Experten, die ihm als Theologiestudent bei uns auch zukommt. „Aus den gefundenen Texten geht hervor, dass sie streng nach den Vorschriften der Thora lebten."

Wir stehen nun oberhalb der Höhleneingänge, die nur über mühsame Kletterpartien erreicht werden können. Ein Schild mit hebräischer, arabischer und englischer Aufschrift verbietet den Durchgang: Danger, no Passage!

„Wollen wir mal in eine der Höhlen klettern?" fragt unternehmungslustig unser Jüngster. Stefan würde zu gern den Ort der Rollenfunde selbst betreten. Doch vom gegenüberliegenden Aussichtspunkt aus werden wir inzwischen von den Touristengruppen argwöhnisch beobachtet. Man scheint sich darüber zu ärgern, dass wir hier über den Höhlen den ungetrübten Blick der Fotografen durch unsere Anwesenheit stören.

So gehen wir wohl oder übel zurück und sehen uns nun die baulichen Reste der Essener-Siedlung an. Fredi erklärt, wie man aus den gefundenen Bauruinen auf die Lebensweise der Essener schließen kann: „Man fand keine Schlafräume und schloss daraus, dass die Mitglieder in den umliegenden Höhlen schliefen. Aber die Essener hatten ein geregeltes Gemeinschaftsleben. Es gab eine Küche, einen großen Versammlungs- und Speisesaal, einen Schreibsaal, in dem man Tongefäße zum Aufbewahren der Schriften fand, eine Töpferei, eine Bäckerei, Vorratsräume und vor allem ein aufwendiges Wasserleitungssystem mit Becken für rituelle Waschungen."

Fredi ist von der Lebensweise dieser frommen Menschen begeistert. Es scheint, als könne er sich gut vorstellen, selbst dazu gehört zu haben: „Stellt euch vor, wie sie sich in ihren weißen Gewändern dort drüben zu den Mahlzeiten versammeln. Erst reinigen sie sich, dann wird das Brot gebrochen, das aus der Bäckerei von dort drüben frisch herein kommt. Der Wein ist gut und rein. Die meiste Zeit studiert man die Bibel und Schriften. Wie die Funde beweisen, sind es die Texte des Alten Testaments. Gott wird gelobt, und man erwartet gemeinsam die Ankunft des Messias."

Wenig später sitzen wir an einem Tisch im nahen Restaurant, umringt von einem Pulk argentinischer und amerikanischer Touristen. Fredi erzählt weiter aus der Zeit der Essener: „Sie haben Jerusalem den Rücken gekehrt, um den wahren Glauben zu leben. Im Tempel zu Jerusalem herrschten immer mehr die Heiden, die den griechischen Gott Zeus eingeführt hatten. Jüdisches Brauchtum wie der Sabbat wurde abgeschafft. Die Essener waren eine Gegenbewegung zu Jerusalem. Sie verachteten das irdische Leben und suchten den wahren Glauben in Armut und Enthaltsamkeit."

„In San Francisco bin ich zufällig in die Ausstellung von einigen Originalrollen von hier gekommen", berichtet Stefan. „Es gab dann noch eine Diskussion am Abend mit einem amerikanischen Wissenschaftler, der ganz neue Theorien vertrat. Die Leute haben sich zum Teil ganz schön aufgeregt. Ein anderer Wissenschaftler, ich glaube aus Frankreich, hat ihn beschimpft und gerufen, das sei alles Quatsch, grober Unsinn."

„Dann bist du wahrscheinlich in eine Diskussion mit Eisenman geraten", vermutet Fredi. „Vor ein paar Jahren hat der Orientalist Eisenman von der University of California die Fachwelt erregt mit seinen Thesen, vor allem, weil die Medien voll auf ihn abgefahren sind. Er meinte, Jesus sei einer von vielen religiösen Lehrern jener Zeit gewesen und nichts Besonderes. Das könne man aus den Texten von Quamran erkennen, die von den gleichen Gedanken getragen würden wie die Evangelien.

„Das heißt, wenn schon Jahre vor Christi Geburt in Qumran die gleichen Ideen kursierten, wie sie später Jesus zugeschrieben wurden, dann wäre ja Gottes Wort aus den Evangelien nichts Neues, Grundlegendes?" frage ich nochmal nach, um es richtig zu verstehen.

„Richtig", ergänzt Fredi, „Eisenman meinte, es gab eine breite, jüdische Bewegung im Volk, die gegen das Establishment war. Die herrschenden Juden in Jerusalem machten gemeinsame Sache mit den Römern. Der Kampf gegen sie sei ein politischer Kampf gegen die Besatzungsmacht gewesen."

„Dann wären die Leute aus dem antiken Qumran nicht die friedlichen Einsiedler gewesen, die du uns vorhin an ihren Wohnstätten beschrieben hast?"

„Nach Eisenmans Theorie waren sie Nationalisten, die sich gegen die Besatzung auflehnten. Sie waren fremdenfeindlich und aggressiv. Sie haben ihre Feinde gehasst."

„Was glaubst denn du, wer und wie sie waren?"

„Ich weiß es nicht, aber ich weiß, das Neue Testament beschreibt nicht exakt den historischen Jesus. Es ist in zweitausend Jahren als zentrales Glaubensdokument des Christentums erst gewachsen. Es steckt viel Symbolik darin."

„Also ich finde die Theorie von diesem Eisenman sehr sympathisch", erklärt Stefan frei heraus. „Die Zuhörer in San Francisco waren sehr angetan davon, und außerdem würde seine Theorie doch bestätigen, was man in dieser Weltgegend wie auch anderswo immer wieder erlebt, dass nämlich Besatzung früher oder später bei jedem Volk zu gewaltsamen Aktionen führt. Wenn die fundamentalistischen Juden schon damals, vor fast zweitausend Jahren, die Möglichkeiten zu solchen Sebstmordattentaten mit Sprengstoff gehabt hätten, ich weiß nicht, ob nicht einzelne von ihnen sie gegen die Römer angewandt hätten, um das Land für sich allein zu besitzen."

„Aber nein", protestieren Fredi und ich fast gleichlautend.

„Das kann man doch überhaupt nicht vergleichen!"

„Wieso nicht?"

„Nun", führt Fredi aus, „aufgrund der Verheißung Gottes an Abraham versteht Israel die Landnahme als Erfüllung. Der Staat und sein Volk sind erfülltes Gotteswort. Die Religion liefert die Legitimation. Die Juden sind in ihrem angestammten, von Gott geschenkten Land."

„Und die Palästinenser heute?" fragt Stefan in naiv gespieltem Ton, „sind sie nicht jetzt auch in ihrem angestammten Land?"

Die Frage bleibt im Raum stehen, denn endlich kommt der Kellner zum Kassieren, nachdem die Busse der Argentinier und Amerikaner abgefahren sind.

Fünf

„Die Hamas holt die jungen Leute von der Straße", sagt Professor Nebi und zuckt mit den Achseln. Wir verständigen uns auf Englisch. „Die heute zwanzigjährigen Palästinenser sind in den wichtigen Jahren ihrer Jugend mit einem klaren Feindbild aufgewachsen."

Er biegt von der Schnellstraße Jerusalem – Jericho, die Fredi mit Stefan und mir bereits gestern nach Qumran befuhr, in nördliche Richtung ab. Die Straße steigt nun wieder in das samarische Bergland an.

Früh um acht hatte ich bei Omar meine Instruktionen erhalten, um halb neun stieg ich unweit des Gartens Gethsemane bei der Kirche der Nationen in das Auto des Professors. Dieser wohnt in der Jerusalemer Altstadt und fährt jeden Tag durch den „Schweizer Käse" der A-, B-, und C-Gebiete des Westjordanlandes zur Universität Bir Zeit, nördlich von Ramallah.

„Ramallah ist A-Gebiet, also bereits autonom. Ich fahre durch C-Gebiet, das noch unter israelischer Kontrolle ist, dann B-Gebiet, die Zivilverwaltung liegt bei uns, die Kontrolle bei Israel, dann wieder C-Gebiet, dann erst auf den Universitätscampus, er ist B-Gebiet, also von uns verwaltet, von Israel kontrolliert. Das ist eine Wissenschaft für sich." Er zuckt mit den Achseln und fügt mit zynischem Lächeln hinzu: „Diese Wissenschaft nennt sich Oslo-Abkommen!"

Professor Nebi ist ein vertrauenserweckender, ruhiger Mann,

vielleicht Anfang sechzig, den so schnell nichts aus der Fassung zu bringen scheint. Warum er denn nun erst in Richtung Jericho fahre, hatte ich ihn gefragt, Ramallah liege doch nördlich von Jerusalem. Der Umweg erspare uns gerade zwei Kontrollpunkte der Israelis und mir die Erklärung, wohin ich denn wolle. Der Professor hat sich auf Bitten Omars der Aufgabe angenommen, mich nach Bir Zeit zu bringen. Von meiner abenteuerlichen Aufgabe, Leila zu suchen, weiß er offenbar nichts. Omar hatte mich informiert, dass er den Professor gebeten habe, einem deutschen Studenten zu helfen, nach Bir Zeit zu kommen, wo er eine palästinensische Freundin, die er aus Deutschland kenne, treffen wolle. Am Abend wird er mich auch wieder mit nach Jerusalem nehmen.

„Die Intifada, der Aufstand der Palästinenser gegen die israelische Besatzung des Westjordanlandes und des Gazastreifens, begann 1987. Die Kinder und Jugendlichen warfen, wann immer es möglich war, mit Steinen nach den Autos der Besatzer. In den Familien wurde täglich über die Juden diskutiert. Die Radio- und Fernsehnachrichten hatten nur das eine Thema."

„Hat sich das nun geändert?" will ich wissen.

„Es geht nicht so schnell. Manchmal fliegen an den Straßen noch Steine", antwortet Professor Nebi.

Die Straße windet sich nun in vielen kleinen Kurven durch Taleinschnitte und über kahle Berge. Ab und zu fahren wir durch ein palästinensisches Dorf. Die Neubauten sind in charakteristischer Weise auf Betonstelzen gebaut. Im ersten Stock liegt die eigentliche Wohnung, darunter spielen sich die wichtigsten Versorgungen und Arbeiten der Familie im Schatten des Obergeschosses ab. Dort liegen auch Lager und Stallungen. Später, erklärt mir der Mann, wenn die Familie wächst, kann man einfach noch Mauern um das offene Erdgeschoss ziehen und gewinnt dann neuen Wohnraum hinzu.

„Hier ist viel freies Land zum Leben, aber wenig Infrastruktur", fährt er fort. Ich bin ihm dankbar für die anschauliche Einführung. „In Gaza jedoch, dem zweiten Teil unseres Gebietes, der an der Küste des Mittelmeeres liegt, ist große Raumnot. Auf dem schmalen Landstreifen, der an Ägypten und Israel grenzt, leben fast eine Million Menschen. Um die Stadt Gaza herum sind Flüchtlingslager mit Hunderttausenden, die im Elend leben. Sie haben keine Perspektiven für die Zukunft."

„Der Frieden mit Israel ist im Interesse der Menschen doch wohl sehr wichtig", merke ich an.

„Ja", entgegnet er, „aber da gibt es viele Illusionen. Es ist nicht so einfach, wie es vielleicht von außen aussieht. Es ist nicht nur eine Frage von gutem Willen".

Wir fahren gerade an einem israelischen Militärcamp vorbei, streng bewacht, eingezäunt mit unüberwindbarem Stacheldraht. Auf der anderen Seite ein Park abgestellter Militärfahrzeuge, dicht an dicht, ebenfalls bewacht. Unter olivgrünen Planen verdeckt wartet dieses Gerät hier, schnell startbereit, auf den eventuellen Einsatz. Sind es Panzer? Man kann es nur an den Umrissen erahnen.

„In unserem Volk sind die Flüchtlinge die Mehrheit", fährt Professor Nebi fort. „Das bedeutet, dass die politischen Entscheidungen von der Minderheit getroffen werden, die zuhause sitzt. Die meisten Palästinenser sind heute Staatenlose in den Lagern. Sie haben keinen Status."

Wir fahren erneut durch ein Dorf, und ich wundere mich über ein paar schmucke Villen am Ortsrand. Welch unerwarteter Reichtum! Zweistöckig, weiß eingezäunte Vorgärten, auf den Dächern Satellitenschüsseln und Solaranlagen.

„Plötzlich kommen die Intellektuellen und sagen: Es ist alles schon vorbei! Wir haben Israel anerkannt, und ihr habt über fünfzig Jahre lang falsch geträumt. Sie träumten von der Rückkehr nach Hause, nach Jaffa und so weiter. Für viele Leute war das, was man Frieden nennt, ungeheuerlich! Sie geben alles und bekommen nichts dafür!"

Er schweigt eine ganze Weile, während wir uns nun von Osten her Ramallah nähern. Der Verkehr wird dichter, und dann kommt ein israelischer Kontrollpunkt in Sicht. Die Autos fahren langsam, bleiben stehen, es staut sich.

Drei schwer bewaffnete Soldaten, MP im Anschlag, fertigen Wagen für Wagen ab. Einzelne Fahrzeuge werden herausgefiltert und auf dem Seitenstreifen von Kollegen gesondert gefilzt. Ein weiterer Soldat sitzt auf einem erhöhten Platz, die gesamte Szene im Blick, sofort schussbereit. Man kann froh sein, nach den jüngsten Attentaten überhaupt schon wieder passieren zu dürfen. Ein paar Tage lang waren verschiedene Gebiete völlig abgeriegelt. So ist der Gazastreifen bis heute unerreichbar, Zehntausende dürfen nicht zur Arbeit nach Israel einreisen. Als wir an der Reihe sind, mustert mich der junge Soldat argwöhnisch. Er betrachtet meinen deutschen Pass und fragt mich, was ich in Ramallah suche. „Eine Freundin besuchen", antworte ich. Er schaut erneut zu dem Professor hinüber, es sieht aus, als müsse er noch eine Weile überlegen, was mag in seinem Kopf vorgehen, dann winkt er kurzentschlossen mit der Hand, wir können passieren.

„Erstaunlicherweise", hebt der Professor erneut an, „haben die meisten Leute nach dem sogenannten Frieden vernünftig reagiert. Über Jahrzehnte haben wir sie mit dogmatischen Gedanken gefüttert: Das Land vom Mittelmeer bis zum Jordan gehört uns. Wenn Juden hier leben wollen, dann bitteschön unter uns! Die Konferenz von Madrid war ein harter Schlag gegen diese Gedanken!"

Er hält schweigend an einer roten Ampel in der Stadt. Als es weitergeht, fügt er hinzu: „Was haben wir bekommen, was haben die Israelis bekommen?"

„Frieden ist doch die erste Voraussetzung für eine vernünftige Entwicklung", merke ich vorsichtig an.

„Ja, wenn diese auch für uns möglich wird", kontert er sofort. „Die Beziehungen zwischen Israel und der übrigen arabischen Welt beginnen sich inzwischen zu normalisieren, außer Irak, Libanon und Syrien. Israel befindet sich in einem Prozess, von dem es nie geträumt hätte. Es war immer in einer Ecke, nie Teil der Region. Nun treibt man schon Handel mit arabischen Ländern und fühlt sich zum ersten Mal frei. Was wir hingegen bekamen, ist sehr, sehr wenig: Kontrolle über die Städte, aber mit Schikanen. Wir brauchen Erlaubnis für jede Kleinigkeit. Wie du siehst, haben wir keine Freizügigkeit, aber dafür absolute Kontrolle."

„Die jüngsten Attentate in Israel zeigen doch, dass die Sorgen und Ängste der Israelis nicht unberechtigt sind", muss ich jetzt entgegenhalten. Doch da gerate ich bei ihm an den Richtigen: „Die Angst ist auf unserer Seite, absolut! Du siehst doch, wer hier die Macht hat! Und wir haben Angst, bei der sogenannten Normalisierung mit der arabischen Welt nur noch einmal mehr den Preis zu zahlen."
Wir befinden uns jetzt auf der nördlichen Ausfallstraße hinter Ramallah. Es geht zügig voran.
„Das ist eine Basis für Extremismus, mein lieber Freund", fährt der Professor fort. Er schaut mich kurz über die Brille hinweg an. „Wenn die Freiheit nicht besser geworden ist, fühlen die Leute sich nicht gebunden, an den Friedensprozess zu glauben. Inzwischen schlägt die Meinung bei uns um. Die ersten Wahlen in Palästina waren ein Sieg. Kein Sieg für die Demokratie, aber ein Sieg für den Friedensprozess. Obwohl die Opposition zum Wahlboykott aufrief, hatten wir achtzig Prozent Wahlbeteiligung. Daran kann die Welt ablesen, welch begrenzten Einfluss die Hamas bei uns hat. Sie sind sooo klein und haben eine sooooo große Klappe! Aber man sieht nur die große Klappe in der ganzen Welt!" Jetzt hat der brave Mann sich in der geschützten Atmosphäre des Fahrzeuges in eine gewisse Erregung hineingeredet. Es ist gut, dass wir uns nun der Universität nähern, die auf dem gegenüberliegenden Bergrücken linkerhand liegt. Ein großer, moderner Gebäudekomplex mitten in der freien Landschaft.
„Es gibt nicht nur Gewinner im Frieden!" fügt Professor Nebi zusammenfassend hinzu. „Unter den Verlierern sind die Hamas und die israelischen Extremisten!"
Fast die ganze Fahrt hat mich mein Chauffeur mit wichtigen Informationen zur Lage versorgt. Dabei blieb mir keine Zeit zu überlegen, was ich eigentlich an diesem Ort zu erreichen gedenke. Jetzt, da er schweigt, kommt mir in den Sinn, dass ich ja keinerlei Anlaufstelle habe. Bin ich nicht reichlich naiv zu glauben, dass mir gerade hier ein Hinweis auf den Verbleib Leilas begegnen wird? Wenn sie wirklich abgefangen wurde, dann nicht hier, das wurde mir beim Durchqueren

der verschiedenen Zonen deutlich. Das geschah an einer der Sperren zwischen den A-, B- und C-Zonen. Was also will ich hier erreichen? Glaube ich wirklich ernsthaft, gegen die Übermacht der Militärbesatzung irgendeine Chance zu haben? Und was steckt eigentlich dahinter, was wirft man Leila vor? Ich kenne sie doch gar nicht wirklich. Was ich kenne, ist ein Bild, das ich mir im Kopf gemacht habe!

Dennoch lasse ich mich auf dieses Bild ein, lasse mich verlocken. Es ist nur eine vage Hoffnung, die Vorstellung, hier vielleicht jemanden zu treffen, der mir einen Hinweis auf den möglichen Verbleib Leilas geben kann. Hatte Omar nicht gesagt, es sei eine gute Idee, hierher zu fahren und er wolle alles arrangieren?

Vorbei an sorgfältig geschichteten Terrassenfeldern fahren wir auf der kurvigen Straße durch den Talgrund. Am Portal der Universität, das durch eine Schranke gesichert ist, setzt er mich ab. Hier will er mich gegen siebzehn Uhr wieder aufnehmen. Viel Erfolg wünscht er mir, doch ich weiß noch nicht, was das sein könnte.

Ringsum geschäftiges Treiben. Studenten und Bedienstete eilen durch den Haupteingang herein. In wenigen Minuten beginnen die Lehrveranstaltungen. Die meisten kommen in Gruppen mit Sammeltaxis. Diese setzen ihre Passagiere vor dem Tor ab und kehren für weitere Fahrten gleich wieder um. Offenbar gibt es keine oder nur ungenügende Busverbindungen.

Zuerst wende ich mich im Strom der ankommenden Studenten, dem ich mich anschließe, der Cafeteria zu. Das Bild der meist sehr jungen Menschen ist bunt und vielfältig. Einige der Frauen tragen Kopftücher nach islamischem Muster, andere, vielleicht die Hälfte, zeigen ihr durchweg dunkles Haar europäisch offen.

„You are Joachim?"

Eine junge Frau, eher noch ein Mädchen, und ein junger, hochgewachsener Mann stehen vor mir, schauen mich erwartungsvoll an. Ganz offensichtlich haben sie meine Ankunft hier abgewartet. Der junge Mann spricht mich in gebrochenem

Englisch an: „Mein Name ist Mustafa, dies hier ist Ibtisam. Du bist ein Freund von Leila Sarahna?" Das erste Mal höre ich Leilas Familiennamen.

„Ja, natürlich, deshalb bin ich hier", entgegne ich erstaunt, „wer seid ihr, was habt ihr mit Leila zu tun?"

„Komm, wir gehen in die Cafeteria, dort können wir sprechen", antwortet er, und sie schaut mich mit scheu prüfendem Blick an.

Während wir durch das dichte Gedränge über den zentralen Platz gehen, betrachte ich die beiden genauer. Er ist sehr groß, hat sein schwarzes, volles Haar mit Pomade streng nach hinten gekämmt. Sein schmales Gesicht wirkt freundlich. Die dunklen Augen schauen selbstbewusst unter den buschigen Augenbrauen hervor. Er ist mit einer Jeans und einem dunkelblauen Blazer, auf dessen Vorderseite modisch ein großes, weißes ‚Y' prangt, bekleidet. Der Kragen ist mit rot-weißen Streifen abgesetzt. Beide Hände hat er auch beim Gehen in den Gesäßtaschen vergraben. Dabei ist seine Körperhaltung fast unmerklich etwas gebeugt, was durch seine Größe überspielt wird.

Die Züge des Mädchens scheinen mir irgendwie vertraut, so als hätte ich sie schon gesehen. Sie trägt ihr Haar offen mit leichten Wellen zur Schulter hin. Doch ihr Gesicht ist verschlossen und nach innen gekehrt. Tiefe Augenringe deuten auf besondere Belastung, vielleicht Krankheit hin. Ihre Kleidung ist zwar ordentlich wie die ihres Begleiters, doch scheint mir, als würde sie in der dünnen, weißen Strickjacke, die an der Vorderseite mit aufgesetzten Blumenranken verziert ist, frieren.

Die Luft ist empfindlich kalt, es weht ein eisiger Wind hier auf der Höhe, und die Sonne hat sich heute noch nicht blicken lassen. Wir gehen auf eines der hell verklinkerten Gebäude zu, die beiden mir voran. Auch hier ist großes Gedränge. Viele Studenten, so scheint es, wollen vor ihren Lehrveranstaltungen noch schnell etwas zu sich nehmen. Die in langen Reihen stehenden Tische der Cafeteria sind alle besetzt. Stimmengewirr liegt im Raum, man diskutiert angeregt die anstehenden Seminaraufgaben, wohl auch die aktuellen tagespolitischen Ereignisse.

Wir stellen uns in der Warteschlange vor den Tresen an. Dabei schaue ich mich um. An den Wänden ringsum sind Fotos junger Männer ausgehängt, zum Teil mit Blumen geschmückt. Handelt es sich vielleicht um die beklagten Märtyrer der letzten Wochen? Das gastronomische Angebot ist wenig vielfältig aber ausreichend. Ich entscheide mich für ein süßes Hefegebäck und einen Kaffee. Den Zucker muss man an der Kasse aus einer großen Schüssel entnehmen, vermutlich aus Rationalisierungsgründen, muss doch jegliche, nicht hier produzierte Ware importiert werden. Mit etwas Mühe finden wir drei freie Plätze mitten im Gewimmel, als ein paar Studenten aufstehen, um den Raum zu verlassen.

„Wer seid ihr?" frage ich Mustafa. Sein Englisch ist wirklich dürftig, er braucht eine Weile, bis er einen Satz hervorbringt.

„Ibtisam ist die jüngste Schwester von Leila. Sie ist mitgekommen. Ich bin ein Student, ein Nachbar, ein Freund."

Das vielleicht fünfzehnjährige Mädchen blickt ohne Verständnis, schaut mich scheu und beziehungslos an. Sie versteht wohl nichts von den Worten.

„Wir warten auf Mister Haschasch. Er wird übersetzen", fügt Mustafa hinzu. Die Züge des Mädchens haben große Ähnlichkeit mit denen ihrer Schwestern. Was mag Ibtisam in den letzten Wochen und Tagen erlebt haben, seit ihr Bruder den Selbstmord im Dienste der islamistischen Sache beging?

Ich komme nicht dazu, lange darüber nachzudenken, denn nun eilt ein Mann in dunklem Anzug, weißem Hemd mit offenem Kragen, suchenden Blickes durch die gedrängten Reihen, entdeckt Mustafa, der ihm zuwinkt, winkt seinerseits uns, ihm zu folgen, geht voran an den Rand des Raumes, wo er am Fenster mit Studenten spricht, die an einem kleineren, etwas abgeschiedeneren Tisch sitzen. Sie verlassen darauf willig ihre Plätze, folgen seiner Aufforderung, diese für uns zu räumen. Mister Haschasch genießt offensichtlich Respekt.

Jetzt erst dreht er sich zu uns um, lächelt mir freundlich mit ausgestreckter Hand zu und sagt in gut verständlichem

Deutsch: „Sie sind Herr Siebenstein, der Freund von Leila Sarahna? Willkommen in Bir Zeit Universität." Dabei fordert er uns mit großzügiger Handgeste zum Sitzen auf. Hier können wir ungestört und vom Geräuschpegel der Studentenschaft abgeschirmt sprechen.

„Wer sind Sie, Mister Haschasch?" ergreife ich das Wort.

„Ich bin ein Sekretär der Universität, Assistent und Verbindung der Leitung zu den Fachschaften", gibt er Auskunft, „ich kann Ihnen helfen bei Ihrem Problem."

„Moment", entgegne ich, „ich glaube eher, dass man von mir Hilfe erwartet. Ich weiß allerdings nicht, wie ich überhaupt in dieser Sache hilfreich sein könnte."

Mir kommt es vor, als wäre vieles klar, und nur ich selbst sei derjenige, der das Spiel nicht durchschaut. Er spürt offenbar, was ich denke und lächelt mir wissend zu.

„Herr Siebenstein, ich war ein paar Jahre zum Studium in Deutschland. Ich weiß, dass Sie die Verhältnisse hier nicht kennen. Man hat mich gefragt, zu vermitteln und Ihnen die Lage zu erklären."

„Ja bitte, tun Sie das." Ich versuche, Nachdruck in meine Stimme zu legen. Er lächelt wieder und beginnt: „Leila Sarahna ist für uns eine wichtige Frau. Sie ist eine junge Wissenschaftlerin der Biochemie, auf die wir Hoffnung setzen. Sie hat in Deutschland bedeutsame Forschungsarbeit geleistet mit ihrer Promotion, ist aber noch nicht ganz fertig, um nach Bir Zeit zurückzukehren. Sie hat bereits hier eine Stelle als Dozentin in Aussicht, wie man sagt, aber nun ist sie verschwunden."

Er schaut die junge Ibtisam an und wechselt ein paar Worte auf Arabisch. Ihr Gesichtsausdruck bleibt dabei unverändert starr. Dann wendet er sich wieder zu mir: „Sie sind der Letzte, der sie gesehen hat, außer der Schwester, die sie noch besuchte. Wir hoffen, dass sie uns etwas sagen können, was uns weiterhilft."

„Ich denke, Ihre Erwartungen sind zu hoch. Leilas Schwester, die ich bei Jerusalem traf, hat mir von dem fürchterlichen Verbrechen berichtet, das der Bruder begangen hat. Ich will nicht in etwas hineingezogen werden, was ich verabscheue."

„Mit dem, was Leilas Bruder tat, müssen Sie sich nicht befassen. Wir hoffen aber, dass Sie uns bei der Suche nach ihr behilflich sein können."

„Ich wüsste nicht, wie das gehen sollte. Sie müssten mir also erklären..."

„Erklären", unterbricht er mich, „erklären kann man im Moment gar nichts. Es ist nichts klar. Alle Welt ist im Moment mit der Lage nach den Attentaten beschäftigt. Man kann die Dinge im Kopf bearbeiten, aber im Herzen ist es schwierig."

„Für mich ist ganz klar", entgegne ich, „dass einige Leute hier eine Wende im Kopf machen müssen."

„Die Terroristen unter den Hamas, wenn Sie das meinen, sind nur eine ganz kleine Minderheit".

Mister Haschasch merkt wohl, dass er mir ein paar Ausführungen zur Gesamtsituation schuldet, bin ich doch nicht bereit, mich als Instrument politisch einseitiger, höchst zweifelhafter Aktivitäten nutzen zu lassen, von niemandem, auch nicht für Leila, deren Verbleib ein Rätsel ist.

„Politisiert sind hier alle, jeder, ob er will oder nicht", fährt er fort. „Die ersten Tage nach den Attentaten haben wir gegen Gewalt demonstriert, für Frieden. Wir machen einen deutlichen Unterschied zwischen Gewalt und dem, was wir Kampf nennen. Sinnlose Gewalt wird verurteilt. Jede Klasse hat mindestens eine Stunde über die Attentate gesprochen. Hier an der Uni können wir unsere Meinung frei sagen. Und wir haben jetzt einen Konsens, dass so etwas gegen die Menschen ist. Aber wir sind jederzeit bereit, Gesetze zu brechen, die gegen die Menschenrechte sind. Und das macht die Lage so schwierig."

„Das heißt doch, wenn ich Sie richtig verstehe», wende ich ein, „Sie legitimieren Gewalt, indem Sie ihr einen Sinn zu geben versuchen!"

„Wir leben seit Jahrzehnten in einem Klima der Gewalt, und wir sind täglich den gewaltsamen Akten der Besatzer ausgeliefert. Gerade jetzt, in diesen Wochen, zeigt sich das wieder trotz der Abkommen. Die Reaktion der Israelis auf die extremen Anschläge war ungeheuer für uns. Sie haben unser Land in Mosaike geteilt und alles abgesperrt. Die nach dem

Oslo-Abkommen eingerichteten Zonen wenden sich voll gegen unsere Interessen. Das zeigt sich gerade jetzt. Sie gewährleisten die volle Kontrolle der Besatzer über das Land. Es gibt rund vierhundert Dörfer, die sich auf die Städte verlassen müssen. Auch in der klinischen Versorgung.

So fuhr zum Beispiel ein Mann mit seiner hochschwangeren Frau letzte Woche mit dem Auto aus seinem Dorf zur Klinik, wo die Entbindung sein sollte. Wegen der israelischen Absperrung kamen sie am Checkpoint nicht weiter. Die Geburt war im Auto am Kontrollpunkt, ohne jede Hilfe, es kamen Zwillinge. Weil sie nicht versorgt wurden, starben beide im Auto. So etwas führt zu Wut und Verbitterung bei uns. Es wird überall weitererzählt und heizt die Stimmung zusätzlich an."

„Das ist tragisch, aber die Absperrungen sollen doch weitere Attentate verhindern", wende ich ein.

„Die Terroristen in der Hamas sind nur eine ganz kleine Minderheit", wiederholt er sich. „Mindestens neunzig Prozent der palästinensischen Bevölkerung wird kollektiv bestraft. Das finden wir ungerecht. Die Leute im Allgemeinen haben daher jetzt eine ganz schlechte Stimmung. Sie haben alle angefangen, im Herzen Gefühle zu haben, und man weiß nicht, was daraus werden kann."

„Das heißt", folgere ich aus seinen Worten, „wenn das Volk kollektiv bestraft wird für das, was nur wenige Verbrecher tun, wird der Anteil der Extremisten vermutlich ansteigen?"

„Ja", entgegnet Mister Haschasch, „die Hamas gehört zu den Verlierern im Friedensprozess. Die Mehrheit der Menschen hat für den Frieden gewählt, für Arafat. Sie folgten nicht dem Wahlboykott, den die Hamas empfahl. Die Diskussion über die Wahlbeteiligung führte auch zu einer Spaltung in der Hamas. Das war der erste Schlag. Der zweite Schlag war das Wahlergebnis. Nur eine kleine, dogmatische Minderheit blieb danach bei extremen Gedanken. Aber Hamas muss natürlich als Organisation versuchen, sich zu wahren, weiter zu bestehen. Deshalb waren die letzten terroristischen Aktionen ein Teil der Diskussion innerhalb Hamas, um Muskeln zu zeigen. Es waren aber auch Reaktionen auf die Ermordung des Mannes, welcher ‚der Ingenieur' genannt wird, durch den israelischen Geheimdienst zuvor. Er hat bei uns studiert und lebte in einem Keller in Gaza."

„War er nicht der Bombenbauer für viele Attentate in Israel?" Diese Frage ist ihm offenbar unangenehm. Mister Haschasch überhört sie einfach.

„Sieben Monate lang hat Hamas Ruhe gegeben. Plötzlich geht der israelische Geheimdienst hin und ermordet Ayyash. Bei der Beerdigung dieses Mannes sind zweihunderttausend Menschen auf die Straße gegangen. Wir haben gedacht, mit dem Friedensvertrag haben wir jetzt Ruhe, da bringt diese völlig unnötige Ermordung die Gefühle der Massen wieder in die Höhe!"

Er schaut das junge Paar neben uns an und übersetzt ein Stück weit. Mustafa nickt dabei heftig mit dem Kopf. Dann fährt er fort: „Es wurde eine Legende geboren, an der die Tat des israelischen Geheimdienstes einen großen Anteil hat. Erst diese Legende hat die Täter der jüngsten Attentate auf ihren Gedanken gebracht. In Gaza wurde zuvor ein Platz für den Ingenieur gebaut. Über Nacht zerstörten die israelischen Bulldozer diesen wieder. Am Tag darauf baute man ihn erneut wieder auf. Sie sehen, es ist ein Kräftespiel, es hat nichts mit isolierten Akten zu tun. Vom Ausland aus werden nur die schrecklichen Massaker gesehen, nicht die Geschichten, wie es dazu kommt. Die Hintergründe sind natürlich nicht bekannt. Dazu kommt die völlig einseitige Berichterstattung der Presse. Als ich vor Jahren in Deutschland war, konnte ich dieses schon selbst verfolgen."

„Wie kann es sein, dass ein junger Mensch wie der Bruder dieses Mädchens hier, sich so sehr in den Bann der Gewalt begibt?" Ich blicke auf Ibtisam, die völlig in ihre Innenwelt versunken ihre dunklen Augen nur ab und zu auf mich richtet, dann wieder den Herrn im Anzug bei seiner Rede beobachtet. Die beiden jungen Palästinenser verstehen kein Wort von dem, was hier besprochen wird, dennoch lauschen sie geduldig in der Hoffnung, dass unser Gespräch zur Klärung des Verbleibs von Leila etwas beitragen könnte.

„Bassam wurde verführt. Er war ein Instrument in den Händen der Dogmatiker. Das ist das eigentliche Verbrechen!"
Bei dem Namen Bassam hebt die junge Ibtisam den Kopf und blickt mir kurz in die Augen. Für einen Moment sehe ich Leben in dem sonst so teilnahmslosen Wesen, aber auch Verzweiflung. An ihrem Hals hängt ein schmales, silbernes Kreuz an einer Kette.
„Basam war seit drei Jahren bei einem Onkel in Gaza", fährt Mister Haschasch fort. „Die Trennung von der Familie erfolgte aus Armut. Sie lebten, wie viele Menschen bei uns, auf begrenztem Raum. Wir haben hohe Mieten wegen Wohnraummangel. Die Familien sind groß, das Einkommen gering. Da ist man froh über jeden, der auszieht. Bassam wollte fort. Heute hat die Familie Gewissensnot, ob man ihn hätte halten müssen. Er ist zum Islam konvertiert. Das ist nichts Ungewöhnliches, weil es auch so gesehen wird, als sei es ehrenhaft, zum rechten Glauben zu wechseln. Er hatte dann natürlich den Drang, zu beweisen, dass er hundertprozentig ist. Seine Familie aber hat er damit ins Unglück gestürzt."
„Was heißt das? frage ich nach. Und dann erfahre ich das ganze Ausmaß der Tragödie. Nicht nur das Abgleiten des Sohnes in eine radikale Splittergruppe ist zu beklagen. Nicht nur sein für die Familie tragischer Tod. Auch noch der Bannstrahl aus dem Umfeld wird zur Belastung. Die palästinensische Nachbarschaft applaudiert keineswegs mehrheitlich. Hier wird die dramatische Verschlechterung der gesamtpolitischen Situation durch die Attentate angeprangert.
„Zu allem Elend kommt die Bestrafung der Familie durch die Besatzer hinzu. Das kleine Haus der Familie soll von israelischen Soldaten in die Luft gesprengt werden. Nur die beweglichen Güter dürfen zuvor herausgeholt werden."
Die Strategie dahinter ist klar: Abschreckung muss sein. Alle eventuellen Folgetäter sollen wissen, was ihren Familien blüht.
Die Schilderungen des Universitätssekretärs haben mich sehr nachdenklich gemacht. Terror und Gewalt gegen unschuldige Menschen kann nie und nimmer die Welt im positiven Sinne voranbringen. Aber kann Gewalt deshalb wirklich das richtige

Gegenmittel sein? Gewalttäter handeln doch immer in der Überzeugung, eine notwendige und daher ehrenwerte Tat zu vollbringen, jedenfalls bei diesen politisch oder religiös motivierten Attentaten. Sie rechtfertigen ihr unmenschliches Tun mit scheinbar ehrenwerten Motiven. Und Israel antwortet mit Gewalt. Wie kann das Klima von Hass und Gewalt jemals aufgelöst und überwunden werden, wenn immer wieder Gewalt als Mittel zur vermeintlichen Lösung politischer Probleme eingesetzt wird? Ist dies nicht ein Teufelskreis, der nie enden wird?

Mister Haschasch ist aufgestanden, um neuen Kaffee zu holen. Er wird am Tresen sofort bedient, stellt sich nicht in der nun merklich kürzeren Warteschlange an. Ibtisam starrt noch immer reglos vor sich hin.

Mustafa fragt: „Kannst du uns helfen?"

„Ich weiß noch nicht. Man wird sehen," antworte ich.

Seltsamerweise kommt mir nun Eva in den Kopf, die sich in ihrer kleinen Schulwelt gerade in letzter Zeit mit der Gewaltfrage befassen musste. Ein paar Schüler eines höheren Jahrganges hatten sie als Junglehrerin „fertigmachen" wollen. „Wenn ich mich auf die Ebene des Provokateurs begebe, habe ich schon verloren", klingt mir ihre Stimme im Ohr. „Sie provozieren so lange, bis ich ausflippe!"

Mir scheint, auch auf der politischen Ebene gibt es genau jenen Mechanismus: Der Gegner wird solange durch provokantes Fehlverhalten gereizt, bis er selbst die Fassung verliert. Dann hat man ihn dort, wo man ihn haben will. Er präsentiert sich als „Schweinehund", wie Eva es nannte. Dabei sei der Provokateur selbst der „Schweinehund".

„Was kann man dagegen tun?" hatte ich gefragt. „Nur die Nerven behalten, ruhig und besonnen reagieren", hatte Eva geantwortet und dabei gewusst, dass gerade dieses nicht immer möglich ist. Bei dieser Art von Kriegsführung ist alles verloren, sobald man einmal gezeigt hat, dass man überreagiert.

Dann fällt mir Noami ein: „Sie müssen hart bestraft werden, dass sie nicht sich Illusionen machen."

Das Zerstören der Häuser der Familien ist solch ein Strafakt. So gesehen sind Eva und Noami sich sehr nah: Im Angesicht der Provokation muss kühler Kopf bewahrt, aber hart und entschieden Position bezogen werden. Gezielte und begründete Strafe ist ein Akt der Erziehung. Nur: Hier geht es nicht um Vergeltung für die Schuld eines Einzelnen, hier wird auf gesamtgesellschaftlicher Ebene versucht, das Verhalten potentieller Folgetäter durch Abschreckung zu konditionieren, was aber gerade die Gewaltspirale befördert.

Mister Haschasch kommt mit einem Tablett zurück, stellt jedem eine Tasse heißen Kaffees hin und kommt nun sofort auf den Punkt: „Wollen Sie uns helfen, Leila Sarahnas Verbleib zu erforschen?"

„Wenn ich kann, gern. Aber ich will wissen, worauf ich mich einlasse", entgegne ich ebenso direkt.

Er fährt fort: „Die israelischen Behörden inhaftieren politische Gefangene oft lange Zeit ohne Kontakt zur Außenwelt. Man nennt das Verwaltungshaft. Sie kann beliebig verlängert werden."

„Ohne Gerichtsverhandlung?" frage ich ungläubig.

„Ja, in diesen Fällen ist es sogar möglich, dass den Inhaftierten und ihren Anwälten nichts über die Anklage mitgeteilt wird und Beweise zurückgehalten werden."

„Was kann man Leila vorwerfen?" will ich wissen, denn das ist die entscheidende Frage.

„Leila ist eine kluge Frau, sie hat hier ihr Diplom gemacht, wurde im Westen weiter ausgebildet und spezialisiert sich nun gerade. Sie ist als intellektuelle Palästinenserin grundsätzlich verdächtig. Die Tat ihres Bruders bringt sie nun automatisch in große Gefahr. Man wird sie beschuldigen, Mitglied der Hamas-Bewegung zu sein. Vielleicht gibt es auch Anlass für Verdacht. Ist Ihnen auf der gemeinsamen Fahrt mit ihr aus Tel Aviv etwas aufgefallen?"

Unwillkürlich fällt mir der Taxifahrer ein, den Leila durch klare Worte um seinen Zusatzverdienst brachte. Hat er vielleicht unser Gespräch, das wir auf Deutsch führten, belauscht? Viele, vor allem ältere Israelis, verstehen Deutsch. Ich teile Mister Haschasch meinen Gedanken mit.

„Ja, natürlich!" ruft er aufgeregt. „Das ist es! Was habt ihr denn besprochen, und was hat Leila gesagt?"

Obwohl die Herfahrt mit Leila erst wenige Tage zurückliegt, kommt es mir vor, als wären Wochen vergangen, so ereignisreich war die Zeit. Wie heute klingen mir ihre Worte im Ohr: „Das, was Terror genannt wird, drückt etwas aus."

„Leila hat von der politischen Situation gesprochen. Sie hat Verständnis für die Täter der Selbstmordattentate ausgedrückt und versucht, mir Zusammenhänge zu erklären."

„Dann ist für mich die Lage eindeutig", sagt Mister Haschasch entschieden. „Als Leila das Taxi vor dem Haus ihrer Schwester warten ließ, hat der Fahrer die Zeit genutzt, um Kontakt mit den israelischen Behörden herzustellen. Die Taxifahrer sind eine besondere Sorte, sie sehen viel, hören viel und sind gerade jetzt sehr wachsam. Es kann sein, die nächste Straßensperre zwischen den Zonen wurde für Leila zur Falle."

„Wenn sie wirklich in Verwaltungshaft ist, kann ich sie nicht befreien", zweifle ich an meinen Möglichkeiten, einen Beitrag zur Aufklärung der Rätsel zu leisten.

Ein deutscher Student in Israel! Wie sollte er sich bei anonymen Behörden einsetzen können? Noch dazu für eine unter dem politischen Verdacht der Unterstützung oder gar Beteiligung an Terrorakten stehenden Palästinenserin? Unmöglich!

Doch Mister Haschasch sieht das ganz anders: „Nur Sie, junger Mann, können der Familie helfen, wenn Sie wollen!"

„Wie soll das aussehen?", frage ich ungläubig.

„Sie wenden sich an die deutsche Botschaft in Tel Aviv mit der Bitte um Hilfe. Ihre Botschaft ist zuständig für alle Problemlagen, in die Sie hier in Israel geraten."

„Man wird sich einen Dreck scheren um meine Vorliebe für junge Palästinenserinnen!"

„Nicht wenn Sie angeben, dass Leila Ihre Verlobte ist", antwortet der Sekretär, und sein Gesicht nimmt wieder jenes Lächeln an, das ihm die Züge eines Fuchses verleiht. „Leila kam im selben Flugzeug wie Sie und vom selben Flughafen aus Deutschland. Zusammen fuhren Sie im Taxi nach Jerusalem. Niemand kann auf die Schnelle ihre Verhältnisse überprüfen. Wenn Sie sagen, dass Sie sich nur vorübergehend getrennt haben, um Leila nach ihren Eltern sehen zu lassen, dass sie besorgt war wegen ihres Bruders, dass Sie sich wieder treffen wollten und vor allem, dass Sie bezeugen können, dass Ihre Verlobte auf keinen Fall in der letzten Zeit Kontakte mit extremistischen Palästinensern hatte, dann wird Ihre Botschaft für Sie versuchen, bei den israelischen Behörden Auskunft für Sie zu bekommen. Das wäre ein erster Schritt."

„Und Sie glauben wirklich, dass dies funktioniert?" frage ich ungläubig.

„Wenden Sie sich an den Botschafter persönlich. Versuchen Sie, die Dinge hochpolitisch zu machen. Auch die Bundesrepublik Deutschland muss ein Interesse haben, dass ein Bürger des Landes nicht in eine solche Sache verwickelt ist."

Das also ist es, was man von mir erwartet. Die Augen von Ibtisam, die mich an Leila erinnern, aber zugleich das ganze Leid dieses jungen Lebens wiedergeben, blicken mich nun fragend an. Sie kann nicht lange meinem Blick standhalten, zu fremd bin ich ihr, und zu verschlossen ist ihre leidgeplagte Seele. Aber Mustafa, der als Student der Universität Bir Zeit jetzt seine Vorlesung versäumt, um der in Not geratenen Nachbarfamilie zu helfen, fasst mich am Unterarm, legt mir seine Hand auf und fragt erneut: „You can help us?"

„I will try it", entgegne ich. „Ich werde es versuchen", sage ich an Mister Haschasch gewendet. „Morgen fahre ich nach Tel Aviv."

Kurz vor neunzehn Uhr bin ich wieder zurück im Hospiz. Ich lege mich aufs Bett und starre an die Zimmerdecke. Stefan scheint noch in Diensten zu sein, auch Fredi konnte ich nicht entdecken.

Fragen von Schuld und Verantwortung haben mich nach Israel getrieben. In Yad Vashem hat mir Noami die Augen geöffnet. „Wehe dem, der ein Enkel ist", hatte ihr Großväterchen gesagt und den Hinweis hinzugefügt: „Baue die Mauern von Jerusalem!"

Ja, natürlich müssen auch die Enkel Verantwortung übernehmen, gerade die Enkel! Und nun erfahre ich hier, dass die Eltern für die Missetaten der Söhne büßen müssen? Das ist für mich eine völlig neue Sichtweise, geht der Lauf der Geschichte doch, so meinte ich bisher, vor- und nicht rückwärts in der Zeit. Müssen sich erst die früheren Generationen uns gegenüber verantworten?!

Mit den bisherigen Erfahrungen dieser Reise kann ich eigentlich wieder nach Deutschland zurückkehren. Meine Seminararbeit wartet, und allzu lange sollte ich alles andere auch nicht aussetzen. Manchmal, so denke ich, ist es doch bequemer, all die Dinge aus sicherer Entfernung zu betrachten.

Sechs

Die deutsche Botschaft in Israel befindet sich in einem Hochhaus in der Daniel-Frisch-Straße. Deutschland und Israel pflegen seit 1965 offizielle diplomatische Beziehungen. Massive antideutsche Demonstrationen begleiteten den Amtsantritt des ersten deutschen Botschafters. Seither hat sich das Verhältnis der beiden Staaten weiter entspannt, gilt jedoch nach wie vor als ein besonderes.

Die Botschaft bleibt im Gegensatz zu anderen Vertretungen im Stadtbild Tel Avivs unauffällig. Der riesige, weiße Betonkasten mit den schwarz kontrastierenden Fensterfassaden beherbergt zahlreiche Firmen und Vertretungen der verschiedensten Branchen.

Mit dem Fahrstuhl bin ich in den neunzehnten Stock gefahren, wo ich mich zunächst an einem Schalter angemeldet habe. Im schlichten Behördenambiente sitze ich nun auf einem der Kunstlederstühle und warte. Ich blättere in Broschüren. Mit mir warten einigen anderen Menschen, die alle zu einem der Sachbearbeiter vorgelassen werden wollen. Meine gediegenste Krawatte habe ich umgebunden, dem behördlichen Anlass angemessen.

Am Schalter hatte ich nur den Sachbereich angeben müssen. Vermisstenmeldung ist hier ein eher ungewöhnliches Gebiet. Die junge, deutschsprechende Frau wollte daher Genaueres wissen. Ich sagte ihr, meine Verlobte, mit der ich aus Deutschland eingereist bin, sei verschwunden. Ob ich denn sicher sei, fragte sie ungläubig und schob gleich die Frage nach, ob ich denn schon eine polizeiliche Vermisstenmeldung abgegeben hätte. Ich verneinte dieses und gab an, mich zuerst „wegen der besonderen Umstände" mit der Botschaft beraten zu wollen. Dann müsse sie mich bei dem Sachbearbeiter für Inlandsangelegenheiten anmelden. Das könne aber eine Weile dauern. Meinen Reisepass behält sie vorerst ein.

Am zeitigen Morgen war ich mit Fredi im Kleinbus des Hospizes in Richtung Tel Aviv gestartet. Es fügte sich gut, dass er heute wichtige Gäste, die von der Österreichischen Regierung vermittelt waren, vom Flughafen abholen muss und mich daher mitnehmen konnte. Weil er zuvor einige Erledigungen in der Stadt, unter anderem auch einen Abstecher zur Österreichischen Botschaft in Tel Aviv, auf seinem Programm hatte, konnte er mich gut hier absetzen. Für die Rückfahrt vereinbaren wir, dass ich nach meinem Botschaftsbesuch mit dem Taxi zum Flughafen komme. Jetzt ist es zehn Uhr, gegen Mittag wird Fredi wieder in Richtung Jerusalem abfahren. Gut zwei Stunden bleiben mir also für meine Mission.

Noch immer lässt man mich warten. Ein Kommen und Gehen. Deutsche und Israelis tragen am Schalter ihre Anliegen vor, abgelaufene und verlorene Dokumente, Beantragung von Besuchs- oder Arbeitserlaubnis. Immer wieder werden Menschen aufgerufen, die nach mir kamen. Endlich erscheint eine junge Frau und führt mich in ein kleines Zimmer, das mit Akten und Schriften fast völlig zugepackt ist.

Hinter einem ebenso vollgeräumtem Schreibtisch sitzt ein kleiner Mann mit überdimensionaler Brille und pomadigem Haar. Er schaut bei meinem Eintreten kaum hoch, ist mit Notizen in einem dicken Buch beschäftigt.

„Sie haben besondere Umstände anzumelden?" schnarrt er mit einer Stimme, die in keiner Weise seiner beachtlichen Körpergröße entspricht, wirft einen kurzen, prüfenden Blick über die Brille und weist auf einen Stuhl, der vor seinem Schreibtisch steht.

„Ja, meine Verlobte ist verschwunden", entgegne ich und nehme Platz. Bevor er weitere Fragen stellen kann, füge ich hinzu: „Ich bin deutscher Staatsbürger, vorige Woche bin ich mit meiner Verlobten eingereist. Sie ist Palästinenserin..."

„Palästinenserin?" unterbricht mich die schnarrende Stimme.

„Ja", fahre ich fort, „wir sind hierhergekommen, weil in ihrer Familie etwas Schlimmes passiert ist. Sie wollte nach ihrer Familie sehen. Nachdem sie von ihrer Schwester, die bei Jerusalem wohnt, mit dem Taxi abfuhr, kam sie nie dort an. Ihre Spur ist verloren. Ich mache mir große Sorgen um sie. Bitte helfen sie mir, sie wiederzufinden."

„Eine seltsame Geschichte", rasselt es von jenseits des Schreibtisches, „wieso sind sie mit einer Palästinenserin verlobt?"

„Ich bitte Sie, ist das verboten? Leila studiert in Deutschland. Wir kennen uns schon eine ganze Weile."

„Was ist denn mit ihrer Familie passiert, was war der Anlass der Reise?" forscht er weiter.

„Leilas Bruder, der in Gaza lebt, hat ein Selbstmordattentat begangen."

Es scheint, als habe es dem Männlein die Sprache verschlagen. Ohne ein weiteres Wort greift er zum Telefonhörer, wählt eine Nummer und sagt: „Ich habe einen Fall für Herrn Schmidt."

Zu mir tönt es nun: „Junger Mann, sie sind bei mir an der falschen Adresse. Das ist eine politische Angelegenheit." Und indem sich die Tür öffnet und die junge Frau, die mich schon hereinbrachte, eintritt, gibt er die Anweisung: „Bringen sie den

Herrn in die Tausendneunzig." So wenig wie er mich begrüßte, so wenig beachtet er meinen Abgang.

Durch den Warteraum zurück führt unser Weg nun in eine besondere Sicherheitsschleuse. Zwei nur getrennt zu öffnende Glastüren mit stabilem Stahlrahmen werden von einem Wachposten elektrisch betätigt. Der Wächter in blauer Uniform sitzt hinter einer gepanzerten Scheibe an einem Schaltpult mit mehreren Monitoren, auf denen verschiedene Räume der Etage zu sehen sind. Ein zweiter Wächter, ein junger Mann in gleicher Uniform, erscheint und folgt mir in die Schleuse. Dort sagt er in höflichem Ton: „Ich muss Sie auf Waffen untersuchen, nur eine Sicherheitsmaßnahme. Erlauben Sie." Mit diesen Worten tastet er in geübter Weise meine Achseln, Arme, Taschen und Beine ab, so, wie es in amerikanischen Fernsehfilmen oft vorgeführt wird. Erst dann gibt er seinem Kollegen hinter der Scheibe ein Zeichen, worauf dieser per Knopfdruck die zweite Tür der Schleuse betätigt, die uns einlässt.

„Raum tausendneunzig?" fragt der junge Wächter seinen Kollegen, dieser nickt, und wir folgen einem schmalen Korridor bis an sein Ende. Dort werde ich in ein Zimmer geführt, in dem vor einer Panoramascheibe ein großer Schreibtisch aus edlem Holz steht, dessen Tischplatte völlig leer ist. Vor dem Tisch sind drei gepolsterte Stühle aufgereiht, weitere Stühle an der Seite. Die holzgetäfelte Wand ist mit den Porträtfotos der deutschen Bundespräsidenten von Heuß bis Herzog dekoriert. Offenbar handelt es sich um einen Raum, der auch für offizielle Anlässe genutzt wird.

Der Wächter bleibt bei mir und fordert mich auf, vor dem Schreibtisch Platz zu nehmen. Ich habe jedoch kein Verlangen, schon wieder zu sitzen, und gehe stattdessen zum Fenster, um einen Blick auf die Stadt zu werfen. Wieso bleibt der Wächter bei mir, frage ich mich, bin ich nun selbst eine verdächtige, vielleicht sogar gefährliche Person?

Ringsum stehen fünf- bis sechsgeschossige Häuser, auf deren flachen Dächern Schornsteine und Antennen zu sehen sind. Dazwischen viel Baumgrün und parkende Autos. Ich trete an das andere Fenster und blicke gen Süden. Auch hier nur Häusermeer bis zum Horizont. Aus dem farblosen Stadtbild ragt ein futuristisch anmutender Betonturm in mittlerer Entfernung hervor, der wegen seiner Antennen und Richtschüsseln als Funkübertragungsturm zu deuten ist.

„Herr Siebenstein?" ertönt eine Stimme in meinem Rücken. Ich drehe mich um und erblicke einen Herrn in mittlerem Alter, grauer Zweireiher, roter Schlips, schicke Schuhe. Seine Schläfen sind leicht angegraut, sein Gesicht lächelt freundlich-routiniert. „Nehmen sie Platz, Herr Siebenstein", er reicht mir die Hand und weist mich dann auf einen der Stühle.

„Mein Name ist Schmidt, ich bin Botschaftsrat und mit Fragen der politischen Zusammenarbeit befasst. Sie sind mit einer Palästinenserin verlobt, deren Bruder eines der Selbstmordattentate begangen hat, die in jüngster Vergangenheit die Welt erschütterten?"

„Ja, das stimmt", entgegne ich. „Leila hat aber nichts damit zu tun. Ihr Bruder lebte bei einem Onkel in Gaza. Er wurde verführt. Leila ist völlig unbeteiligt. Sie hat seit Jahren keinen Kontakt mehr zu ihrem Bruder."

„Und was kann ich für Sie tun?" Das Lächeln ist einem besorgten Blick gewichen, einzelne Falten auf der Stirn deuten die bevorstehenden Schwierigkeiten schon an.

„Ich möchte, dass Sie als meine Botschaft helfen, Leilas Verbleib herauszufinden. Ich kann nicht akzeptieren, dass meine Verlobte hier so einfach verschwindet. Sie müssen mir helfen", sage ich und versuche dabei, Nachdruck in meine Stimme zu legen. Die Falten auf der Stirn weichen kurz einem erneuten Lächeln, als er antwortet: „Ich bedauere sehr, dass wir ihnen nur dringend raten können, diese junge Frau schnell zu vergessen."

Dann verfinstert sich sein Gesicht erneut: „Wenn es stimmt, was Sie da sagen, dann müssen wir gemeinsam aufpassen, dass nicht sehr schnell auch ein Verdacht auf Sie fällt als deutschen Komplizen einer Angehörigen einer terroristischen Vereinigung. Die israelischen Behörden nehmen nur Menschen in Sicherungsverwahrung, wenn ein begründeter Verdacht besteht, dass strafbare Handlungen begangen wurden. Eine bloße Familienzugehörigkeit reicht noch nicht für eine Verhaftung aus. Also wo, bitteschön, sind die Hintergründe, die Sie uns verschweigen?"

Bei diesen Worten wird seine Stimme merklich lauter, und die anfängliche Freundlichkeit ist völlig aus seinem Gesicht gewichen. Der Wächter, der sich noch in der Ecke des Raumes aufhält, tritt an das Fenster, als wolle er auf seine Anwesenheit aufmerksam machen, beide Daumen hat er hinter den Gürtel geklemmt und wippt nun leicht mit den Fußsohlen auf und ab. Dabei ist sein Blick auf mich gerichtet.

„Ich habe es nicht nötig, etwas zu verschweigen", entgegne ich erstaunlich ruhig. „Meine Verlobte ist eine angesehene Wissenschaftlerin. Sie promoviert gerade in Deutschland. Sie reiste ein, um ihre Eltern zu besuchen und sie zu trösten in dem großen Unglück, das ihre Familie traf. Sonst nichts. Ich blieb solange in Jerusalem zurück, um ihre Rückkehr abzuwarten. Zusammen wollten wir nach Deutschland zurückreisen.

„Sind Sie sicher, dass dieses die volle Wahrheit ist?" mustert er mich noch immer mit kritischem Blick.

„Ja, bitte helfen Sie mir, den Verbleib von Leila herauszufinden. Sie kann doch nicht einfach vom Boden verschluckt werden." Ich sage dieses unter Aufbietung meiner ganzen Freundlichkeit, und es ist, als habe es eine Wirkung. Meine Worte scheinen ihn zu überzeugen, denn nach der verhörmäßigen Schärfe kehrt auch bei Herrn Schmidt die anfängliche Freundlichkeit zurück.

„Ich glaube Ihnen, Herr Siebenstein. Wir werden bei den israelischen Behörden nachforschen und Ihnen Nachrichten über Leila Sarahna zukommen lassen. Wo wohnen Sie in Jerusalem?"

„Im Österreichischen Hospiz", entgegne ich erleichtert.

„Wir werden Kontakt mit Ihnen aufnehmen, sobald wir Näheres wissen", sichert mir der Botschaftsrat zu. „Wir haben selbst ein Interesse an Ihrem Fall, denn eine Verstrickung deutscher Staatsbürger oder bei uns lebender Ausländer in die politisch höchst brisanten Attentate wäre eine heikle Angelegenheit. Auf Wiedersehen, Herr Siebenstein."

Zum Danken bleibt keine Zeit, denn er verschwindet durch

eine Wandtür so schnell und so leise, wie er kam. Seltsam, denke ich, wie konnte er Leilas Nachnamen wissen? Ich kann mich nicht erinnern, ihn erwähnt zu haben.

Nachdem ich meinen Reisepass am Schalter wieder in Empfang genommen habe, verlasse ich die deutsche Enklave im neunzehnten Stock. Ein Blick auf die Uhr zeigt mir, dass ich Fredis Abfahrtzeit am Flughafen längst überschritten habe. Jetzt kommt es auf eine Stunde mehr oder weniger nicht mehr an. Ich gehe zu Fuß durch ein paar Straßen, um eine Gelegenheit zum Essen zu suchen, denn ich spüre inzwischen deutliche Hungergefühle. In der Filiale einer amerikanischen Hamburgerkette bin ich sicher, die zivilisierte Nahrung zu finden, die ich jetzt brauche. Dass ein Schild darauf hinweist, hier könne man mit Sicherheit koscher speisen, beeindruckt mich dabei weniger.

Natürlich ist Fredi nicht mehr am Treffpunkt, als ich gegen vierzehn Uhr in einem Bus am Flughafen ankomme. Ich gehe an der Reihe wartender Sammeltaxen entlang, wo ich fast vor einer Ewigkeit mit Leila in Richtung Jerusalem abfuhr.

Plötzlich bin ich wie vom Schlag gerührt. Im dritten Wagen in der Reihe sitzt just der Chauffeur, der uns damals fuhr. Ist er es wirklich? Ich trete näher und habe keinen Zweifel. Der alte Mann hinterm Steuer, der jetzt in einer Zeitung mit arabischer Schrift liest, ist der Taxifahrer, der Leila denunzierte! Gerade rückt sein Wagen durch Abfahrt des ersten Taxis in der Reihe an die zweite Stelle.

Was ist zu tun? Ich will es geschickt anfangen, nichts überstürzen, in der Eile nichts Falsches tun. Die Gedanken überschlagen sich. Wird er mich erkennen? Besser nicht, sonst ist er verschlossen. Schnell setze ich meine dunkle Sonnenbrille auf, die ich vorige Woche nicht trug, löse die Krawatte, streife sie ab und stecke sie in die Jackentasche. Dann fahre ich mit der Rechten durchs sorgsam gekämmte Haar, verändere mein Äußeres, so gut es auf die Schnelle geht, und trete an das geöffnete Seitenfenster: „Ach bitte, wie lange dauert mit Ihnen die Fahrt nach Jerusalem?" frage ich auf Deutsch. Mein Kalkül ist klar:

Wenn er des Deutschen mächtig ist, hat er mein Gespräch mit Leila verstanden, und es ist höchst wahrscheinlich, dass er mit ihrem Verschwinden zu tun hat.

„Nicht mehr als eine Stunde", entgegnet er ohne aufzublicken, während gerade der Wagen vor ihm abfährt. Ich bin wie ins Gesicht geschlagen. Dieser Mann, der sich mit Leila in gebrochenem Englisch verständigte, hat meine Frage verstanden und sie sogar in gut verständlichem Deutsch beantwortet!

Ein Flugzeug ist vor einer Weile gelandet. Der Pulk von Fluggästen strömt aus dem Flughafengebäude in Richtung der wartenden Taxen, und ehe ich es rechtzeitig merke, ist der Wagen von der anderen Seite her belegt, eine geschlossene Reisegruppe von Pilgern oder sonst etwas hat ihn im Handstreich besetzt, laut diskutierend, Gepäck haben sie kaum, es bleibt keine Lücke für mich, der Wagen fährt ab, und bevor ich sämtliche Chancen der Aufklärung entschwinden sehe, steige ich schnell in den nachfolgenden Wagen, der auch bereits von Ankömmlingen derselben Gruppe besetzt wird. Doch ich lasse mich nicht verdrängen, bestehe auf meinem ergatterten Sitzplatz, den ich, komme was wolle, zu verteidigen bereit bin.

Schnell ist auch dieses Taxi belegt und fährt hinter dem ersten her. Zu spät ist es, wieder auszusteigen, als ich merke, dass die Fahrt in eine andere Richtung als erwartet geht. Doch das ist jetzt bedeutungslos, solange der andere Wagen mit dem alten Mann am Steuer in Sichtweite bleibt. Jetzt merke ich, meine Mitreisenden, allesamt junge Männer, sind Amerikaner. Lautstarke Unterhaltung umgibt mich, ich sitze hinter dem Fahrer im Fond in Fahrtrichtung. Rechts neben mir zwei stämmige Kerls mit Baseballkappe. Gegenüber auf der dritten Bank des Großraumwagens zwei weitere Mitglieder der Gruppe, einer davon ein Farbiger mit auffälligen Ringen im Ohrläppchen. Der neben dem Fahrer diskutiert mit dem hinter ihm Sitzenden irgendeine Streitfrage. Meine Banknachbarn mischen sich immer wieder ein. Das Amerikanisch der Männer ist mir nicht sehr geläufig, sie verschlucken ganze Wortteile.

Während der Wagen zügig die Ebene durchmisst, versuche ich, das gerade Erlebte zu verstehen. Der Taxifahrer im Wagen vor uns hat mir auf Deutsch geantwortet! In meinen Augen ist es nun völlig klar: Er hat Leila beim israelischen Geheimdienst denunziert, während sie bei ihrer Schwester war. Eine halbe Stunde reichte aus, um am nachfolgenden Checkpoint zum Westjordanland alles für ihre Festnahme zu richten. Ins Gesicht soll er mir sehen, der Mann! Ablesen an seinen Augen will ich es. Da fällt mir ein: Der Mann las in einer arabischen Zeitung! Ist er also ein in Israel lebender Araber? Wieso versteht er Deutsch? Warum sollte ein Araber eine Palästinenserin ans Messer liefern?

Der Verkehr wird dichter. Ganz offensichtlich fahren wir wieder zurück nach Tel Aviv, in die Richtung, aus der ich gerade kam. An den Ampelkreuzungen staut es sich nur leicht. Noch ist das andere Taxi vor uns, doch jetzt überholt uns ein Lieferwagen und schiebt sich kess zwischen uns. An der folgenden Ampel hat er dann, schwer beladen mit Obstkisten, nicht genug Kraft, hindert uns am Aufschließen. Der Abstand wird größer. Unser Fahrer weiß ja nichts von meinem Verfolgungswunsch, doch ich beruhige mich mit der Vorstellung, dass beide Gruppen, da sie zusammengehören, dasselbe Ziel haben. An der nächsten Ampel stoppt der Lieferwagen vor uns bei Rot, wir kommen hinter ihm zum Stehen.

Der alte Mann mit seinem Taxi hat es noch geschafft. Er entschwindet meinem Blick, während der Querverkehr die Kreuzung überflutet. Als wir schließlich bei der Strandmeile ankommen und zu einem der hohen Hotelkästen einbiegen, ist das Objekt meiner Verfolgung nicht mehr zu sehen. Vor dem Hoteleingang steht ein weiteres Taxi, wartet, die Amerikaner, die vorhin einstiegen, sind allerdings längst im Hotel verschwunden. Mir scheint, es ist ein anderer Wagen, ich kümmere mich noch kurz um die Bezahlung meines Anteils an der Fahrt, aber der Mensch, der während der Fahrt lautstark diskutierte, lehnt dankend meine Beteiligung ab, die Rechnung ist beglichen.

Als ich ans Fenster des anderen Taxis trete, bin ich enttäuscht.

Ein Mann mittleren Alters ist gerade mit dem Funkgerät beschäftigt. Es bleibt mir keine Bedenkzeit, schon hat auch er seinen Wagen in Gang gebracht und entschwindet. Alle Mühe war vergebens. Ich sehe mich um. Ein riesiger Kasten. Hunderte von Balkonen, Hunderte von Zimmern. Ein Tagungszentrum vom Feinsten. Wie automatisch trete ich durch die Drehtür. Die Gruppe, mit der ich kam, steht in der schmucken Halle am Empfangstresen. Kristalle, Fauteuils, Kellner und Pagen, livriertes Personal. Eine Geschäftszeile mit Zeitungen, Schreibwaren, Souvenirs. Ein Friseursalon, Schmuck, eine Modeboutique. Internationales Publikum. An den jungen Amerikanern vorbei, die gerade einen Willkommenstrunk gereicht bekommen, gehe ich die Ladenstraße entlang, bleibe hier und da stehen. Dann kaufe ich ein T-Shirt, schwarz mit goldfarbenem Aufdruck – für Eva, denke ich gewohnheitsmäßig. Dann erst fällt mir ein, dass ich sie vielleicht nicht wiedersehe, wir uns ja getrennt haben.

Eine der Postkarten zeigt die Hotelfront vom Meer aus, und es scheint mir, als sei es gerade die Stelle, an der ich mit Noami an jenem Morgen auf einem Felsen saß, am ersten Tag unserer Rundreise in der vergangenen Woche. Ich kaufe zwei davon. Dabei stelle ich fest, dass ich dringend Geld wechseln muss. Meine Schekel sind zur Neige gegangen.

Nach dem Verlassen des Hotels überquere ich die stark befahrene Strandstraße, die in der Mitte durch eine bepflanzte Rabatte in zwei breite Fahrströme aufgeteilt wird. Ich gehe über eine gepflegte Wiese und stehe kurz darauf genau an der Stelle, wo ich Noami auf dem Fels zu umarmen versuchte. Es kommt mir vor, als sei es eben gewesen, und ich setze mich mit Wehmut auf den Stein, verweile einen Moment, blicke auf das Meer, wo die Möwen schwimmen. Auch die Angler sind wieder da. Es ist verrückt: Eva, die mir vertraut ist, wie sonst kein Mensch auf dieser Welt, hat mich in all den Jahren nicht einmal an Heirat denken lassen. Jetzt gebe ich mich als Verlobten einer völlig Fremden aus. Gleichzeitig hat mir eine Dritte gehörig den Kopf verdreht. Wie soll das enden?

Ich schreibe auf eine der beiden Postkarten:
Noami, warum können wir nicht einfach so tun,
als seien wir allein auf der Welt?
Joachim

Dann adressiere ich, welcher Teufel reitet mich, die Karte an das Luftwaffenmuseum bei Be'er Sheva. Der Zettel mit Noamis Adresse liegt natürlich in Jerusalem, auf meinem Nachttisch im Hospiz. Die Anschrift ist völlig unvollständig:
Noami Rosenbaum – Air Force Museum – Be'er Sheva.
Sie wird, da bin ich sicher, nie ankommen! Dennoch muss ich jetzt von hier ein Signal meiner Liebe und Leidenschaft für die junge Frau, die ich so schmerzhaft begehre, aussenden. Möge die Karte von dieser Stelle, wo ich von meinen Gefühlen zu ihr überwältigt werde, irgendwo im Nichts verschwinden. Die Karte ist, genau genommen, gar nicht an Noami persönlich gerichtet, vielmehr ist sie ein Aufschrei gegen die Ungerechtigkeit der Geschichte, gegen die Rache an den Enkeln!

Ich werfe ein paar von den Steinchen ins Wasser, wie Noami es tat. Die Brandung rauscht heute stärker als zuvor, und es weht ein kühler Wind. Der Himmel ist verhangen. So stehe ich schnell wieder auf und gehe zum Hotel zurück.

Was soll ich nun tun? Das Taxi ist verschwunden. Ich betrete erneut die Empfangshalle. Geld muss ich wechseln, und die Karte werde ich an der Rezeption abgeben. Ich frankiere sie und trete an den Tresen.

Eine junge Frau nimmt die Karte entgegen, ich spreche Englisch mit ihr. Der Kollege nebenan ist emsig mit einem Faxgerät beschäftigt. Als ich äußere, dass ich auch Geld wechseln möchte, verweist die junge Frau mich an ihn. Er schaut mich nicht merklich an, sagt aber auf Deutsch: „Einen Moment bitte!"

Tragen wir Deutschen unsere Nationalität auf den Leib geschrieben? Ist es mein helles, blondes Haar, das mich ausweist? Keine Silbe Deutsch habe ich hier gesprochen! Könnte ich nicht auch Holländer, Amerikaner, Däne sein?

Vielleicht gibt es, so schießt es mir durch den Kopf, auch

eine Form des rassenmäßigen Erkennens, die von uns selbst unbemerkt abläuft, da wir hellhäutigen Nordeuropäer zu sehr in der eigenen Hemisphäre verhaftet sind, um unsere Typik selbst erkennen zu können?

Während ich solchermaßen sinniere, wendet sich der junge Mann am Tresen vollständig ab und verschwindet schnellen Schrittes mit dem Fax in einem Hinterzimmer. Das ist doch wohl keine Absicht, oder?

Seit ich vor vier Jahren in Athen von einem Bananenhändler auf dem Markt demonstrativ nicht bedient wurde, bin ich in dieser Hinsicht empfindlich geworden. Seinerzeit war ich über den zentralen Wochenmarkt gegangen und hatte mich in die Reihe der Athener Bürger gestellt und eine der auf dem Wagen liegenden Bananenstauden ausgewählt, um sie dem Verkäufer zum Abwiegen zu reichen und sie zu bezahlen. Als ich an die Reihe kam, griff der dunkelhaarige Verkäufer an mir vorbei zur Staude des Hintermannes. Er ignorierte einfach meinen Kaufwunsch, überging mich, als sei ich nicht anwesend. Gekränkt und voller Fragen nach den Gründen für dieses national-rassistisch motivierte Verhalten hatte ich die Bananen an ihren Platz zurückgelegt und war gegangen.

Der junge Mann am Tresen kehrt zurück, wendet sich aber immer noch nicht mir zu, sondern muss zuerst eine Durchschrift oder ein Formular umständlich in ein Fach sortieren. Dann spricht er noch ein paar Worte auf Hebräisch mit seiner Kollegin, bevor er fragt: „Was wollen Sie tauschen?"

Ich nenne ihm den Betrag, er rechnet und gibt mir mein Geld. Unmerklich und deshalb nicht nachweisbar fühle ich mich auch hier durch die Verzögerungen in unfreundlicher Weise behandelt. Da er mich auf Deutsch ansprach, muss ich es auf meine Nationalität beziehen.

Warum, so denke ich, soll es mir hier eigentlich anders ergehen? Vielleicht war sein Verhalten, objektiv gesehen, gar nicht provokativ-geringschätzig, sondern lediglich der Habitus eines sich ganz normal verhaltenden Angestellten, der es nicht nötig hat, dem fremden Bankkunden, den er nur einmal in seinem Leben sieht, besondere Aufmerksamkeit zukommen zu lassen. Vielleicht bin ich wirklich zu sensibel für die vermeintliche Geringschätzung, überempfindlich und leicht kränkbar.

Draußen entschließe ich mich, am Ufer entlang in Richtung Jaffa zu gehen, um nachzuholen, was ich mit Noami an jenem Tag in der vergangenen Woche hier gern getan hätte. Sie hatte ihr zeitlich gedrängtes, umfassendes Besichtigungsprogramm für mich im Kopf gehabt, wollte mir unbedingt im Museum weitere geschichtliche Fakten vor Augen führen.

So gehe ich allein am Strand entlang, stelle mir dabei vor, mit Noami Hand in Hand auf die historischen Stätten bei Jaffa hin zu schlendern.

Über den gehäuften Unrat, der sich auch hier, nur wenige hundert Meter entfernt von den Wohnstätten der Tourismusbranche, in der Uferzone angesammelt hat, bin ich erstaunt. Tausende von Plastikflaschen, Kanister, Reifen, Glasbehälter, Papierreste, Holz, Teer, Schutt. Ich fotografiere den Müll, der symbolträchtig bis ins Meer reicht vor der Hotelkulisse im Hintergrund. Der Umweltschutz hat sich hier noch nicht als tragendes Prinzip durchgesetzt, zu viele andere Prioritäten beschäftigen die Region, Sicherheit kommt vor Schönheit und Umwelt.

Dann steige ich die Treppenstufen vom Strand zu den Häusern des alten Jaffa empor. Zwei Brautpaare werden gerade von Fotografen vor eindrucksvoller Kulisse in Pose gebracht. Die Bräute in ihren weißen Rüschenkleidern mit Spitzenschleppen sind prachtvoll anzusehen. Die Bräutigame wirken in ihren schlichten Anzügen daneben eher wie Statisten. Doch tragen sie beide eine kleine Kippah auf dem Hinterkopf, die sie als Juden ausweist. Aus den Augen der Bräute funkelt der Stolz über den historischen Augenblick. Zurechtgeschminkt, frisiert, außergewöhnlich gekleidet, soll der Tag als Foto für die Nachwelt konserviert werden. Die Bräutigame und die Fotografen scheinen mir austauschbar, doch die Bräute sind einzigartig.

Noami, die ich in Gedanken versunken noch immer an der Hand halte, bleibt mit mir stehen, um das Treiben zu beobachten. Wird sie dereinst als Braut so posieren? Wird es auch hier sein, oder irgendwo anders auf der Welt? Und wie wird der Bräutigam heißen?

Ich besinne mich auf die Zeit und das heißt, ich muss an die Rückfahrt nach Jerusalem denken. Ich schaue mich um und stoße ein paar Schritte weiter auf einen Stand wartender Taxen. Schnell steige ich in den ersten Wagen in der Reihe. Am Steuer sitzt mein gesuchtes Verfolgungsopfer. Jetzt entkommst du mir nicht mehr!

„Zum Flughafen!" sage ich auf Deutsch und nehme vorn neben ihm Platz. Er fährt sogleich los.

„Wo ist ihre schöne Freundin?" fragt er mich unumwunden. Sein Tonfall ist unbedarft und beiläufig. Ganz offensichtlich erkennt er mich noch nach Tagen und hat die Unverfrorenheit, genau den entscheidenden Punkt anzusprechen!

Gleich wird eine Sicherung bei mir durchbrennen!

Ich spüre, wie meine Wut aufsteigt, packe ihn am Revers, – dass der Wagen fährt, stört mich nicht dabei –, schreie ihn an: „Du hast sie zuletzt gesehen! Wo hast du sie hingebracht? Sag es, du Schuft!"

Er steigt auf die Bremsen. Fast fliege ich gegen die Scheibe. Erschrocken starrt er mich an, kämpft um Luft, ich lasse ihn los.

„Sind Sie verruckt?" japst der Alte. „Mit dieser jungen Frau habe ich nichts zu tun, was ist mit Ihnen?"

„Du hast sie gefahren, wohin hast du sie gebracht?"

„Zu der Ort Abu Tor, dann bin ich fort."

„Du hast sie verraten!" schreie ich, hinter uns hupt ein Wagen, denn wir versperren den Weg. Der alte Mann gibt beruhigende Zeichen und fährt sein Auto an den Straßenrand, wo er den Motor abstellt.

Mit ängstlich besorgtem Blick schnappt er:

„Was ist passiert, junger Mann? Haben Sie ihre Freundin verloren?"

„Das weißt du doch ganz genau", zische ich, noch immer hoch erregt. Sollte ich ihm etwa alles nur unterstellen, ihn zu Unrecht beschuldigen?

„Ich weiß nicht", fährt er fort, „ich konnte nicht bleiben in Abu Tor. Sie hat gesagt, ich soll eine halbe Stunde warten, aber ich musste fort." Seine Stimme überschlägt sich fast. Er merkt wohl, was mir die Auskunft bedeutet. „Habe Kollege gesagt auf Funk, soll in eine halbe Stunde kommen und junge Frau holen für das bringen nach Ramallah Checkpoint."

„Dann hast du sie also nicht weiter gefahren?"

„Nein, sicher nicht, bin zurück nach Tel Aviv."

Ich bin verwirrt, doch ich merke, dass ich mich wohl bei ihm entschuldigen muss. Wenn es stimmt, was er sagt, habe ich ihm Unrecht getan.

„Leila ist verschwunden. Sie kam nicht bei ihren Eltern an", sage ich und füge hinzu: „Es tut mir leid. Ich dachte..."

„Sie dachten...? Ich bin Araber! Ich werde nicht palästinensische Frau etwas zuleid tun. Ich habe denken, Sie beide sind schöne Paar. Habe Sie immer im Spiegel angesehen. Habe dacht, wie schön, dass ich Ihre Sprache verstehen. Müssen wissen, meine Frau ist aus Deutschland. Hat arbeitet bei das Deutsche Reisebüro in Israel. Dann hat sie geheiratet mich. Ich bin Chef von Taxi. Habe drei Wagen. Fahre selbst. Aber wo kann sie sein, Ihre Freundin?"

„Das möchte ich auch wissen! Nun bringen Sie mich zum Flughafen!"

„Ich bringe Sie zu Busstation. Sie wollen doch nach Jerusalem?"

Sieben

Eine stille Beklommenheit liegt auf den Fahrgästen in diesen Tagen. Seit den jüngsten Bombenattentaten auf Busse meiden viele Menschen dieses Verkehrsmittel. Als ich gegen achtzehn

Uhr den Bus von Tel Aviv nach Jerusalem verlasse, ist mir wohler. Die Zeitung berichtet heute über den Bürgermeister New Yorks, der gestern mit seinem Jerusalemer Amtskollegen gemeinsam im Bus der Linie achtzehn saß. Sie fuhren zur selben Tageszeit mit derselben Linie, die vor wenigen Tagen vierundzwanzig Menschen das Leben kostete. Manche Politiker haben einen ausgeprägten Sinn für Symbolik, vor allem in Wahlkampfzeiten. Den Familien, die Opfer zu beklagen haben, drückte er bei einem Treffen Zuneigung und Mitgefühl „aller New Yorker und Amerikaner" aus.

Die Altstadt betrete ich wieder am Jaffator. Der Weg durch die abschüssige Davidstraße mit ihrer bunten Vielfalt an Läden ist mir jetzt schon sehr vertraut. Ich gehe aber nicht wie sonst die Bar El-Silsileh hinunter, um dann nach links in die El-Wad abzubiegen, die mich zum Hospiz führt, sondern ich betrete wie einer Eingebung folgend eine kleine Seitenstraße zuvor und komme so durch ein Viertel, das ich noch nicht kenne. Aqabat El-Khalideh steht auf einem Schild. In ihrem unteren Teil ist die Straße leicht ansteigend, in ihrem oberen ein Treppenweg von vielleicht hundert Metern Länge. Von einem Torbogen am oberen Ende aus führt sie bis zum westlichen Zugang des Tempelbergs.

Eine junge arabische Frau tritt gebückt aus dem Hauseingang zur Rechten, gleich hinter dem Bogen. In der einen Hand hält sie einen roten Wassereimer, gießt ein wenig von dem Nass auf den Boden und fegt mit einem kurzen Strohbesen, den sie in der anderen Hand bewegt, den Kehricht aus der Wohnung auf die Straße und von dort die Stufen hinunter. Für die Entsorgung der Straße sind andere zuständig.

Der Treppenweg aus Granitstein wird in der Mitte von einer schmalen Fahrspur für Karren, Kinderwagen, Rollstühle und andere Hilfsmittel durchzogen. Die Häuser dieser Straße sind allesamt aus Naturstein. Über die Jahrhunderte wurden sie erweitert, umgebaut, teilweise abgerissen, zerstört, renoviert, restauriert und stets von Besitzer zu Besitzer nach dessen Nutzen und Geschmack eingerichtet. Nach außen schmucklos, Fenster festungsartig nur im Obergeschoss, haben sie zu ebener Erde eine stabile Holz- oder Eisentür ohne Durchblick, an manchen ein Rollo oder Klappladen zum Verschluss der wenigen arabischen Geschäfte, die noch verblieben sind. Es ist dem Charakter nach eher eine Wohnstraße.

Drei arabische Frauen kommen mir entgegen, sie tragen weiße Kleider, darüber kapuzenartige Umhänge, die bis zur Taille reichen und nur durch ein schmales Oval den jungen Gesichtern Ausblick in die Welt gewähren. Drei orthodoxe Juden in schwarzen Mänteln, mit langen Bärten und breitkrempigen Hüten über ihren gedrehten Haarlocken steigen vor mir eiligen Schrittes die Stufen hinab. Ihnen begegnet ein Herr in dunklem Anzug mit hellem Hemd und Krawatte. Er kommt direkt auf mich zu, schaut hoch und wir erkennen uns: „Professor Nebi!" rufe ich erfreut, „was treibt Sie hierher?"

„Ich wohne hier, junger Freund", entgegnet er lachend.

„In dieser Straße?"

„Ja, hier vorn ist mein Elternhaus. Ich habe es von meinem Vater übernommen."

Er klemmt seine schwarze Aktenmappe, die er in der Rechten trug, unter den linken Arm und fasst mich um die Schulter: „Kommen Sie mit mir, meine Frau wird sich freuen, seien Sie unser Gast." Dann zieht er mich wieder die Stufen zurück, von wo ich kam. Er duldet keinen Widerspruch.

Wir betreten einen kleinen Hinterhof, der von der Straße aus nur über einen verschließbaren Durchgang zu erreichen ist. Von hier führen Treppchen zu den verschachtelten und verwinkelten Zugängen der angrenzenden Häuser. Der Begriff Haus ist irreführend, da er wegen der komplizierten Eigentumsverhältnisse eher die verschiedenen Wohneinheiten meint. Wir betreten das Eigentum des Professors über eine Treppe und ein Podest, auf dem Wäsche zum Trocknen hängt, es liegt ganz im Hinterhof, wobei der Eingang sich in Höhe des ersten Stockes befindet.

Frau Nebi ist die typische Mama des erwachsenen Mannes. Den Professor erwartet totale Umsorgung. Sie begrüßt uns freundlich, nickt mir lachend zu, Englisch spricht sie nicht. Mein Gastgeber wechselt einige arabische Worte, worauf sie lachend nickt und in einem der angrenzenden Zimmer verschwindet. Er wechselt die Schuhe, zieht eine bequeme Jacke an und fordert mich sogleich auf, ihm in sein Arbeitszimmer zu folgen.

Um in dieses Heiligtum zu gelangen, besteigen wir eine kleine Wendeltreppe am Ende des Flures. Nach deren Erklimmen öffnet sich ein Raum von besonderem Reiz. Die Grundform ist die eines Oktogons mit einem Durchmesser von vielleicht zehn Metern. An vier Wänden befinden sich Regale, die über und über mit Büchern gefüllt sind. Die vier anderen Wände sind mit Fenstern und einer Tür ausgestattet.

Dieses pavillonähnliche Bauwerk aus Holz steht offensichtlich auf dem Flachdach seines Hauses, ringsum die antennenbewehrten Dächer der dicht an dicht stehenden Gebäude. Ich schaue mich um und bin begeistert von dieser Oase des Rückzuges.

Ein kleiner Schreibtisch steht vor einem der Fenster, der Blick führt, ich bin entzückt, genau auf den erleuchteten Felsendom. Der Platz, das ist mir sofort klar, ist unbezahlbar. Professor Nebi lächelt: „Das haben Sie nicht gedacht? Ich nenne es meinen Turm. Vor zehn Jahren ließ ich ihn bauen. Hier arbeite ich. Meine Vorlesungen und die wissenschaftlichen Aufsätze und Bücher, die ich schreibe, entstehen hier."

„Was ist Ihr Gebiet?" frage ich, und es wundert mich, dass ich es nicht schon früher, auf unserer Fahrt nach Bir Zeit, wissen wollte.

„Ich bin Ökonom", antwortet er wie beiläufig. Ein Wirtschaftswissenschaftler also, somit ein Mann, dessen Kenntnisse für die Zukunft des Palästinenserstaates und dessen Entwicklung ganz sicher von Bedeutung sind.

„Setzen Sie sich, mein Freund", lädt er mich mit freundlicher Handbewegung ein und deutet auf zwei gepolsterte und bestickte rote Brokatsesselchen, die mit einem runden Tisch aus gleichem, hellem Holz vor den Bücherwänden stehen.

Ich nehme Platz und schaue mich um. In der Mitte des Raumes kommt aus dem Fußboden die Wendeltreppe, die an ihrem umlaufenden Rand mit einer schützenden Reling aus dunklem Holz umgeben ist. Der Raum ist hoch, wohl so hoch wie breit, die Wände gehen an ihrem oberen Abschluss in gleichschenklige Dreiecke aus Gebälk über, die einer Haube gleich spitz an einem zentralen Punkt in der Mitte sich verbinden. Allerlei Schmuckwerk und Reiseandenken hängen unter der hohen Decke. Auch über der Fensterseite befinden sich die gleichen dunklen Holzregale wie auf der Seite vis-a-vis, wo wir sitzen. Wohl Hunderte von Büchern und Schriften sind sorgfältig aneinander gereiht oder gestapelt. Dazwischen stehen kleine Figuren und Nippes.

Bevor ich mich in Einzelheiten vertiefen kann, erscheint die Frau des Hauses auf der Treppe, ihr Kommen wird durch stapfende Schritte auf den Eisenstufen zuvor schon angekündigt. In der Hand hält sie ein silbernes Tablett mit zwei Mokkatassen und einem Schälchen mit Gebäck. Nebi lächelt ihr freundlich zu und legt, als sie ihre Fracht auf dem Tischchen abstellt, seine Hand liebevoll auf ihre Hüfte. Die noch recht junge, etwas mollige Frau hat ein frisches, ansprechendes Äußeres. Sie ist unverschleiert. Sie hat wohl mein Alter, ist höchstens Anfang dreißig. Sie trägt ein stilvolles Gewand aus seidigem Stoff in Braun-, Ocker- und Altrosatönen, ornamental gemustert.

Sie bleibt einen Moment neben ihrem Gatten stehen, schaut mich mit ihren dunklen Augen freundlich an, und Nebi sagt: „Leila ist mein Sonnenschein. Ohne ihre Hilfe und Unterstützung wäre meine Arbeit nicht möglich." Sie schauen sich lächelnd in die Augen, wechseln ein paar arabische Worte, und schon verhallen Leilas Schritte wieder auf der Treppe. Seltsam die Namensgleichheit, denke ich, doch ist der Name Leila in der arabischen Welt weit verbreitet.

„Professor, Sie sind sehr freundlich zu mir, einem Fremden", beginne ich behutsam, „Sie haben mich nach Bir Zeit gebracht, und nun laden Sie mich in Ihr Haus ein?"

„Ich denke, ich muss Ihnen einiges erklären", eröffnet er mir. „Es ist gut, dass wir uns trafen auf der El-Khalideh. So habe ich Gelegenheit, Ihnen die Wahrheit zu sagen."

„Die Wahrheit? Welche Wahrheit?" Ich schaue ihn erstaunt an. Professor Nebi hebt seine Mokkatasse mit der Rechten an den Mund, mit der Linken fasst er den Teller und führt ihn zum Schutz der Tasse hinterher, nippt genüsslich an der schwarzen Brühe, stellt die Tasse auf den Teller und beides auf den Tisch zurück. Dann erst antwortet er: „Ja, ich kenne Leila Sarahna. Ich traf sie in einer Sitzung des Universitätskonvents im vergangenen Jahr." Er macht eine bedächtige Kunstpause. Dann erklärt er mir, dass er von Omar gewusst hat, wen ich suche. Die Universitätsleitung und die Professoren sind informiert über das Verschwinden der hoffnungsvollen Nachwuchswissenschaftlerin. Leila arbeitet in Deutschland an einem wichtigen Forschungsvorhaben, das auch für die künftige Entwicklung der palästinensischen Wirtschaft von Bedeutung sein könnte. Es liegt vor uns noch ungeheuer viel", erklärt Nebi.

Da er seinen Mokka getrunken hat, erhebt er sich nun und beginnt, beim Sprechen auf und ab zu gehen: „Es gibt zwei wichtige Bedingungen für uns, ohne diese wird Heimat für uns Palästinenser keine Bedeutung haben. Das eine sind demokratische Strukturen, das andere ist wirtschaftliche Entwicklung. Sie hängen zusammen, denn mit Armut wird es keine demokratischen Strukturen geben. In beiden Bereichen sind wir aber noch unter null."

„Es gab aber im Januar doch schon erste demokratische Wahlen", werfe ich ein. Der Professor geht nun dozierend im Kreise um die Treppe: „Wir hatten eine Wahlbeteiligung um achtzig Prozent! Dabei wurde die hohe Akzeptanz für den Frieden sichtbar. Aber wir sind noch lange keine demokratische Gesellschaft, das Individuum spielt immer noch die Hauptrolle. Arafat, der die Wahl haushoch gewann, herrscht weiterhin gern allein. Er wird noch nicht durch Institutionen abgebremst. Er wird sie uns nicht schenken, wir müssen sie erkämpfen."

Er bleibt stehen, greift eine Packung filterloser Zigaretten vom Regal und verbreitet kurz darauf seinen Qualm im Turm. Dann setzt er seinen Weg in entgegengesetzter Richtung fort: „Die politische Situation ist sehr, sehr schwierig. Wir erleiden immer noch die Macht der Israelis mit großen Verletzungen der Menschenrechte in unserem Gebiet. Das ist Banditenarbeit! Nur die gewählte, legitime Autorität ist zu akzeptieren. Aber unsere eigenen Polizisten sind noch nicht lange in ihrem Job. Es sind die Kämpfer aus der Wüste, die man in Uniformen gesteckt hat. Die palästinensische Autorität muss wissen, dass sie unsere Rechte nicht verletzen darf. In einem demokratischen Rechtsstaat dürfen Gesetze auch nicht gegen Extremisten verletzt werden. In den Köpfen existiert aber schon eine kleine Diktatur. Deshalb haben wir eine Wende vor uns gegen die eigene Regierung."

Bei den letzten Sätzen wurde seine Stimme immer emphatischer. Nun bleibt er am Schreibtisch stehen, drückt die Zigarette aus, die er bei seinem Rundgang in immer tieferen Zügen inhaliert hatte. Dann stellt er mir eine Frage: „Haben Sie Ahnung von Gentechnik?"

„Wieso fragen Sie?" entgegne ich erstaunt.

„Leila erforscht bakterielle Infektionskrankheiten bei Pflanzen", sagt Nebi und zieht bedeutungsvoll die buschigen Augenbrauen hoch. „Sie hatte erste Erfolge und stand kurz vor dem Durchbruch bahnbrechender Erkenntnisse in der Biochemie bei ihrem Professor in Deutschland."

„So hat ihr Verschwinden vielleicht mit ihrer Arbeit zu tun?" frage ich ungläubig erstaunt und bekomme darauf keine Antwort.

Die Sache gewinnt an Brisanz! Hatte Mister Haschasch von diesen Zusammenhängen gestern nichts gewusst? Oder hält man mich von wichtigen Informationen fern und benutzt mich wie eine Schachfigur in diesem Spiel?

„Was Sie da sagen, ist sehr erstaunlich für mich", fahre ich fort. „Gestern habe ich in Bir Zeit den Sekretär der Universität und die Schwester von Leila mit einem Freund getroffen. Sie haben mich dazu bewegt, mich bei der Deutschen Botschaft als den Verlobten von Leila auszugeben."

„Aha", sagt der Professor mit funkelndem Blick, so als komme ihm eine wichtige Erkenntnis. Doch als ich nachhake, weicht er mir aus: „Die Dinge sind sehr kompliziert zur Zeit. Es gibt allein bei uns neun verschiedene Geheimdienste. Alle arbeiten unabhängig voneinander. Es ist ein einziges, großes Verwirrspiel."

„Herr Professor", fordere ich ihn auf, „nun sagen Sie mir bitte endlich die Wahrheit: In welches Szenario bin ich da hineingeraten?"

„Kommen Sie, junger Freund, das Essen ist jetzt fertig, und wir wollen die Hausfrau doch nicht warten lassen", entgegnet er mit wissendem Lächeln und fasst mich wie zuvor auf der Straße väterlich liebevoll um die Schulter.

Das Abendessen wird in einem großen Raum im oberen Geschoss eingenommen. Es besteht aus mehreren Gängen. Zuerst werden Früchte gereicht, dann folgt ein scharf gewürztes Reisgericht, dessen Einlagen ich nicht alle identifizieren kann. Sowohl Fleischstücke als auch Gemüseteile sind enthalten. Zum Schluss wird eine süße Creme mit steif geschlagenem Eischnee serviert.

Am Tisch sitzen neben dem Professor, seiner Frau und mir noch zwei halbwüchsige Töchter, etwa zwölf und vierzehn Jahre alt. Sie verfolgen unsere Unterhaltung mit Interesse, lernen sie doch, wie der Professor betont, Englisch in der Schule. Nur seine Frau scheint nichts von den Inhalten des Gespräches zu verstehen. Doch folgt sie mit ihren weit geöffneten braunen Augen aufmerksam jeder Geste und Mimik ihres Gatten und lässt hin und wieder die schneeweißen Zähne ihres breiten Mundes glänzen, besonders, wenn er nachhaltige Kommentare abgibt. Zwischendurch geht die Hausfrau immer wieder in die Küche, um die vorbereiteten Speisen hereinzuholen, die Teller zu wechseln oder uns mit Getränken zu versorgen. Der Wein, von dem reichlich nachgegossen wird, ist dunkel und schwer, dabei sehr süffig im Geschmack.

Beim Essen unterhalten wir uns über belanglose Themen, zum Beispiel über die Verhältnisse in dieser Straße. Zu gern hätte ich Antwort auf meine zuvor geäußerten Fragen von ihm erhalten, doch mit Rücksicht auf seine Töchter will er jetzt wohl nicht über die große Politik und schon gar nicht über die finsteren Winkelzüge der Geheimdienstaktivitäten in diesem Land sprechen. Also reden wir über den Alltag der Bürger.

Die Aqabat El-Khalideh liegt in jenem umstrittenen Bereich Ostjerusalems, der zwischen Juden und Arabern zu häufigen

Auseinandersetzungen führt. „Nationalreligiöse Juden kaufen hier seit einigen Jahren systematisch Grundstücke auf und ziehen im moslemischen Viertel ein", erklärt mein Gastgeber.

„Sie fragen die Araber, die hier wohnen, ob sie ihr Haus verkaufen wollen. Aber für einen Araber ist es eine schlimme Schande, sein Haus zu verkaufen. Es ist so, als würde er seine Frau verkaufen."

„Hat man Sie auch schon gefragt?" möchte ich wissen.

„Natürlich", entgegnet er, „sie bieten hohe Preise. Sie kommen von überall her, manche aus dem Ausland, und wollen sich hier einnisten. Das ist ihre Strategie. Sie unterwandern das Moslemviertel, so wie sie es mit ihren Siedlungen im ganzen Land machen."

„Sie schmeißen ihren Dreck auf die arabischen Häuser", mischt sich auf Englisch die jüngere der beiden Schwestern ein. Der Vater wirft ihr einen zustimmenden Blick zu.

„Die Eigentumsverhältnisse sind in der Tat schwierig hier", fährt er fort. „Ich wurde in diesem Haus geboren. Es gehörte meinem Vater. Juden, Christen und Moslems lebten früher in Eintracht zusammen. Zuerst waren die Araber hier, aber 1840 kamen erste jüdische Siedler, und um die Jahrhundertwende lebten bereits über fünftausend Juden im Moslemviertel. Mehr als die Hälfte der Bewohner unserer Straße waren Juden. Sie brachten wirtschaftlichen Aufschwung und Wohlstand hierher."

„So bestand nicht immer Feindschaft zwischen Ihnen?" will ich wissen.

„Nein", entgegnet der Professor, „man lebte früher friedlich beieinander. Als Kind habe ich mit anderen Kindern verschiedener Religionen gespielt. Den Hof teilen sich jetzt drei jüdische und zwei arabische Familien. Wir wohnen dicht beieinander, doch heute sind wir getrennt. Die politische Lage lässt uns in Feindschaft verharren."

„Alles hat Wurzeln in der Geschichte", sagt er und löffelt genüsslich das Dessert.

Ich wehre dankend ab, als er mir noch einmal Wein nachschenken will. Wir haben zu zweit bereits die zweite

Flasche geleert. Langsam spüre ich die Wirkung des Alkohols in meinen Füßen. Das bemerke ich dort immer zuerst, bevor er mir zu Kopfe steigt.

„Geschichtlich war es˙ so", fährt der Professor fort, „der Völkerbund hatte Großbritannien verpflichtet, eine nationale Heimstätte für das jüdische Volk zu fördern. Die bürgerlichen und die religiösen Rechte der Araber sollten nicht tangiert werden. Das war eine Auflage. Aber seit 1922 waren die Briten unsere Besatzer. So hat das Volk es erlebt. Jetzt sind es die Israelis. Wir haben zum Beispiel dieselben Preise wie in Israel auch in allen autonomen Gebieten. Wir sind wirtschaftlich annektiert."

Frau Nebi hatte bisher geduldig seinen Worten gelauscht. Auch die beiden Mädchen hatten still gehalten, wenngleich sie ihr passives Englisch trainierten, so waren die Themen ihres Vaters nicht von großem Interesse für sie. Als Leila nun aufsteht, um das Geschirr hinaus zu tragen, schließen sie sich helfend an.

Ob ich noch einen Mokka mit ihm nehme? Gern willige ich ein, denn ich erhoffe mir eine Gegenwirkung zu dem Wein, der nun alle meine Glieder durchströmt. Als ich aufstehe, um dem Professor zu folgen, der mit mir noch etwas auf der nächtlichen Dachterrasse vor seinem Turm sitzen möchte, um beim Anblick des Felsendomes unsere Unterhaltung fortzusetzen, sinkt schlagartig alle Schwere in meine Beine, und mein Kopf scheint leer und hohl; ich habe den Wein unterschätzt. Der kristallene Leuchter beginnt, sich im Kreis zu drehen, und eine bleierne Müdigkeit legt sich über meine Lider. Als ich deutlich zu wanken beginne, bietet mir mein Gastgeber freundlich an, mich zum nahen Hospiz zu begleiten. Die Grenzen meiner Trinktauglichkeit sind erreicht, das wird auch ihm offensichtlich.

Wie ich in meine Herberge gelangte, ist mir jetzt ein Rätsel. Stefan, der wieder in der Nacht von einem Streifzug heimkehrt, schüttelt mich lange, bevor ich ins Leben zurückkehre: „Was ist los mit dir?" höre ich ihn rufen. „Ach mein Kopf! Lass mich doch schlafen!"

Acht

Die Folgen des ausgiebigen Weingenusses am Vorabend hängen mir nach. Ist heute nicht der Tag, an dem ich mich mit Noami treffen will? Beim Frühstück in der Cafeteria stoße ich auf Fredi.
„Na, du bist wohl etwas versumpft gestern Abend?" fragt er mit leicht säuerlicher Mine. „Du warst kaum auskunftsfähig, bist schon um zehn Uhr schlafen gegangen. Dabei habe ich gestern noch eine Weile auf dich am Flughafen gewartet."
„Tut mir leid", sage ich, „die Dinge haben sich gestern sehr heftig entwickelt."
„Wie lange willst du eigentlich noch hier bleiben?" fügt er unverblümt hinzu.
„Willst du mich loswerden?"
„Nein, das nicht, aber die Leitung fragt nach, um wegen deines Bettes zu disponieren."
„Ich kann es dir nicht sagen, Fredi, gib mir Zeit bis morgen, ja?" Er nickt und geht seinen Weg.
Im Gegensatz zu mir ist er mit Arbeit ausgefüllt. In seinen Augen verbringe ich meine Tage mit nutzlosen Beschäftigungen. Obwohl ich ihm bisher keine Einzelheiten mitteilte, ahnt er vielleicht die Verwicklungen, in die ich geraten bin. Auf der einen Seite eine schnelle Liaison mit einer berauschend schönen Israelin, mit der ich Hals über Kopf verreise und die mir noch ins Hospiz nachläuft. Auf der anderen Seite abenteuerliche und undurchsichtige Nachforschungen, die etwas mit einer verschwundenen Palästinenserin zu tun haben. Das passt nicht zusammen und schon gar nicht in sein Weltbild.

Aber seine Frage nach der Dauer meines Aufenthaltes bringt mir in den Sinn, dass ich natürlich seine Hilfestellung nicht grenzenlos in Anspruch nehmen kann. Ich werde auch nicht unbegrenzt in Israel bleiben können. Mein Rückflugtermin ist zwar offen vereinbart, doch bedarf es einer rechtzeitigen Voranmeldung, und auch meine bescheidenen Finanzmittel lassen eine Ausweitung des Zeitrahmens nur in geringem Maße zu. Wenn ich noch etwas für Leila erreichen will, dann muss das in dieser oder spätestens der nächsten Woche geschehen.

Den Rest des Vormittages lasse ich mich durch die bunten Basargassen treiben, gehe einmal bis zum Damaskustor, um danach dem Jaffator zuzustreben. Einen der dort wartenden Taxifahrer frage ich nach dem Preis für eine Fahrt nach Efrat, wo ich für den Abend mit Noami verabredet bin. Dann kehre ich zurück, kaufe unterwegs kandierte Früchte und Sesambrot. Ich gehe in mein Stammlokal, dem Bab El-Hadid. Nach dem üppigen Mahl bei Nebi steht mir jedoch der Sinn nicht nach einer Mahlzeit, so bestelle ich mir einen Kaffee und ein Soda zur restlichen Ausnüchterung.

Als ich die Gaststätte verlasse, treffe ich auf Omar. Er begrüßt mich freundlich, beinahe überschwänglich, und will natürlich wissen, ob ich in der Sache seiner Nachbarin schon über neue Nachrichten verfüge. Ich muss ihn enttäuschen, doch freut es den aufrechten Mann zu erfahren, dass ich gestern in der Botschaft war und man mir zugesagt hat, bei den israelischen Behörden nach Leilas Verbleib zu forschen.

Den Nachmittag nutze ich für Tagebuchaufzeichnungen. Ich will diese unglaublichen Begebenheiten festhalten. Niemand wird mir glauben, dass ich all diese Abenteuer in kurzer Zeit hier erlebe.

Gegen sechzehn Uhr gehe ich erneut zum Jaffator, um nach Efrat zu fahren. Der junge Taxichauffeur kann es gar nicht glauben, dass ich die jüdische Siedlung besuchen will, zweimal fragt er zurück, ob ich nicht doch nach Bethlehem möchte, er ist von Touristen kaum anderes gewöhnt.

Die Fahrt durchs Judäische Bergland verläuft zügig. Wenn man erst einmal Jerusalem verlassen hat, ist die Verbindung über die von Israel gebauten Schnellstraßen vorbildlich.

Vorbei am autonomen Gebiet Bethlehem, den israelischen Straßensperren, die ich schon von Ramallah kenne, diesmal aber nicht durchqueren muss, da die Schnellstraße außen an der Stadt vorbei führt, fahren wir durch das karstige, fast baumlose Hochland.

Schon kurz nach siebzehn Uhr biegen wir von der Schnellstraße, die weiter in Richtung Hebron führt, nach links ab, um die Siedlung Efrat anzusteuern, die festungsartig am Hang liegt. Schmucke Reihenhausketten grüßen schon von weitem, und beim Näherkommen verstärkt sich das Bild einer sehr jungen, modernen Kleinstadt mit mehreren tausend Einwohnern. Der Begriff ,Siedlung' hatte bei mir eine andere Erwartung geweckt. Er kann allenfalls für die Anfangszeit der jüdischen Besiedlung dieser Landstriche gelten.

Der Wagen hält nach meinen Angaben am Gemeindezentrum, einer kleinen Einkaufs- und Versorgungszone im Eingangsbereich der Wohnanlage. Da Noami am Treffpunkt noch nicht zu sehen ist, nutze ich die Zeit für einen Erkundungsgang. Wäre nicht der über die nähere Umgebung hinaus schweifende Blick auf das umliegende Bergland, der mir die exponierte Lage der Stadt verdeutlicht, ich würde glauben, in einer jener deutschen Reihenhaus-Vorstädte zu sein, die es überall in den Bannmeilen unserer Großstädte gibt. Dutzende gleichförmiger Häuser folgen einander. Jedes für sich ist vorzeigenswert. Durch kleine Variationen in den Anbauten und Vorgärten, gemäß der jeweiligen Bedürfnislage der Besitzer mit individueller Note versehen, sind sie deren ganzer Stolz. Dazwischen und auf der anderen Straßenseite größere, einzeln stehende Häuser der etwas besser Betuchten.

Mehrere Häuser in dieser Straße sind im Bau, andere Grundstücke am Ende der Flucht werden gerade erschlossen. Hier wird weitergebaut, hier findet siedlungspolitische Expansion in dem von den Palästinensern für sich reklamierten und durch die Verträge ihnen zugesprochenen Gebiet statt.

Ich betrete neugierig einen der Rohbauten, zu dieser Tageszeit sind keine Bauarbeiter mehr am Ort, steige die unfertigen

Treppenaufgänge hinauf bis ins Dachgeschoss und habe durch das noch unbedeckte Gebälk einen hervorragenden Ausblick über die umliegenden Siedlungshäuser. Ich schaue auf das Tal und den jenseitigen, kahlen Gebirgsrücken. Der Besitzer dieses großzügig angelegten Einfamilienhauses kann gewiss stolz sein auf sein Anwesen. Ich gehe auf dem Rückweg durch alle Räume, und vor meinem inneren Auge erscheint die mögliche Einrichtung und Nutzung. Die Zukunft, so kommt es mir in den Sinn, will überall auf dieser Welt gestaltet werden. Wenn wir leben wollen, gut leben, dann müssen wir etwas dafür tun. Ein Haus bauen zum Beispiel. Aber ist es unerheblich, wo unser Grundstück liegt?

Einen Moment lang stelle ich mir vor, wie es wäre, mit Noami ein solches Haus zu bewohnen. Berufstätig in der faszinierenden, nahen Stadt Jerusalem. Worin könnte bei all den verwirrenden politischen, gesellschaftlichen, religiösen Verhältnissen der besondere Reiz liegen, gerade hier zu wohnen? Die Kinder tagsüber in der örtlichen Krippe und in den Schulen der Siedlung gut versorgt, am Abend Freunde zu Gast, am Wochenende Ausflüge zu den attraktiven Orten, die sie mir zeigte oder in den Süden des Landes zum Baden im Roten Meer. Unmöglich! Dazu gehört eine heftige politische Grundüberzeugung, die ich mir bei aller Israelfreundlichkeit kaum zu eigen machen könnte!

Doch selbst dann wären noch einige Hürden zu überwinden. Auch ein Zusammenleben mit Noami außerhalb der annektierten Gebiete dürfte schwierig sein. Die Sympathie der jungen Frau allein genügt nicht, – das trifft mich schmerzhaft wie ein Stich ins Herz –, selbst wenn ich wollte, hier könnte ich nicht leben, wäre kaum als Mitglied gesellschaftsfähig. Zum Judentum müsste ich übertreten! Was heißt, Glaubensvoraussetzungen anzuerkennen, die mir fremd sind. Das Rabbinat würde mich, so wie ich bin, wohl niemals als Partner einer jüdischen Bürgerin anerkennen. Hebräisch müsste ich lernen! Das wäre nötigenfalls noch zu bewerkstelligen, aber vor allem Noamis Familie müsste mitspielen, denn deren Vorgaben und Setzungen, das ist mir klar, würde sie niemals überschreiten.

Ich gehe die Straße zurück zum Rathausplatz, keine Noami in Sicht. Dann betrete ich einen Kaufmannsladen, der die Waren des täglichen Bedarfs feilbietet. Ich schaue mich um, das Angebot entspricht dem Standard westeuropäischer Läden. Zum Andenken kaufe ich eine Ansichtskarte von der Siedlung. Die Aufnahme ist nicht ganz aktuell, auf den ersten Blick wird deutlich, dass viele neue Häuser hinzugekommen sind. Auch hier ein Beleg für die expansive Bautätigkeit.

Als ich den Laden verlasse, ertönt eine Autohupe von jenseits des Platzes, Noami winkt lachend vom Steuer ihres alten Ford herüber. Ich steige rasch ein und sehe in ihre strahlenden Augen. Freundschaftsküsse links und rechts, – ich spüre deutlich die warme Sympathie.

„Wartest du schon viel?" Sie ist ungewöhnlich pünktlich, kommt sie doch nach Beendigung ihres Dienstes die Strecke vom Süden an Hebron vorbei herauf.

„Es ist gut, dich zu sehen, fast hätte ich vergessen, wie schön du bist!" bemerke ich.

„Du bist eine – wie heißt das – Schmeichler, glaube ich?" entgegnet sie lachend, und ihre makellosen Zähne blitzen mich an.

Ein kurzer, stechender Schmerz in meinem Kopf erinnert mich für den Bruchteil einer Sekunde an den Kater, den ich eigentlich noch in mir trage. Eigentlich bin ich gar nicht aufgelegt, eine solche Visite anzutreten. Aber ich verdränge den Gedanken schnell wieder.

An einem der villenähnlichen Häuser zwei Straßen weiter halten wir an. Noami erklärt mir vorbereitend schnell die Verhältnisse: Ihr Onkel Jaacov, vierundachtzigjährig, ist der Bruder ihrer Großmutter väterlicherseits. Er lebt seit dreizehn Jahren hier mit seiner Frau. Ihre Kinder sind über das Land verstreut.

Wir gehen durch den gepflegten Vorgarten, und schon öffnet sich die Tür. Eine rüstige alte Dame empfängt uns freundlich und führt uns ins Haus. Es ist Noamis Tante, die schon Getränke bereitgestellt hat. Dazu reicht sie eine Platte mit bunt belegten Schnittchen. Wir nehmen in dem großen Wohnraum auf gemütlichen Sesseln Platz, der Onkel ist noch nicht in Sicht. Die Einrichtung mutet heimisch europäisch an, ist von gediegener Eleganz.

Da öffnet sich die Tür und ein kleiner, glatzköpfiger Alter mit sehr lebendigem Blick tritt ein. Er zieht das linke Bein etwas nach, ist aber ansonsten gut zu Fuß. Er kommt gleich auf Noami zu, die ihn umarmt, wendet sich dann an mich und begrüßt mich mit den Worten: „Shalom, seien Sie willkommen hier in Efrat, junger Mann. Die Freunde unserer Kinder sind auch unsere Freunde."

Ich bin froh, zu dieser offensichtlichen Vorstellungsveranstaltung Noamis ein entsprechendes Outfit gewählt zu haben, und es scheint, als komme mein Krawattentick auch hier gut an. Man stellt sich auf mich ein, spricht Deutsch, beherrscht die Muttersprache noch gut und wendet sie wohl auch gern an.

Schnell sind wir bei dem wesentlichen Thema: Die Siedlungsfrage ist für alle, die hier wohnen, von existentieller Bedeutung. Jaacov gibt die Antworten bereits ohne meine entsprechenden Fragen: „Ich bin nicht bereit, auch nicht für eine blöde Politik, mein Haus aufzugeben. Das sogenannte Oslo-Abkommen ist der größte Blödsinn des Jahrhunderts. Ich habe Hitlers ‚Mein Kampf' gelesen, als ich siebzehn Jahre alt war. Die Haare standen mir zu Berge. Hätte damals jemand das alles zur Kenntnis genommen und etwas Wirkungsvolles unternommen, um es zu verhindern, er hätte Millionen Menschen gerettet. Heute gibt es ein palästinensisches Manifest, in dem Herr Arafat genau seine Absichten bekundet. Ich nehme es zur Kenntnis. Ich werde alles tun, um es zu verhindern, auch wenn es gegen die Absichten meiner heutigen Regierung ist."

„Aber es ist doch Absicht, das Manifest zu ändern", halte ich entgegen. In den letzten Monaten hatte ich mich gründlich mit allen Nachrichten, die sogenannte Nahostprobleme betrafen, beschäftigt.

„Was man aus taktischen Gründen aufschreibt oder wegstreicht, ist mir egal. Ich glaube dem Herrn Arafat in dem, was er gesagt hat. Ich glaube ihm viel mehr, als ich meinem Premierminister glaube. Er hat gesagt, dass er ganz Palästina haben will. Und wenn das nicht geht, dann will er eine Stufe nach der anderen haben. Sie veranstalten da gerade ein Theater in Sharm el Sheikh. Es ist eine öffentliche Demonstration gegen den Terror. Alle Welt trifft sich mit dem Oberterroristen. Gerade erst hat er den Oberbombenbauer in Gaza mit Salutschüssen begraben, jetzt ist er auf einmal gegen Terror! Und alle glauben ihm das! In seiner Polizeitruppe gibt es Leute, die nach dem sogenannten Frieden noch Juden ermordet haben."

„Sie haben großes Interesse an den politischen Ereignissen hier bei uns?" fragt die alte Dame an mich gewendet. Offenbar tut sie es mit der Absicht, ihren Mann etwas zu bremsen. Der hat sich in der ihr bekannten Weise schnell in eine Erregung gesteigert, die ihm nicht gut tut. Vielleicht ist es aber gerade die hautnah erlebte, die erkämpfte Realpolitik, die den Kern seiner Lebendigkeit ausmacht. Und bevor ich der Frau auf ihre Frage antworten kann, setzt er sich darüber hinweg und fragt mich seinerseits:

„Meinen Sie vielleicht, dass es richtig wäre, wenn ich diesen Ort verlasse?"

Manchmal, vor allem, wenn die Dinge sich strittig entwickeln, ist es besser, eine Frage mit einer Frage zu beantworten. So entgegne ich meinerseits: „Können Sie sich denn vorstellen, in einem palästinensischen Staat zu wohnen?"

Seine empörte Antwort kommt prompt: „Nein, ich werde diesen Ort niemals räumen!" Dann fügt er schnell hinzu: „Die Mehrheit hier findet das auch. Wir erkennen dafür keinen Grund. Die Araber hätten es gern gesehen, wenn wir diesen Platz wieder verlassen. Wir sind für sie eine Zumutung. Von 1948 bis 1967 gab es hier keine Juden. Es gab aber keinen Monat ohne Zwischenfälle. Ariel Sharon, der später Politiker wurde, war zu der Zeit ein Hauptmann in der israelischen Armee, in der Einheit einhunderteins. Sie hatten die Aufgabe, wenn es einen Zwischenfall mit den Arabern gab, einen Gegenschlag aus Rache auszuführen. Das war vor 1967. Der Krieg 1967 entstand nicht aus dem Nichts. Der Konflikt war davor schon da. 1964 wurde die PLO gegründet, das war drei Jahre, bevor die Siedlung begann. Die Araber stellten die Befreiungsfront PLO auf, um Palästina zu befreien. Das Gebiet hier war aber judenrein, wie sie sagten. Sie wollten es befreien! Was bedeutet das? Sie meinten in Wirklichkeit Tel Aviv, Haifa, Akko und so weiter! Alles Städte in Israel! Ich sehe den Tatsachen ins Auge!"

„So wollen Sie das Gebiet trotz der international beachteten vertraglichen Vereinbarungen zwischen ihrer Regierung und der PLO nicht abgeben?" frage ich ungläubig.

„Niemals!" fährt der kämpferische Alte fort. Er sagt dies voller Überzeugung, er geht von seiner absoluten Wahrheit aus. Noami hat längst gemerkt, dass ich skeptisch dreinschaue, und schweigt besorgt.

„Wir tun alles, damit die Regierung das Gebiet nicht zurückgeben kann! Und die nächste Regierung wird unsere Haltung bestätigen! Wir sind hier zu achtzig Prozent religiös, rund tausendeinhundert Familien in dieser Siedlung, mit rund fünf Personen pro Familie. Zur Hälfte aus anderen Teilen Israels, zur anderen Hälfte Einwanderer. Aus Nord- und Südamerika, Kanada, aus der Sowjetunion, Europa, Südafrika... Die Häuser sind alle aus der eigenen Tasche bezahlt. Sie wurden gekauft oder selbst gebaut. Niemand wird seine Existenz hier aufgeben."

Um ihn ein wenig von dem hohen Level herunterzuholen, denn es kann ja nicht Sinn des Besuches sein, den alten Mann unnötig aufzuregen, frage ich sachlich nach: „Wie sind denn die Bodenverhältnisse?"

„Es gibt einen nahtlosen Übergang des israelischen Bodens zu arabischem Privatboden. Das können Sie vorn an der Auffahrt zu Efrat sehen. Die Weinstöcke der Araber reichen bis an die Siedlung heran."

„Ich habe auch gesehen, dass überall massiv gebaut wird. Das heißt, dass weitere Expansion stattfindet. Die Juden breiten sich also weiter im Westjordanland aus?"

Der Alte hält kurz inne, blickt Noami über den Rand seiner Brille hinweg an; seine Frau, die neben ihrer Nichte sitzt, legt dieser bedeutungsvoll die Hand auf die Schulter, dann antwortet er mit deutlichem Unwillen über meine kritische Frage: „Jeder riskiert sein eigenes Geld, und es ist unser Recht, hier zu sein. Es gibt hier keinen palästinensischen Staat. Den Arabern wurde Autonomie versprochen in Palästina, nichts weiter! Die Autonomie haben sie, und sie wird durch die Verträge noch zunehmen. Aber ich bin nicht bereit, noch weiteres zuzugestehen. Sonst ist es bis zum nächsten Krieg nur eine Frage der Zeit."

„Aber der Oslo-Vertrag ist doch ein Friedensabkommen", entgegne ich. „Frieden hat mit der Friedensbereitschaft beider Seiten zu tun. Wer Frieden wirklich will, muss bereit sein, entgegen zu kommen, muss Zugeständnisse machen!"

Noami sitzt ganz still und regungslos. Für sie bin ich nun hart an der Grenze des Erträglichen. Wenn ich doch nur schweigen könnte, um das Wohlwollen der angesehenen Familienmitglieder nicht vollends zu gefährden!

„Junger Mann, Sie haben wohl noch nie um Ihre Existenz kämpfen müssen!" fährt der Onkel fort: „Wir haben gelernt, uns zu wehren. Neunzig Prozent der Einwohner hier haben eine Schusswaffe. Wir haben alle offene Augen. Sollten wir es mit Arabern zu tun haben, so haben wir keine Skrupel, lassen kein Pardon walten. Aber wir hoffen und beten, dass es nicht zu einem Zwischenfall mit der israelischen Armee kommt."

„Die Armee ist schon hierher gekommen, um die weitere Siedlung zu stoppen", wirft Noami jetzt ein. Sie möchte das Thema offenbar eingrenzen und ihren Onkel vor weiteren extremen Äußerungen bewahren. Das scheint zuerst zu gelingen, denn Jaacov berichtet nun ausführlich von verschiedenen Zwischenfällen mit Regierungstruppen, die jüngst der Weiterbesiedlung gegen den Willen der Regierung Einhalt gebieten sollten.

Nein, es sei nicht so einfach, da zu bauen. Das Land sei vertraglich verpachtet, und so haben sich einige Siedler mit Wohnbaracken auf einem Hang niedergelassen. Die Soldaten sollten gegen diese Inbesitznahme vorgehen. Es sei ihnen nicht gelungen, berichtet der Alte mit eifernder Stimme. Es sei ein „Kompromiss", der stets am Anfang stünde. Inzwischen seien es zwanzig Familien, die mit dem Weiterbau beginnen. Mit Wohnbaracken hätten die Besiedlungen stets begonnen, dann wurden sehr schnell Reihenhaussiedlungen und Villenviertel daraus. Seine Augen funkeln.

„Die Regierung weiß, dass wir genug emotionale Kraft haben, unseren Weg durchzugehen". Sein Vortrag ist von Leidenschaft und Überzeugung getragen. Als er endlich eine Atempause braucht, sagt Noami besänftigend: „Onkel Jaacov, du hast ja Recht, und niemand bestreitet, was du sagst. Dieser junge Mann, Joachim, ist ein Freund von mir. Er ist zu uns gekommen in das schwere Zeit von Terror."

„Es gibt auch gute Beziehungen zu Arabern, die in einem Dörfchen in der Nähe wohnen", fügt jetzt die Tante hinzu. „Wir lassen sie bei uns arbeiten. Sie verdienen gutes Geld dabei.

„Nach die Terrorattentate dürfen sie aber nicht mehr arbeiten", wirft Naomi ein.

Mir ist klar, dass es immer die existenziellen Themen sind, die vorrangig besprochen werden. An diesen hängen die ganzen Emotionen. Und als Politikstudent weiß ich natürlich, dass sich Parteien, wollen sie in demokratischen Systemen Mehrheiten gewinnen, an diesen grundlegenden Themen der Menschen orientieren müssen.

Der hitzige Onkel schaut mich nun seit einer Weile stumm an, als müsse er erst begreifen, dass ich seine Sicht von Frieden offenbar nicht teile und ihm doch tatsächlich in seiner Einschätzung widersprochen habe. Dann startet er einen neuen, vielleicht letzten Versuch der Bekehrung: „Der Islam ist eine blutrünstige Religion. Wir sollen unsere eigenen Regeln benutzen, aber man stellt uns jemanden gegenüber, der völlig andere Regeln hat. Wir haben in Jerusalem noch nie einen kriminellen Araber zu Tode verurteilt. Heute legen sie uns Bomben in Autobusse zu Leuten, die nichts verbrochen haben. Sechs rumänische Fremdarbeiter sind umgekommen in den jüngsten Terrorattacken!"

Er wird wieder heftiger in der Stimme: „Wie soll ich das behandeln? Mit Samthandschuhen? Unsere Regierung kennt nicht den richtigen Weg, sonst gäbe es heute keinen Terror.

Man müsste diese Leute öffentlich hängen!"

„Sie sind also bereit, hier die Grundsätze der Rechtsstaatlichkeit, der Humanität und die Werte der aufgeklärten Welt aufzugeben, und wollen an diese Stelle das mittelalterliche Prinzip des Auge um Auge, Zahn um Zahn zurückholen?" frage ich ruhig, aber mit innerer Erregung, denn das von ihm Geäußerte kann ich so nicht unwidersprochen stehen lassen. Ich weiß, wie sehr ich mir nun den Mund verbrenne, und Noami wirft mir flehende Blicke zu. Doch ich kann hier und jetzt meinen Mund nicht halten! Hinzu kommt, dass mein Kopf schmerzt, als wolle er auseinander springen. Verantwortung beginnt doch im Kleinen, so habe ich für mich unlängst erkannt, beginnt bei der persönlichen Stellungnahme dort, wo der Bereich des Unverbindlichen verlassen wird.

„Nehmen Sie zum Beispiel Doktor Goldstein, der hier wohnte. Er hat sich an Arabern gerächt. Ich kann ihn verstehen!" beginnt der Onkel, sich weiter für seine extremen Auffassungen zu rechtfertigen. Die von mir ins Feld geführten Grundwerte sind auch ihm auf der abstrakten Ebene des Verstandes nicht gleichgültig. Die Emotionen jedoch haben mit all ihren irrationalen Auswüchsen die Oberhand und bestimmen die Argumentation weiter Teile der politischen Meinung in diesem Land.

„Ist das der Mann, der ein Blutbad unter betenden Muslims in einer Moschee in Hebron anrichtete?" Ich hatte die entsprechenden Nachrichten mit Entsetzen verfolgt.

„Doktor Goldstein ist ein Märtyrer! Er ist einen Heldentod gestorben, um uns alle wachzurütteln. Er war mir persönlich bekannt. Ein bis zwei Wochen vor dem Ereignis gab es einen Terrorakt zwischen Hebron und Jerusalem. Eine ganze Familie, ein Vater mit drei Söhnen wurde in Anwesenheit Doktor Goldsteins ermordet. Der Mann war sein persönlicher Freund. Er kam als Arzt dazu. Ich kann seine Reaktion verstehen. Wenn mich jemand ermorden will, kenne ich auch kein Pardon. Wäre Goldstein nicht selbst umgekommen bei seinem Racheakt, so wäre er vor ein Gericht gestellt und lebenslang verurteilt worden."

„Das mag sein. Aber in einem Rechtsstaat hat niemand das Recht zur Selbstjustiz und schon gar nicht zu persönlicher Rache an Menschen, die unbeteiligt sind. Wie können Sie auf der einen Seite sich über arabische Terrorakte, Verbrechen an Unschuldigen beklagen und genau jenes auf der anderen Seite im Falle des Vorgehens von Goldstein, der Betende im Gottesdienst ermordete, rechtfertigen?"

Die Tante nimmt ihre Hand von Noamis Schulter, die still auf den Fußboden schaut und sagt zu mir: „Junger Mann, ich glaube nicht, dass gerade Sie als Deutscher uns belehren sollten!"

„Ich denke, dass meine Nationalität einer offenen Meinungsäußerung nicht entgegensteht", erwidere ich und möchte nun doch zum Gipfel dieses politischen Konzeptes vordringen, indem ich an den Alten gewandt frage: „Welches ist denn Ihre Lösung des Problems? Sie glauben nicht an den Frieden, Sie sind für gewaltsame Vergeltung, wie wollen Sie den Kreislauf der Gewalt, der sich immer weiter gegenseitig hochschaukelt, jemals durchbrechen?"

Wie von der Nadel gepikst springt der Alte auf und schreit „Nein!" mit heiserer Stimme, die sich fast überschlägt, „nein!" Seine Frau springt ebenfalls besorgt auf. „Man muss die Samthandschuhe ausziehen! Wir gehen mit voller Brutalität dagegen vor! Man muss ihnen den Garaus machen! Eine andere Medizin dagegen gibt es nicht!"

„Jaacov, reg dich doch nicht so auf", ruft die Frau ihrem Manne zu. Auch Noami und ich erheben uns, doch Jaacov will sich nicht beruhigen. Mit hochrotem Kopf brüllt er: „Zwei Helikopter nur braucht es, und man macht der ganzen Aufführung ein Ende! Sie verstehen nichts anderes!" Er wiederholt sich: „Zwei Helikopter! Sie verstehen nur eine Sprache!" Dann verlässt der alte Mann hinkend den Raum ohne ein weiteres Wort des Abschieds.

„Es ist wohl besser, Sie gehen jetzt", sagt die Tante an mich gerichtet, bevor sie besorgt hinter ihrem Mann her eilt. Zurück bleiben Noami und ich. Sie blickt mich nicht an, sagt nur leise: „Ich habe gedacht, du hast Verstand für unsere Probleme. War es wirklich Not, meine alte Onkel mit solche Worte aufzuregen? Leb wohl, Joachim, ich muss noch hier bleiben und meine Visite beenden. Du gehst jetzt besser. Vorn am Ort findest du ein Taxi oder der Bus nach Jerusalem. Leb wohl, und denke nicht, dass ich dir jetzt einen Kuss gebe."

Wie ein geprügelter Hund verlasse ich das schmucke Anwesen. Was habe ich falsch gemacht?

Neun

„Viele Bakterien sind heute resistent gegen eine oder sogar mehrere Sorten von Antibiotika. Das betrifft nicht nur die Humanmedizin, sondern auch den Pflanzenschutz, zum Beispiel Mittel gegen Pilzkrankheiten."

Professor Nebi hat sich bei einer Kollegin an der Universität nach den Arbeiten Leilas erkundigt. „An verschiedenen Instituten, vor allem in Amerika, werden mit Hilfe gentechnischer Methoden völlig neue Antibiotika entwickelt. Auch in Deutschland arbeitet man daran. Erste Zwischenergebnisse sind sehr vielversprechend. Wir sind stolz, dass Leila mit einer Dissertation in diesem Bereich beteiligt ist. Die Sache ist aber nicht ganz ohne Brisanz, denn Pharmakonzerne wittern bereits Millionengewinne."

„Hat Leila Informationen, die für Israel von Bedeutung sein könnten?" Ich habe die Hoffnung, weitere Anhaltspunkte für ihr dubioses Verschwinden könnten sich über diese neue Spur finden.

Vom Jaffator aus, wo mich das Taxi absetzte, war ich wie am Abend zuvor durch die Aqabat El-Khalideh gegangen, um nur auf einen Sprung bei dem Professor vorbeizuschauen.

Er war erfreut, mich zu sehen, hatte er sich doch Vorwürfe wegen meines Zustandes am Vorabend gemacht, der auf ungenügende Warnung vor der Stärke und möglichen Wirkung des Weines zurückzuführen war.

„Leila hat in ihren Forschungen eine Variante eines neuen Antibiotikums entdeckt, das gegen verschiedene Blattkrankheiten wirkt, die häufig auch in unserer Gegend auftreten. Die Kollegin an der Uni Bir Zeit, bei der sie zuvor Biologie studierte, hat sich vor einem halben Jahr mit Leila darüber unterhalten. Sie ist sehr stolz auf sie."

Wir sitzen auf der Dachterrasse seines Hauses an hervorragender Stelle. Vor uns das Panorama des beleuchteten Felsendoms, der goldenen Kuppel, die symbolträchtig die Vorherrschaft des Islams im Nahen Osten anzeigt. Im Rücken das warme Holz der Außenwand des Turmes, in dem wir gestern unser Gespräch über Leila unterbrachen. Um uns herum die tausend Wohlgerüche der umliegenden arabischen und jüdischen Küchen, Stimmen und Stimmungen aus allen Richtungen, murmelnde Unterhaltungen, Lachen, Kinderweinen, Musik und verschiedene Fernseh- und Radioprogramme.

„Hat die Kollegin angedeutet, ob Leila durch ihr Forschungswissen in Gefahr ist?"

„Wir können nicht ausschließen, dass man hinter das Geheimnis kommen will, auf welcher Basis das neue Mittel aufbaut. Aber konkrete Hinweise gibt es noch nicht. Wir von der palästinensischen Universität haben natürlich selbst ein großes Interesse, unseren eigenen wissenschaftlichen Nachwuchs an uns zu binden. Die Auslandserfahrungen sind dabei sehr wichtig und auch die Qualifikationen, die dabei mitkommen. Aber unsere Regierung denkt nicht voraus. Leila sollte nach ihrer Rückkehr, wenn sie die Promotion beendet hat, in das biologische Projekt zur Aufforstung Palästinas einsteigen. Sie wollte in diesem Sommer erste Gespräche darüber führen. Die wirtschaftliche Entwicklung des Landes ist stark von der Entwicklung der Landwirtschaft abhängig. Wir haben noch große Probleme. Eines davon ist die Bodenerosion in den höheren Lagen. Der Boden kann nur auf Dauer verbessert werden, wenn es gelingt, massenhaft schnell wachsende Bäume anzusiedeln, deren Wurzeln den Boden auf dem Gestein halten und zugleich neuen Humus bilden. Außerdem können sie Windschranken gegen die Auswaschung schaffen. Wir haben nur wenige Entwicklungsmöglichkeiten für unsere Wirtschaft, und das wäre gerade eine Grundlage für dauerhaften Frieden.

Der Professor hat sich wieder in eine seiner Grundsatzreden hineingesteigert. Man muss ein solches Thema bei ihm nur antippen, schon sprudeln die Informationen. Diese Zusammenhänge sind höchst spannend für mich. All das werde ich in meiner Diplomarbeit verwerten.

„Die agrarischen Flächen im Jordantal sind gut zu kultivieren. Aber die israelischen Siedlungen dort nutzen sie bisher viel intensiver als wir. Denn wir haben Probleme mit der Ausfuhr unserer Erzeugnisse, mit der Sicherheit und jetzt wieder mit den israelischen Sperren. Die Ernten verderben. Wenn sie nicht rechtzeitig hinauskommen. Von Bedeutung ist, dass wir keinen Seehafen haben. Israel verschifft seine Waren vom Mittelmeer aus oder von Eilat am Roten Meer. Gaza wäre unsere Möglichkeit, aber dafür bräuchten wir einen Verbindungskorridor vom Westjordanland, auch ein eigener Flughafen würde die Autonomie stärken. Noch sind das Westjordanland und Gaza nur politisch eine Einheit, wirtschaftlich aber nicht. Der Finanzminister sitzt zum Beispiel in Gaza, sein Stellvertreter in Ramallah. Sie sprechen nicht miteinander und verstehen sich nicht."

„Das hört sich alles sehr schlimm an", füge ich in eine Atempause ein. Professor Nebi gehört zu jenen bewundernswerten Menschen in dieser Region, die trotz oder wegen der großen Herausforderungen mutig sind und nie den Optimismus verlieren. Er bewegt sich jetzt in seinem speziellen Gebiet, der wirtschaftlichen Entwicklung, und ich stelle mir vor, wie er denselben Vortrag morgen an der Uni als Vorlesung halten wird.

„Der 6-Tage-Krieg führte zu einem ökonomischen Schock", fährt er fort und bringt die historische Entwicklung mit ein.

„Rabin hat 1985, als Verteidigungsminister gesagt, es werde keine Entwicklung geben. Genauso ist es gekommen. Wir stehen auch heute noch unter der Wirkung gezielter Entwicklungshindernisse. So sind fünfzig Prozent der landwirtschaftlichen Flächen konfisziert. Siebzig Prozent des Wassers fließt nach Israel oder an die Siedler. Sie haben das Wasser an sich gerissen und verschwenden es. Die Wüste fruchtbar zu machen, das ist ein wesentlicher Teil der zionistischen Ideologie. Dabei ist die Landwirtschaft ökonomisch gar nicht lebenswichtig für Israel. Sie beschäftigt nur fünf Prozent der Arbeitskräfte und erwirtschaftet nur drei Prozent des Bruttosozialproduktes.

Die Allenby-Brücke bei Jericho ist das einzige Ventil in arabische Länder. Nach Übersee geht es nur über israelische Agenturen. Die Arbeitsplätze für Palästinenser in Israel sind sehr politikabhängig. Jetzt, nach den Attentaten, sind zehntausende Menschen in Gaza, die in israelische Betriebe pendeln, ausgeschlossen. Sie verdienen, wer weiß, wie lange noch, kein Geld. Es gibt im Ganzen gesehen also eine sehr einseitige, entwicklungsfeindliche Wirtschaftspolitik."

„Wie halten Sie das alles aus?" frage ich voller Bewunderung für Menschen, die sich aufgrund ihrer intellektuellen und beruflichen Möglichkeiten auch in westlichen Ländern ansiedeln könnten, dort sicher gutes Geld verdienen würden, sich dennoch für die mühsame Aufbauarbeit im eigenen Land entscheiden.

„Lieber Freund", entgegnet er und greift erneut nach der Zigarettenschachtel, „ich verrate Ihnen ein Geheimnis: Wenn die Unterstützungsgelder, die jetzt seit dem Friedensprozess von außerhalb gezahlt werden, einfach auf die palästinensischen Familien aufgeteilt würden, dann brauchten wir kein Land. Wir würden einfach alle auswandern."

Das hätte ich nicht erwartet. Ich schaue ihn ungläubig-überrascht an. Er lacht schallend auf und fährt fort: „Natürlich wäre dann das politische Kalkül durchbrochen. Die Ideologien in den Köpfen auf beiden Seiten brauchen das feindliche Gegenüber. Ohne funktionierendes Feindbild gibt es nirgendwo eine Entwicklung. Die israelische Wirtschaft profitiert davon zuerst. Sie sind fast schon das neue Venedig des Nahen Ostens geworden, beinahe schon die akzeptierte Führungsmacht der Region. Ohne die Palästinenser sähe das ganz anders aus. Und auch hier bei uns gibt es diejenigen, die ihre Schäfchen ins Trockene bringen, glauben Sie mir." Er lacht wieder in seiner beruhigenden Art, doch ich spüre gerade angesichts der Tiefe seiner Analyse eine gewisse Bitternis hinter der Fassade.

Es folgt eine längere Pause des Schweigens, in der Professor Nebi den Rauch seiner Zigarette inhaliert. Es gibt eine Form des intensiven Rauchens, die einzig der kurzfristigen Hebung des Nikotinspiegels im Blut dient. Ohne Stimulanzien, so denke ich, sind die Verhältnisse wirklich nicht auszuhalten.

„Was ist nun mit Leila Sarahna?" frage ich nach einer Weile in die Stille hinein.

„Die Sache mit ihrem Bruder hat die junge Kollegin zum Herkommen gezwungen. Sie wollte eigentlich erst ihre Arbeit beenden", vermutet er und kommt zu einem völlig anderen Fazit: „Ich weiß nicht, ob sie wirklich durch die Israelis aus dem Verkehr gezogen wurde. Ich habe inzwischen Zweifel daran. Das hätten sie auch schon bei der Einreise am Flughafen tun können. Ich denke daher jetzt eher an eine palästinensische Aktion, die Tat eines der Geheimdienste. Sie tun viel Irrationales." Über diese plötzliche Wende seiner Ansichten bin ich sehr erstaunt.

„Sie haben doch den gewählten Palästinensischen Rat!" halte ich ihm entgegen, „gibt es denn keine davon ausgehenden Ordnungsstrukturen?"

„Was das betrifft, bin ich sehr skeptisch." Er greift nach einer neuen Zigarette. „Man ist den Revolutionären verpflichtet. Sie üben Druck aus. Arafat behält daher alles in seinen Händen. Das ist die eine Seite, über die wir nicht glücklich sind. Aber wenn Arafat jetzt ginge, dann wäre die ganze Sache zu Ende. Es gibt deshalb derzeit keine Alternative zu ihm." Er zündet den Glimmstängel an und bläst dichte, bläuliche Wolken in den Nachthimmel.

Die goldene Kuppel bietet einen erhabenen Anblick! Jetzt ist am Horizont der Mond erschienen. Sein Licht hat die gleiche, goldene Tönung wie der Felsendom. Nach einer Pause tiefer Besinnlichkeit fährt Nebi fort: „Ich glaube nicht, dass er unseren Staat besser als die anderen arabischen Staaten im Umfeld bauen wird. Es geht schon in eine andere Richtung, in die falsche. Ich denke, Arafat ist der erste Präsident Palästinas, aber nicht der zweite. Der Aufbau eines Staates dauert in der Regel mindestens einhundert Jahre, nicht dreißig."

„Aber ihr habt doch nach den Wahlen eine Chance zu größerer Demokratisierung, und dazu gehört auch die Kontrolle der Geheimdienste", seine pessimistische Sicht irritiert mich.

„Ich denke das nicht", entgegnet er ruhig. Und nach einer Weile fügt er hinzu: „Man hört täglich von Stellenbesetzungen, die ohne entsprechende Qualifizierung vorgenommen werden. Traditionelle Potentiale werden zerstört, unbezahlbare Schulden verursacht. Wenn jemand eine abweichende Meinung äußert, geht er ins Gefängnis. Ein Reporter wurde unlängst verhaftet, weil er seinen Artikel über Arafat nicht auf der ersten Seite präsentiert hat. Nur an der Uni können wir bisher unsere Meinung noch frei sagen. Aber wie lange noch?"

„Also, Sie glauben nicht mehr, dass Leila von israelischen Behörden inhaftiert wurde?", wiederhole ich.

„Nein, das halte ich jetzt für unwahrscheinlich."

„Warum setzt mich Mister Haschasch von Ihrer Universität dann auf diese Spur? Ich habe mich bei meiner Botschaft als Verlobten Leilas ausgegeben, habe bewusst die Unwahrheit gesagt, um die Botschaft zu bewegen, etwas für diese Sache zu tun?"

Ich bin jetzt richtig verärgert. All das, was Nebi mir berichtet, müsste doch der Universität auch bekannt sein. Außerdem bestätigt es meine Befürchtung, als Instrument genutzt zu werden für Interessen, die ich nicht durchschauen kann.

„Mister Haschasch vertritt die Interessen der Universitätsleitung", sagt Nebi. „Wir sind besorgt um den Verlust der Kollegin, auf die wir eine Hoffnung setzen. Wir sind auch menschlich besorgt und wollen der Familie, die in großes Unglück stürzte wegen ihres Sohnes, helfen. Wir wissen aber nicht, wo zwischen den Korridoren Leila Sarahna verloren ging. Bei alledem ist dies am sichersten durch den israelischen Geheimdienst herauszubringen. Der Schabak hat überall seine Verbindungen, auch bei uns. Der Ansatzpunkt bei der deutschen Botschaft war also auf jeden Fall der beste, weil sie ihre Informationen aus den richtigen Quellen bekommen."

„Aber dann werden sie sicher auch bald wissen, dass ich Leila erst auf dem Flug kennengelernt habe", befürchte ich.

„Ich denke ja", entgegnet der Mann mit gekräuselter Stirnfalte, um dann fortzufahren: „Aber was kann Ihnen schon passieren? Warten Sie halt ab, was man herausbekommt."

Ja, was kann mir schon passieren? Angesichts der verworrenen Verhältnisse, die mir hier begegnen, müssen wir uns eigentlich schämen, so denke ich, mit welch banalen Beziehungskonflikten wir, die wir in freiheitlichen Demokratien leben, uns gewöhnlich den Alltag erschweren. Man kann mich ausweisen, nach Deutschland zurückschicken. Mehr nicht.

Ich lehne mich zurück und betrachte nun still neben dem Professor sitzend die unwirkliche Kulisse. Der Mond schiebt sich in den sternenklaren Nachthimmel und beleuchtet die ewige Stadt wie schon zu Zeiten König Davids, zu Zeiten Jesu, zu Zeiten der Osmanischen Herrschaft. Er wird auch diese verworrenen Zeiten hier geduldig beobachten und überdauern. Alles verschwimmt irgendwann im Nebel der Zeit. Nur die ewige Macht des Universums ist zeitlos.

Auch Professor Nebi ist müde geworden. Wie zur Entschuldigung erklärt er mir, er sei Mitglied einer Verhandlungsdelegation der Palästinenser im Autonomieabkommen gewesen, als Wirtschaftsfachmann. Morgen früh müsse er zeitig nach Jericho, es gäbe Vorgespräche bei der Autonomiebehörde über seine Beteiligung an den Folgeverhandlungen in den Ausschüssen.

„Dann passen Sie aber gut auf, dass sie nicht irgendwo verloren gehen zwischen den Zonen oder an den Sperren", sage ich lachend so dahin. Im selben Moment wird mir bewusst, wie ernst und wirklich eine solche Annahme sein könnte.

Er begleitet mich noch auf die Straße, verabschiedet mich mit

Handschlag. Ich habe das Gefühl, kaum je einen aufrechteren Menschen getroffen zu haben.

Ich gehe durch die stillen Gassen. Wie ausgestorben sind die leeren Winkel. Alle Geschäftsauslagen des Tages sind fortgeräumt. Speckig glänzt der feuchte Stein, auf dem meine späten Schritte hallen. Dunkel drohend lauern die vielen Ecken und Nischen. Kaum Hilfe ist bei einem plötzlichen Überfall zu erwarten. Ich bleibe stehen, schaue mich um. War da ein huschender Schatten hinter mir? Schnell gehe ich weiter, strebe vorbei an den dicht verrammelten Rollläden der Geschäfte, weiter dem Hospiz zu, erreiche es, betätige die Glocke, schaue mich noch einmal um, sehe eine Gestalt hinter der Ecke verschwinden, bilde mir dies wohl nur ein, da summt die Tür, gerettet!

Fredi hat mir einen kleinen Brief im Zimmer hinterlassen:

Lieber Joachim,
die Hospizleitung möchte ab übermorgen, Freitag, einen neuen Volontär hier unterbringen. Bitte versuche doch, dir bis dahin eine andere Unterkunft zu besorgen.
Tut mir leid, es geht nicht anders.
Übrigens: Heute Nachmittag hat ein Herr von der Botschaft nach dir gefragt. Er kommt morgen früh wieder.
Gruß Fredi

Zehn

„Wie konnten Sie behaupten, Leila Sarahna sei Ihre Verlobte? Sie ist mit Sicherheit die zweitälteste Schwester eines der jüngsten Selbstmordattentäter, aber Sie wollen offenbar als

Trittbrettfahrer Bedeutung gewinnen?"

Auf meiner stillen Bank auf der Dachterrasse des Hospiz, wo ich mit Tagebuchaufzeichnungen die Zeit nach dem Frühstück verbringe, hat mich der Mensch von der Botschaft aufgespürt und stellt mir nun unangenehme Fragen. Natürlich haben sie sehr schnell die Wahrheit herausgefunden. Sie brauchten nur über die israelischen Einreisebehörden unsere Flugangaben abzurufen: Wann und wo abgereist, welches Ziel, wie lange Aufenthalt beabsichtigt, Zweck der Reise, – all das steht auf den noch im Flugzeug beim Anflug auszufüllenden Formularen, ohne die man gar nicht erst ins Land gelassen wird. Zudem hatten die israelischen Sicherheitskräfte schon in Frankfurt gefragt, wer den Koffer wo und wann gepackt hat und so weiter. Dass Leila Sarahna vor diesem Flug nicht im Entferntesten mit mir liiert war, kann man sich beim Datenvergleich mühelos ausrechnen. Leugnen ist also zwecklos.

„Ja, Sie haben Recht", entgegne ich also kleinlaut. „Leila habe ich erst auf dieser Reise kennengelernt. Aber wir haben uns schnell sehr intensiv befreundet und wollten uns in Jerusalem wiedersehen."

Der junge Mitarbeiter der Botschaft wird noch direkter in seiner Vorhaltung: „Sie sind wohl sehr naiv und lassen sich vor jeden Karren spannen? Wissen Sie nicht, dass Sie sich in große Gefahr begeben, wenn Sie mit solchen Leuten Kontakt aufnehmen? Es geht hier um Terrorismus, es geht um Krieg!"

„Ich glaube nicht im Entferntesten an eine Beteiligung Leilas an den Ereignissen", gebe ich voll echter Überzeugung zurück.

„Woran Sie glauben, spielt keine Rolle! Hat sie Ihnen von sich aus von der Tat ihres Bruders berichtet?"

Ich starre schweigend in die belebte Gasse vor mir, was kann ich darauf antworten? Es ist wohl wahr, dass all meine Kenntnis über Leila Sarahna auf Einbildung beruht. Ich habe mir ein Bild von ihr geprägt, das seine Konturen aus Wunschvorstellungen, nicht aus bekannten Tatsachen gewinnt.

„Also haben Sie Ihre Informationen von anderen Bezugspersonen erst nachträglich gewonnen?" fährt er fort, und mir wird klar, dass es ein Verhör ist. Deshalb antworte ich schnell:

„Hören Sie, ich bin ein freier Bürger Deutschlands, ich kann mich interessieren für wen und was ich will!"
„Sie haben versucht, die Botschaft irre zu führen, warum?"
„Ich wollte der jungen Frau helfen, die nicht bei ihrer Familie ankam"
„Wer hat Ihnen das gesagt?" insistiert er.
„Ich hatte Kontakte und habe selbst Nachforschungen angestellt", entgegne ich nur, denn ich bin nicht bereit, ihre Schwester Souhaila bloßzustellen, etwa gar von unserem geheimnisvollen Treffen in der Höhle zu berichten, auch meine Fahrt nach Bir Zeit, die dortigen Kontakte und meine Verbindung zu Professor Nebi will ich nicht ohne Not preisgeben. Aber man weiß offenbar schon mehr, als ich denke, denn er treibt mich weiter in die Ecke.
„Was haben Sie mit dem palästinensischen Professor Nebi zu tun?" Blitzschnell durchzuckt es mein Gehirn. Der huschende Schatten auf meinem Heimweg gestern Abend war wohl doch keine ängstliche Einbildung! Man hat mich beschattet, meine Schritte überwacht. Ich bin also verdächtig. Hunderte von Polizisten und Geheimdienstlern sind derzeit mit der Aufklärung der Attentate, der Hintergründe und ihrer Folgen befasst. Bringe ich mich also durch mein hartnäckiges Beharren, durch mein „irres Hobby", wie Eva es nennt, durch meinen Hang, dem wirklichen Leben auf die Schliche zu kommen, in ernsthafte Gefahr? So sage ich zur Rechtfertigung und auch etwas zur Entschuldigung: „Wissen Sie, ich habe den Tick, die Probleme, die mir begegnen, immer direkt und unmittelbar studieren zu wollen, dann begreife ich sie besser. Es weckt neue Fragen und führt zu Antworten."
„Herr Siebenstein", fährt der junge Mann, der etwa mein Alter hat und eigentlich recht sympathisch ist, in versöhnlicherem Ton fort, „wir halten Sie weder für den Verlobten einer Palästinenserin, noch für sonst irgendwie involviert. Sie selbst bringen sich, aus welchen Gründen auch immer, hier in ein gefährliches Spiel ein. Sie sollten die Finger davon lassen." Er blickt mir offen ins Auge, seine Warnung ist ehrlich gemeint. Dann fährt er fort: „Sie können natürlich tun und lassen,

was Sie wollen, doch warnen wir Sie ernsthaft, sich in diese brisanten, politischen Angelegenheiten zu mischen."

„Wo ist Leila Sarahna geblieben? Das nur möchte ich wissen! Ich kann es nicht ertragen, dass ein Mensch, mit dem man verabredet ist, so einfach vom Erdboden verschwindet."

„Ich kann Ihnen versichern, dass Leila Sarahna nicht in israelischer Verwahrung ist."

Nun wird er endlich konkreter, lässt die Katze aus dem Sack!

„Wir haben Kontakte mit den Behörden aufgenommen, und man hat uns bestätigt, dass es keine solche Festnahme gegeben hat. Wer weiß, wo sie abgeblieben ist! Das muss uns nicht kümmern, und vor allem Sie sollten sich Ihre Finger nicht verbrennen. Ich warne Sie nachdrücklich: Spielen Sie als Tourist nicht den Detektiv oder gar den Helden!"

Als er fort ist, bleibe ich noch eine Weile sitzen, um meine Lage zu überdenken. Ich kenne weder die Hintergründe, die noch viel verworrener zu sein scheinen, als ich bisher annahm, noch verfüge ich über Mittel und Wege, die Situation der jungen Frau, die mir auf Anhieb sympathisch war, zu verändern.

Warum lasse ich den Gedanken, hinter das Geheimnis von Leila zu kommen, nicht einfach fallen? Viel realer wäre es da schon, Noami zurückzugewinnen. Das aber habe ich mir nun selbst gründlich verspielt.

Wahrscheinlich habe ich durch mein Verhalten auch noch Noami in Schwierigkeiten gebracht. Wen hat sie da angeschleppt? Ein Deutscher, der nicht weiß, was er den Holocaustnachkommen schuldig ist!

Aber das ist eine entscheidende Frage: Was bin ich schuldig? Demut oder Aufrichtigkeit? Zeichnet sich Freundschaft durch Unterwerfung und Anpassung aus?

Wohl wäre ich Takt schuldig gewesen, notfalls Schweigen statt Widerspruch. Zur rechten Zeit zu schweigen ist eine schwierige Kunst.

Und was bin ich Leila schuldig? Sie zählt auf meine Freundschaft, aber wo fängt diese an und wo hört sie auf?

Was ist mit meiner Freundschaft zu Eva, die ich hinter mir

ließ, als habe es diese Liebe nie gegeben? Was bin ich schließlich mir selbst schuldig? Das Attentat in Israel warf mich in meinem Trennungsschmerz aus der Bahn. Vielleicht habe ich mich in den ausweglosen Konflikt des Nahen Ostens begeben, weil ich in meiner privaten Konfliktlage gescheitert bin. Welch grandiose Illusion: Noamis und Leilas Liebe zugleich zu gewinnen! Sie beide stehen stellvertretend für die verlorene Liebe Evas!

Ich steige gedankenversunken die Treppe vom Dachgeschoss des Hospizes herab. Im Flur des ersten Stocks treffe ich auf Stefan, meinen Noch-Zimmergenossen.

„Was willst du nun unternehmen? Wo willst du unterkommen?" fragt er mit freundschaftlicher Anteilnahme. Ja, das ist es, Freundschaft bedeutet Anteilnahme!

„Hast du schon eine neue Bleibe?" wiederholt er und schaut mich ob meiner fehlenden Reaktion verwundert an.

„Nein, ich weiß es nicht", sage ich, noch immer geistesabwesend.

„Fahr doch ein wenig im Land umher", schlägt mir Stefan vor und legt seinen Arm fürsorglich um meine Schulter. „Ich denke, du solltest dir noch etwas ansehen, bevor du zurück nach Deutschland fliegst."

Hätte er nur hier seine Rede beendet, ich hätte sie als anteilnehmend empfinden können. Doch er fährt fort: „Mit Fredi habe ich gestern darüber gesprochen. Er meint auch, du verrennst dich in etwas. Wir wissen ja nicht genau, was du treibst, doch wir sehen, dass du Schwierigkeiten hast, die du dir selbst schaffst. Genieße doch deine Urlaubszeit und schaffe dir keine neuen, unnötigen Konflikte!"

Was denkt sich dieser Mensch! Ist das nicht einzig meine Angelegenheit? Freundschaft sollte bei aller Einfühlung nie so weit gehen, dem Gegenüber die eigene Sichtweise aufzudrängen. Der Freund darf mich nicht bevormunden. Er darf zu bedenken geben, muss aber in der Lage sein, seine eigene Meinung zurückzustellen.

„Danke für deinen Rat, ich komme schon zurecht", sage ich.

Elf

Die Sonne steht jung und schön eine Handbreit über dem Horizont, darunter schattig konturiert die Hügel der judäischen Wüste. Ich reise nun bereits das dritte Mal in zwei Wochen diese Straße hinunter in die tiefste Zone der Welt. Einmal halb nur mit Professor Nebi auf der Fahrt nach Bir Zeit, ein zweites Mal mit Fredi und Stefan auf dem Weg zu den Höhlen von Qumran, und nun fahre ich erstmals so richtig in den syro-afrikanischen Verwerfungsgraben hinein, in jene Rinne zwischen den Kontinentalplatten. Durch die starke Bodenerosion sind hier in subtropischer Savanne Geröllebenen und Salzsenken entstanden. Nur vereinzelt wachsende Akazien geben dem Landschaftsbild den Anschein vorhandener Vegetation. Diese Wadi genannten Trockentäler verwandeln sich nach den sintflutartigen Regenfällen in reißende Flüsse und geben von Zeit zu Zeit allem Leben hier seine Grundlage.

Schon nähere ich mich den israelischen Sicherheitskräften vor den Toren der autonomen Stadt, die nur sechsunddreißig Kilometer von Jerusalem entfernt liegt. Zwei dunkelgrüne Militärjeeps mit dem Emblem des weiß umkränzten, sechszackigen Sterns demonstrieren die machtvolle Präsenz der Besatzer.

Zwei junge Soldaten, der eine mit umgehängtem Gewehr im Anschlag, fordern die im Stau vor dem Kontrollpunkt langsam vorwärts rückenden Wagen per Handzeichen zum kurzen Halt auf. Der eine sichert, der andere tritt kurz ans Wagenfenster, um sich ein Bild von den Insassen zu machen. Ich halte meinen deutschen Pass hoch, den er kaum beachtet. Mit meiner Erklärung, ein Tourist zu sein, der den Tel Yeriho, die Spuren der ältesten bisher entdeckten Stadt der Welt besuchen will, gibt er sich zufrieden.

Langsam fahre ich weiter in Richtung der Oasenstadt, deren Konturen nun vor mir auftauchen. Ringsum ist die Tiefebene trocken und unfruchtbar. Nur vereinzeltes Strauchwerk fristet ein trostloses Dasein. Dann tauchen die ersten blühenden Gärten vor mir auf. Bäume, Sträucher, Blumenrabatten. Seit zehntausend Jahren lebten im Bereich der Elisa-Quelle, die den Wohlstand dieses Ortes begründet, verschiedene Volksgruppen. Jericho gilt vielen als älteste Stadt der Welt. Mit Sicherheit ist sie mit 250 Metern unter dem Meeresspiegel weltweit die tiefstgelegene Stadt. Heute sind die meisten der siebzehntausend Einwohner palästinensische Flüchtlinge.

Nicht das Zentrum der Gemeinde interessiert mich, auch die archäologische Region zieht mich nicht wirklich an. Ich biege vielmehr in den östlichen Vorortbereich dieser eher ländlich-kleinstädtisch wirkenden Metropole ab. Nach Auskunft Nebis liegt hier die Deutsche Vertretung. Vorbei an ärmlich anmutenden, eingeschossigen Häuserzeilen mit Geschäften, die noch nicht geöffnet haben, vorbei an einem zentralen Marktplatz, auf dem unter schiefen Wellblechdächern Stände mit Bananen, Datteln und Granatäpfeln aufgebaut werden, suche ich meinen Weg, den mir der Professor beschrieb.

Überall sind die plakativen Reste der Januarwahl zu sehen, inzwischen schon verschlissen, vom Wetter verwaschen und vergilbt die Gesichter der Kandidaten, allen voran Arafat. Nur vereinzelt zeigen sich Menschen auf den Straßen, Händler mit Palästinensertüchern um die Köpfe, Frauen mit langen Kleidern und großen Kopftüchern, sorgsam weiß verhüllt.

Die Straße wird nun, da ich in den Vorstadtbereich im Osten komme, schmaler, die Häuser liegen inmitten blühender Gärten, idyllische Welten für deren Besitzer. Spatzengezänk auf den Dächern, ansonsten frühmorgendliche Ruhe. Die Welt scheint hier und jetzt als Ganzes intakt. Ein unscheinbares Hinweisschild zeigt mir den Weg: Deutsche Vertretung.

Das neue, zweigeschossige Gebäude liegt repräsentativ in einem Garten. Palmen, Zitronenbäume mit prallen, gelben

Früchten, violett blühende Bougainvillea. Das Haus steht strahlend weiß in der Sonnenglut, ockerbraunes Gesims zwischen den Etagen und an der Traufe des Flachdaches. Zwei große Wassertanks mit Solaranlage, Fenster mit Rundbögen, auch sie im Ockerton farblich abgesetzt und zur Sicherheit vergittert, sogar im ersten Stock. Ein stattliches Anwesen, das mein Land sich hier leistet, angemessen und erwünscht.

Welch ein Kontrast, muss ich unwillkürlich denken, zu dem versteckten Schattendasein, das die personell wesentlich umfangreichere Botschaft in Tel Aviv in dem Hochhaus im neunzehnten Stock fristet.

Der Eingang mit laubengangähnlicher Vorhalle, Schatten spendend wie auch im Geschoss darüber als überdachter Balkon, hier ebenso mit geschwungenen Rundbögen. An der Vorderfront schwarze Laternen aus Schmiedeeisen. Sie erinnern an deutsche Vorgartenillumination, die gleichen Laternen auch auf der umlaufenden Dachreling, dahinter vermutlich ein Sonnendeck. Neben der zweiflügeligen Eingangstür, auch diese mit länglich gestreckten Rundbogenfenstern ausgestattet, das Erkennungszeichen: Ein großes, ovales Schild mit schwarzem Bundesadler auf goldgelbem Grund. Darauf der Firmenname: Bundesrepublik Deutschland - Vertretungsbüro.

Den Wagen stelle ich mühelos an dem ruhigen Weg ab. Kinder kurven mit ihren Fahrrädern herum, schauen neugierig zu mir herüber. Der Eingang und die Terrasse sind sauber gekachelt, das gesamte Anwesen verrät einen potenten Bauherrn. Ich suche eine Klingel, und wenig später wird die Tür von einem jungen Mann geöffnet. Er lässt mich freundlich ein, fragt nach meinem Anliegen. Da ich ausdrücklich den Deutschen Vertreter verlange, muss er mich enttäuschen: „Der Chef ist noch in Gaza, kommt erst im Laufe des Tages zurück. Vielleicht vor Mittag, aber bei den gegenwärtigen Sperrungen weiß niemand, wie lang die Wartezeiten auch für Diplomaten sind."

Der junge Mann, der sich mit „Wagner" vorstellt, ist gesprächig und in seiner Art sicher die rechte Hand des deutschen Gesandten. Doch möchte ich, wenn irgend möglich, zur Vermeidung erneuter Irritationen oder Missverständnisse, lieber an höchster Stelle ansetzen. Mir ist klar, dass die Drähte zur Botschaft in Tel Aviv kurz sind, daher will ich jede weitere Verschärfung meiner persönlichen Lage vermeiden. Wenn ich auf die Rückkehr des deutschen Interessenvertreters warten will, empfiehlt mir der Sekretär einen Ausflug zum Tel Yeriho, der nicht weit entfernt liegt. Er beschreibt mir den Weg dorthin. In zwei Stunden möge ich dann noch einmal vorsprechen.

Ganze Heerscharen arabischer Händler und Kameltreiber stürzen sich auf die anreisenden Bustouristen, um ihnen ihre billige Ware aufzudrängen oder sie für ein schnelles Foto auf dem Rücken eines Dromedars zu gewinnen. Stände mit Bergen von Orangen, Zitronen, Bananen.

Schnellen Schrittes will ich mich von meinem Wagen entfernen, werde jedoch von einem Parkwächter zielsicher als Tourist entdeckt und zur Kasse gebeten. Dann strebe ich auf die Treppe zu, die vom Parkplatz auf den Tel führt, werde jedoch von einem anderen Wegelagerer aufgehalten, der mir unbedingt silbernen Drahtschmuck verkaufen will, garantiert echte Handarbeit, wenn nicht eine Halskette, so doch wenigstens ein Ohrgehänge, am besten aber beides zum billigeren Preis.

Als ich ihn endlich abgeschüttelt habe, lacht mich eine junge Frau an, die ich erst jetzt beachte, die mich aber offensichtlich schon eine Weile beobachtet hat. In bestem Deutsch sagt die blonde Frau, die mich auf Anhieb etwas an Eva erinnert: „Sie sind wie die Schmeißfliegen, aber es ist ihre einzige Einkommensquelle." Dann reicht sie mir die Hand und stellt sich vor: „Silvia Kuhn, Journalistin mit Wohnsitz in Jericho." Sie lacht erneut, und dabei treten Grübchen auf ihre Wangen, fast symmetrisch, links und rechts.

„Joachim Siebenstein, Student auf der Flucht", sage ich und versuche, meinen besten Charme herauszukehren, denn diese junge Deutsche imponiert mir.

„Vor was flüchten Sie denn?" greift sie meinen flotten Spruch auf.

„Vor Gleichgültigkeit und satter Selbstgefälligkeit", gebe ich zurück und lächele freundlich. Ihre blauen Augen sind wirklich denen Evas sehr ähnlich.

„Wenn Sie hier wohnen, dann können Sie mich sicher ein wenig in die Geheimnisse dieser Anlage einweihen?" frage ich unverblümt, dabei habe ich das Gefühl, als hätte sie in ihrer palästinensischen Enklave auf einen heimischen Lichtblick wie mich gewartet.

„Komm mit mir", entgegnet sie, indem sie ohne Umstände zum Du übergeht und bereits die Stufen emporstrebt. Auf dem ausgedehnten Hügel, der sich rund zwanzig Meter über die Umgebung erhebt, bleiben wir stehen, und Silvia zeigt in die Runde: „Dieser Ort wird seit Jahrtausenden bewohnt."

„Wie kann man das wissen?" frage ich mit echtem Unwissen, denn Archäologie hat mich bisher nicht sonderlich interessiert. Gegenwart und Zukunft sind mir näher als die Vergangenheit.

„Im Laufe der Jahrhunderte haben die Bewohner immer wieder neue Häuser über den alten, verfallenen errichtet. Das hat dazu geführt, dass die aufgeschichteten Ruinen jetzt mehrere Meter dick sind. Ein solcher Hügel heißt Tell."

Silvia tritt an ein großes Grabungsloch im Boden und zeigt auf die dort sichtbaren Schichten verschiedenster Mauerreste: „Die obersten Teile der Grabung sind auch die in der Zeit jüngsten. Ganz unten am Grund des Tells fand man eine Steinmauer aus dem neunten Jahrtausend vor Christus. Dort drüben steht ein recht gut erhaltener Turm, der mindestens achttausend Jahre alt ist."

„Du bist wirklich gut informiert", sage ich bewundernd und schaue in ihre blauen Augen. Sie lächelt dankbar und fährt fort: „Die Gebäude ganz unten sind aus der Steinzeit, man fand handgeformte Ziegel. Aus dem, was man hier ausgrub, konnten Archäologen darauf schließen, dass zwischen acht- und siebentausend vor Christus Jäger und Sammler begannen, sesshaft zu werden, um von nun an Ackerbau und Viehzucht zu betreiben."

„Das sind Zeiträume, die mich erschrecken", bemerke ich und stelle mir vor, wie kurz unsere Lebenszeit angesichts dieser Dimensionen ist.

„Ja, mach dir nur klar, dass die ägyptischen Pyramiden rund viertausend Jahre jünger sind als dieser Turm."

„Archäologen wühlen in der Vergangenheit und finden doch nicht die Menschen mit ihrer Not. Ich stelle mir gerade vor, wie viele Menschen hier an dieser Stelle im Laufe der Jahrtausende gelebt haben. All ihre Hoffnung, all ihr Leid, ihre Liebe und Hass, Werden und Vergehen sind zu Stein geronnen. Aber Steine reden nicht."

„Du bist ja ein Philosoph", lacht sie und weist auf eine Bank, auf der wir uns niederlassen, die Grabungen im Rücken, um angesichts der weiten Ebene noch ein wenig zu plaudern.

„Ich glaube, dass jede Zeit ihre Leiden hatte. Das wird auch nie aufhören, solange Menschen existieren", greift sie meinen Gedanken auf.

„Für wen berichtest du?" wechsele ich das Thema.

„Ich bin freie Journalistin, mache Rundfunkbeiträge und schreibe Artikel für verschiedene Zeitungen in Deutschland und der Schweiz", entgegnet die junge Frau und fährt sich dann mit der Rechten durch den blonden Schopf. Ihre Kurzhaarfrisur ist sicher praktisch in diesem Hitzeloch.

„Hast du schon hier gearbeitet, als Jericho autonom wurde?"

„Ja, ich habe seit zwei Jahren alle Phasen der jüngsten Geschichte miterlebt. In kürzester Zeit passieren so viele Dinge, die niemand festhält, die sehr schnell schon vergessen sind. Kurz vor dem Abzug der Israelis hat zum Beispiel ein kleiner Junge – wie zur Intifada-Zeit – einen Stein nach einem Jeep geworfen. Aus fünfzig Metern Entfernung wurde er einfach erschossen.

Aber als die Israelis fort waren, lief es nicht unbedingt besser. Es kam die Gefangenenamnestie. Wir hatten in diesem kleinen Dorf plötzlich fünfhundert Ex-Sträflinge, die gar nicht hierher gehörten. In der Nacht der Autonomie wurde mein Auto gestohlen."

„Eine besondere Form der Auto-Nomie", muss ich lachen, wiewohl ich weiß, dass es unangebracht ist. Ich füge schnell die Frage hinzu: „Hast du es wiederbekommen?"

„Nein, leider nicht", sagt sie, „ich hing sehr an ihm, denn ich hatte es auf dem Landweg und mit Fähren über Griechenland und Zypern hierher gebracht."

„Kann man als ausländische Frau hier sicher leben?" will ich wissen.

„Da gibt es keine Probleme, außer der übertriebenen Fürsorge, die ich durch meinen Vermieter genieße. Er würde es zum Beispiel kaum dulden, wenn ich Männerbesuch mitbringe."

„Aha, dann lebst du wohl völlig abstinent?" bemerke ich leicht anzüglich. Doch sie lacht nur: „Ich bin sehr viel unterwegs, mindestens viermal im Jahr auch in Deutschland."

„Dein Beruf ist sehr spannend, aber wohl auch gefährlich", versuche ich zusammenzufassen, denn der Blick auf die Uhr zeigt mir, dass ich zur deutschen Vertretung zurückkehren sollte.

„Ob du es glaubst oder nicht, mit der Autonomie kam plötzlich ein Gefühl von Sicherheit hierher. Man musste nicht mehr ständig mit Zwischenfällen rechnen. Außerdem wurde der Chef der Geheimpolizei mein Nachbar." Ich horche auf. Kann sie mir vielleicht einen nützlichen Hinweis geben? Deshalb weite ich die Unterhaltung doch noch ein wenig aus: „Wie denkst du über die aktuelle Lage?"

„Dreißig Jahre Besatzung sind nicht spurlos an den Leuten vorübergegangen", entgegnet sie mit Überzeugung in der Stimme: „Gewalt kann man nur in ihrem Kontext verändern. Ich glaube deshalb nicht, dass man in dieser Region Fundamentalisten aus der Welt schaffen kann. Man könnte den Stachel des religiösen Fundamentalismus erst wegnehmen, wenn eine wirklich stabile Lage besteht. Aber die ist nicht in Sicht. Sie sagen: Wir möchten mit dem Anderen nichts zu tun haben, wir möchten ihn töten, wenn es geht. Das ist die Welt."

„So siehst du die Dinge sehr pessimistisch?" taste ich mich zu meiner eigentlichen Frage vor.

„Alles wird zurzeit in Israel mit der Sicherheit begründet. Man hat Arafat die Schuld für die Anschläge in Tel Aviv und Jerusalem gegeben. Wie wir hier erleben, kann Arafat nicht mal hundertprozentig für die Sicherheit in seinem Viertel sorgen,

wie denn dann in Israel?"
„Gibt es viele politische Gefangenen hier?" frage ich direkt.
„Die Gefängnisse sind berstend voll", kommt prompt die sachkundige Antwort. „Seit den Attentaten verhaften sie haufenweise Verdächtige, ziemlich willkürlich, scheint uns Journalisten. Sie haben gar nicht genügend geschultes Personal, um gezielt zu verhören und sauber zu recherchieren. Dazu kommt noch die Unzulänglichkeit der Zonen. Wenn sie in einem bestimmten Fall in einem anderen Bereich, zum Beispiel in Gaza, ermitteln müssten, um Beweise zu finden, Zeugen zu vernehmen, dann sind sie durch die Hindernisse in der Arbeit eingeschränkt. So bleiben Gefangene lange Zeit ohne ordentliches Verfahren und ohne Schuldnachweis. Das ist ein Nährboden für Denunziation und Korruption. Die Verhältnisse in den Gefängnissen sind katastrophal. Manchmal sind es bis zu siebzig Menschen in einem Raum. Keine Organisation auf der Welt regt sich darüber auf, denn sie werden alle als potenzielle Terroristen angesehen." Mit den letzten Worten hat sich die junge Journalistin in eine gewisse Erregung gebracht. Ich merke, dass ihr dies unter die Haut geht.

„Warum berichtest du nicht darüber?" frage ich deshalb und werde sogleich aufgeklärt: „Glaubst du, ich könnte dann noch lange hier arbeiten? Mach dir klar, dass es die Verhältnisse einer Diktatur sind. Außerdem habe ich Zweifel, ob die Redaktionen in Deutschland einen solchen Bericht haben wollten. Ich kann nur schreiben, was ich auch verkaufen kann. Und die Verhältnisse in den palästinensischen Gefangenenlagern sind für die Weltöffentlichkeit genauso wenig von Interesse, wie die in den Flüchtlingslagern seit dreißig Jahren. Arafat hat zurzeit vielleicht tausend Palästinenser inhaftiert. Die Palästinensische Autonomiebehörde kann Palästinenser bis zu sechs Monate ohne Gerichtsverfahren festhalten. Rund fünftausend, vorwiegend vom Kern der Hamas-Bewegung, sollen in israelischer Haft sein."

Gemeinsam gehen wir den Weg zum Parkplatz zurück. Ich bedanke mich für die gute Führung, die ich völlig kostenlos genoss. Von der Bedeutung, die das zuletzt Erfahrene für mich hat, sage ich nichts. Ich lasse sie in dem Glauben, einem jungen Landsmann auf touristischer Rundreise historischen Nachhilfeunterricht verpasst zu haben.

„Ab und zu, wenn ich mal wieder Heimweh habe", verrät sie mir abschließend, „komme ich hierher. Hier treffe ich am ehesten Deutsche, und es tut gut, heimische Töne im Ohr zu haben."

Als ich zum Auto zurückkomme, verlangt der Parkwächter einen Nachschlag. Er will mein Auto sonst nicht freigeben. Ich füge mich seinem Willen, denn auf einen Konflikt lasse ich mich besser jetzt nicht ein.

Wieder in der Deutschen Vertretung, muss ich erfahren, dass deren Chef noch immer in der Warteschlange am Übergang von Gaza in Richtung Israel steht. Er hat sich über sein Autotelefon gemeldet und rechnet mit mindestens noch einer Stunde, bis er passieren darf. Der junge Sekretär fordert mich daher auf, im Vorraum Platz zu nehmen. Dort stehen einige Sessel um Tischchen herum, ein Mehrzweckraum, der auch für Empfänge genutzt wird. Er selbst nimmt mir gegenüber Platz, nachdem er eine gekühlte Plastikflasche Cola und zwei Gläser geholt hat.

Die Situation an den Übergängen zwischen den Gebieten berührt auch ganz zentral die Arbeitsmöglichkeiten der Vertretung. „Sie müssen mit mir Vorlieb nehmen, wenn Sie nicht länger warten wollen", erklärt er. Dann fügt er zur Erläuterung der Lage hinzu: „Gaza hat einen Bedarf von siebenhundert Lastwagen pro Tag. Gestern haben sie nur neun Lastwagen mit Mehl durchgelassen. Die Angst vor weiteren Terroranschlägen, die von Gaza aus nach Israel kommen könnten, führt zu sehr strengen Sicherheits-Checks der Israelis. Das Umladen von zwei Wagen dauert sechs Stunden. Sie haben eine Quote von fünfzehn LKW pro Tag. Was haben Sie auf dem Herzen?" fügt er unmittelbar an.

Ich berichte in knappen Worten von „meiner guten Freundin", die in Deutschland studiert, Palästinenserin ist, auf der Heimfahrt abgefangen wurde und dort nicht ankam. Seit zwei Wochen ist sie verschollen. Ich berichte offen die mir bekannten Hintergründe, die mit Leilas Bruder zu tun haben, seiner tragischen Entwicklung. Dann spreche ich über die Situation der Familie, der drohenden Sprengung des Hauses. Er hört ruhig zu, ohne Zwischenfragen zu stellen. Als ich fertig bin, möchte er wissen, woher ich all diese Kenntnisse habe. Ich berichte daher auch von meinem Ausflug nach Bir Zeit und meinen dortigen Kontakten. Schließlich erzähle ich von den Hilfestellungen, die ich durch die Botschaft in Tel Aviv erfuhr, und von dem Ergebnis, dass Leila nicht in Israel inhaftiert ist. Professor Nebi erwähne ich aus einer Eingebung heraus nicht. Ich bitte ihn eindringlich, die diplomatischen Kanäle zu nutzen, um die junge Frau, die in Deutschland studiert, ausfindig zu machen und sich für ihre Freilassung einzusetzen.

Nachdenklich hat mir der junge Mann zugehört. Jetzt rückt er seine Nickelbrille zurecht und fragt: „Welches ist Ihr persönliches Interesse an der Sache?"

„Freundschaft, Anteilnahme am Schicksal eines Menschen, den ich für unschuldig halte, Nächstenliebe, wenn Sie so wollen."

„Ich verstehe", nickt er. Dabei schaut er ein wenig irritiert. Und nach einer Pause fügt er hinzu: „Ich werde dem deutschen Vertreter berichten. Wie ich es einschätze, werden wir Kontakte aufnehmen. Können wir Sie erreichen, wenn wir Näheres erfahren?"

„In den nächsten Tagen werde ich in Be'er Sheva sein, Hotel Desert Inn, danach in Jerusalem im Österreichischen Hospiz."

Auf der Ausfallstraße in Richtung Jerusalem stehen alle Räder still. Die Warteschlange der Fahrzeuge ist kilometerlang. Offenbar gibt es wieder eine Vollsperrung. Aus der ‚autonomen Stadt' gibt es derzeit kein Entrinnen. Unter den Wartenden wird die Nachricht verbreitet, die Ausfahrt gen Norden in die Jordansenke sei möglich. Einige Fahrzeuge wenden daraufhin. Auch mich verlässt angesichts der aussichtslosen Lage die Geduld, denn über eine Stunde geht es nicht einen Schritt voran. Ich wende meinen Wagen und fahre nach Jericho zurück.

Unweit des Marktes stelle ich das Auto ab und gehe zu Fuß durch die Straßen. Das Alltagsleben ist friedlich, die Menschen schauen mich freundlich an, Frauen kaufen an den Marktständen ein, die gut mit Gemüse und Obst bestückt sind. Junge und alte Männer sitzen in Scharen vor den Cafés und auf den Straßen, viele Müßiggänger, ohne Arbeit, sie diskutieren, rauchen Wasserpfeife.

Ich biege um eine Straßenecke, und da steht sie wieder vor mir, ist genauso erstaunt wie ich, lacht, und ihre Grübchen treten symmetrisch hervor: „Vor was bist du nun auf der Flucht?" Silvia, die deutsche Journalistin mit dem Pagenkopf, von der ich mich vorhin erst trennte, ist auf dem Weg zum Markt, um sich mit Vorräten für ihren kleinen Haushalt zu versorgen.

„Die Flucht war mir nicht möglich, die Ausfahrt ist gesperrt", erwidere ich mit deutlicher Freude über das Zusammentreffen, denn nun scheint der Tag gerettet. Spontan will ich meine neue Freundin zum Essen einladen, doch sie kommt mir zuvor: „Wenn du nicht heraus kommst aus der Stadt, so musst du halt hier bleiben. Was die Archäologie betrifft, so warst du ein gelehriger Schüler. Wenn du willst, kannst du auch noch anderes bei mir lernen."

„Was wäre das?" will ich wissen.

Sie strahlt über ihr ganzes Gesicht: „Kochen zum Beispiel. Es gibt hier hervorragende Gerichte, die man mit einfachen Zutaten vom Markt schnell und schmackhaft zubereiten kann."

Natürlich lasse ich mich nicht zweimal einladen. Gemeinsam schlendern wir über den bunten Markt. Die Stände schließen zum Teil bereits wieder, es geht auf dreizehn Uhr zu. Die sengende Mittagshitze verbietet jede schweißtreibende Tätigkeit um diese Tageszeit. Silvia ist sehr geschickt beim Einkauf, sucht mit sicherem Griff verschiedene, mir nicht geläufige Gemüsesorten aus, nur Paprika und Fenchel erkenne ich, dann kauft sie frische Granatäpfel und Datteln, alles zu Spottpreisen, wie sie sagt, bei uns koste es das Fünffache.

Ziemlich bepackt gehen wir dann fröhlich lachend und schwatzend zu ihrer kleinen Einliegerwohnung, die nur drei Straßen weiter im Untergeschoss eines frei stehenden Hauses liegt.

„Was sagt dein Anstandswauwau, wenn du Herrenbesuch bekommst?" spiele ich auf den Vermieter an.

„Er ist heute schon früh fortgefahren, kümmert sich um seine Spedition, die sein Sohn übernommen hat. Es gibt viel Ärger für ihn, große Verluste, denn die Wagen rollen nicht genug wegen der Sperren."

Schließungen seien nicht neu, erläutert sie. Seit Mai 1995 gab es sie an dreihundert Tagen. Doch nach den Terroranschlägen handele es sich um wirklich harte Sperren.

Zusammen stehen wir dann in der kleinen Kochnische, ich schneide Paprika in Streifen und erzähle von meinem Aufenthalt in Jerusalem und meinen weiteren Plänen. Dabei erwähne ich Fredi, Stefan und schließlich auch die Geschichte von Leila. Meine platonische Liebesaffäre mit Noami verschweige ich.

Silvia horcht auf, als ich von meinen Recherchen in Bir Zeit berichte. Die Situation der Terroristenfamilien, deren Häuser man sprengt, ist ihr bekannt und interessiert sie. Man müsste darüber berichten, exklusiv, sagt sie, „aber es ist nicht leicht, einen solchen Bericht unterzubringen. Die Sympathien sind in Deutschland heute manchmal auch bei den Palästinensern, aber nicht, wenn es um Terror geht. Da hört alles Verständnis auf. Man kann daher nicht auf Interesse für einen sachlichen Bericht hoffen, der ein solches Thema zum Gegenstand hat, nicht bei den Redaktionen, nicht in der Zeitungsleserschaft. Bestenfalls ist man bereit, jetzt nach der Wahl in Palästina eine nichtterroristische Mehrheit in der Bevölkerung anzunehmen, aber alles, was mit der Hamas-Bewegung zu tun hat, wird in die Terrorecke verbannt. Da gehen die Schotten dicht."

Sie schüttet den Reis in das kochende Wasser und dreht die Flamme klein. „Wenn die deutsche Vertretung deine Bekannte findet, könnte ich als Journalistin auftreten und versuchen, einen Bericht zu machen, der die Bemühungen des Palästinensischen Rates um die Terrorbekämpfung zum Thema hat. Vielleicht lassen sie mich dann in die Gefängnisse. Aber ich fürchte, das wird nicht klappen, denn sie wissen sehr wohl um die miserablen Zustände, die nicht vorzuzeigen sind."

Zum Essen gibt es eine Flasche Weißwein, eine gute Lage aus dem Rheingau. Sie hat ihn importiert und für besondere Anlässe aufgehoben. Ob dieses ein solcher sei, will ich wissen. „Es wird sich herausstellen", entgegnet sie. Stilvoll gedeckt hat sie den Tisch in dem spärlich, aber gemütlich eingerichteten großen Wohnraum. Das Appartement besteht aus diesem Zimmer mit der Kochecke, einem Bad und einer nur durch hängende Bambusstäbe abgetrennten Schlafnische.

Das vegetarische Essen ist köstlich. Der besondere Pep liegt in der Zusammenstellung der Gewürze, erklärt sie mir. Woher sie diese Kunst beherrsche, will ich wissen. „Kochen ist mein Hobby", entgegnet sie mit einem gewissen Stolz in der Stimme, „ich sammele seit eh und je Kochrezepte. Hier habe ich mich mit einer jungen Frau aus der Nachbarschaft angefreundet und von ihr einige Tipps bekommen."

Als Nachtisch gibt es von Silvia eigenhändig kandierte Granatapfelkerne. Dann bittet sie mich, einen Kaffee zu kochen: „Du kannst das doch?" fragt sie besorgt, denn sie hat keine Kaffeemaschine, man muss wie früher das Wasser per Hand über die gemahlenen Körner brühen. Als ich ihr versichere, dass dies nun meine Aufgabe sei, verschwindet sie im Bad, um nach einigen Minuten wieder ins Zimmer zu treten, – so, wie Gott sie schuf.

Ich bin völlig überrascht, doch bleibt mir keine Zeit, die Überraschung in Worte zu fassen. Atemberaubend schön ist sie mit ihren kleinen, aber prallen Brüsten, ihren langen Beinen, dem süßen Po. Auch zum Betrachten bleibt mir nicht viel Zeit, bevor ich tief durchatme, hat sie die Bambusstäbe beiseite geschoben und winkt mir, ihr auf das große Bett zu folgen.

Erst das Zischen des letzten verkochenden Wassertropfens erinnert mich nach unendlichen Zeiten des Glücks daran, dass ich Kaffee kochen wollte.

„Wer ist Eva?" fragt sie, als sie sich ankleidet.

„Wieso?" frage ich zurück und fülle neues Wasser in den

heißen Topf.

„Dreimal hast du mich so genannt."

„Eva ist meine Verflossene, du siehst ihr ähnlich, aber sonst bist du ganz anders."

Sie tritt von hinten an mich heran, während ich das Pulver in den Filter fülle, beißt mich liebevoll ins Ohr und fragt: „Nur anders?"

„Ja, ganz anders und sehr gut!" beschwichtige ich, drehe mich um und überziehe erneut ihren Mund und Hals mit Küssen. Moschus und Amber!

Nur einmal am späten Nachmittag verlässt Silvia mich für kurze Zeit, um einen Artikel, den sie vorige Nacht schrieb, nach Deutschland zu faxen und Getränke zu besorgen. Als sie fort ist, klopft es laut an ihre Tür. Ich öffne nicht, verhalte mich still. Schritte entfernen sich schließlich.

„Das war mein Vermieter", erklärt mir Silvia, als sie zurückkehrt, „ich traf ihn vor dem Haus, er wollte mir zum Geburtstag gratulieren."

„Wie bitte? Hast du etwa...?"

„Ja", entgegnet sie mit Schalk in der Stimme und stellt die Flasche eines Wermutgetränks auf den Tisch, „die habe ich aus geheimem Bestand bei einem Freund ergattert."

Draußen beginnt es zu dämmern, die Dunkelheit der Nacht bricht in diesen sehr tief gelegenen Zonen schnell herein.

„Was tue ich jetzt", frage ich ratlos, „ich habe kein Geschenk für dich?"

„Du bist doch selbst mein Geschenk für diesen Tag", lacht sie und holt sich erneut meine Küsse.

Den ganzen Abend und die ganze Nacht verbringen wir zusammen im Bett. Ich erfahre einiges aus ihrem bewegten Leben und erzähle ihr das meine. Und immer wieder zeigt sie mir, der ich nach Liebe dürste, was Glück bedeuten kann.

Als ich sie am frühen Morgen verlasse, schon bevor die Sonne sich über den Rand der Jordanischen Berge schiebt, bin ich trotz des wenigen Schlafes, den ich in dieser Nacht bekam, von Ruhe und Zufriedenheit erfüllt.

„Nein, mein Freund", hatte Silvia zuletzt gesagt, „eine Beziehungskiste wäre das Letzte, was ich brauche." Für sie steht fest, dass es ein One-Night-Stand war, ein Wiedersehen hält sie nicht für opportun.
Ob sie das oft macht, wollte ich noch wissen.
„Nur, wenn ich an meinem Geburtstag einsam in der Wüste sitze und es kommt ein Mann wie du zufällig als Geschenk um die Ecke."
„Also bisher noch nie?"
„Du bist ganz schön neugierig, aber ich kann dich trösten: Sonst bin ich grundsolide. Mein Beruf verbietet mir feste Bindungen jeder Art. Das musst du gleich wissen, sonst machst du dir falsche Vorstellungen."
Ich kann damit leben.

Als ich nun mein Auto in den Straßen suche, sind meine Gedanken noch bei ihr. Eine ganze Weile muss ich umherlaufen, die Straßen sahen gestern ganz anders aus. Alle Stände sind abgebaut, die Häuser dicht verrammelt. Schließlich entdecke ich den Wagen direkt unter einer Plakatwand, die von der Wahl übrig blieb. Später, auf der Fahrt zurück nach Jerusalem, geht mir auf, dass ich ungeheures Glück hatte, den Wagen unversehrt wiederzufinden, trägt er doch ein israelisches Nummernschild. Leicht hätte er gestohlen oder zumindest beschädigt werden können. Vor allem befindet sich mein gesamtes Gepäck im Kofferraum. Vielleicht haben ihn die wachsamen Augen der Wahlkandidaten, unter ihnen auch der große Vorsitzende mit dem Palästinensertuch, vor diesem Schicksal bewahrt.

Die Passierstelle ist im Gegensatz zu gestern völlig unproblematisch. Kaum ein Fahrzeug ist jetzt vor mir, die israelischen Sicherheitskräfte winken mir, als sie das Auto und meinen deutschen Pass sehen, sogleich zur Weiterfahrt.

Schon um kurz vor acht bin ich am Hospiz. Einer Eingebung folgend mache ich hier nur Zwischenstation, bevor ich zu meiner zweiten Rundreise, diesmal allein und auf eigene Faust, durch den Süden des Landes aufbreche.

Fredi beginnt gerade seinen Dienst, öffnet mir die Tür. Im Caféhaus versorge ich mich mit den köstlichen Schinkencroissants aus eigener Herstellung. Völlig ausgehungert aber glücklich bin ich nach dieser Nacht. Als Fredi noch einmal hereinschaut, fragt er nur, wo ich die Nacht verbracht habe, er glaubte mich bereits im Negev.

„Ich habe archäologische Studien in Jericho betrieben", erkläre ich ihm.

„Ja", entgegnet er, „es ist ganz erstaunlich, was dort alles ausgegraben wird. Je tiefer man bohrt, desto interessantere Schichten entdeckt man bei diesem Tel."

Natürlich ist er der Experte unter uns beiden, denke ich, doch bei den Frauen liege ich richtig. Als ich gehen will, reicht er mir einen Briefumschlag mit deutscher Briefmarke darauf und einer mir bestens bekannten Handschrift. Er hat ihn als Überraschung zum Schluss aufgespart.

Lieber Joachim,

Danke für deine Post!
Ja, darin warst du immer schon ganz groß,
wenn es darum ging, deine Wünsche
und Bedürfnisse zu erfüllen.
Heute Israel und was morgen?
Ich glaube nicht, dass es gut wäre, wenn wir uns
wiedersehen. Du wirst deine gekränkte Eitelkeit ertragen müssen.
Mein Examen geht in die letzte Runde, übermorgen
sind die Lehrproben, dann noch mündliche Prüfung.

Gruß
E v a

Drittes Buch

Baue die Mauern zu Jerusalem!

Eins

Der kurze Brief von Eva hat meiner Stimmung einen Stoß versetzt, raubt er mir doch die letzte Illusion, noch etwas reparieren zu können. Das war immer schon das Thema: Nur an mich denke ich! Alles muss so laufen, wie ich es sehe! Ein hoffnungsloser Egoist bin ich! Gekränkter Narzissmus ist dann die Folge, wenn es mal nicht funktioniert! Der Säugling, der nach der Mutter schreit, die mal wieder nicht anwesend ist! Er schreit in die Nacht, und sie straft ihn durch Abwesenheit. Dann wird das Trennungsspiel umgedreht, und er straft sie durch Abwesenheit. Bringe ich es immer wieder dazu, diese frühe Tragödie zu wiederholen? Oder ist das alles nur tiefenpsychologische Scheiße? Angelesenes, laienhaft als Beziehungswaffe eingebracht? Läuft nicht letztlich immer alles auf Trennung hinaus?

Drei Jahre waren sehr lang! Dass sie es so lang mit mir ausgehalten hat und ich mit ihr, ist eigentlich erstaunlich. Trennung gehört dazu, ist Bestandteil des Ganzen, ich weiß es! Wenn es nicht mehr anders geht, das Miteinander zur Qual wird, muss man sich abfinden mit dem Notwendigen.

Ich halte das nicht mehr aus! Dieser Kopfschmerz!

Aber was setze ich an die Stelle der missglückten Beziehung zu Eva? Ich vögele eine dahergelaufene Journalistin! Die große Ähnlichkeit mit Eva war da, aber Moschus und Amber sind gar nicht nach meinem Geschmack, sind mir wie Salz auf den Lippen. Ich spüre, wie es mir hochkommt, springe auf, renne in das saumäßig gekachelte Bad und erreiche gerade noch das Becken, um zu würgen: Nie wieder Schinkencroissants!

Doch die Erleichterung will sich noch nicht einstellen. Nun sitze ich auf dem Bett und suhle mich in Selbstmitleid. Wo sind meine Hoffnungen geblieben?

Auf einer Unifete hatten wir uns vor drei Jahren kennengelernt. Sie ist mir gleich aufgefallen mit ihrem strohblonden, langen Haar, ihren üppigen Formen. Schon in der ersten Nacht hat es gefunkt. Wir waren wie verrückt nacheinander. Am nächsten Tag ist sie gleich zu mir gezogen, mit Sack und Pack. Meine Wohnung ist groß genug. Ein Kommilitone, mit dem ich sie zunächst teilte, war gerade ausgezogen. So hatten wir ideale Bedingungen, jeder einen Arbeitsplatz für sich, gemeinsame Küche und Bad. Eva war mitten in ihrem ersten Examen, ich jobbte teilweise als Kellner in einer Bar. Dann bekam sie eine Stelle als Referendarin an einem Göttinger Gymnasium. Ungeheures Glück hat sie gehabt, dass sie am Ort bleiben konnte.

Aber da fingen die Schwierigkeiten an. Im Nachhinein denke ich, es lag vieles auch an den Belastungen, die Eva im Beruf erfuhr. Die Klassen waren schwierig, die Anforderungen in ihrer Praxisausbildung hoch, eine Lehrprobe kam nach der anderen. Sie war nicht mehr so ausgeglichen, so fröhlich wie zuvor. Sie entwickelte eine rechthaberische, oft unversöhnliche Haltung. Kleinigkeiten konnten sie aus der Ruhe bringen, meist reagierte sie übermäßig, strafte mich, indem sie oft tagelang nicht mehr mit mir sprach. Irgendwann kam sie schließlich und versöhnte sich: „Lass es uns vergessen", waren dann ihre Worte.

Am schwersten auszuhalten für mich waren aber die sexuellen Zwangsabstinenzen, mit denen sie mich zunehmend für angebliches Fehlverhalten strafte. Warum war eigentlich nicht ich es, der sie verließ? Vielleicht brauchte ich sie zu sehr. Oft genug habe ich auf dieser Reise an sie gedacht!

Vielleicht sollte meine Partnerin neben der Geliebten für mich auch die Rolle der Mutter spielen. Was ich für Liebe gehalten habe, war Abhängigkeit.

Ein regelrechter Kleinkrieg brach aus, nachdem ich einmal aus der für mich immer unerträglicher werdenden Beziehung ausgebrochen war, dieses aber bereute und es ihr dann gebeichtet hatte. Eine Kommilitonin hatte mich zu sich eingeladen, um ein Referat gemeinsam bei einem Glas Rotwein abzustimmen. Wir waren sehr schnell dazu gekommen, uns selbst aufeinander abzustimmen. Hinterher packte mich ein schreckliches Schuldgefühl Eva gegenüber. Ich beichtete den Fehltritt und musste erkennen, dass sie zu Tode gekränkt war. In der Folgezeit gingen wir immer weniger aus. Eva musste arbeiten, in der Hauptsache ihren Unterricht vorbereiten. Sie ist sehr ehrgeizig. Immer öfter ging ich daher auf ein Bier oder zwei in eine der Kneipen. Wenn ich heimkam, schlief sie meist.

Dann kam der Sommer in Jugoslawien, ein Land, das es nicht mehr gab. Mit Evas Wagen waren wir über Udine - Triest an die Adria gefahren, hatten zuvor gehört, man könne dort jetzt billig Urlaub verbringen, weil wenige Touristen diese Ziele buchten. Ich hatte mich auf den Urlaub gefreut, wollte endlich mal wieder tanzen gehen, hatte die Hoffnung, unsere Beziehung würde so werden wie früher. Aber Eva hatte sich einen ganzen Koffer voller Bücher eingepackt und kaum angekommen begann sie, eines nach dem anderen zu verschlingen. Sogar abends im Bett las sie noch: Didaktik und Methodik. Am dritten Tag fuhr ich mit dem Auto auf Erkundungstour und entdeckte einige Spuren des Krieges, der ja längst auch diese Region berührte.

Als ich abends zurückkam, musste ich Vorwürfe hören. Ich hatte wieder Kardinalfehler begangen. Vor allem durfte ich sie nicht allein lassen. Wir stritten drei weitere Tage, dann fuhr sie zurück.

Beim Streit kommt es immer darauf an: Wer lenkt zuerst ein? Inzwischen weiß ich, dass Nachgeben keine Schwäche sein muss. Es dauert lang, bis man lernt, dass die Separierung die bessere Lösung ist. Eva hat dies zuerst erkannt und mich ein weiteres Mal geschlagen.

Und kaum läuft mir nun die eigentliche Frau meines Lebens über den Weg, schon verpatze ich wieder alles. Noami liebt mich, ich bin ganz sicher. Wäre sie sonst zurückgekommen ins Hospiz? Unsere Seelen entsprechen sich. Was musste ich eigentlich in Efrat beweisen? Konnte ich meine Wichtigkeit nicht im Zaume, einmal nur mein dummes Maul halten?

Aber statt mich nun um die Scherben zu kümmern, laufe ich dieser Schimäre nach: Eine Palästinenserin aus der Haft befreien! Weiß ich denn, welche Gründe für die Inhaftierung vorliegen? Ist es in unseren persönlichen Verhältnissen nicht genauso wie in den Beziehungen zwischen den Völkern? Wir wollen vor allem unseren Vorteil und setzen ihn rücksichtslos durch! Was ist das für eine blinde Illusion vom friedlichen Miteinander? Geht es nicht nur darum, wer sich durchsetzt und dabei am besten heucheln kann? Warum beschäftige ich mich immer noch mit der Beziehung zu Eva? In der Gegenwart zu leben, hieße meinen Gefühlen zu Noami zu trauen. Geliebte Noami, wie kann ich dich noch erreichen?

Natürlich ist es kein Zufall, dass ich Be'er Sheva zum Ausgangspunkt meiner neuen Rundreise wählte, liegt doch die Luftwaffenbasis, in der sie ihren Dienst versieht, ganz in der Nähe. Ich greife zur Autokarte, die auf dem Tisch liegt. So weit bist du gar nicht von mir! Im Luftwaffenmuseum, nur wenige Kilometer von hier, leistest du jetzt, zum Abschluss deiner Militärzeit, Führungsdienste, hast du gesagt. Was hindert mich, als interessierter Besucher des Museums aufzutauchen und mich von meiner geliebten Noami führen zu lassen? Wenn ich dich nur sehe, deine Nähe spüre, vielleicht wird dann doch alles gut?

Am Morgen ist der Kopfschmerz wie weggeblasen. Draußen vor meinem Zimmer höre ich seit einer Weile das Murmeln von Stimmen. Ich trete auf den Balkon, die Sonne strahlt schon vom blauen Himmel. Auf dem Parkplatz vor dem Haus unterhalten sich drei dunkelhäutige Männer. Sie sind ungewöhnlich fein gekleidet, tragen lange Mäntel und Hüte. Die Kleidung passt gar nicht zu ihrem Erscheinungsbild. Hoch gewachsen der eine, fast dürr, ein kantiger Schädel. Die beiden anderen haben sich trotz ihrer Kleidung auf den Bordstein gehockt, man wartet auf etwas, wohl auf ein Auto. Dabei unterhält man sich. Sie wirken wie Baumwollpflücker in amerikanischen Südstaaten, die man paradoxerweise zu Rechtsanwaltsgehilfen umschulen will. Später erfahre ich, dass es viele äthiopische Einwanderer gibt. Sie akzeptieren fast jede Arbeit und nehmen oft weite Fahrten an die Arbeitsstellen in Kauf.

Ich steige unter die Dusche, das Wasser kommt nur tröpfelnd und braucht eine Ewigkeit, bis es warm wird. Dann gehe ich frühstücken. Es versöhnt mich wieder mit der Anlage. Das Buffet ist reichhaltig und gut sortiert. Mit Ausblick auf ein überdachtes Schwimmbad genieße ich den Toast, die tollen Käsecremes, die frisch gepressten Säfte.

Das Luftwaffenmuseum in der Nähe von Be'er Sheva ist eine gewaltige Demonstration jüdischer Stärke und Militärkraft. Es liegt in der baumlosen Ebene in praller Sonnenglut.

Nach einer halben Stunde Fahrt über gut ausgebaute Straßen erreiche ich den Großparkplatz, auf dem sich schon einige Besucher, vornehmlich Touristen, versammeln. Im Pulk stehe ich an der Kasse an, löse die Eintrittskarte und entschließe mich, mit einer Gruppe mitzugehen. Ich möchte mich zunächst verdeckt auf die Suche nach Noami machen.

Offenbar ist schlechtes Wetter eine Seltenheit in dieser Gegend. Die Sonne verbreitet früh um halb zehn eine noch halbwegs angenehme Wärme. Die Luft ist frisch und rein. Eine Gruppe amerikanischer Touristen sammelt sich auf dem Platz hinter dem Kassenhaus. Viele tragen die blauen Kappen ihrer Reisegesellschaft, die ihr Führer zu Beginn der Reise verteilt hat, um seine Schäfchen besser im Auge zu behalten. So kommen sie bereits uniformiert hier an.

Eine junge Soldatin in dunkelblauem Pullover mit Schulterklappen und Rangabzeichen an den Ärmeln hat sich gerade eingefunden. Sie postiert sich vor der Gruppe und führt erste Kontaktgespräche. Aus Wisconsin kommen sie, die Führung ist vorbestellt und in englischer Sprache.

Während die Gruppe sich sammelt, spähe ich in die Umgebung. Nirgends sind andere Führungen zu sehen, Noami ist nicht in Sicht. Dann folge ich den Herrschaften in das Betongebäude, bleibe immer in Hörweite stehen, um eventuell Anhaltspunkte zu bekommen, die mir bei meiner Suche hilfreich sein könnten.

Zuerst werden Raketen vorgestellt. Verschiedene Größen und deren Entwicklung, Einsatz, Reichweite. Die junge Soldatin erklärt die Details mit Pathos in der Stimme. Vor allem die Männer hören interessiert zu, stellen einige Zusatzfragen. Auf mich wirkt diese Glorifizierung von Kriegsgerät befremdend.

Anschließend werden Pilotenuniformen an lebensgroßen Puppen vorgeführt. Die arabischen Piloten, deren Ausstattung man nach Abschüssen und Gefangennahme in den Fundus des Museums übernehmen konnte, kommen im Vergleich schlechter weg als die modernen, weit entwickelten israelischen Kampfanzüge.

Sehr lang, für meinen Geschmack viel zu lang, hält sich der weibliche Korporal bei den Details auch der Hubschrauberpiloten auf. Man spürt ihre eigene Begeisterung.

Danach werden verschiedene Bombermodelle verglichen, sie lässt ihre Zuhörer die Flugzeugtypen erraten. Es sind wieder einige Herren mittleren Alters, die dabei Ehrgeiz entwickeln.

Eine der Ladies fragt beim Weitergehen die junge Führerin, warum in Israel die Frauen ausnahmslos zum Militärdienst herangezogen werden und was sie darüber denkt.

„Schon vor der Staatsgründung 1948 kämpften die Frauen mit der Waffe an der Seite der Männer, um Haus und Hof zu verteidigen. Das war die Ausgangslage, und so wurde es bis 1956 für alle zur Pflicht. Aber seit dem Sinai-Krieg wurden wir aus den Kampfverbänden auf nichtkämpfende Stellen zurückgezogen." Die Lady scheint zufrieden mit dieser Auskunft.

Soll ich die Gruppe verlassen und auf eigene Faust durch das Gelände streichen? Gerade will ich mich lösen, da wird eine spannende Geschichte erzählt.

Eine als israelischer Pilot gekleidete Puppe hängt an der Kufe eines Hubschraubers unter dem Hallendach: „Dieser Pilot einer israelischen Phantom F 4 E und sein Navigator wurden am 16. Oktober 1986 über dem Südlibanon abgeschossen. Sie retteten sich mit Fallschirmen. Zuvor hatten sie Stellungen der Palästinensischen Befreiungsarmee in der Nähe von Sidon bekämpft. Beide Männer kamen in Gefangenschaft. Am nächsten

Tag konnte ein israelisches Kommando den Piloten mit einem Helikopter befreien. Mehrere Kilometer hielt er sich an der Kufe fest! Eine Meisterleistung, die enorme Kraft und Mut erfordert!"

Die Zuhörerschaft schaut gebannt nach oben. Die Führerin macht eine Kunstpause: „Aber Ron Arad, den Navigator, mussten sie zurücklassen. Wir nehmen an, dass er noch am Leben ist. Wahrscheinlich wurde er in den Iran gebracht."

Sie deutet auf das Foto eines jungen Mannes, der seit fast zehn Jahren verschollen ist. Längst ist er zum Nationalhelden und seine Geschichte zur Legende geworden. Sie wird täglich Scharen von Besuchern erzählt.

„1995 berichtete ein ehemaliger Gefangener des Evin-Gefängnisses in Teheran, es gebe dort einen israelischen Gefangenen", fährt die junge Frau fort, „ob er jemals wieder freikommen wird, weiß niemand. Aber kürzlich drohte wieder die Hizbollah, die schiitische Partei und Miliz im Libanon, mit seiner Ermordung."

Schweigen. Es sind immer die persönlichen Schicksale, die betroffen machen. Die amerikanischen Frauen schauen gerührt, sie denken an ihre Söhne, vielleicht an die Mutter von Ron Arad.

„They give the best years of their lives", sagt nach einer Weile eine alte Dame, die mich ein wenig an Sarah vom Herflug erinnert. „Yes, they do", bekräftigt eine andere. Dann verlässt die Gruppe endlich den Museumsbau, um das Freigelände zu besichtigen.

Das Areal ist übervoll mit Düsenflugzeugen der verschiedensten Baujahre und Typen. Die komplette israelische Luftwaffe ist hier in ihrer Entwicklung nachzuvollziehen, ein El Dorado für jeden Flugbegeisterten. Mich interessiert nur die Frage, ob ich irgendwo eine Führung mit Noami entdecke.

Wir gehen durch einen Hangar, in dessen überdachtem Schutz einige sensible Fluggeräte älteren Baujahres stehen oder unter der Decke hängen. Darunter sind die ersten unbemannten Fluggeräte, die Israel vor Jahren erfolgreich einsetzte. Mein Blick schweift über das Gelände.

Mir scheint, quer über den Platz, wo ein altes Verkehrsflugzeug steht, sammelt sich gerade eine Besuchergruppe, um die Maschine zu besteigen. Schnell löse ich mich von den Amerikanern, die gerade wieder interessierte Fragen zu stellen beginnen, eile zwischen den geparkten Bombern hindurch, beschleunige meinen Schritt noch einmal, überquere einen kleinen Holzsteg, die Gruppe ist schon fast vollständig die aufgebaute Gangway empor und im Bauch des Fliegers verschwunden, schließe mich an, betrete den Vogel und schaue ihr ins Auge, die gerade den Eingang verschließen will, um den Raum, der als Besucherkino genutzt wird, zu verdunkeln.

„Was willst du hier?" zischt sie in unfreundlichem Ton, hat mich wohl schon die Treppe heraufkommen sehen. Sie schließt die Tür und kümmert sich nicht weiter um mich. Die Gruppe hat in den Sitzen Platz genommen, um zum Abschluss ihrer Führung einen Film zu sehen. Schnell setze ich mich in einen der freien Sessel, Noami hat die Filmmaschine in Gang gebracht, ist irgendwo im hinteren Teil des Flugzeugs verschwunden.

„Wir lösen die Probleme besser als unsere Gegner", tönt es aus den Lautsprechern, „Risikobereitschaft ist eine wesentliche Grundlage." Bilder von jungen, dynamischen Menschen, lachende Gesichter. Man setzt auf die überlegene Kraft des Geistes: „Wir lehren sie das Zweifeln und Infragestellen!"

Ich halte Ausschau nach der Schönsten unter den Armeeangehörigen. Noami ist nicht zu sehen. Sie hält sich verdeckt.

„Intelligenz und Selbstsicherheit sind die Schlüssel zum Erfolg, überlegene Technologie ist der Name des Spieles." Beeindruckende Flugaufnahmen, und immer wieder schöne, junge Menschen in Uniform. War da nicht Noami im Bild?

Ich stehe auf, gehe durch den dunklen Gang in den hinteren Teil der Maschine, um sie zu suchen. Dort, wo die Gruppe aufhört, hat sie sich in einer der letzten Reihen niedergelassen. Ich spüre, sie will nichts von mir wissen. Dennoch setze ich mich in den Stuhl neben ihr, spreche sie an: „Noami, ich muss mit dir reden."

Schweigen sagt mehr als Worte.

„Ich wohne im Desert-Inn-Hotel. Können wir uns heute

Abend sehen?"

„Wir vergessen niemals den Einzelnen innerhalb unserer Organisationen", tönt es aus den Lautsprechern in das Schweigen. „Diejenigen, die sterben, sind noch ein Teil von uns." Ihre Silhouette, die nur vom Bildschirm her beleuchtet wird, ist unbewegt. Noami will nichts mit mir zu tun haben. Ich greife nach ihrer Hand, sie zieht sie schweigend fort. Es gibt eine eisige Stille, die sich quer über das Gedröhn der Filmgeräusche im Raum legt. Flugaufnahmen, Maschinen in erstaunlichem Formationsflug.

„Wir fühlen als Soldaten und als menschliche Wesen."

Noami steht auf, geht nach vorn, erhellt den Raum, der Film ist beendet, sie sagt auf Englisch: „Nun, liebe Gäste, das war der Schluss unserer Führung. Ich hoffe, Sie haben einen guten Eindruck von der Bedeutung unseres Militärs bekommen. Vielen Dank und auf Wiedersehen." Dann öffnet sie die Luke, gleißendes Sonnenlicht dringt ein. Ich bin in der Schlange am Schluss, verlasse die Maschine zuletzt, Noami ist nirgends mehr zu sehen. Ich spüre, dass ich der Grund für ihr schnelles Verschwinden bin.

Kann mein Widerspruch bei deinem Onkel all das zerstören, was wir zusammen gefühlt und erlebt haben? Ich kann es nicht glauben. Es muss noch mehr sein, was deine starke Ablehnung bewirkt.

Warum sollte ich noch hier bleiben? Ohne dich ist dieser Ort für mich ein Gräuel. Niemals könnte ich diesen demonstrativ zur Schau gestellten Militarismus mir zu Eigen machen. Ich kann ihn nur vor dem Hintergrund des mir nun bekannten Traumas begreifen. Denn die reale Bedrohung dieses Staates von innen und von außen existiert gewiss und erfordert wirksame Abschreckung. Dennoch ist dieses Aufgebot militärischer Stärke, die Glorifizierung der Todesmaschinerie meiner Erziehung und allen meinen Überzeugungen zutiefst fremd.

Ich verlasse den Ort und fahre mit dem Auto blind und ziellos durchs Land. Gerade halb zwölf, kurz vor Mittag ist es. Wenn Noami mich meidet, dann ist jegliches Verweilen hier sinnlos!

Zwei

Durch die karge Vegetation, das zarte Grün der Wüstenausläufer fahre ich nordwestlich. Ich weiß nicht wie lang, allzu versunken bin ich in Gedanken an die Stunden mit Noami, die erst wenige Tage zurückliegen. Unser Tanz im Underground, der Gang über die Mauern von Jerusalem, das Gespräch an der Westmauer angesichts des untergegangenen frühen Tempels der Juden, dann die tiefgreifenden Eindrücke in Yad Vashem. In kurzer Zeit ist eine intensive Beziehung gewachsen. Irgendwie hat alles gestimmt. Und eine Hoffnung knüpfte sich daran, die Hoffnung, Vergangenes überwinden zu können. Irgendwann. Vielleicht schon morgen.

Und dann hatte plötzlich die Zukunft begonnen. Wir fuhren zusammen gen Westen, saßen am Ufer des Mittelmeeres, den Blick über das blaue Wasser, eine zarte Liebe begann zu keimen.

Erste Irritationen sogleich, denn vieles musste klargestellt werden. In einer ungewöhnlichen Verbindung kann nichts einfach nur so sein, wie es scheint. Der zweite Tanzabend am Ufer des Sees Genezareth. Momente des Glücks im nächtlichen Garten. Dann die Fahrt in politisch schwieriges Gebiet. Die Vorstellung bei der Familie, die Begegnung mit dem alten Juden deutscher Herkunft. Dann das Bad im Jordan, die Taufe!

Ich male mir aus: Was wäre gewesen, wenn ich sie auf dem Berg der Seligpreisungen umarmt und geküsst, am schattigen Hügel beim Grab des Mosche Dajan geliebt hätte?

Mir war klar, dass ich richtig daran tat, es nicht ungestüm zu verderben. Alles hätte vorbei sein können, eine kurze Romanze nur, die man gern in Erinnerung behält, dann aber irgendwann vergisst. Nach der Trennung in Jerusalem war sie aus eigenen Stücken zu mir zurückgekommen ins Hospiz.

Trennung muss nie für alle Zeiten sein, manchmal gibt es eine zweite Chance! Jetzt aber scheint alles vorbei. Angezischt hat sie mich wie eine Schlange, voll Ablehnung und Unmut. Ihre schönen Augen, die mir zuvor in Liebe erschienen, waren meinem Blick verschlossen, ihre Hand meiner zärtlichen Berührung entzogen.

Ich folge der Straße immer geradeaus und entscheide mich später, einer Eingebung folgend, die Abzweigung nach Ashkelon zu nehmen. In meinem Reiseführer lese ich dann, dass es die sogenannte Hungerstraße ist. Eine Arbeitsbeschaffungsmaßnahme, die unter britischer Mandatsherrschaft nach 1917 zwischen Be'er Sheva und Gaza gebaut wurde.

Als ich endlich aus meinen Gedanken des Selbstmitleids herausfinde, fällt mir ein, dass ich mein ganzes Gepäck im Hotel zurückgelassen habe. Die Rechnung habe ich auch noch nicht beglichen. Ich werde also zurückkehren müssen, zurück in die Wüste.

Da taucht linkerhand ein Niemandsland auf. Stacheldrahtzäune wie einst an der innerdeutschen Grenze, mal parallel zur Straße verlaufend, dann in Zickzacklinien über die leichten Hügelwellen westwärts davon. Ich halte am Straßenrand und schaue auf die Karte: Bin ich unversehens schon an der Grenze zum Gazastreifen angelangt? Es wird Zeit, dass ich das Ziel des Ausfluges bestimme, die Tankfüllung geht, wie ich mit Erschrecken bemerke, bedenklich zur Neige. Da fällt mir auf der Karte ein Name in den Blick: Kibbuz Yad Mordechai.

Dieser Name fiel an jenem Tag des Glücks, als Großväterchen mir sein Leben erzählte. Er gehörte zur Gründergeneration dieses Kibbuz, hier hat er viele Jahre sein Leben als Arzt gelebt.

In wenigen Minuten bin ich dort, fülle zunächst den Tank auf und kehre dann im Restaurant der modernen Raststättenanlage vor dem Kibbuz ein. Am Buffet bediene ich mich mit Fleisch, Fisch, Kartoffeln, verschiedenen Gemüsesorten, alles sehr bunt fürs Auge garniert, schmackhaft und sättigend. Danach kaufe ich ein Glas Orangenhonig im angrenzenden Shop, dieser wird

im Kibbuz produziert, und kehre zum Auto zurück.
Ich habe neben einem Strauch geparkt, der voller Blüten aus kleinen, gelben Pelzkügelchen steht. Ich kann nicht widerstehen, einen Zweig abzubrechen. Ich stehe eine Weile gedankenversunken, hebe den Zweig zur Nase, um den Duft zu prüfen. Jawohl, es ist eine zarte Mimose, die unsere Blumengeschäfte nur als Importware erreicht. Meine Mutter liebte Mimosen, ein früher Schwarm hatte ihr einen Zweig geschenkt, das konnte sie nie vergessen.
Ein Passant weist mich zurecht, will mir sagen, dass es verboten ist, hier Pflanzen abzubrechen. Erschreckt kehre ich aus der Vergangenheit zurück, wehre mit bedauernder Miene ab: Sorry, ich habe es nicht gewusst! Nehme den Zweig aber mit ins Auto, lege ihn auf den Beifahrersitz. Dann rolle ich die wenigen Meter zum Kibbuz hinüber und dort dem Wegweiser zum Museum nach, finde sogleich einen Parkplatz, wo bereits ein leerer Reisebus mit laufendem Motor auf die Rückkehr seiner Fahrgäste wartet. Ich stelle den Wagen ab und gehe die Stufen zu dem hässlichen Betonkasten empor, an dessen Außenfront auf Hebräisch und Englisch das Motto der Gedenkstätte steht: „Vom Holocaust zum Überleben".
Ich betrete die angenehm kühle Halle, löse an der Kasse eine Eintrittskarte und folge dem Wegweiser. Es geht die Stufen hinab, einen schmalen Gang entlang. Er führt symbolkräftig in die Katakomben des Holocaustgedenkens. Der Kibbuz wurde 1943 gegründet und nach dem Anführer des Aufstandes im Warschauer Ghetto, Mordechai, benannt. Das Museum beschäftigt sich mit dem Ghettoaufstand. Das Murmeln der Besucherstimmen hallt mir entgegen, lange schon, bevor ich die Gruppe erblicke.
Warum suche ich schon wieder dieses Thema? Es zieht mich magisch an und in seinen Bann. Längst ist es noch nicht überwunden und jetzt, nach der Trennung von Noami, schon gar nicht! Ich hatte es befürchtet, schon vor meiner Reise habe ich es geahnt! Immer wieder taucht es auf aus den Urgründen der Zeit, schwebt heran, unausweichlich, penetrant, zupackend, und hat mich wieder im Griff, dem kalten.

Noami, ich leiste Abbitte!

An der nackten Betonwand steht geschrieben:
Here
Now
Search for what
Cannot be seen
What cannot
Be heard ever more
Understand
What is
Beyond all
Understanding

Ein alter Herr in einfacher Kluft steht zwischen den Vitrinen. Um ihn schart sich die Besuchergruppe. Es sind Deutsche. Journalisten? Lehrer? Wohl beides. Einer hält dem Alten ein Mikrofon vor das Gesicht, dieser erzählt auf Deutsch mit bewegter, vor Stolz triumphierender Stimme. Ich nehme die hallenden Sätze wahr, im Halbdunkel die Mimik. Doch bleibt der Sinn des Murmelns mir verschlossen. Die Umstehenden schauen schuldhaft betroffen. Ich versuche, mich näher an den Führer heranzudrängen. Sein Deutsch ist von merkwürdigem Akzent, ich ahne, es hat jiddische Züge.

„Wir haben keine Angst. Wenn Friede wird sein, wir werden haben gutte Beziehungen." Offenbar hat jemand aus der Gruppe mit Anspielung auf die Nähe des Gazastreifens nach den Auswirkungen einer zukünftigen Grenzöffnung gefragt. Es geht in diesem Land immer und überall um die Gegenwart und Zukunft Israels.

Ich gehe weiter, schreite der Gruppe voraus. An den Wänden Bilder aus dem Warschauer Ghetto, Fotos als Dokumente des Grauens. Ich tauche wieder ein in die Betroffenheit, die jeden Menschen packt, dem Deutschen aber stets den Schuldfinger zeigt: Das habt ihr uns angetan! – Die Mittel der ‚Verewigung', die wir perfekt beherrschen, werden das Vergessen auf ewig verhindern! Ein kalter Schauer durchfährt mich.

Überall in den Schaukästen persönliche Zeugnisse des Leidens.
In all the bunkers where our comrades are biding, it is impossible to light a candle at night because there is no air. (Mordechai, 23.4.1943)

Ja, Noami, nicht ums Verarbeiten geht es, sondern ums Weiterleben! Schnellen Schrittes gehe ich den Rundweg durch die Gedenkstätte voran. Die Gruppe folgt. Von Raum zu Raum steigt das Bodenniveau nun jeweils einige Stufen weiter an. Das symbolisiert, so kommt es mir vor, das Auferstehen des jüdischen Volkes aus tiefster Zerstörung und Vernichtung.

Über die Geschichte des frühen Kibbuz Mordechai finden sich Schautafeln und militärisch-strategische Sandkastenszenarien aus der Zeit des Palästinakrieges mit Ägypten im Jahr 1948. Die Heldentaten der frühen Gründergeneration werden stolz präsentiert. Auf der obersten Ebene schließlich wird die Gegenwart des Kibbuz als blühender Oase dargestellt. Es werden vor allem Orangen, Avocados und Grapefruits angebaut. Dann öffnet sich wieder der Ausgang zum Licht des Tages.

Ich streife durch das Gelände, folge einigen menschenleeren Wegen. Hier stehen viele kleine Häuser, deren Bewohner offenbar jetzt am frühen Nachmittag einer Arbeit nachgehen. Die Wohnverhältnisse sind sehr einfach. Zwischen Pflanzenkübeln mit blühenden Stauden wird auf der Terrasse alles aufgehoben, wozu die Wohnung keinen Raum mehr bietet, vom Kinderfahrrad über den Gefrierschrank zum Vorratsregal.

Ich besteige den nahen Hügel zu dem zerschossenen Wasserturm. Man ließ ihn als Mahnmal an den Angriff der Araber stehen. Schief und durchlöchert ist er, dennoch standhaft und weithin sichtbar. Auf einem Podest daneben die überlebensgroße Figur des Namensgebers Mordechai in heldenhafter Pose: Dieses Volk wird sich nie wieder unterkriegen lassen!

Auf der Anhöhe, wo die frühen Kibbuzbewohner dem Ansturm der ägyptischen Soldaten trutzten, ist der Alte aus dem Museum inzwischen mit der deutschen Gruppe eingetroffen, und ich werde Zeuge seiner Demonstration der militärischen Lage. Er setzt ein Gerät in Gang, das über Lautsprecher in deutscher Sprache den Hügel mit einer ausführlichen Erklärung des Kampfherganges jener Tage beschallt. Dabei zeigt der Greis auf die im Gelände verstreuten Pappfiguren, die angreifende Truppen darstellen. Ich fühle mich merkwürdig unbeteiligt. Seine Begeisterung ist mir fremd. Mein Blick schweift in die Ferne.

Am Horizont, vielleicht zwei Kilometer entfernt, kann man von hier aus die Hochhäuser von Gaza-Stadt erahnen. Dort drüben also, am Ufer des Mittelmeeres liegt der zweite Teil des Palästinensergebietes, welches so schwer zugänglich ist.

Zügig, fast fluchtartig verlasse ich den Ort, komme an einem weiß getünchten Panzer ägyptischer Herkunft vorbei, der mit seinem offen zerschossenen Bauch mich anstarrt. Dahinter ein Meer von gelben Blüten an einem Strauch. Vorbei an einer Halle mit muhenden Kühen, Hunderte von Rindern, Kälbern. Fleischproduktion.

Ich finde mein Auto wieder und fahre zurück in die Wüste.

Drei

„You are Mister Siebenstein?" Die Dame am Empfang schaut mir beim Betreten der Halle erwartungsvoll entgegen. Als ich bejahe, fährt sie fort: „Someone is waiting for you". Dann weist sie den Pagen an, mich auf die Terrasse zu begleiten. Dort sitzen drei junge Frauen bei Eiskaffee und Sahneschnittchen, schauen mir interessiert entgegen. Doch der Page weist auf einen Herrn mit grauen Schläfen in korrektem Sommeranzug. Er sitzt etwas abseits bei einem Mokka und liest in einer Zeitung.

„Mister Rosenbaum", spricht ihn der Page an, der Herr lässt

das Blatt sinken und nimmt die dunkle Sonnenbrille von den Augen. Sein Blick ist freundlich prüfend.

„Thank you", sagt er zu dem Boten und reicht ihm eine Münze, worauf dieser sich schnell entfernt. An mich gerichtet fährt er auf Deutsch fort: „Sie sind Herr Siebenstein?"

„Ja, das ist richtig, mit wem habe ich das Vergnügen?" entgegne ich voll Neugier.

„Ob es ein Vergnügen sein wird, das ist noch die Frage", antwortet der gut aussehende Mittfünfziger mit einem sympathischen Lächeln um die Augen und weist auf den freien Sessel ihm gegenüber. Dann fährt er fort: „Heute habe ich eine Veranstaltung meiner Partei hier in der Nähe. Immer wenn ich bei einem meiner Kinder bin, schaue ich nach ihm. Wenn man erwachsene Kinder hat, sieht man sie sonst zu selten. Möchten Sie etwas trinken?"

Die Serviererin ist an unseren Tisch getreten und schaut fragend. „I take a bitter lemon", sage ich meiner Stimmung entsprechend und fahre an ihn gewandt fort: „So sind Sie Noamis Vater? Ich freue mich, Sie kennenzulernen."

„Noami war heute sehr verstört, als ich sie traf", bestätigt er meine Annahme. „Ich habe sie noch nie so erlebt."

„Weiß sie, dass Sie hier bei mir sind?"

„Nein, es gibt Dinge, die müssen die Männer unter sich ausmachen." Mister Rosenbaum packt die Zeitung zur Seite, lehnt sich im Sessel zurück und schlägt das linke über das rechte Bein. Dann greift er in die Innentasche seines Jacketts, zieht die Brieftasche hervor und entnimmt ihr einen zusammengefalteten Zettel. Er reicht ihn mir herüber: „Haben Sie dieses geschrieben?"

Ich schaue das Papier an und erkenne sogleich, dass es die andere Hälfte des Blattes ist, auf dem wir am Grab Mosche Dajans unsere Adressen tauschten.

„Ja, das habe ich geschrieben, es ist meine Adresse."

„Nein, ich spreche von der Rückseite", erwidert er. Ich drehe den Zettel um. Darauf stehen einige Sätze jener Gedanken, die mir nach Noamis spontanem Kuss, noch von den Eindrücken in Yad Vashem geprägt, in den Sinn kamen.

„Das sind Notizen, die ich in der Holocaustgedenkstätte aufschrieb. Warum fragen Sie danach, und wie kommt das in ihre Hand?" Er antwortet nicht sogleich, sondern zieht eine Brille aus einem Etui, setzt sie auf, lässt sich den Zettel zurückgeben und liest vor:

„Wir deutschen Nachkriegsgenerationisten sind zuständig für das Eingeständnis der Schande. Angesichts des Grauens, welches uns bei vollem Erkennen der geschichtlichen Fakten packt, muss uns die Schamröte ins Gesicht steigen."

Er setzt die Brille wieder ab, lässt die dabei entstehende rhetorische Pause wirken und sieht mich unverwandt an. Dann fragt er erneut: „Das haben Sie geschrieben? Es entstammt Ihrem Geist, und Sie stehen zu diesen Worten?"

„Ja natürlich", antworte ich etwas verstört, denn ich kann den Sinn und Zweck der Befragung nicht erkennen. „Es sind ganz persönliche Gedanken, die ich mir notiere, um sie später zu verwenden, eigentlich nicht für andere Leser gedacht. Als wir unsere Adressen tauschten, hatten wir kein anderes Papier zur Verfügung, deshalb nutzten wir dieses."

„Junger Mann," fährt er fort, „wenn Sie so denken, dann haben Sie begriffen, worum es in der Geschichte geht. Niemand kann ungeschehen machen, was vor fünfzig Jahren geschah. Doch können wir alle unser Leben nur in voller Kenntnis der Geschichte verantwortlich gestalten."

Ich bin über diesen Vortrag verwundert, weiß nicht, was ich dazu sagen soll. Vor allem: Was hat es mit Noami zu tun? Warum ist er zu mir gekommen? Ich frage daher direkt: „Warum sind Sie hier?"

„Ich kenne meine Tochter wie mich selbst, sie ist genau wie ich. Und ich möchte, dass sie glücklich wird in ihrem Leben. Können Sie das verstehen?" Er schaut mich fragend an. Dann fährt er fort: „Noami ist seit einigen Tagen wie verwandelt. Ich verrate Ihnen jetzt, was sie Ihnen aus guten Gründen bestimmt nicht selbst gesagt hat. Ich tue das, damit Sie verstehen, worum es hier wirklich geht."

Mister Rosenbaum winkt einem Kellner, der gerade an unserem Tisch vorübergeht, und zeigt auf seine leere Tasse. Dann zieht er ein Etui aus der Innentasche seines Jacketts, entnimmt ihm eine Zigarette und zündet sie umständlich mit einem altmodischen, goldenen Feuerzeug an, dessen Zündrädchen endlich Funken schlägt.

Und endlich rückt er damit heraus: „Noami ist seit fast zwei Jahren mit einem jungen, jüdischen Einwanderer aus der Sowjetunion befreundet. Sie haben sich in der Army kennengelernt." Aha, denke ich, das ist es also. Warum bin ich nicht selbst darauf gekommen!

„Sie wollten zusammenbleiben, haben viel Zeit verbracht miteinander. Schließlich haben sie für ihre Zukunft geplant. Aber je weiter Noamis Militärzeit dem Ende zuging, desto mehr packten meine Tochter Zweifel. Sie hat über Wochen niemandem etwas davon gesagt. Schließlich hat sie ihren Urlaub genommen, um sich darüber klar zu werden, ob sie diesen jungen Mann, der sich so voll auf sie eingestimmt hat, ob sie ihn wirklich liebt."

„Vor zwei Wochen etwa?" frage ich, denn mir dämmert die Erkenntnis.

„Ja", antwortet er, „sie hat ihm gesagt, dass sie Abstand braucht, um sich selbst Klarheit zu verschaffen darüber, was sie wirklich mit ihrem Leben anfangen will. Dieser junge Kerl hat sie überhaupt nicht verstanden. Er hat sich furchtbar aufgeführt, so als wäre meine Tochter sein Eigentum. Dann hat sie ihn erst recht verlassen. So ist sie. Ich bin froh über diese Entscheidung, denn er war nicht gut für sie." Er zieht kräftig an seiner Zigarette und pustet den Rauch in den Garten.

„Und dann ist Noami am Abend in Jerusalem tanzen gegangen." Mir wird klar, in welcher Verfassung sie war, als sie mich erstmals traf.

„Meine Tochter war so glücklich über den endlich gefassten Entschluss der Trennung wie lange nicht zuvor. Aber dann kam sie tags darauf und berichtete schon von einer neuen Liebe. Das ging mir zu schnell! Und sie hatte selbst auch berechtigten Zweifel, ob es ihr möglich sei, einen Deutschen zu lieben. Ich sagte ihr, dass sie sich prüfen muss und vor allem auf ihr Herz hören soll."

„Warum erzählen Sie mir das alles?" frage ich mit wachsender Spannung, berichtet er mir doch in ungewöhnlicher Weise. Mein Herz hätte das nur im Traum zu glauben gewagt: Sie liebt mich, ja, Noami liebt mich!

„Lieber junger Freund", fährt der lebenserfahrene Mann fort, „wir sollten die Realitäten sehen. Noamis Weg ist vorgezeichnet." Eine deutliche Falte, die zuvor nicht zu sehen war, bildet sich mitten auf seiner Stirn.

Die Kellnerin bringt endlich meinen Bitter Lemon. Mister Rosenbaum bestellt noch einen Mokka, dann fährt er fort: „Niemand kann heute schon die Schatten der Vergangenheit hinweg fegen. Liebe oder das, was wir dafür halten, ist eine hohe Empfindung, doch unser Leben hängt nicht nur von Sentimentalitäten ab. Ich möchte, dass meine Tochter, die wir in jüdischer Tradition erzogen haben, nach der Militärzeit eine hervorragende Ausbildung bekommt und dann wie ihre Mutter eine jüdische Ehe mit einem jüdischen Mann führt."

Ich schaue verdutzt, hatten seine ersten Worte doch ganz anders in meinen Ohren geklungen. Doch er wird gleich noch deutlicher: „Es wird Ihnen klar sein, dass Sie dafür nicht infrage kommen. Also muss ich Sie bitten: Lassen Sie ab sofort Ihre Finger von meiner Tochter!"

Ich bin wie mit dem Brett vor den Kopf geschlagen, hatte doch gerade eben noch die Sache eine so glückliche Wendung nehmen wollen. „Wie können Sie in einem Atemzug sagen, dass Noami mich liebt und gleichzeitig ihr Glück zerstören?"

„Weil ich weiß, dass sie mit Ihnen nicht glücklich werden kann. Zu vieles steht zwischen Ihnen beiden. Ich habe ihr an jenem Abend vor knapp zwei Wochen geraten, sie soll den Deutschen mitnehmen auf ihre Reise. Sie musste mir versprechen, dass sie keusch und züchtig sich verhalten wird, das gehörte zu den Bedingungen. Ich weiß, dass ich Noami vertrauen kann, und ich wurde noch nie enttäuscht. Dabei habe ich gehofft, sie kommt selbst dahinter, dass es nicht geht mit zwei Menschen, die so unterschiedlichen Gesellschaften angehören. Es ist stets leichter, Notwendiges zu verkraften, wenn die Entscheidung, die dazu führt, von uns selbst und aus eigener Verantwortung getroffen wurde. Noami sollte selbst erkennen, welche Barrieren bestehen."

Seine väterliche Strategie leuchtet mir ein. Billigen kann ich sie jedoch nicht. Er fährt fort: „Ich habe mich verschätzt. Ihr Großvater und die Tanten haben ihr gut zugeredet, doch es wollte nichts fruchten. Sie haben ihr gehörig den Kopf verdreht, junger Mann. Also musste noch eine letzte Probe sein. Der Besuch bei dem Onkel in Efrat hat endlich ihren Trotz ins Wanken gebracht. Niemals soll sie einen Mann in unsere Familie bringen, der so instinktlos in so sensiblen Fragen wie der Siedlungspolitik verhält, wie Sie es bei unserem guten alten Onkel taten."

„Ich gebe zu, ich war sehr impulsiv und wohl zu ehrlich", entgegne ich.

„Ehrlichkeit allein ist nicht verwerflich", gibt er zurück. „Taktempfinden muss hinzukommen. Betroffenheit, von der Sie auf diesem Zettel schreiben, kann allein noch nicht als Lösung gelten."

Er legt das Papier auf den Tisch, ich greife instinktiv danach. „Betroffenheit", fährt er fort, „Betroffenheit in die Welt hinaus posaunt, ist gar nichts. Ist wie ein Rülpser. Takt und Taktik müssen hinzu, um methodisch erfolgreich die gesetzten Ziele zu erreichen."

Der erfahrene Politiker glaubt, mir eine Lektion erteilen zu müssen! „Dass Sie nicht begriffen haben, dass nun Schluss ist mit den Proben, und auch noch meiner Tochter hierher nachfahren, zeigt erneut, wie wenig Instinkt Sie haben, Herr Siebenstein!" Das Wort Herr betont er in ungewöhnlicher Schärfe. Und nach einer Weile stillen Nachdrucks fügt er noch hinzu: „Aber ich bin sicher, Sie sind lernfähig. Das zeigen Ihre Texte."

Die Kellnerin bringt seinen Mokka.

„Lassen Sie nun meine Tochter in Frieden! Ich sage in aller Deutlichkeit: Finger weg! Sie sind gewiss ein guter Kerl, und Noami liegt nicht ganz falsch mit ihrer Sympathie für Sie. Doch das allein reicht bei Weitem nicht aus. Lassen Sie Noami also in Ruhe, belästigen Sie sie nicht mehr, sonst werden Sie es bereuen!"

Seine letzten Worte erregen mich heftig:

„Soll das eine Drohung sein?"

„Nein", entgegnet der gewiefte Taktiker, „im Gegenteil. Ich möchte Sie in Ihrem Interesse auf die zwangsläufigen Folgen aufmerksam machen, die eine Verletzung unserer Familienehre nach sich ziehen würden."

„Was für Folgen wären dies?" So leicht lasse ich mich nicht einschüchtern, denke ich. Doch dann muss ich erfahren, dass dieser Mann mit allen Wassern gewaschen ist.

„Ich habe Erkundigungen über Sie eingeholt, junger Mann. Sie glauben doch nicht, dass ein David Rosenbaum seine Tochter mit einem beliebigen deutschen Studenten verkehren lässt, ohne zuvor dessen Unbedenklichkeit zu prüfen. Während zunächst nichts Ungewöhnliches gegen Sie vorlag, habe ich vor ein paar Tagen von der Agentur, die ich beauftragte, eine Nachmeldung erhalten, die Sie mir erst erklären müssten.

„Und das wäre?" Ich habe eine dumpfe Vorahnung, die sich sogleich bestätigt.

„Ihr Name taucht in Geheimdienstmitteilungen auf, die im Zusammenhang mit der Festnahme einer Palästinenserin stehen. Sie ist im Verdacht, terroristische Aktivitäten der Hamas zu unterstützen. Sie sollen mit ihr gemeinsam eigereist sein. Wenn Sie Ihre Finger nicht sofort von Noami lassen, werde ich meine Tochter über diese Dinge aufklären. Sie könnten zudem in Verdacht geraten, selbst mit diesen teuflischen Plänen zu tun zu haben!"

Ich spüre, wie sich die aufkeimende Wut in meinem Bauch versammelt. „Das ist doch die Höhe!" stoße ich hervor. Und indem ich aufstehe, beende ich unser Gespräch:

„Mister Rosenbaum, Sie haben eine wundervolle Tochter, die erwachsen genug ist, zu tun, was sie selbst für richtig hält. Das wissen Sie. Und Ihre Drohungen haben wohl eher mit Ihrer Sorge zu tun, sie könnte sich Ihren väterlichen Interessen widersetzen. Glauben Sie nur nicht, dass Sie mir Angst machen können. Aber ich bedanke mich für die wichtige Lektion, die ich Ihrem Verhalten entnehme. Leben Sie wohl, ich muss jetzt gehen."

Er zieht bei meinen Worten die Augenbrauen hoch, schmunzelt vielsagend, und während ich abgehe, winkt er der Kellnerin, um zu zahlen.

Vier

Das Gespräch mit Noamis Vater hat mich sehr erregt. Aber glücklicherweise führt die Wut, die es auslöste, zu einer Verschärfung meiner Sinne. Ich kann nach den Tagen der dumpfen Verzweiflung endlich wieder klar denken. Ich weiß nun, dass ich mich nicht beugen werde. Einer solch plumpen Drohung kann ich meine Liebe zu Noami nicht opfern.

Hätte ich mich nur in Efrat nicht so schrecklich dumm verhalten! Sie wäre nie mehr von meiner Seite gewichen. Und auch jetzt ist die Verzweiflung über die scheinbar verlorene Liebe bei uns beiden groß. Das abweisende Verhalten im Luftwaffenmuseum war nicht ihr wahres Gesicht. Es kam durch die Zwänge ihrer Umgebung, vor allem der Familie, die einen Mann wie mich an ihrer Seite nicht dulden will.

Wie kann ich ihr nur klar machen, was Synchronicity für uns bedeutet?

Während ich am nächsten Morgen beim Frühstück in dem weitläufigen Hotelrestaurant sitze, die knackigen Toasts, die köstlichen Konfitüren und Quarkspeisen genieße, durchströmen mich eine neue Aufbruchsstimmung und neue Hoffnung. Da kommt der Kellner mit einem tragbaren Telefon und fragt nach, ob ich Mister Siebenstein sei, für den er ein Gespräch habe.

„Hallo, Herr Siebenstein?"

„Ja, am Apparat!"

„Hier ist Wagner von der deutschen Vertretung Jericho."

„Oh, das ist gut. Gibt es etwas Neues von Leila?"
„Ja. Ich muss sagen, es war nicht so leicht, etwas herauszubekommen, aber wir wissen jetzt Bescheid."
„Und wo ist sie? Sagen Sie schon."
„Die junge Frau war tatsächlich in einem Gefängnis bei Ramallah. Man hält sie für eine Terroristin. In den letzten zwei Wochen hat die palästinensische Polizei mehr als einhundertfünfzig Verdächtige inhaftiert."
„Es ist gut zu wissen, wo sie ist. Konnten Sie etwas für sie tun? Wann kommt Leila frei?"
„Tut mir sehr leid. Ich sagte schon, sie war in Ramallah. Sie muss nach der Einfahrt in die Stadt, gar nicht weit von ihren Eltern, verhaftet worden sein. Jetzt ist sie nicht mehr dort."
„Wie bitte?"
„Ja, wir haben erfahren, dass sie auf Bitten der israelischen Behörden an diese übergeben wurde. Der israelische Geheimdienst ist nach den jüngsten Bombenattentaten auf Erfolg angewiesen. Ein großer Teil der israelischen Erfolgsmeldungen in der Terrorbekämpfung in den letzten Tagen, das weiß die Öffentlichkeit nicht, kommt von der Zusammenarbeit des israelischen Geheimdienstes Schabak mit der PLO-Polizei."
„Wie konnte das nur passieren?"
„Jemand hat dem Schabak einen Tipp gegeben, der daraufhin um Auslieferung der jungen Frau bei den Palästinensern nachgesucht hat."
„Dann können Sie jetzt gar nichts mehr für Leila tun?"
„Nein, leider nicht. Aber informieren wollte ich Sie doch."
„Das ist nett von Ihnen, vielen Dank!"
„Ja, wir sind natürlich für die Bürger unseres Landes da. Auf Wiederhören!"
Wie gut, dass ich bereits ausgiebig gefrühstückt habe, bevor der Anruf kam! Der angebissene Toast bleibt nun auf dem Teller zurück. Mir sind schlagartig die Zusammenhänge klar: Der Hinweis an den israelischen Geheimdienst auf die Verhaftung der jungen Palästinenserin kann durch meine Aktivitäten bei der Botschaft in Tel Aviv ausgelöst worden sein beziehungsweise durch deren Nachfrage bei den israelischen

Behörden. Habe ich so durch meine Nachforschungen erst zu der Überstellung Leilas an Israel beigetragen? Oder hat die Recherche des Parlamentsabgeordneten, Member of Knesset, David Rosenbaum, zu der Auslieferung geführt?

Jetzt gibt es nur eines, die Flucht nach vorn! Mein Weg führt mich erneut zum Luftwaffenmuseum. Es öffnet um neun. Um halb neun stehe ich mit meinem Kleinwagen auf dem Parkplatz. Keine Viertelstunde muss ich warten, da kommt der alte Ford die Auffahrt herauf, am Steuer meine geliebte Noami. Sie hält ganz in meiner Nähe, und ehe sie sich versieht, habe ich neben ihr auf dem Beifahrersitz Platz genommen.

„Was willst du von mir!" zischt sie wie gestern. Ihre Augen glühen. Wenn sie wütend ist, sieht sie noch schöner aus.

„Ich muss dir etwas sagen, sei vernünftig und hör mich an", erwidere ich, lege meine Hand auf ihren rechten Unterarm. Sie zieht ihn sofort zurück, nimmt den Schlüssel aus dem Zündschloss und greift zum Türöffner: „Was gibt es noch? Ich muss zu meine Arbeit." Sie schaut mich nicht an. Ich weiß, jetzt muss ich aufs Ganze gehen, sie verblüffen oder erschrecken:

„Gestern war dein Vater bei mir!"

„Was? Wie bitte? Bist du verruckt?"

„Nein, ganz und gar nicht! Du kannst stolz sein auf ihn. Er ist sehr schlau, sieht gut aus wie du, und er will nur dein Bestes!"

„Mein Vater war bei dir? Was wollte er von dir?" Sie schaut mich wenigstens an.

„Er wollte mit mir über uns beide reden, und dabei hat er mir einiges von dir erzählt."

„Ich glaube das nicht, ist es wirklich wahr?" entgegnet Noami und schüttelt den Kopf. Ihre Haarpracht hat sie wieder züchtig zusammengebunden und unter dem Armee-Käppi verborgen.

„Wir können jetzt nicht darüber sprechen. Du hast keine Zeit. Aber ich muss dir wichtige Nachrichten geben, damit du keine falschen Vorstellungen von mir entwickelst. Danach kannst du mich von mir aus wieder wie einen Hund behandeln."

„Ich behandele dich nicht wie eine Hund", weist sie den Vorwurf zurück, „ich kann dich aber nicht lieben gegen der

Wille von meine Familie!"

Die letzten Worte hat sie laut und erregt hervor gebracht, öffnet nun die Wagentür, greift nach ihrer Handtasche und verlässt das Fahrzeug. Ich folge ihr auf der anderen Seite.

„Warte Noami, du hast gerade gesagt, dass du mich liebst, dass es nur deine Familie ist, die dich von mir fern hält." Ich bin schnell um den Wagen herum, trete an ihre Seite und fasse sie erneut bei der Hand. Diesmal wehrt sie es nicht ab.

Ich füge hastig hinzu: „Ich erwarte dich heute Abend um neunzehn Uhr im Desert Inn. Ich werde im Foyer sein. Dann können wir über alles sprechen. Bitte komm."

„Ich muss gehen", sagt sie knapp und schaut mir nur kurz in die Augen. Sie löst ihren Arm aus meinem Griff und eilt mit zügigen Schritten davon, über den Parkplatz zum Eingang des Museumsgeländes, wo sie fast gleichzeitig mit zwei Kolleginnen eintrifft, die stehen bleiben und auf sie warten. Eine davon ist die junge Frau, die gestern die Amerikaner im Museum führte. Beide schauen zu mir herüber, fragen Noami etwas, sie antwortet kurz. Dann verschwinden sie auf dem Gelände.

Auf der Rückfahrt zum Hotel schaue ich mir Be'er Sheva an. Die Hauptstadt des Negev liegt am Rande dieser Wüste und ist erst wenige Jahrzehnte alt. Es ist eine Entwicklungsstadt mit langen Wohnstraßen und Häuserblocks im Stil der Satellitenstädte europäischer Prägung. Unweit des Beduinenmarktes, der laut Reiseführer jeden Donnerstag hier mit guter Nachfrage abgehalten wird, überquert eine Brücke aus der Türkenzeit den im Plan eingezeichneten Nahal Be'er Sheva-Bach, der jetzt in regenarmer Zeit nicht mehr als ein Rinnsal ist.

Am Rathaus stelle ich den Wagen ab und besorge mir ein Faltblatt mit Informationen zur Stadt. Auf einer nahen Bank lasse ich mich dann nieder, die Sonne brennt auf meinen Rücken, irgendwo in der Nähe sind die Gesänge von Schulkindern im Chor zu hören. Eine Gruppe mit Kindern aus der Krippe, zwei Frauen mit zwölf Winzlingen, zieht vorbei zu einem auf der anderen Straßenseite gelegenen Spielplatz. Niedliche Racker, noch sehr klein, alle dunkelhäutig mit schwarzen Kulleraugen.

Ich lese, dass die Stadt eines der großen Einwanderungszentren des Landes ist. Von 1988 bis 1995 nahm die Bevölkerung von 115000 auf 165000 Einwohner zu, das entspricht etwa vierzig Prozent. Die meisten Einwanderer kommen aus der Sowjetunion oder aus Äthiopien.

Ich muss an Noamis Freund denken. Ob sie sich wirklich von ihm getrennt hat? Oder ist sie noch innerlich gebunden? Warum hat sie ihn nicht erwähnt, als ich meinerseits von Eva sprach?

Die Einwanderer werden in Israel zunächst in Zentren zusammengefasst, wo sie eine Art Grundkurs in jüdischer Lebensweise erfahren und die hebräische Sprache erlernen. Familien bleiben zusammen, erhalten bald eine eigene Wohnung. Man ist sehr bemüht, allen eine gute Schulbildung zu ermöglichen, Arbeit zu beschaffen und die sozialen Verhältnisse so gut wie möglich zu gestalten. Es gibt eine Universität mit steigenden Studentenzahlen, ein großes Krankenhaus, Erholungszentren, Sportstätten und touristische Einrichtungen.

Ich trotte ziellos durch die Straßen und komme zu einem Gebäude, in dem sich eine Werkstatt befindet. Da die Tür offen steht, trete ich ein. Eine Verkaufsstätte für selbst hergestellte Handarbeiten. Drei alte äthiopische Frauen sitzen an einem Tisch und sticken. Sie tragen weite, karierte Röcke, warme, wollene Pullover, was mich angesichts der warmen Witterung wundert. Ihre Haare sind ganz unter eng anliegenden Tüchern verdeckt, sodass ihre ohnehin strengen Gesichtszüge unter der kahlen Stirn noch schroffer erscheinen. Bei meinem Eintritt schauen sie nicht auf, arbeiten still und in sich gekehrt weiter.

Eine Frau in mittlerem Alter in beigefarbenem Kostüm kommt aus einem Nebenraum und spricht mich sogleich freundlich auf Englisch an. Sie stellt sich als Leiterin des Betriebes vor und gibt mir bereitwillig Auskunft. Es handele sich hier um eine Integrationsmaßnahme für ältere äthiopische Frauen. Diese jüdischen Immigrantinnen stammen aus einem völlig anderen, ländlich-afrikanisch geprägten Kulturkreis. Sie haben enorme Schwierigkeiten, sich hier zurechtzufinden.

„Leute ohne Vergangenheit haben keine Zukunft. Deshalb

helfen wir ihnen, die Vergangenheit zu bewahren." Diese Grundphilosophie ist mir nun schon vertraut. Sie gilt auch im Bereich der Integration von Einwanderern. Die nette Frau erklärt mir, dass diese entwurzelten Frauen häufig den Weg allein nach Israel fanden, weil die Männer oft nicht auswandern wollen. So ziehen sie mit den Kindern am Rockzipfel, an der Brust, auf dem Rücken, zu Fuß gen Norden, tagelang, wochenlang, monatelang. Ausgemergelt erreichen einige von ihnen führerlos, vom Instinkt geleitet endlich ihre Destination, das gelobte Land Israel.

Man nimmt sich der Frauen tagsüber an, versorgt die Kinder in der Krippe, richtet Mütterschulungen ein, bietet medizinische und soziale Hilfen.

„Wir können die Vergangenheit nicht ändern, nur die Zukunft!"

Damit sie Zeit zur Entwicklung bekommen, gibt man ihnen in diesem kunsthandwerklichen Betrieb die Gelegenheit, die eigene Vergangenheit manuell fortzuführen und aufzuarbeiten. Die Tonarbeiten, die zu Dutzenden auf Tischen und Regalen stehen, sind alles Originale. Die Skulpturen, aus schwarzem Ton gebrannt, stellen afrikanische Frauen mit ihren abgemagerten Kindern dar. Selbstbildnisse, Zeitzeugnisse gelebten Lebens. Die Gesichter ausdruckslos versteinert, Augen wie Höhlen, Busen dünn gesaugt, die Schultern rund und beladen, die Blagen wie Larven geklammert an Armen, Schultern und Rücken, eine leblose Last, die man besseren Zeiten entgegen trägt.

„Wir zeigen ihnen, wie sie sich nicht zu schnell ändern." Könnten wir Europäer hier einiges lernen über die Grundprinzipien erfolgreicher Immigrantenintegration?

Später fahre ich durch eine der vielen Vorstadtsiedlungen. Schmucke Häuser und Villen, freistehend mit gesprengtem Rasen inmitten der Wüste, junge Baumpflanzungen im zentralen Parkgelände. Die Anlage erinnert mich an die Siedlung Efrat, die ich mit Noami vergangene Woche besuchte.

Gegen Mittag kehre ich zum Hotel zurück. Nach einem Imbiss lege ich mich auf mein Bett und nicke schon bald ein, nachdem ich den ratternden Kasten, der eine Klimaanlage darstellen soll, eingeschaltet habe. Das monotone Gedröhn wirkt ermüdend. In das Brummen mischt sich bald ein leises Surren, welches ich eine ganze Weile nicht als das erkenne, was es wirklich darstellt, das Signal des läutenden Zimmertelefons. Endlich nehme ich schlaftrunken den Hörer ab.

Fredi meldet sich aus Jerusalem: „Wie geht's, altes Haus? Bist du immer noch so emsig mit den Damen beschäftigt?"
Schlaftrunken wie ich bin, übergehe ich die Anspielung. Doch was er mir mitzuteilen hat, lässt mich schlagartig hell erwachen. Zwei Nachrichten hat er für mich.
Professor Nebi hat sich meine Telefonnummer geben lassen. Er möchte Kontakt zu mir aufnehmen. Ich ahne sogleich, dass er mir die Geschichte von Leilas Verbleib berichten will. Inzwischen dürfte er nach erneutem Gespräch mit der Behörde in Jericho erfahren haben, was ich von der deutschen Vertretung schon weiß.
Die zweite Nachricht ist sensationell: Eva hat angerufen und sich nach mir erkundigt. Fredi hat ihr meine Telefonnummer gegeben.
„Kommst du denn nun ab Mittwoch noch einmal hierher nach Jerusalem?" will er wissen. „Ich halte dir das Zimmer frei, bis Freitag spätestens, von mir aus bring auch deine Flamme mit! Ich werde es der Hospizleitung schon verklickern." Er zeigt sich versöhnlich, nachdem ich doch zuletzt den Eindruck gewinnen musste, als wolle er mich wegen meines ihm nicht passenden Lebenswandels abschieben. Ich sage ihm zu achtzig Prozent zu, vor meinem Rückflug nach Deutschland noch einmal für ein paar Tage in Jerusalem wohnen zu wollen. Als er den Hörer zur Seite legt, um schnell einen Gast am Tresen zu bedienen, lege ich auf. Die Zeit ist mir zu kostbar. Eva könnte gerade jetzt in diesem Moment versuchen, mich zu erreichen, und die Leitung wäre besetzt.
Diese zweite Nachricht von Fredi erregt mich und lässt schlagartig den Zwiespalt erneut in mein Bewusstsein treten. Hatte ich nicht gerade erst die Trennung von Eva bewusst und

endgültig vollzogen?

Ich bleibe auf dem Bett liegen. Die Klimaanlage brummt weiter, so döse ich bald erneut ein, gleite sanft hinüber in jenes zeitlose Dasein, das uns als Schattenwelt begleitet, die manchmal sich im Traum offenbart, meist aber unserem Tagesbewusstsein verborgen bleibt.

Die meisten Träume vergesse ich schnell im Erwachen. Diesmal halte ich ihn fest: Eine alte Afrikanerin schaut mich aus leeren Augenhöhlen an. Ihr Mund ist weit geöffnet zum Schrei, doch ich kann ihn nicht hören. Dann taucht plötzlich Noami auf, mit wehendem Haar. Sie schlingt ihre Arme um meinen Hals und sagt: Wer keine Vergangenheit hat, hat keine Zukunft.

Da wache ich auf, denn schon wieder mischt sich das leise Surren des Telefons in das lautstarke Gebläse. Dieses muss ich schnell abschalten, denn ich kann meinen Ohren zuerst nicht trauen:

„Eva, bist du es?"

„Joachim, ich bin in Eilat. Wenn du willst, kannst du mich besuchen."

„Eva, machst du Scherze mit mir?"

„Nein, aber du sollst noch eine Chance haben, wenigstens zum Gespräch. Ich habe es mir überlegt. Du sollst wenigstens erfahren, warum ich es mit dir nicht mehr ausgehalten habe. Also komm. Ich wohne im Caesars Hotel hier in Eilat. Wenn du in Be'er Sheva bist, ist es nicht so weit hierher."

Kaum hat sie dies gesagt, ist die Verbindung aus irgendeinem Grund unterbrochen.

In nur drei Stunden könnte ich mit dem Auto dort sein! Aber das ist doch wohl nur das alte Spiel, eines von vielen. Ich soll es sein, der ihr nachläuft, mich ordert sie herbei. Dann wird sie mir wieder eine Abfuhr erteilen.

Ich springe auf, greife nach Badehose und Tuch. Ein erfrischendes Bad wird mir helfen, meine Gedanken zu ordnen.

Ursprünglich, und auf dem Hotelprospekt noch sichtbar, war das große Schwimmbecken unter freiem Himmel. Dann zeigte sich aber bald, dass anwehender Sand und fehlende

Reinigungsanlagen eine Überdachung erforderlich machten. So schützt nun ein freitragendes, gewölbtes Zeltdach das klare Wasser. Welch ein Luxus inmitten der Wüste! Ich ziehe meine Bahnen durch das kühle Nass, kümmere mich nicht um die planschenden Kinder und ihre Mütter. Dabei kommt es mir vor, als habe mir schon lange eine ausgiebige Erfrischung gefehlt. Prustend und mit schwerem Atem steige ich nach einer Viertelstunde aus dem Pool, trockne mich ab und kleide mich neu auf dem Zimmer. Dann besorge ich mir eine englischsprachige Zeitung am Hoteltresen.

In dem weitläufigen Garten unter einem schattigen Baldachin lasse ich mich auf einem der bequemen Liegestühle nieder. Die Sonne senkt sich bereits, doch ist dies die beste Zeit für ein schonendes Sonnenbad, der Garten ist gut von Hotelgästen bevölkert.

Ein bekanntes Mitglied des Parlaments, Hardliner und Protagonist der Siedlerbewegung tut in der Zeitung seine Meinung kund:

„Im nördlichen Negev haben wir seit Jahrzehnten Schafe gezüchtet. Wir kennen sie, wir lieben sie und wir schauen ihnen beim Umherziehen und Grasen zu. Obwohl wir uns dem Ende des zwanzigsten Jahrhunderts nähern, machen noch immer Raubtiere Jagd auf die Herde, - Wölfe, Hyänen, wilde Hunde. Wenn einer von diesen in die Herde eindringt und ein Lamm oder zwei tötet, läuft eine Welle der Panik durch die anderen und ihr Blöken schreit zum Himmel. Aber wenige Minuten nach dem Schlachten, wenn die Raubbestien verschwunden sind, kehren die Schafe alle zum Abweiden des Grases oder zum Wiederkäuen zurück, so, als wenn nichts geschehen wäre.

Das ist die Heiterkeit der Grasfresser. Und wir zweibeinigen Kreaturen, wie verhalten wir uns? Gebildet, weise und erfahren, – sind unsere Handlungen anders?

Mit explosiven Sprengladungen und Selbstmordattentätern, mit schweren Geschossen aus dem Hinterhalt im Südlibanon als tägliches Ereignis fallen wir zunächst ins Schweigen nach einer momentanen Furcht. Wir handeln genau wie diese ruhigen Grasfresser." (Ariel Scharon, in : The Jerusalem Post,

March 22, 1996, S. 4)

Der Schreiber, ehemaliger Verteidigungsminister und Ministerkandidat für einen künftigen Regierungswechsel, empfiehlt, die Initiative im Krieg gegen den Terror zu ergreifen und Hisbollah und Hamas zu zwingen, in die Defensive zu gehen. Kein Zweifel, der Wahlkampf in Israel hat begonnen.

Beim Abendessen in dem gut besuchten Hotelrestaurant sitze ich mit zwei Herren, einem jüngeren und einem älteren, am Tisch. Ich bin froh, mein Outfit entsprechend gewählt zu haben, leichtes Oberhemd, Krawatte, Jackett. Das Gespräch dreht sich schon bei der Vorsuppe um Politik. Die beiden sprechen zunächst Hebräisch, dann, als sich erste Kontakte beim Reichen des Brotkorbes zu mir als dem Tischnachbarn ergeben, wechseln sie zu Englisch, und schließlich stellt sich heraus, dass der Ältere der beiden auch ein wenig des Deutschen mächtig ist.

„Ich habe vor drei Jahren schon gewusst, dass es passieren wird", sagt der Ältere mit selbstsicherem Augenaufschlag und bricht das Brot.

„Rabin hat gesagt, er glaubt an den Frieden", entgegnet der Jüngere.

„Glauben ist ja ganz nett, aber es reicht nicht", lacht der Ältere.

„Sie sprechen über den Frieden?" frage ich höflich und nehme den Brotkorb wieder entgegen.

„Sie sind Deutscher?" fragt der Ältere, „dann gratuliere ich Ihnen, dass Sie Ihren Flug nicht storniert haben. Die Attentate der jüngsten Vergangenheit haben unserer Touristikbranche empfindliche Einbußen gebracht."

„Ja", entgegne ich, „mein Interesse liegt gerade in solchen Zeiten bei den Facts. Ich möchte als Politikstudent die Hintergründe verstehen."

„Das ist ungewöhnlich", kommentiert er und wechselt Worte auf Hebräisch mit seinem Kollegen.

Während der Kellner die Suppentassen fortträgt und ein anderer den Wein serviert, beginnt der Jüngere der beiden, das Gespräch auf den Punkt zu bringen:

„Wissen Sie, das Problem besteht darin, dass es in diesem Land im Moment zwei Völker gibt, die beide glauben, dass das Land ihnen gehört. Das eine Volk ist jüdisch. Es weiß, dass das Land vor dreitausend Jahren schon jüdisch war, seit Abraham hier in der Nähe einen Brunnen grub. Das andere Volk existiert erst seit rund fünfzig oder sechzig Jahren." Er lacht verschmitzt, denn so gesehen ist die Darstellung, die er zu den Besitzverhältnissen gibt, ganz klar und eindeutig. Seine Ausführung animiert den Älteren, diese Sichtweise noch auszuschmücken:

„Lesen Sie bei Marc Twain in seinen Reiseberichten. Dort erfahren Sie, dass dieses Land in der zweiten Hälfte des neunzehnten Jahrhunderts völlig leer war. Es gab zu der Zeit hier fast keine Einwohner. Die Zahl war unter hunderttausend. Überall waren Sümpfe. Es ist eine historische Tatsache: Die Araber sind erst seit 1880 mit den Juden hierher gekommen."

Der Raum hat sich gefüllt, die Bedienungen wirbeln durch die Tischreihen. Ein älterer Kellner dirigiert die Belegschaft, die aus jungen, russischen Immigranten besteht, zwei Menüs werden zur Auswahl angeboten. Der unerfahrene Kellner ruft beim Austragen der Tellergerichte noch einmal: „Beef or fish?" Ich nehme Fisch.

„Ein Jude hat nicht das Recht, auf Land zu verzichten", greift der Jüngere wieder den Faden auf. Und indem er ein großes Stück Beef abschneidet und in den Mund schiebt, sagt der Andere: „Es kann sein, dass wir nicht auf Dauer das ganze Land halten können. Aber wir haben die älteren Rechte. Es gibt sehr alte Beweise dafür. Lesen Sie die Bibel! Dort können Sie lesen, dass die Juden in Jericho waren, sie waren in Bethlehem, in Nablus und natürlich in Jerusalem."

„Die Diskussion über den Status von Jerusalem ist in meinen Augen völlig absurd", beginnt der Jüngere der beiden sich zu ereifern. „Nur die Juden wünschen sich seit zweitausend Jahren beim Auseinandergehen: Nächstes Jahr in Jerusalem. Niemand anderes tut das."

„Aber es ist auch eine heilige Stadt für die Moslems", halte ich jetzt dagegen.

„Jerusalem wurde für sie erst wichtig, als sie es erobert haben", fährt der Jüngere fort. „Sie fahren vor allem nach Mekka und Medina."

„Glauben Sie nur nicht, dass Israel Frieden bekommen wird, wenn es auf Land verzichtet", greift der Ältere der beiden den Faden wieder auf. „Wer auch die Wahl im Mai gewinnt, wird von dem Prinzip Land gegen Frieden abweichen müssen." Er schenkt uns Wein aus der Flasche nach, die Kellner räumen ab und bringen das Dessert. „Weder der Golan ist für unsere Sicherheit verzichtbar, noch ist Jerusalem wieder teilbar. Jeder, der das glaubt, ist Optimist. Es wird innerhalb eines Jahres Krieg geben, weil wir nicht weiter zurückgehen können. Aber wir haben schon viele Fehler gemacht, und wir zahlen für sie."

„Dann sagen Sie mir doch bitte, wie nach Ihrer Meinung die Zukunft aussehen kann für das Zusammenleben der beiden Völker in diesem Land?"

„Hier hat niemand ein Patentrezept", antwortet wieder der Ältere. „Unsere Regierung hat vor zwei Jahren von offenen Grenzen zum Westjordanland und zum Gazastreifen gesprochen. Heute wissen wir schon in Folge der Terroranschläge, dass dieses nicht kommen wird."

„Eine Trennung ist besser für beide Seiten", fügt sein Kollege an. „Ich sehe sonst keine friedliche Lösung in den nächsten fünfzig Jahren."

„Jawohl", unterbricht ihn der erste, „man muss die richtige Lösung verschieben, solange, bis sie möglich ist. Ich denke, dass es mindestens noch dreißig bis siebzig Jahre dauern wird."

„Sie glauben also nicht an ein Wunder?" frage ich und merke zugleich, dass die Frage in ihren Augen ziemlich naiv klingen muss. So füge ich schnell hinzu: „Bei uns in Deutschland hat auch kaum jemand 1989 an die Wiedervereinigung unseres Landes geglaubt."

„Das können Sie überhaupt nicht vergleichen", eifert sich der Jüngere der beiden sofort und kratzt den letzten Rest des Puddings mit dem Löffel vom Teller. „Hier haben Sie es mit völlig verschiedenen Kulturen zu tun. Die Systeme sind zu verschieden."

„Ja, sie denken anders", fährt der Andere fort. „Ihre Kultur sagt, dass der Vater Glück hat, wenn sein Kind in den Tod geht und so in den Himmel kommt, wenn es funktioniert. Das würde niemand im Westen je tun. Sie veranstalten eine Feier, wenn ihr Kind so gestorben ist. Stellen Sie sich das vor! Wir denken einfach anders. Ich habe große Schwierigkeiten, das zu verstehen. Es geht gegen alles, wonach wir erzogen wurden. Diese Menschen wurden anders erzogen. Und deshalb kann es kein Zusammenleben geben, bestenfalls ein Nebeneinander!"
Er lehnt sich zurück und greift zur Zigarrenkiste.

„Wenn jemand systematisch Bomben ins Land schickt", fährt der Jüngere fort und wischt sich den Mund mit der Serviette ab, „dann sollte die Regierung etwas dagegen tun. Wenn sie ihn nicht fangen kann, dann ziehe ich es vor, dass sie ihn ermordet. So traurig das ist, aber es ist realistisch, die einzige Möglichkeit."

Während seiner letzten Worte werde ich immer unruhiger. Ich warte auf das Ende der Mahlzeit, um ohne unhöflich zu wirken den Tisch verlassen zu können. Allzu gern hätte ich den Diskussionsfaden ergriffen, um meine Meinung zu Toleranz, Friedfertigkeit und Menschenrechten an den Mann zu bringen. Doch nach den Erfahrungen in Efrat lasse ich dies lieber bleiben. Wenn wir freundschaftliche Beziehungen zu beiden Seiten pflegen wollen, dürfen wir uns nicht vorschnell auf eine Seite schlagen.

Dabei müssen die Grenzen markiert werden, die für mich beim Einsatz von Gewalt und bei der Verletzung von Menschenrechten beginnen. Doch bin ich nun, nach all den Gesprächen mit Israelis wie Palästinensern längst nicht mehr so sicher in meiner Einschätzung der Lage. Die Dinge sind viel differenzierter zu betrachten, als ich das vorher je geahnt hätte. Unterliegen wir vielleicht auch der Gefahr, der „Heiterkeit der Grasfresser" zum Opfer zu fallen?

Wie hat die Leiterin eines Betriebes zur Integration äthiopischer Frauen es heute formuliert: „Wir können die Vergangenheit nicht ändern, nur die Zukunft."

Als der Kellner zum Kassieren kommt, schrecke ich aus

meinen Gedanken hoch. Meine beiden Tischgefährten sind längst zur hebräischen Sprache zurückgekehrt, rauchen beide dicke Zigarren.

„Wenn Sie nicht daran glauben, meine Herren, dass Sie die Zukunft in Frieden und mit friedfertigen Gedanken gestalten müssen, dass es auch darauf ankommt, was Sie selbst dazu beitragen können, dann wird es gewiss so kommen, wie Sie es vorhersagen." Mit diesen, im Ton freundlich geäußerten Worten, die den beiden nach der Zeit meines Schweigens als unvermittelt und im Raum schwebend erscheinen müssen, erhebe ich mich nun und verlasse den Tisch.

„Sie sind wohl Philosoph?" nickt mir der Ältere freundlich zu.

Ein Blick auf die Uhr zeigt mir, dass es bereits zehn nach sieben ist, zehn Minuten über die Zeit! Offenbar gewöhne ich mir die deutsche Pünktlichkeit ab. In froher Erwartung steige ich die Stufen zur Eingangshalle hinauf. Noami will ich nicht warten lassen! Wo war ich nur mit meinen Gedanken! Aber nirgendwo ist sie zu sehen. Eine dumpfe Vorahnung sagt mir, dass sie nicht kommen wird. Ich setze mich in einen der Sessel.

Just in diesem Moment betritt eine junge Soldatin in Uniform die Halle und schaut sich um. Mir ist, als hätte ich sie schon einmal gesehen, doch sicher täusche ich mich. Nur auf den ersten, flüchtigen Blick sieht sie Noami etwas ähnlich. Das liegt vor allem daran, dass auch sie ihr Haar streng zusammengezogen und am Hinterkopf mit einer Spange zu einem unscheinbaren Etwas zusammengebunden hat. Im Unterschied zu der dunkelbrünetten Noami ist sie der rötliche Typ. Sie ist wohl im gleichen Alter wie Noami und ebenso selbstbewusst im Auftritt.

Als sie mich erblickt, kommt sie zielgerichtet auf mich zu, fragt mit freundlichem Blick auf Englisch: „Du bist Joachim?"

„Ja", bestätige ich.

„Noami wollte eigentlich selbst kommen, aber sie wurde in letzter Minute verhindert."

Ich bin aufgestanden und reiche der jungen Frau die Hand. Dann frage ich, ob sie etwas mit mir trinken möchte. Sie will sich nicht lang aufhalten, nur eine Nachricht überbringen, sagt sie, willigt auf mein wiederholtes Angebot aber dann doch ein, mit mir einem Drink an der Bar zu nehmen.

„Noami ist meine beste Freundin", sagt die Soldatin, die sich mit Rachel vorstellt, und steigt schwungvoll auf den Barhocker. Ich bestelle zwei Softdrinks und frage dann: „Warum konnte Noami nicht kommen?"

„Sie bekam überraschenden Besuch", antwortet sie und verschweigt, von wem. Wer nicht fragt, der erfährt nichts, denke ich mir und sage ihr auf den Kopf zu: „Sicher von ihrem Freund?"

„Du fragst mich Dinge, von denen ich nicht weiß, ob ich sie sagen soll", lacht sie etwas verlegen, fährt aber dann fort: „Wenn du weißt, dass Noami einen Freund hat, wird dies kein Geheimnis sein. Ja, Gregor ist plötzlich aufgetaucht und wollte mit ihr sprechen. Seit zwei Wochen hatten die beiden sich nicht mehr gesehen. Noami hatte mit ihm Schluss gemacht. Aber das weißt du sicher."

„Ja", antworte ich, „und jetzt taucht Gregor so einfach wieder auf?"

Ich würde zu gern Näheres erfahren, will aber auch nicht die freundschaftliche Offenheit der jungen Frau zu sehr ausnutzen. Doch sie scheint mich aus Erzählungen Noamis recht gut zu kennen, wohnt wahrscheinlich sogar mit ihr zusammen in der Militärunterkunft, und so teilt sie mir ohne Skrupel mit: „Ich habe nur gehört, dass er eine Postkarte bei der Poststelle für Noami in Empfang genommen hat. Es hat einen Streit gegeben, und er hat immer wieder gerufen: Wer ist das? Noami hat versucht, ihn zu beruhigen, was aber nichts genützt hat. Dann kam sie zu mir. Wir haben zusammen ein kleines Appartement in der Wohnanlage der Luftwaffe, und sie fragte mich, ob ich zu dir gehen kann, damit du nicht umsonst wartest. Sie hatte wohl Sorge, dass du abreist, wenn sie nicht kommt."

„Was sollst du mir ausrichten?"

„Noami hat für Dienstag einen halben Tag Dienstbefreiung bekommen. Sie möchte dir noch etwas zeigen. Sie sagt, es gibt nichts Wichtigeres für das Verständnis Israels als Massada.

Deshalb möchte sie dich dort treffen."

Während sie spricht, schaue ich sie an und entdecke noch mehr Züge, die ich von Noami kenne. Vor allem die schlichte Schönheit und das starke Selbstbewusstsein sind besonders auffallend.

„Massada?" frage ich, denn ich bin abgelenkt.

„Massada ist eine Felsenfestung mit großer Symbolkraft für dieses Land und das jüdische Volk", sagt sie und kommt zum Wichtigsten: „Wenn du willst, sollst du am Dienstag um fünfzehn Uhr Noami dort in der alten Synagoge treffen. Sie wartet auf dich bis sechzehn Uhr. Dann fährt sie zurück, wenn du nicht kommst."

Ich verstehe nicht ganz, warum wir uns dort treffen und nicht zusammen hinfahren können, aber wenn Noami es will, soll es so sein. „Sag ihr bitte, dass ich komme. Ich werde am nächsten Wochenende wieder in Jerusalem sein. Ich wohne wieder im Hospiz. Wenn wir uns also nicht in diesem Massada treffen, kann Noami mich dort noch erreichen. Von hier werde ich morgen abreisen."

„Warum bleibst du nicht noch hier?" fragt Rachel ebenso direkt, wie ich sie zuvor aushorche.

„Ich werde mir vielleicht noch den Süden des Landes bis zum Roten Meer ansehen", entgegne ich und verschweige dabei die eigentlich schon untergegangene Sonne, die dort mir begegnen möchte.

„Du bist wirklich nett", lacht sie und trinkt ihr Glas mit dem bunten Strohhalm bis auf den Grund, sodass ein schlürfendes Geräusch entsteht. Dann sagt sie, dass sie schnell fort muss, um zu sehen, ob Noami nicht doch ihre Hilfe braucht. Gregor sei manchmal ein wenig grob und habe einen furchtbaren Dickkopf.

„Ein Mann zum Abgewöhnen!" sagt sie in ihrer erschreckenden Offenheit, lacht aber dabei entschuldigend so, dass ich nicht weiß, ob es ernst gemeint ist. Der Gedanke an Noami in den Fängen eines groben Menschen lässt mich erschaudern, und so halte ich sie nicht auf. Beim Verlassen der Halle winkt sie mir noch einmal freundlich zu.

Ich gehe zurück in die Bar und bestelle einen weiteren Drink derselben Sorte, nehme ihn mit in den nun schon nächtlichen Garten, der in behaglicher Weise von kleinen, bunten Laternen beleuchtet wird. Auch die Freilufthalle des Schwimmbades, aus der noch die Geräusche von fröhlich planschenden und schwimmenden Kindern schallen, ist hell erleuchtet. Ich setze mich mit meinem Glas in einen Liegestuhl. Überall Gruppen von Touristen, die munter Konversation betreiben, friedliches Murmeln, ab und zu von Lachen übertönt.

Wenn ich auch recht einsam hier in der Wüste sitze, so bin ich doch wieder zuversichtlich. Der Fortgang meiner Affären ist jetzt in Sicht. In nur wenigen Stunden haben sich die Perspektiven erneut gewandelt.

Noami ist noch nicht ganz verloren! Im Gegenteil: Ich habe eine neue Verabredung mit ihr an bedeutsamem Ort! Und vor allem: Die Initiative dazu ging von ihr aus. Weil sie ihre Freundin schickte, weiß ich nun, dass sie den Kontakt zu mir auf keinen Fall ganz aufgeben will. Vielleicht kann es mir gelingen, Noami gerade durch die Indiskretionen ihres Vaters, seinen Versuch, sie von mir zu trennen, an mich zu ziehen.

Aber was soll mit Eva geschehen? Ich hatte sie eine Weile ganz vergessen, und nun schießt es mir wieder heiß in den Kopf: Eva erwartet mich einige Dutzend Kilometer von hier am Ufer des Roten Meeres.

Nach ihrem abweisenden Brief habe ich mich aufgerafft, bin wieder Herr meiner Sinne. Soll ich mich wirklich noch einmal mit ihr treffen? Nein, das ist gar nicht einzusehen! Wenn Eva mir etwas sagen will, dann kann sie zu mir kommen. Sie hat schließlich mich verlassen und mich aufgegeben.

Ich eile in mein Zimmer, mein Entschluss steht fest.
Zuerst lasse ich mich mit dem Nirvana-Hotel am Toten Meer verbinden, das ich in meinem Reiseführer fand. Es liegt in der Nähe von Massada, meinem nächsten Treffpunkt mit Noami. Ein Zimmer ist schnell gebucht, nach dem Preis frage ich seltsamerweise nicht. Dann melde ich bei der Rezeption ein Telefonat mit dem Caesars-Hotel in Eilat an.

Eva ist jedoch nicht zu erreichen. Ich bitte daher, ihr eine Mitteilung zu hinterlassen:

BIN AB MORGEN IM NIRVANA-HOTEL AM TOTEN MEER. DAS IST GUT FÜR DEINE HAUT. WENN DU MAGST, BESUCHE MICH DORT!

JOACHIM

Die freundliche Dame an der dortigen Rezeption hat den Text auf Deutsch angenommen. Sie versichert, ihn heute noch an die junge Frau weiterzuleiten, an die sie sich offenbar erinnert.

Ja, Eva ist eine auffällige Erscheinung, aber das soll mich nicht mehr beeindrucken! Äußerlichkeiten, von denen ich mich viel zu lange gefangen nehmen ließ!

Um zehn gehe ich zu Bett. Morgen ist ein ereignisreicher Tag. Kurz danach summt noch einmal das Telefon. Ich habe nicht bedacht, dass Eva mich natürlich sofort zurückrufen wird, um zu fragen, was der „Unsinn" soll?

Ich habe ihr Lamento schon im Ohr, aber es ist Professor Nebi, der mir wie erwartet mitteilt, dass Leila nun in israelischer Haft ist. Bei seinem Besuch in Jericho hat er es erfahren. Alles schon gedachte Bemühen um ihre Freilassung, das Kalkül, die palästinensische Polizei zu beeinflussen und von Leilas Unschuld zu überzeugen, hat nicht mehr greifen können. Der Professor ist enttäuscht. Er hofft weiter auf meine Unterstützung, aber ich sehe von hier aus keine Möglichkeit. In Jerusalem werde ich wieder Kontakt zu ihm aufnehmen, das versichere ich ihm. Dann bitte ich die Rezeption, für heute keine Telefonate mehr zu mir durchzustellen und mich gegen sieben zu wecken.

Fünf

Früh, sehr früh verließ ich das Hotel, das Frühstück meidend. Allzu leicht, so stelle ich mir vor, wäre ich für einen Telefonanruf Evas erreichbar gewesen. Stattdessen kehre ich jetzt in einen der zahlreichen Imbiss- und Souvenirläden ein, welche die Durchgangsstraße in Be'er Sheva säumen. Bei Kaffee und Gebäck freue ich mich über den gelungenen Streich. Die Bedienung am Tresen des zu dieser Tageszeit noch wenig besuchten Schnellrestaurants mag mein Lächeln auf sich beziehen, woher sollte sie um mein Gefühl innerer Genugtuung wissen? Sie lächelt zurück. Ein Lächeln tut immer gut.

Ganz sicher kann Eva diese Wende in ihrem Schlachtplan nicht akzeptieren. Soll ich auf Knien rutschen und sie um Rückkehr in die heimische Wohngemeinschaft bitten?

Ich ertappe mich beim tiefen Durchatmen. Es ist, als sei mit der Klarheit über diese Tatsache ein schwerer Stein von meiner Seele gefallen. All das Bedrückende der Vergangenheit ist wie ein sich hebender Nebel dem Sonnenschein gewichen, der Dunst, der auf meinem Gemüt lag, hat sich verflüchtigt, und du Noami, stehst im Zentrum der Befreiung.

In irgendeinem psychologischen Buch las ich kürzlich von den Phasen der Krisenbewältigung: Wenn ein schwerwiegendes Ereignis der Trennung, des Verlustes oder sonstigen seelischen Leides in unser Leben tritt, dann wollen wir es zuerst nicht wahrhaben. Wir leugnen einfach den Sachverhalt, um das Durchdringen unserer Seele mit Schmerz zu verhindern. Während meiner Flucht, so muss ich nun erkennen, hatte ich neben der Auflehnung gegen die dämmernde Erkenntnis einer Zeitenwende auch deutliche Neigungen, so zu tun, als ob nichts geschehen wäre. Der schale Geschmack nach der Nacht mit Silvia verstärkt endlich die Suche nach einer inneren und realen Abkehr.

Für mich steht nun fest, ich will einen Neuanfang in meinem Leben. Eine neue Liebe, einen schnellen Studienabschluss, eine neue Existenz in neuer Umgebung. Alles scheint klar und einleuchtend, und was noch unklar ist, birgt in sich doch schon den Keim der Entwicklung.

Heute werde ich Noami treffen. Sie hat sich freigemacht, hat ihren Vorgesetzten um einen halben Tag Urlaub aus ganz persönlichen Gründen gebeten. Der persönliche Grund bin ich. So hat sie sich schon halb für mich entschieden! Wie könnte ich zweifeln an der Aufrichtigkeit ihres Herzens, ist sie doch wie ich auf der Suche nach einem Ausweg aus dem Teufelskreis einer unerträglich gewordenen Bindung.

Dimona ist wie Be'er Sheva ein Zentrum jüdischer Neueinwanderung. Die Stadt liegt rund vierzig Kilometer südwestlich an der Landesstraße Nummer 25, die ich vorgestern in entgegengesetzter Richtung zum Kibbutz Mordechai befuhr. Hier nun geht die Fahrt durch echte Wüstenlandschaft. Kilometerlang nur Steine und Geröll, keinerlei Vegetation auf den Hügeln und Hängen dies- und jenseits der Straße. Dennoch scharen sich immer wieder Gruppen von Nomadenzelten nahe der Straße zusammen. Diese Zelte aus einfachem, naturfarbenem Tuch bieten in mehreren, zusammenhängenden Räumen Schutz vor Hitze, Sandstürmen und Regenfällen für Mensch und Vieh. Vor dem Zelt parkt meist ein Auto. Die Zivilisation hat die Nomaden längst erreicht. Kleine Herden von Ziegen und Schafen, die genügsam die wenigen trockenen Halme suchen, bieten die wirtschaftliche Ausgangsbasis. Selten sind Kamele zu sehen, das Zeichen gehobenen Wohlstandes.

Die Gegend um Dimona ist mit einem besonderen Thema belastet. Der Name steht für die israelischen Atomanlagen. Die umliegenden arabischen Staaten halten den Atomreaktor bei Dimona für eine ernste Bedrohung ihrer Sicherheit. Man fordert einen atomwaffenfreien Nahen Osten. Vor allem Ägypten befürchtet radioaktive Verseuchung im Grenzgebiet zu Israel. Das israelische Fernsehen berichtete unlängst über die Gefahr, die von einem Leck in Behältern mit nuklearem Abfall in der Wüste Negev ausgeht. Man hat Boden-, Wasser- und

Luftproben angeordnet. Vor allem befürchtet man weitere Lecks, die infolge von Erdbeben entstehen könnten. Dann könnten nukleare Abfälle ins Grundwasser geraten.

In dem kleinen Zentrum der Stadt stelle ich den Wagen ab, gehe die wenigen Meter zum Rathausplatz. Hier befinden sich im Untergeschoss der Stadtverwaltung alle Geschäfte für den täglichen Bedarf. Noch ist die Innenstadt kaum belebt. Ich setze mich auf eine Bank mitten auf dem sonnenüberfluteten Platz.

Mir gegenüber bauen zwei Männer in mittlerem Alter ihre Notenständer auf, um sich ein kleines Einkommen zu erspielen. Die beiden Musiker sind davon überzeugt, hier ein Konzert zu geben sei richtig. Irgendwie merkt man, dass sie aus Russland kommen. Ich weiß nicht wieso. Sind es ihre Gesichtszüge, sind es die Kleider, die es mir sagen?

Ein alter Herr mit goldumrandeter Brille, in graublauem Anzug, der wie sein Besitzer seine Jahre nicht leugnen kann, einen schwarzen Hut mit kurzer Krempe auf den Hinterkopf gesetzt, nimmt neben mir Platz. Offenbar ist es seine Bank! In seiner Rechten hält er den Stock, den er als Gehhilfe benutzt, in der Linken eine große, gestreifte Einkaufstasche aus Stoff. Mich mustert er mit einem kurzen, kritischen Blick. Dann murmelt er etwas vor sich hin, und ich glaube, französische Worte zu verstehen.

Mein Schulfranzösisch ist spärlich, was den Gebrauch der Sprache betrifft, verstehen kann ich jedoch fast alles. Aber ich wage, es hervorzukramen, und sein Gesicht erhellt sich sogleich. So erfahre ich Wissenswertes über die Stadt und ihre Einwohner: Dimona wurde 1945 von dreißig Familien gegründet, die aus Nordafrika eingewandert waren.

„Es war die Idee von David Ben Gurion, dem ersten Staatspräsidenten, die Wüste wollte er fruchtbar machen." Dimona sei ein Wortspiel, erklärt mir der Alte, bedeute Fantasie und Tränen zugleich. Dies habe mit der symbolischen Bedeutung der Stadt zu tun. Heute sind es 45000 Einwohner, 12000 davon kommen aus den Staaten der ehemaligen Sowjetunion. Er selbst ist 1962 aus Marokko eingewandert, wie der jetzige

Bürgermeister der Stadt. Mit Stolz in der Stimme erzählt er es. Inzwischen haben die beiden Musiker, der eine als Solotrompeter, der andere mit dem Akkordeon auf einem mitgebrachten Stuhl sitzend, ihr Spiel begonnen. Es erklingt eine nicht schöne aber schwungvolle Weise. Ein zweiter Herr mit Einkaufstasche erscheint, begrüßt den ersteren und nimmt auf der Bank neben uns Platz.

„Er ist Deutscher", höre ich den ersteren mit einer entsprechenden Kopfbewegung in meine Richtung sagen. Dann fährt er an mich gewandt fort: „Seit zwanzig Jahren haben wir eine Städtepartnerschaft mit der deutschen Stadt Andernach. Der Bürgermeister aus Deutschland war im Golfkrieg hier und hat uns seine Solidarität gebracht. Das ist für uns ein Beispiel des neuen Deutschlands."

Als der zuletzt gekommene Herr merkt, dass ich Französisch verstehe, fragt er, was ich in Dimona wolle. Meine Antwort, ich sei als Tourist hier, veranlasst ihn zu sagen: „Es ist gut, dass ihr auch nach den Attentaten kommt, in schwerer Zeit. Ihr unterstützt uns sehr in dem, was wir glauben: Niemand kann uns Angst machen!"

Mein Französisch ist zu lückenhaft, als dass ich mich auf eine Diskussion einlassen könnte. Der Herr mit Hut lässt aber nicht locker. Er erklärt mir noch, dass die Arbeitslosenrate bei etwa fünf Prozent liegt. Obwohl die Stadt in den letzten fünf Jahren um etwa ein Drittel gewachsen ist. Das ist sicher eine hervorragende Leistung. Die Arbeit hier besteht zu einem großen Teil in der Ausbeutung der Phosphate und Mineralien aus dem Toten Meer und in der neuen High-Tec-Industrie, die sich angesiedelt hat.

Zwei weitere Herren, beide zusammen sicher an die einhundertsechzig Jahre alt, beide mit einer Kippah auf dem Hinterkopf, kommen zielstrebig auf die Bank zu, schauen mich an wie einen Fremdkörper. Unwillkürlich stehe ich auf. Ja, es ist ihre Bank, hier sitzen sie jeden Tag in der Woche! Ich verabschiede mich mit einem freundlichen „Au revoir" und ernte ein „Salut" von meinen beiden Gesprächspartnern.

Die Russen haben sich inzwischen eingespielt, ihre Stücke

sind nun flüssig und fast gut. Passanten bleiben stehen, hören zu, werfen eine Münze in den Hut. Als ich meinen Fotoapparat auspacke, um sie fürs heimische Album zu verewigen, wenden sie sich spontan ab, wollen dies nicht dulden. Ich lasse sie bei ihrem Willen, schlendere weiter durch die sich nun merklich mit Einkäufern und Müßiggängern, auch mit wenigen Touristen füllende Innenstadt.

Dann wieder auf der Straße Richtung Totes Meer. Ich entschließe mich, einen kleinen Umweg zu nehmen, und biege von der Hauptstraße ab, um über die Verbindungsstraße eine andere Hauptstraße zu erreichen.

Einmal mehr die Zeltgruppen der Nomaden links und rechts der Straße. Diese senkt sich erst nur langsam, dann merklich, bis sich vor mir deutlich der syro-afrikanische Graben auftut mit seinen gewaltigen Verwerfungen und riesigen Steinbrocken, die versprengt in den Wadis liegen. Der Weg windet sich in Serpentinen hinab zu dem beschriebenen Aussichtspunkt, bei dem ich anhalte.

Hier an der Straße, die von Arad nach Neve Zohar führt, kann man die gesamte Schlucht überblicken, die in allen Weiß-, Gelb- und Brauntönungen Einblicke in die Karbonatgesteine der Kreidezeit offenbart. Am Ende der Senke vereint sich der blaue Himmel mit dem Blau des Meeres. Die Auffaltung des Gesteins am Rand dieses rund vierhundert Meter tiefen Grabens schafft ein Gemälde aus vielfältiger Linienführung und beeindruckender Farbpalette. An diesem Vormittag reicht der Blick bis hinüber zu den weiß verkrusteten Salzbänken im Meer. Die hohe Verdunstung des Toten Meeres lässt die Jordanischen Berge dahinter nur schemenhaft erahnen.

Nun treibt es mich voran. Die Straße erreicht bald den Südteil des Meeres, an dessen westlichem Ufer die Thermalanlagen von En Bokek mit ihrer Hotelzeile liegen.

Ob ich mich da nicht in der Adresse vergriffen habe? Das Nirvana-Hotel, in dem ich mich auf meiner Fluchtbewegung vor Eva gestern Abend spontan anmeldete, erscheint mir jetzt eine Nummer zu groß für meinen Geldbeutel. Ein hoher Kasten mit allem Prunk und Komfort des internationalen Bade-

und Kur-Tourismus. Ich lasse mein Gepäck aus dem Wagen nehmen und diesen zum Parkplatz geleiten. Dann empfange ich meinen Zimmerschlüssel und fahre mit einem der Lifts in den achten Stock. Ein großes, sehr komfortabel eingerichtetes Zimmer mit Blick über das Meer erwartet mich. Ich stehe eine Weile auf dem Balkon, atme die frische, salzhaltige Brise, schaue hinüber zu den Salzbänken, höre die Stimmen der Badegäste am Ufer. Dann nehme ich eine erfrischende Dusche im luxuriösen Badezimmer und lege mich, da noch etwas Zeit bis zu meinem verabredeten Treffen mit Noami ist, auf das breite Bett. Der Fernseher bietet zu meinem Erstaunen nur ein einziges Musikprogramm. Ob dieses mit der Empfangsanlage am tiefsten Punkt der Welt zu tun hat? Also schlage ich in meinem Reiseführer nach, um etwas über den von Noami gewählten Treffpunkt zu erfahren.

Massada ist ein riesiger Felsklotz, der von den Herrschern der Vorzeit als Festung ausgebaut wurde. Während das Niveau des Toten Meeres ringsum mit fast vierhundert Metern unter dem normalen Meeresspiegel liegt, erhebt sich das Felsplateau vierhundert Meter über seine Umgebung. König Herodes baute Massada als Fluchtburg aus. Sie galt als uneinnehmbar. Die Legende von Massada, die heute, basierend auf archäologischen Funden, jedem Touristen erzählt wird, lautet: Die radikale jüdische Partei der Zeloten hatte sich im Jahr sechsundsechzig unserer Zeitrechnung hier eingenistet. Die Festung wurde standhaft und eigensinnig noch drei ganze Jahre lang nach dem Fall Jerusalems gegen die Römer verteidigt.

Heute gilt Massada als ein Zentrum der jüdischen Geschichte. Sie ist das Symbol jüdischen Widerstandes und jüdischen Selbstverständnisses. Für die israelische Jugend ist die Festung ein Wallfahrtsort und daneben ein begehrtes Vorzeigeobjekt für Besucher aus der ganzen Welt.

Mit einem solchen Andrang hatte ich nicht gerechnet. Als ich um halb drei auf dem Parkplatz am Fuße des Berges meinen Wagen abstelle, strömen noch mehrere Touristengruppen aus ihren Reisebussen vor mir zur Talstation der Seilbahn. In der nur langsam vorwärts rückenden Warteschlange vor dem Kassenhaus und vor dem Einstieg zur Bahn kreisen meine Gedanken um Noami. Ich kann sie hier nirgends erblicken. Ob sie schon auf dem Berg ist? In der alten Synagoge will sie mich treffen.

Es ist fast drei Uhr, als ich endlich eine der beiden Kabinen besteige, die auf den Berg pendeln. Die Fahrt dauert wenige Minuten. Von der Bergstation führen Treppen zum Plateau. Ich kümmere mich nicht um den grandiosen Ausblick auf das tief hinter mir liegende Meer, eile großen Schrittes vorbei an palavernden Touristengruppen, die gemächlich und nach Luft schnappend die letzten Meter des steilen Fußweges oberhalb der Bergstation erklimmen und stehe schon wieder in einer Warteschlange, um am Eingang des Grabungsgeländes erneut ein Ticket zu lösen. Mir ist unbegreiflich, warum so viele Menschen zu dieser vorgerückten Stunde noch hierher kommen, ich kann es mir nur mit den vollgestopften Programmen der Israelrundreisen erklären.

Als ich endlich das Areal betrete, ist es halb vier. Ich orientiere mich rasch an einer Schautafel, um die genaue Lage der Synagoge herauszufinden. Viel Mauerwerk und Reste historischer Gebäude, kein einziges intaktes Haus. Den gesamten Platz muss ich überqueren. Auch hier stehen und sitzen überall Touristen, die den Erklärungen ihrer Führer andächtig lauschen.

Drei junge Männer sind zum Arbeiten hierher abgestellt. Während einer von ihnen mit einem elektrischen Schweißgerät Eisenstangen zu Absperrgeländern montiert, stehen die anderen beiden lässig rauchend daneben und unterhalten sich mit einem jungen Soldaten in dunkelgrüner Kluft, das schussbereite Schnellfeuergewehr hängt salopp an der linken Schulter.

Ein Schild an der Mauer weist mir den Weg. Doch gerade jetzt strömt eine Gruppe deutscher Besucher vom Badehaus in das Karree, langsam, gemächlich, wie eine Herde, die breiten Rücken versperren mir die Sicht und den Durchgang.

„Herrschaften", tönt auf Deutsch die israelische Reiseführerin, „kommt herein, sonst könnt ihr mich nicht verstehen!" Mit Mühe gelingt es mir, mich vorbei zu drängen. Der zum Himmel hin offene Raum ist nicht groß. Nichts deutet darauf hin, dass es dereinst eine religiöse Stätte war.

„Herrschaften, die Zeloten kamen nach der Zerstörung des Tempels in Jerusalem. Die Bibel sagt, dass keine anderen Gotteshäuser gebaut werden dürfen. Die Juden in der ersten Diaspora fingen an, sich zu versammeln. Das war der Anfang der Synagoge. Die Synagoge ist also kein Tempel, sondern ein Versammlungsort. Hier seht ihr eine der ältesten Synagogen der Welt."

Die breiten Rücken weichen nur langsam zur Seite, einige der „Herrschaften" nehmen auf den Steinbänken Platz, die entlang der Längswand auf den Versammlungsort hinweisen.

Da endlich sehe ich sie!

Noami trägt die rote Baseballmütze und ihre speckige Lederjacke wie am ersten Tag unserer Rundreise in den Norden des Landes. Zusammengekauert hockt sie in der hintersten Ecke auf einer der Betonstufen und starrt vor sich hin auf den Boden. Die Touristen bekümmern sie nicht, so versunken in ihre Gedankenwelt ist sie.

„Die Bänke wurden zuerst von den Zeloten gemacht", tönt die Führerin. Ich versuche, mich langsam an den einfallenden Massen vorbei zu tasten.

„Im Raum wurden Reste von Schriftrollen, Psalmen, gefunden, die sie hier begraben hatten."

Noami, spürst du denn nicht, dass ich komme? Du bist so weit fort, und dein Blick ist so traurig. Wenn doch dieser unflätige Mensch, der ausgerechnet hier und jetzt sein Lunchpaket herauskramen muss, nur einen Schritt zur Seite ginge, vielleicht würdest du aufblicken und mich entdecken.

„Herrschaften, es geht weiter! Gehen Sie rechts herüber zu dem Westpalast!" Nun muss ich mich dem Gegenstrom widersetzen, lasse mich schnell auf eine der frei werdenden Stufen fallen und bleibe hier sitzen, bis das Gewimmel den Raum verlassen hat. Auf einmal ist es still und leer. Nur zwei Menschen bleiben zurück. Doch das Schweigen hält an.

Ich rühre mich nicht, bin ganz still, schaue nur.

Bis nach einer Weile die unbewegliche Statue von weither erwacht und ihre Stimme vom anderen Ende des Raumes fragend ertönt: „Joachim, bist du da?"

Ich stehe auf und trete zu ihr, reiche ihr die Hände und ziehe sie hoch zu mir. Sie schaut mich an, und ich sehe Spuren von Tränen auf ihrem Gesicht, Tränen, die ich aus der Ferne nicht sah.

„Du hast geweint?"

„Ja, es ist alles so schlimm und so schwer, Joachim."

Mit dem Handrücken streiche ich ihr über die Wange und sage: „Es ist gut, dass du mich triffst, Noami, es wird alles gut werden, glaub mir." Sie antwortet nicht, fasst mich, da sie aus der Welt der Gedanken zurückgekehrt ist, nun an der Hand und zieht mich schweigend zum Ausgang hin.

Dort sitzt auf der Mauer ein schwarzer Vogel mit rotem Schnabel, so schön, wie ich ihn nie zuvor sah, und singt ein ergreifendes Lied. Ganz zutraulich ist er, lässt sich durch uns nicht schrecken.

Die drei Arbeiter und der Soldat vor dem Eingang der Synagoge sind verschwunden. Die Uhr steht auf vier. Die Besucherströme orientieren sich nun deutlich am Ausgang. Doch Noami zieht mich weiter über den Platz an einigen Gebäuden vorbei zu einer stabilen Holztreppe, die am Fels hinab in die Tiefe führt. Ich folge ihr willig.

Nun erst nehme ich die majestätische Sicht auf die weiten Wüstengebiete und Felsenlandschaften wahr. Weiß und Ocker mit allen Zwischentönungen geht das pflanzenlose Gelände gen Horizont in grauen Dunst über, der sichtbar in die Atmosphäre aufsteigt und allmählich in das helle Blau des wolkenlosen Himmels wechselt.

In schwindelnder Höhe führt die Treppe an der nordwestlichen Außenseite des Felsmassivs hinab zu den Terrassen des Palastes, den Herodes am Nordhang errichten ließ. Ein junges Paar mit Rucksäcken und einem Säugling, den der Vater sich vor die Brust geschnallt hat, kommt uns auf der Treppe entgegen, sie lächeln freundlich. Noami steigt schweigend die Stufen hinab, als wolle sie zuerst in die Urgründe der Geschichte eintauchen, bevor sie mit mir sprechen kann. Vorbei an einer Zisterne und mit Blick auf die noch deutlich erkennbaren Grundrisse eines Römerlagers im Talgrund kommen wir zu der mittleren von drei Terrassen und steigen weitere Stufen zu der untersten Ebene der Anlage hinab. Am tiefsten Punkt des einstigen Palastes betreten wir einen rechteckigen Raum, der mit Säulen umgeben und mit Fresken geschmückt ist. Hier sind wir völlig allein. Wenige Besucher nehmen nach der Besichtigung der oberen Anlagen noch die Mühe des Abstiegs auf sich. Jetzt sind auch sie bemüht, einen Platz in der Seilbahn für die Rückfahrt zu ergattern.

Noami bleibt stehen und schaut in das weite Land.

„Als ich in das Army kam, wurde ich auf Massada geeidet", sagt sie plötzlich in die Stille.

„Vereidigt, meinst du?" korrigiere ich sie.

„Ja, ich war zuerst in das Panzerarmy. Alle neuen Soldaten von die Panzer werden hier oben vereidigt. Es ist eine Moment, das man nicht vergisst."

Ein historischer Ort, der heute eine starke Symbolkraft hat, ist hervorragend geeignet, besondere Bindungen in unserer Erinnerung zu verankern. Wenn nicht jetzt, wann dann? Mir ist klar, dass ich es hier und jetzt sagen muss: „Noami, ich liebe dich!"

Wie vom Blitz getroffen schnellt sie herum, schlingt ihre Arme um meinen Hals, schaut mir offenen Auges ins Gesicht und sagt voll Rührung in der Stimme:

„Ich liebe dich auch, Joachim, ich weiß es jetzt genau. Seit vorhin in der Synagoge, als ich Gott gefragt habe, was ich tun soll, bin ich gesichert. Joachim, ich liebe dich!" Sie sagt es voll Wärme und innerer Überzeugung. Es ist, als müsse es heraus, als habe sie diese Worte schon viel zu lange nur im Herzen und nicht auf der Zunge getragen. Und dann folgt ein Kuss, so lang und so innig, wie ich ihn nie zuvor geträumt.

„Musst du nun sterben?" lacht sie in Anspielung an meine frühere Äußerung, einmal wolle ich noch einen solchen Kuss von ihr, um dann in Ruhe zu sterben.

„Nein, liebste Noami, dieser Kuss erst erweckt das Leben in mir."

„Du bist eine große Charmeur", lacht sie und stupst mich auf die Nase.

Wir schlendern zum Osthang, wo ein römisches Bad ausgegraben wurde. Dort besteigen wir die Außenmauer und setzen uns nieder, lassen die Beine über die Brüstung in die Tiefe baumeln, den Blick gen Osten, wo sich über den jordanischen Bergen die Dunkelheit andeutet.

„Ich wollte dich etwas Wichtiges sagen", beginnt Noami nun zögernd mit flüsternder Stimme.

„Aber das Wichtigste hast du mir doch schon gesagt», entgegne ich ebenso sanft und streiche ihr die unter dem Käppi am Hals hervorschauenden Haarsträhnen zart zur Seite.

„Nein, das meine ich nicht. Ich wollte dich sagen, dass ich deine Meinung bei meine Onkel verstehe."

Ich glaube, meinen Ohren nicht recht zu trauen, und frage deshalb nach: „Wie meinst du das?"

„Ich glaube auch, da ist keine Alternative neben der Frieden."

Sie sagt es und schweigt. Ein Düsenjet durchschneidet in diesem Moment die Ebene von Süd nach Nord, fliegt sehr niedrig am Rande des Meeres entlang. Nirgendwo sonst auf der Welt können Militärflugzeuge unterhalb des Meeresspiegels fliegen. Übungsflüge wie dieser entlang der Grenzen sind hier auch Drohgebärden und Demonstrationen von Macht.

Als das Gedröhn verhallt, fügt sie hinzu:

„Ich habe in die letzte Zeit viel über der Frieden gelesen. Ich glaube auch, dass Frieden nur wirklich kommen kann, wenn es für alle Völker dieselben Resultate hat. Ich habe von drei Bedingungen gelesen: Das sind die ökonomische Entwicklung, die politische Sicherheit und der nationale Stolz."

Noami schweigt. Aber ich merke, wie es in ihrem Kopf weiterarbeitet. Endlich sagt sie:

„Ich glaube nicht, dass Frieden für uns in unserem Leben noch kommen wird, wenn wir die,... wie sagt man, ... the reason why...?"

„Den Grund, die Ursache", ergänze ich.

„Ja, wenn man die Ursache für der Terror nicht wegnimmt. Sicher ist es auch ein Ausdruck von anderem Denken. Aber ich glaube, dass alle Menschen eigentlich nicht sterben wollen. Viele Menschen haben heute keine klare Zukunft. Terror ist auch ein Stück Verzweiflung von Menschen ohne Perspektive. Sie steigern sich in die politische Extreme hinein."

Ich kann es nicht glauben, was sie da sagt. Es ist so ganz das Gegenteil von dem, was ihr Onkel an radikalen Positionen in Efrat geäußert hat. Und weil sie merkt, dass ich sie zweifelnd anschaue, fährt Noami fort. „Du musst verstehen, dass die Menschen, die täglich mit der palästinensische Terror in ihre Umgebung leben, die sich ständig bedroht fühlen, mehr und mehr zu Rassisten werden. Man hasst die Araber. Schau", sagt sie und deutet mit der Hand in die weite Ebene, „hier in diese Gegend gibt es jetzt keine Terror. Hier, in diese Gegend von die Welt, wo niemals etwas leben konnte, hier planen wir die Zukunft. Wir haben eine Technologie, die uns gibt die Möglichkeit, das Metall der Zukunft aus das Tote Meer zu zeugen."

„Ihr erzeugt das Metall der Zukunft, wie das?"

„Ja, im Toten Meer ist Magnesium. Es ist nicht das..., wie sagt man, ...Kochsalz, welches ist das Hauptsalz in dieses Meer, es ist Magnesiumchlorid. Daraus werden sie eine stabile Stoff produzieren, der hat nur die Hälfte von das Gewicht von Aluminium, und das kann bis tausend Grad erhitzen."

„Ist das wahr?"

„Ja, ich habe gestern in einer Zeitung gelesen, dass unsere Staat mit der Volkswagenkonzern in Deutschland eine Vertrag machen will. Sie wollen zusammen das Magnesium aus das Tote Meer herausholen und verarbeiten. Die Deutschen zahlen das Geld und haben die Technologie für die Fahrzeugteile. Das macht zusammen der größte Produzent international für Magnesium. Die leichten Autos aus Magnesium brauchen viel weniger Benzin."

„So gibt es zwischen unseren Völkern ökonomische Projekte, die auf der Vernunft beruhen und beiden Seiten Vorteile bringen?"

„Ich wollte dir noch die Sache mit der Frieden weiter sagen", fährt Noami fort. „Ich glaube es ist wahr, wir müssen auch mit unsere Nachbarn so schlau umgehen wie mit die andere Länder. Die Chinesen bauen jetzt die modernste Kaliindustrie auf der Welt zusammen mit Israel. So haben wir Freundschaft mit Chinesen, aber leider keine Grenze mit ihnen. Vorher haben wir Frieden mit Jordanien gemacht. Das ist nicht die große Liebe zwischen uns und ihnen. Auch sie sind Muslims, sie denken anders als wir. Aber wir haben ihnen hier gezeigt, wie wir das Kali aus dem Toten Meer holen. Wir haben ihnen unsere Technologie gegeben. Jordanien ist sehr arm. Sie brauchen Geld. Jetzt haben sie eine gute Industrie. Ohne Industrie könnten die Fundamentalisten ihren König auf eine Baum hängen. Aber die Jordanier machen Frieden, weil sie haben eine Interesse daran. Es ist nun eine ruhige Grenze. Da ist Frieden wie mit Ägypten, denen wir haben die Sinai zurückgegeben."

„Noami, warum wissen das nicht alle Leute in diesem Land? Warum wird dieses Freundschaftsprinzip nicht überall angewandt? Dort, wo es Konflikte zwischen den Völkern gibt, muss man sie mit ökonomischen Projekten verbinden, bei denen beide Seiten Vorteile haben."

„Das wäre schön", Noami nimmt ihre rote Kappe ab und schüttelt ihre lange Mähne aus. „Aber leider ist die ökonomische Entwicklung nur ein Teil von die Sache. Die politische Sicherheit, du hast es auf dem Golan gesehen, muss auch dabei sein. Mit die Palästinenser haben wir der Friedensprozess gehabt, aber die Attentate haben ihn erstmal unmöglich gemacht, weil es gegen die Sicherheit von Israel ist."

Ich streiche ihr übers Haar, und sie legt ihren Kopf an meine Schulter. So blicken wir schweigend in die weite Ebene, über die nun deutlich spürbar die Dämmerung kriecht. Dabei gehen wir beide unseren Gedanken nach.

Nach einer ganzen Weile sagt Noami: „Hier ist das römische Bad, da drüben haben sie bei die Ausgrabungen ein Skelett von eine Mann und die braunen, langen Haare von eine Frau gefunden, eine Zopf."

„Vielleicht sind wir beide das gewesen in einem unserer früheren Leben", lache ich sie an.

Ich stelle mir das Leben mit Noami hier vor fünfhundert, vor tausend, vor zweitausend Jahren vor. Was ist eigentlich anders? Nur die äußeren Bedingungen unterliegen dem Wandel der Zeiten. Was wesentlich ist, bleibt immer gleich. Haben sie sich geliebt, der Mann und die Frau? Welche Probleme haben sie bewegt? Vielleicht haben sie hier schon einmal eine Friedensphilosophie entdeckt? Vielleicht kamen auch sie aus zwei unterschiedlichen Welten und haben den Hass überwunden? All das bleibt ein Geheimnis.

„Joachim, wir müssen gehen, sonst wird es dunkel und wir finden der Weg nicht mehr." Noami ist plötzlich wie gewandelt. Schnell steigen wir wieder die Treppen zum Plateau empor. Keine Menschenseele weit und breit, im Tal sind alle Busse abgefahren, das Wachpersonal hat sich zurückgezogen.

„Wir müssen uns verlassen", sagt Noami vor der Synagoge und gibt mir, ohne auf meine Antwort zu warten, wieder einen ihrer himmlischen Küsse.

„Nein, mein Schatz, heute kann ich dich nicht wieder hergeben", entgegne ich mit Bestimmtheit und schließe sie fest in meine Arme. „Komm mit zu mir. Ich habe viel Platz in meinem Zimmer in einem herrlichen Hotel. Morgen in der Frühe fahre ich dich zu deinem Auto zurück."

„Joachim, was denkst du dir!" will Noami protestieren. Doch ich ersticke jeden Widerspruch in erneuten Küssen. Schließlich ergibt sie sich.

„Ich komme mit dir, wenn du morgen ganz früh wieder mit mir hierher fährst."

Das Prinzip Liebe vermag jegliche Vernunft zu besiegen. Oder ist Liebe die einzig mögliche Vernunft? Wenn sie erst gewonnen hat, bestimmt sie selbst darüber, was Vernunft sein soll.

Noamis Auto steht am Fuße der von den Römern einst gebauten Rampe an der Westseite der Felsenfestung. Es ist von dort der kürzeste Weg nach Be'er Sheva. Von hier konnte Noami in nur zwanzig Minuten zur Synagoge emporsteigen. Die

Straße endet aber dort unten, es ist eine Sackgasse. Von der Ostseite her, von der ich mit der Seilbahn heraufkam, ist dieser Punkt nur über weite Fahrstrecken zu erreichen. So beschließen wir, gemeinsam über den sogenannten Schlangenpfad zu meinem Auto hinabzusteigen, um am frühen Morgen dann den erneuten Aufstieg über das Felsmassiv zurück zu Noamis Wagen zu bewältigen, damit sie rechtzeitig um neun ihren Dienst in Be'er Sheva antreten kann. Das müsste zu schaffen sein.

Das Dämmerlicht reicht gerade noch aus, um den steinigen Schlangenpfad zu finden, der vor mehr als einhundert Jahren wiederentdeckt wurde. Noami kennt ihn gut. Sie erzählt, dass es ein erhabenes Gefühl ist, in einer langen Menschenschlange junger Soldaten beiderlei Geschlechts diesen Weg hinauf zur zeremoniellen Vereidigung zu steigen. Schweren Atems kommt man oben an. Doch auch die körperliche Anstrengung trägt dazu bei, dass man die Prägung auf den Geist und die staatstragende Philosophie Israels nie vergisst.

„Massada ist das wichtigste Symbol für unsere Kraft", sagt Noami.

Das Tote Meer liegt wie eine schwarze Scheibe vor uns am Grund des Tales. Keine Lichter jenseits des Dunstes, nur schwere, dunkle Nachtwolken und in unserem Rücken das wuchtige Felsmassiv, jetzt fast bedrohlich in seiner Masse. Wir fassen uns bei der Hand, um nicht zu stolpern oder dann wenigstens gemeinsam zu fallen. Doch Noami hat vorgesorgt. Aus ihrer Lederjacke kramt sie eine kleine Taschenlampe hervor, die Schlimmstes zu verhüten in der Lage ist.

„Massada ist deshalb so wichtig", fährt sie fort, „weil eine jüdische Gemeinde, die Zeloten, den Römern, die sie belagerten, lange Widerstand gaben. Alle neunhundertsechzig Menschen, Männer, Frauen und Kinder sind dann lieber in den Tod gegangen, als sich den Römern zu ergeben."

„Sie haben Selbstmord begangen?" frage ich ungläubig.

„Ja, sie hatten eine große Stolz. Flavius Josephus hat in seinem Buch über den jüdische Krieg die Geschichte aufgeschrieben. Er war bei die lange Belagerung dabei. Es gibt eine berühmte Rede von der Anführer von die Zeloten, wo er sie zu dem

Selbstmord bringt. Der Anführer hieß Eleazar Ben Yair. Er war der Sohn von der Hohepriester. Der Römer Vespasian hatte Jerusalem schon besiegt. Massada war der letzte Ort, wo die jüdische Nationalisten die Römer Schwierigkeiten machten." Noami berichtet die komplette Geschichte. Ich spüre den Stolz auch in ihren Worten. Sie hat die Legende bereits in der Schule gelernt und sie dann als junge Soldatin ihres Volkes mit Leib und mehr noch mit Seele gelebt.

„Vor langer Zeit haben wir gesagt, wir wollen keine Sklaven sein, nur Gott ein Diener, denn er ist der wahre Chef. Das hat Eleazar seine Leute gesagt. Danach haben sie bestimmt, wie sie sich töten, einer nach der andere, damit sie nicht Sklaven von die Römer werden müssen."

Wir sind schon fast im Talgrund, als Noami den wichtigsten Satz der Legende berichtet: „Massada wird nie wieder fallen! Das sagen auch die israelische Soldaten hier bei ihrem Eid."

„So ist Massada ein Symbol für den jüdischen Widerstand", stelle ich fest und glaube nun, neben der Erkenntnis des zentralen, identitätsstiftenden Elements des Holocaust eine weitere, ganz wesentliche Wurzel gefunden zu haben.

„Wie gut, dass du mir Massada gezeigt hast, Noami", sage ich, als wir das Auto erreichen, das einsam am Ende des dunklen Parkplatzes steht. Vor der gespenstischen Kulisse des bedeutungsvollen Felsens umarme ich Noami erneut und sage: „Noami, ich habe mich ganz dumm verhalten bei deinem Onkel. Bitte verzeih. Denn ich habe nicht verstanden, was es bedeutet, wenn Massada erneut belagert wird. Diesmal sind es die Terroristen. Aber auch ich glaube nicht, dass Massada je wieder fallen wird."

Ich öffne zuerst die Beifahrertür, das Licht im Inneren des Wagens flammt auf. Dabei fällt mein Blick auf den Zweig, der seit zwei Tagen hier liegt. Er ist etwas angewelkt, doch eignet er sich noch als Symbol. Spontan ergreife ich ihn und reiche ihn der Geliebten: „Oh Mimosa, die Blüte zur Feier der Frauen! Ich liebe sie! Wo hast du sie her?" Auf der Fahrt muss ich ihr von meinem Ausflug an die Stätte ihrer frühen Familiengeschichte, dem Kibbutz Mordechai berichten.

Nur wenige Minuten später sind wir wie in einer ganz anderen Welt. Das Hotel ist hell erleuchtet. Viele Menschen in feinen Kleidern flanieren durch die Halle, schauen die Geschäfte im Foyer an, die geöffnet sind.

Wir melden Noami nicht bei der Rezeption an. Das Hotel ist groß, und die Menschen wohnen hier sehr anonym. Ich zeige Noami das komfortable Zimmer, und sie fragt: „Wirst du so brav sein wie auf unsere erste Reise?"

„Noami, ich tue alles mit dir zusammen, was du selbst willst", entgegne ich, und dann küssen wir uns von Neuem.

Als ich dusche, verschwindet sie kurz, um etwas im Hotel zu kaufen. Erst später, als sie aus dem Bad heraustritt, frisch und für das abendliche Ausgehen gestylt, erfahre ich, was sie erstanden hat. In einem atemberaubend schlichten Kleid steht sie vor mir. Es bringt in seiner knappen Einfachheit ihre natürliche Schönheit zur Geltung. Schwarz, kurz und angenehm zu berühren, viel freie Schulter und nacktes Bein. Noami, wenn dein Vater dich jetzt sehen könnte! Ich denke es nur, sage es nicht, wohlweislich!

„Noami, du nimmst mir den Atem", stoße ich statt dessen hervor, „wie soll das noch enden, wenn du deine Reize so deutlich verschwendest!"

„Was ist das, Reize?" kontert sie und hält mir ein kleines, verschnürtes Paket auf dem Handteller entgegen, das sie offenbar zusammen mit dem Kleid in einem der Läden im Foyer erstand.

„Ein Geschenk für mich?" Ungläubig sehe ich in ihre strahlenden Augen. Kann es sein, dass dieselbe Frau noch vor drei Stunden in einer antiken Synagoge weinte?

„Pack es auf, ich will sehen, ob es dir gefällt!"

Eine himmlisch schöne Krawatte kommt zum Vorschein. Über Geschmack kann man streiten! Aber hier geht es um die Symbolik: „Massada shall not fall again" steht kunstvoll geschwungen in leuchtend gelborangen Buchstaben auf schwarzem Grund. Dazu ist die Silhouette des Riesenfelsens abgebildet. Meine Freude ist echt. Noami kauft mir die erste Krawatte, damit hat sie meinen Tick angenommen.

Schnell wechsele ich das Hemd, damit die farbliche Abstimmung passt, und binde die neueste Errungenschaft meiner Sammlung um. Ihr prüfender Blick verrät mir Wohlgefallen. Dann fahren wir gemeinsam hinunter in das belebte Restaurant, wo wir ein köstliches Mahl mit mehreren Gängen genießen. Dazu ordere ich eine Flasche Wein vom Golan.

Nach dem ausgiebigen Essen mit Blick auf das Schwarze Meer, das so ganz anders als der See Genezareth bei Nacht nicht ein einziges Licht zeigt, besuchen wir die Tanzbar im Untergeschoss. Zunächst tanzen wir in der gewohnten Weise, doch ich spüre, dass Noami etwas auf der Seele lastet. So treten wir bald auf die Terrasse hinaus in den erleuchteten Garten, wo noch einige Gäste lautstark den Pool benutzen. Andere sitzen in Gruppen beisammen und unterhalten sich. Ich lege meinen Arm um Noamis nackte Schulter, wir gehen schweigend den Weg zum dunklen Wasser hinunter. Nur langsam gewöhnt sich das Auge von den Laternen des Hotelgartens entfernt an die Nacht. Am sanft plätschernden Ufer lassen wir uns auf zwei großen runden Steinen nieder. Nach einer Weile des Schweigens erst findet sie ein Wort.

„Was hat mein Vater dir erzählt?" Ich merke, dass dieses Thema ihr nicht leicht von den Lippen kommt.

„Hattest du keinen Kontakt mehr mit ihm?"

„Nein, er war nur kurz bei mir am Sonntag." Noami zieht die Beine an den Körper und umklammert die Knie mit den Armen.

„Warum hast du ihm den Zettel mit meiner Adresse gegeben?" frage ich, denn ich vermag den Grund dafür nicht zu erkennen.

„Diese Zettel hat mein Vater?" entgegnet sie mit ungläubigem Staunen. „Ich habe ihn schon gesucht. Ich hatte ihn in meine Geldtasche getan."

„So hat er ihn dir fortgenommen, so wie er mich von dir fortnehmen will."

Ich stehe auf und lege behutsam mein Jackett um Noamis Schultern, um sie vor der aufkommenden Kälte, die über das dunkle Wasser schleicht, zu schützen.

„Ich verstehe das nicht", flüstert sie fast stumm.

„Dein Vater liebt dich ganz sicher sehr", beginne ich. „Aber er glaubt, er muss alles Übel von dir fern halten. Ich bin für ihn ein solches Übel. Ich bin kein Jude, und ich bin Deutscher. Erst hat er deine Tante und deinen Großvater auf dich angesetzt. Schließlich noch den extremen Onkel. Aber alles hat nichts genützt, du bist eine sehr eigenwillige Tochter und hast immer noch nicht genug von mir. So ist er schließlich selbst zu mir gekommen. Er wollte mich überzeugen, dass ich dich nicht länger belästigen soll."

„Du belästigst mir aber nicht", protestiert sie in die Nacht hinaus, „du bist meine Liebe, Joachim!"

„Dein Vater hat mir von deinem Freund Gregor erzählt."

„Warum tut er das? Ich verstehe nicht, warum er das tut hinter meine Rücken!" Empört springt sie auf, streift die Schuhe von den Füßen und läuft am sandigen Ufer in die Nacht hinein. Ich beeile mich, hinter ihr her zu kommen.

„Noami, so bleib doch stehen!"

Beinahe hätte ich sie umgerannt.

„Joachim, ich liebe ihn nicht, den Gregor. Er war meine Freund für zwei Jahre. Ich habe dir gesagt, was eine Ehe für eine jüdische Frau bedeutet. Ich habe geglaubt, dass Gregor mein Mann wird sein. Aber ich habe mich getauscht!"

Sie liegt in meinem Arm und schluchzt. Ich streiche ihr über das seidige Haar und küsse ihr die Tränen von den nassen Wangen, sie schmecken salzig wie das Meer.

„Die erste Zeit wir haben davon gesprochen, dass wir eine gute jüdische Familie haben wollen. Aber dann habe ich gemerkt, dass er aus einer anderen Welt kommt, wir nicht wirklich zusammen passen. Er ist Jude auch nur auf das Papier. Er hat mich sogar geschlagen, wenn ich nicht tue, was er will. Er akzeptiert nun nicht die Trennung. Gestern war er wieder bei mir. Er glaubt, ich bin der Besitz von ihm."

„Hat er dich gestern geschlagen?" will ich wissen.

Sie schweigt.

„Er hat die Postkarte von mir gesehen, nicht wahr?" Ich sage ihr auf den Kopf zu, was ich von ihrer Freundin weiß.

„Es tut mir leid, dass ich dir noch mehr Schwierigkeiten

damit bereite."

„Nein, Joachim", widerspricht sie, „es ist gut, dass du dieses Signal mir geschickt hast. Es ist gut so. Wenn du es nicht geschrieben hättest, wäre ich vielleicht nicht zu dir gekommen heute. So habe ich wieder das wahre Gesicht von Gregor gesehen. Jetzt ist es endgültig aus. Ich habe ihn hinausgeworfen mit die Hilfe von zwei Kollegen. Er darf nicht mehr in die Wohnung von das Militär, wo ich wohne."

Langsam gehen wir am Wasser entlang zurück.

„Warum hast du mir nichts von Gregor erzählt, als wir an dem Sea of Galilei waren?"

„Ich wusste doch nicht richtig, zu wem ich gehören soll. Von der Gregor habe ich mich getrennt, bevor ich zu meinem Urlaub nach Jerusalem kam. Ich war glücklich, als ich dich an dem Abend in die Disco sah. Ich habe gedacht: Das ist er, so soll er sein!"

„Und dann warst du sehr enttäuscht, als du merktest, welche Sprache ich spreche?"

„Es ist nicht die Sprache allein, aber das weißt du ja", entgegnet sie und setzt sich wieder auf den Stein, von wo sie aufgesprungen war.

Eine ganze Weile schweigen wir. Noami hat ihre Füße in das salzige Nass gestellt, das leise ihr in kleinen Wellen um die Zehen spielt. Auch ich ziehe die Schuhe aus und spüre die ölige Lake.

„Noami, ich habe dir auch noch nicht alles erzählt", beginne ich schließlich von neuem. Sie scheint nach dem kurzen Lauf nicht mehr so stark zu frieren wie zuvor. Ich lege ihr meinen Arm um die Schulter, und sie lehnt ihren Kopf an meine Seite, umklammert mit beiden Armen meine Hüften, so als müsse sie mich festhalten. Schließlich lässt sie ihren Kopf auf meinen Schoß gleiten, und ich streiche liebevoll durch ihr Haar. Dann lege ich ihr mein Jackett wieder wärmend über die Schulter.

„Was meinst du, Joachim?"

„Ich habe zwei Frauen auf dieser Reise kennengelernt."

„Du hast neben mir eine andere Frau gelernt?" Sie sitzt schlagartig senkrecht und schaut mich an. Ich spüre in der

Dunkelheit ihren prüfenden Blick.

„Nein, Noami, zwei Frauen außer dir. Die erste habe ich auf der Reise nach Israel schon getroffen. Ich habe mich freundschaftlich unterhalten mit ihr, sie ist eine Palästinenserin."

„Palästinenserin?" fragt sie, als könne sie es nicht glauben.

„Ja, sie heißt Leila und studiert in Deutschland. Jetzt schreibt sie an ihrer Doktorarbeit. Wir sind mit einem Taxi zusammen nach Jerusalem gefahren. Und wir haben uns verabredet."

„Das war, bevor du mich kennen hast gelernt?" Noami scheint erleichtert.

„Hast du sie wiedergesehen?"

„Nein, wir waren verabredet, doch sie ist verschwunden."

„Verschwunden, was meinst du?"

„Ich habe eine Nachricht von ihrer Schwester erhalten, dass sie nicht bei ihren Eltern angekommen ist."

In knappen Worten berichte ich Noami die unglaubliche Geschichte. Ich spreche in aller Offenheit von Souhaila, von Mister Omar, berichte meinen Ausflug nach Bir Zeit. Dann erwähne ich den Professor Nebi und meinen Besuch in der Deutschen Botschaft sowie die Ergebnisse der Nachforschungen in Jericho. Während ich schließlich auf die fürchterliche Tat des fehlgeleiteten Bruders zu sprechen komme, unterbricht sie mich erregt: „Weißt du, was du da getan hast? Was ist, wenn diese Leila mit ihre Bruder wirklich unter eine Decke ist?"

„Noami, ich glaube, dass ich das Böse im Menschen erkenne. Ich glaube an Leilas Unschuld. Man hat sie als Sündenbock benutzt, weil man Erfolge vorweisen muss in dieser schlimmen Zeit. Vor allem kann ich nicht glauben, dass Menschen von einem Tag auf den anderen so einfach verschwinden können."

Doch ich merke, dass Noami überhaupt nicht an der Sache selbst interessiert ist.

Sie denkt nur an eines: „Sag, Joachim, liebst du sie?"

„Aber nein, du schönste Mimose! Ich weiß, dass ich nur eine Frau liebe, die Frau, die ich endlich gefunden habe!"

„Wenn das wahr ist, will ich meine Vater fragen, ob er mit seine viele Kontakte etwas tun kann für deine Freundin."

Dies ist eine Vorstellung, die ich nicht zu denken gewagt

habe, doch muss ich Noamis Idee sogleich wieder verwerfen: „Dein Vater weiß bereits von meinen Kontakten zu den Palästinensern. Er hat eine Agentur auf mich angesetzt und hat mir damit gedroht, dich zu informieren, wenn ich nicht von dir lasse."

„Wie bitte?" Noami springt wütend auf. „Ich kann das nicht glauben! Mein Vater wendet seine politischen Methoden jetzt gegen seine eigene Tochter an? Ich werde an der Freitagabend wieder nach Jerusalem kommen zu meine Familie. Ich werde keine gute Tochter sein an diese Sabbat! Das wird er mir erklaren. Und auch, warum er mir deine Adresse fortnahm!"

„Noami komm, der Abend ist zu wertvoll für uns beide, als dass wir uns über all diese Ereignisse aufregen sollten!"

Ich greife nach ihren Schuhen und reiche ihr meinen Arm, um sie durch den Hotelgarten zurück an die Hotelbar zu geleiten. Der Raum hat sich inzwischen gut gefüllt. Es ertönt eine sanfte Musik, die uns sogleich zum Tanz animiert. Eng umschlungen und mit salzigem Sand an den Fußsohlen bewegen wir uns im langsamen Rhythmus des Blues. Wange an Wange tanzen wir so fast eine Ewigkeit.

Irgendwann hebt Noami den Kopf, schaut mir in die Augen und sagt: „Ich denke, wir müssen auch das Vergessen lernen."

Meint sie ihre missglückte Beziehung zu Gregor, oder denkt sie an die große Enttäuschung, die ihr heute ihr Vater bereitet hat? Nach einer weiteren Ewigkeit antworte ich:

„Das Vergessen und die Verewigung sind Partner, glaube ich. Sie brauchen einander."

In der Nacht, gegen vier Uhr vielleicht, summt das Telefon. Noami ist schneller als ich am Hörer: „Hier ist Siebenstein", sagt sie und lauscht.

„Was ist los?" brumme ich, bis ich begreife, dass sie nicht zu mir gesprochen hat. Schnell nehme ich ihr den Hörer aus der Hand: „Hallo?" Doch ich kann nur noch das Klicken am anderen Ende der Leitung hören.

„Wer ruft dich mitten in die Nacht?" fragt Noami.

„Sicher hat sich jemand verwählt", sage ich, doch kreisen meine Gedanken noch eine Weile um dieses Rätsel. War es

Eva, die nach erfolglosen Telefonaten in Be'er Sheva nun meine Anwesenheit im Nirvana kontrolliert? Auf jeden Fall freut es mich, dass Noamis Stimme am Apparat zu hören war. Wenn der Anruf von Eva kam, dann mag sie nun kochen vor Wut! „Hier ist Siebenstein", hat sie gesagt. Doch dann fällt mir eine andere Möglichkeit ein. Und wenn Noamis Vater, von seinem Agenten informiert, Noamis nächtlichen Verbleib kontrollierte? Verdammt! Wie konnten wir so unvorsichtig sein! Lange noch liege ich wach. Noamis Atem erfüllt ruhig den Raum. Noch vor wenigen Stunden hätte ich das nicht für möglich gehalten. Meine Gedanken schweifen zurück zu dem traumhaften Tanz, der uns den Abend über wieder vereinte und uns schließlich ganz verzaubert hat. Wir sind beide voll des Glücks, und heute wissen wir, dass wir uns gefunden haben. Die Welt mag denken, was sie will! Für uns beide ist klar, wir gehören zusammen, komme was mag.

Sechs

Gegen sechs läutet das Telefon erneut. Es ist der automatische Weckdienst. Wie schön wäre es, könnten wir weiterschlafen und dann den Tag gemeinsam verbringen. Wir würden alle Annehmlichkeiten dieses Hotels zu nutzen wissen, den Frühstücksraum erst gegen zehn, dann das Thermalbad, die Sauna, den Pool. Danach würden wir zu Mittag speisen, fünf Gänge vielleicht, um dann zu einem ausgiebigen Mittagsschlaf uns zurückzuziehen.

„He Joachim, träumst du noch?" Noami kommt bereits aus dem Bad, hat ihre schwarze Röhre wieder an und drängt zum Aufbruch.

Auf der Fahrt zum Parkplatz am Fuße des nationalen Heiligtums ernähren wir uns in der Morgendämmerung spartanisch von Keksen und Mineralwasser.

Der Aufstieg über den Schlangenpfad ist mühsam. Wir sind in der Frühe die einzigen Menschen. Das einsetzende Morgengrauen erlaubt ein wenig die Orientierung. Alles ist grau in grau. Ohne Noamis sicheren Spürsinn würde ich den Pfad verfehlen. Nach vierzig Minuten zügigen, tastenden Gehens, unzähligem Stolpern erreichen wir den Eingang zum Plateau. Die ersten Sonnenstrahlen kündigen sich zaghaft am östlichen Horizont an. Ein freundlicher Wächter mit Hund zeigt sich einsichtig, als Noami ihm ihre Not beschreibt, und lässt uns passieren. Ich begleite sie noch hinüber zur Römerrampe. Dort folgt, von der Zeit getrieben, ein kurzer Abschied. In Jerusalem am Samstag werden wir uns wiedersehen! Längst ist unser Plan perfekt, sind die Lebensperspektiven aufeinander abgestimmt.

Ich blicke ihr nach, der schönsten und mutigsten unter den Frauen. Sie wurde mir in dieser Nacht so nah wie nie eine andere zuvor. In wenigen Minuten ist sie im Laufschritt die Rampe hinunter, um Punkt acht fährt ihr Wagen mit einem kurzen Hupsignal davon, ich winke ihr nach.

Dann gehe ich noch einmal die Treppenstufen zu der unteren Terrasse des Herodespalastes hinunter. Diesmal zähle ich sie. Zu der ersten Plattform sind es genau einhundert, danach noch einmal siebzig.

Am äußersten Ende setze ich mich wieder auf die Mauer zu dem Paar aus grauer Vorzeit. Vor mir das unglaubliche Farbenspiel der genau jetzt aufgehenden Sonne über den Nebelschwaden der Nacht. Glutrot der schnell aufsteigende Ball, im dunklen Wasser darunter sein Ebenbild und jetzt eine gleißende Straße des Lichts herüber von den jordanischen Bergen hierher ans Westufer des sonst so Toten Meeres.

„Wie konntest du so geschmacklos sein und mich so schändlich hintergehen?" höre ich die junge Frau mit dem rotbraunen Haarzopf in vorwurfsvollem Ton.

„Ich war so allein auf meiner Reise, und sie war dir so ähnlich", entgegnet der Mann mit gesenkter Stimme.

„Du lügst, ich fand ein blondes Haar an deiner Schulter!"

Ihre Stimme überschlägt sich. Ich drehe mich um und glaube zu träumen. Mir ist, als husche ein Etwas gerade hinter eine der Säulen. Die Nacht war wohl doch zu kurz und zu bewegend. Ich sehe schon Gespenster! Meine Einbildung vermischt die sterblichen Reste jenes Mannes und jener Frau, deren Spuren man hier fand, mit meinem eigenen schlechten Gewissen. Keine Gelegenheit hatte sich mehr geboten, um Noami meinen Fehltritt mit Silvia in Jericho zu beichten, obwohl ich doch schon von zwei Frauen gesprochen hatte, die ich hier auf meiner Reise außer ihr getroffen habe. Immerhin geschah dieser Irrtum bereits in vollem Gewahrsein unserer platonischen Liebe. Wie kann ich es erklären, und wie würde sie auf meine Beichte reagieren?

„The fact is that mistakes happen!" hatte Leila am Flughafen von Tel Aviv lachend gerufen. Ja, es ist eine Tatsache, dass Fehler passieren. Der Fehler lag darin, dass ich eigentlich noch Eva nachlief, sie in meiner Phantasie suchte und auch fand.

Langsam und nachdenklich steige ich die Stufen wieder empor. Nun steht die Sonne schon deutlich auf dem Plateau. Die ersten Besucher, die wie wir den Aufstieg zu Fuß fanden, kommen vom Eingang her. Ich nehme die erste Seilbahn talwärts und bin in zehn Minuten bei meinem Wagen.

Im Hotel dusche ich und gehe endlich frühstücken, zahle die astronomische Rechnung, verlade mein Gepäck und verlasse den gastlichen Ort auf der Uferstraße gen Norden.

Mittags komme ich nach zügiger Fahrt vom Löwentor her beim Hospiz in Jerusalem an. Fredi freut sich wirklich, mich wiederzusehen. Er hat eine Überraschung für mich.

Ich will nur das Gepäck ausladen und dann gleich den Wagen zum Vermieter zurückbringen. Doch Fredi besteht darauf, dass ich zuerst das Zimmer besichtige, das er mir reserviert hat. Er reicht mir den Schlüssel mit einem seltsamen Schalk im Blick. So bringe ich zunächst den Koffer in den zweiten Stock. Das Zimmer ist nicht schwer zu finden, kenne ich mich doch schon im Haus aus.

Als ich die Tür aufschließe, überkommt mich bereits eine

dumpfe Vorahnung, als sei irgendetwas nicht so wie erwartet. Und dann trifft mich der Schlag: In einem schlichten, aber sonst wunderschönen Zimmer thront mitten im Bett in einem bezaubernden Negligee eine mir sehr wohl bekannte Frau mit blondem, langem Haar, blättert in einem Journal und schaut mich triumphierend an: „Eva, was machst du denn hier?"

„Komm herein, Joachim und verhalte dich nicht so kindisch!"

„Wie kommst du in dieses Bett?" frage ich entgeistert.

„Dein Freund Fredi hat sich sehr gefreut, mich zu sehen. Er hat dieses Zimmer für uns reserviert, wie er sagt, und mir bereitwillig schon mal einen Schlüssel gegeben."

„Dieser Mistkerl!" stoße ich hervor.

„Komm her und begrüße mich, wie es unter Freunden üblich ist", kommandiert Eva in altbekannter Weise. Ich denke nicht daran, sie in ihren Lehrerinnenton zurückfallen zu lassen.

„Du wirst jetzt dieses Bett verlassen, wie du mich verlassen hast. Wenn du mir etwas sagen willst, so findest du mich innerhalb der nächsten Viertelstunde auf der Dachterrasse." Ich stelle gerade noch den Koffer ab und bin schon wieder verschwunden.

Hier habe ich an die zehnmal wohl gesessen, den Felsendom im Blick, mich erhaben wähnend über den Gassen. Nun kommt die letzte Herausforderung dieser Reise, denke ich. Kaum fünf Minuten vergehen, bis Evas blonder Schopf erscheint. Sie trägt die weiße Jeans und eine weiße Bluse dazu. Weiß übertönt den leichten Kummerspeck an den Hüften, es ist ihr alter Trick.

Übernächtigt sieht sie aus, elend und gar nicht wie eine strahlende Siegerin. Nun ist sie mir also doch nachgelaufen bis Jerusalem.

„Mit wem hast du geschlafen heute Nacht?" fragt sie und setzt sich neben mich auf die Bank.

„Eva, du hast mich als erwachsene Frau verlassen, mir den Kram vor die Füße geworfen. Du wolltest mich nie wieder sehen. Alles ist mir zu eng, und du bist ein unerträglicher Mensch, hast du gerufen. Jetzt kommst du hierher und willst so tun, als sei nichts geschehen?"

„Du hast mir doch geschrieben, wir sollten noch einmal

miteinander über alles reden. Deshalb habe ich gedacht, du freust dich über die Überraschung!" Eva blickt mich aus ihren graublauen Augen an, doch ich sehe nur in die Tiefe der Gassen vor mir und schweige.

„Eva, es ist nicht mehr so, wie es vorher war", sage ich nach einer ganzen Weile. Dann schaue ich sie an und fahre fort: „Wir haben uns wirklich auseinandergelebt, Eva, in drei Jahren haben wir uns verändert. Ich weiß jetzt, dass es ein Irrtum war mit uns beiden. Du bist es, die das zuerst erkannt hat. Du hast dich von mir getrennt. Ich kann es jetzt annehmen. Nun steh auch du dazu. Lass uns die alten Spiele beenden."

„Du hast eine andere, irgend so eine dahergelaufene Zufallsbekanntschaft. Ist sie gut im Bett?" Sie sagt es mit Bitternis in der Stimme, ich lasse es kommentarlos stehen.

Sie schweigt. Wir schweigen beide. Als ich sie endlich anschaue, sehe ich die Tränen auf ihm Gesicht. Ich lege die Hand auf ihre Schulter, sage: „Auf Wiedersehen, Eva, es war teilweise auch eine gute Zeit mit uns beiden. Ich wünsche dir nur Gutes."

Doch sie springt mit einem Ruck hoch, ich kenne diese Wut, stößt nur die Worte hervor: „Du kannst mich mal!", und verschwindet von diesem majestätischen Platz.

Als ich viel später aus der Trance meiner Gedanken erwache und ins Zimmer hinuntersteige, ist es verlassen. Nichts erinnert mehr an den Spuk, nur das Bett weist noch die Spuren der jungen Frau auf, die ich dereinst, in meinem vorigen Leben gewiss, zu lieben glaubte. Ich hefte meine Nase an das Kissen, an das Laken, um noch einmal ihren Duft zu ahnen, doch er ist schon verflogen.

„Habe ich etwas falsch gemacht?" fragt mich Fredi, als ich an der Rezeption vorbeigehe, um das Auto endlich fortzufahren.

„Du machst einiges falsch", erwidere ich nur.

Der Nachmittag gibt mir Gelegenheit, meine Tagebuchaufzeichnungen dieser Reise weiter zu verfolgen. Manchmal denke ich, mein Leben verläuft symmetrisch. Nur weiß ich nicht, ob die Symmetrieachse schon überschritten ist.

Am Abend gehe ich noch einmal mit Fredi aus. Wieder Essen

bei Eldas Vesehov in der Jaffaroad. Danach ziehen wir durch verschiedene Lokale, meiden aber das Underground. Auf dem Rückweg um zehn fällt mir ein, dass ich Professor Nebi ganz vergessen habe. Ich hatte ihm doch zugesagt, mich sofort nach meiner Rückkehr nach Jerusalem bei ihm zu melden. Es kostet ein wenig Mühe, Fredi zum Mitkommen zu überreden.

Die Nebis haben Gäste. Man sitzt zu Tisch, die Speisen sind schon abgeräumt, doch ist noch ein Tropfen Wein zu haben. Fredi unterhält sich bald gut mit einem anwesenden Pfarrer einer christlichen palästinensischen Gemeinde. Ich würde dem Gespräch gern folgen, wenn nicht gerade jetzt der Professor mich zur Seite nähme, um über Leila zu sprechen. Für kurze Zeit verlassen wir die Gruppe, um in seinem Arbeitszimmer den neuesten Sachstand in den uns beide verbindenden Fragen zu erörtern.

„Ich weiß, lieber junger Freund, dass Sie sich schon über die Maßen für unsere hoffnungsvolle Nachwuchswissenschaftlerin eingesetzt haben!" beginnt er. Aha, denke ich, man verlangt noch einmal meine Hilfe. Und schon kommt er ohne Umschweife auf den Punkt: „Leila wurde an die israelischen Behörden übergeben. So etwas kommt selten vor. Palästinenser liefern normalerweise nicht aus. Aber die israelischen Dienste haben irgendwie von der besonderen Situation dieses Häftlings in einem palästinensischen Gefängnis in Ramallah Wind bekommen. Eine junge Wissenschaftlerin, im Ausland lebend, mit internationalen Kontakten, der Bruder nachweislich ein Terrorist. Und dann gibt es einige Leute, die plötzlich Interesse an der Sache haben. Zum einen gibt es einen Deutschen, von dem wir wissen, wer er ist, der aber die israelischen Behörden misstrauisch werden lässt. Er gibt sich als Verlobten der jungen Palästinenserin aus. Was soll man davon halten? Die Geheimdienste fangen an zu ermitteln. Und dann muss noch jemand mit Einfluss, Rang und Namen in der Sache stecken, denn mein Bekannter in Jericho berichtete mir, dass die Übergabe der Gefangenen an Israel auf Intervention und Betreiben eines hochrangigen Politikers erfolgte. Können Sie damit etwas anfangen?"

„Ich bin nicht sicher", entgegne ich vorsichtig, doch ist für mich eigentlich alles klar.

Noamis Vater ist die graue Eminenz im Hintergrund! Sein Einfluss und seine Macht in der politischen Szene vermögen offenbar Berge zu versetzen.

„Soll ich noch einmal bei meiner Botschaft vorsprechen?" taste ich mich vor.

„Nein, das ist wohl nicht nötig", entgegnet er und zündet sich eine Zigarette an. Ich stehe vor dem Fenster des Oktogons und schaue auf die Kuppel des erleuchteten Felsendoms, der jetzt in den Schwaden eines niedergehenden Regens verschwimmt. Seit zwei Stunden etwa hat sich die Wetterlage geändert. Niemand hätte es geglaubt, doch vereinzelt fallen wieder Schneeflocken. Der April in Jerusalem kann noch empfindlich kalt werden.

Professor Nebi fährt fort: „Man vermutet in Jericho, dass dieses Manöver mit der Freilassung Leilas zu tun hat. Aus Israel kann man sie mit ihrem Rückflugticket nach Deutschland abschieben. Die Autonomiebehörde könnte dieses nicht ohne das Zusammenspiel mit dem israelischen Geheimdienst bewirken. Aber sie werden es an Bedingungen knüpfen."

„Und die wären?" Ich möchte vor allem wissen, was dieses alles mit mir zu tun hat.

„Mein Bekannter in Arafats Stab, dem ich einmal einem wichtigen Gefallen tat, wusste darüber noch nichts Genaues zu berichten. Es tut mir leid. Vielleicht werden wir es bald erfahren."

„Haben Sie eine Idee, was es sein könnte?"

„In solchen unklaren Fällen, wenn sie nicht hundertprozentig sicher sind aber internationale Verbindungen eine Rolle spielen, verlangen sie gern Garantien, Bürgschaften und persönliche Kontakte zu Gewährsleuten."

„Sie meinen, man wird Leila unter bestimmten Voraussetzungen nach Deutschland ausreisen lassen?"

„Ich halte es für möglich, dass man sich wieder an Sie wenden wird."

Nun kommt also doch noch Bewegung in das mysteriöse Spiel! Während wir zu den anderen Gästen zurückgehen, frage ich: „Sagen Sie, Professor: Welche Rolle spielen eigentlich die Christen heute in Palästina?"

Ich erinnere mich wieder daran, dass Leilas Schwester bei unserem Treffen in der Höhle betont hatte, sie seien Mitglieder einer christlichen arabischen Familie, der Bruder hingegen vom Glauben abgefallen.

„Sie sind eine Minderheit", antwortet Nebi. Wir gehen zurück zu der Gesellschaft, die noch in angeregter Unterhaltung ist. „Aber fragen Sie den kompetenten Fachmann doch selbst", fügt er an und weist auf den Kirchenmann, der ein hervorragendes Deutsch spricht und gerade mit Fredi theologische Fachfragen erörtert.

„Wo steckst du die ganze Zeit?" empfängt mich dieser. Da er am frühen Morgen seinen Dienst versehen wird, verlässt er jetzt, gegen dreiundzwanzig Uhr, die Runde, um zum Hospiz zurückzukehren. Ich habe großes Verständnis dafür, bleibe jedoch noch und nehme seinen Platz ein. Das gefällt Fredi überhaupt nicht. Er hätte es gern gesehen, mit mir gemeinsam den Heimweg anzutreten. Ich merke es an seinem säuerlichen Gesicht, doch mich hat unversehens wieder das Leila-Fieber gepackt.

„Die größte Exportware Palästinas war das Christentum", erklärt mir der freundliche Mann, der vielleicht Anfang vierzig ist. Er schaut mich trotz der fortgeschrittenen Stunde mit sehr wachen Augen an und lacht wegen seiner scherzhaft gemeinten Äußerung. Offenbar hat er sich des Weines enthalten, der Fredi im Gespräch mit ihm den letzten Touch gegeben hatte.

„Wir sind nur rund drei Prozent der Bevölkerung in Palästina", fährt er fort, „und keine ethnische, sondern eine religiöse Minderheit. Sie können es vielleicht mit den Evangelischen in Bayern vergleichen", fügt er verschmitzt lächelnd hinzu und blickt mir über den Brillenrand hinweg ins Gesicht. Dann wird er konkreter: „Es gibt rund fünfzigtausend Christen in Palästina, ebenso viele in Israel. Im Ausland leben vielleicht noch einmal zweihundertfünfzigtausend palästinensische Christen. Sie spielen im Verhältnis zu ihrer Zahl eine bedeutende Rolle."

„Wie sind Sie mitten im Islam geschichtlich zu begreifen?" frage ich mit Interesse. Dabei denke ich an die Familie Leilas und deren Schicksal.

„Die palästinensischen Christen verstehen sich als die Nachfolger der ersten christlichen Gemeinde hier. Der Islam war für Europa bis vor kurzem ein Außenfaktor, für uns ist er eine tägliche Realität. Wir müssen uns mit ihm auseinandersetzen."

„Sie leben inmitten des Islams und sind von Millionen Juden umgeben", fasse ich zusammen, und mir wird dabei erneut die besondere Rolle der Religionen deutlich.

„Das Verhältnis der Deutschen zum Judentum ist durch den Holocaust geprägt und wird es bleiben", entgegnet er.

Professor Nebi gesellt sich zu uns, nachdem er eine neue Flasche Wein geholt hat. Die übrigen Gäste sind etwa zeitgleich mit Fredi gegangen, auch Frau Nebi hat sich zurückgezogen, sodass wir nun zu dritt verbleiben. Eine späte aber fruchtbare Gesprächsrunde, wie mir scheint.

„Für uns hier ist das Judentum die Religion der Besatzer", ergänzt Nebi den Satz des Freundes.

„Auch für uns palästinensische Christen ist die Situation im Moment sehr schlimm", fährt dieser fort. „Wir leben in einer Zeit, in der sich auf beiden Seiten, bei den Juden und bei den Moslems, der religiöse Fundamentalismus hochschaukelt. Jetzt nach den Attentaten reagiert Israel in unseren Augen mit der gleichen Mentalität wie die muslimischen Fundamentalisten. Sie entsprechen sich. Wir verurteilen religiösen Terror genauso wie Staatsterror."

„Staatsterror? Was meinen Sie?"

„Ich spreche von Gewaltakten, die von einem souveränen Staat begangen werden und die als terroristisch zu sehen sind."

„Es ist noch schlimmer", wirft Nebi ein, „denn sie werden von einer Mehrheit getragen." Er greift wieder zur Zigarette. Bei Schilderungen der palästinensischen Gegenwartslage hat er stets verstärkten Nikotinbedarf. Dann ergänzt er: „Der Friedensprozess, auf dessen Fortsetzung wir sehr angewiesen sind, ist nicht nur so eine Idee! Es ist eine Infrastruktur! Nur der Friedensprozess bringt uns die Elemente, die für das

Funktionieren von Wirtschaft und Gesellschaft unverzichtbar sind, zum Beispiel das Verkehrsnetz. Ohne dieses bleibt der sogenannte Friedensprozess nur ein Thema für die Nachrichtensendungen, nichts mehr!"

„Das ist der Grund", ergänzt der Kirchenmann, „warum wir uns als palästinensische Christen vor allem im Aufbau des Landes engagieren. Wir müssen eine bleibende Infrastruktur schaffen: Erziehung, Sozialarbeit, Krankenversorgung. Vierzig Prozent der Krankenhäuser, einundsechzig Prozent der Schulen sind christlich, gar neunzig Prozent der Behindertenarbeit!"

Professor Nebi bestätigt nickend, was er sagt, und fügt hinzu: „Es sind zahlreiche Akademiker unter ihnen und sie haben viele Kontakte zum Ausland. Deshalb können gerade die Christen zu einem Sprachrohr für die Palästinenser werden. Insgesamt ist die Rolle der Intellektuellen bei uns nicht zu unterschätzen, und die Christen unter ihnen sind von Gewicht."

„Wenn die Religion so zentral hineinspielt in die Möglichkeiten des Friedensprozesses, warum fördert ihr nicht stärker den Dialog zwischen den Parteien?" frage ich nach.

„Genau das tun wir", entgegnet der Mann. „Wir veranstalten in unserem Zentrum in Bethlehem religionsübergreifende Konferenzen. Aber der Dialog kann nur die eine Seite sein. Wir müssen auch die Realität sehen. Zum Beispiel die Realität der jüdischen Siedlungen in unserem Gebiet. Sie nisten sich weiter ein, und das ist eine Strategie, die vom israelischen Staat trotz der Verträge nicht unterbunden wird. Wenn sie dort in ihren Siedlungen genauso viel Steuern zu bezahlen hätten wie zum Beispiel in Jerusalem und keine Arbeit hätten, dann würden sie bald scharenweise wieder abhauen!"

„Sie sehen", lächelt der Professor mir zu, „immer wieder müssen wir hier feststellen, dass alles zusammenhängt. Religion wird als Element ständig beeinflusst von der Politik und von der Wirtschaft. Der Kontext ist entscheidend. Dreißig Jahre Besatzung hinterlassen ihre Spuren. Arafat ist nur eine Momentaufnahme. Die Strukturen sind entscheidend!"

„Ja, das ist wahr", fügt der Pfarrer an, „Aufklärungsarbeit ist im Moment am wichtigsten. Wir können uns nicht darauf beschränken, die Religion zu verkünden. Es hängt wirklich alles zusammen. Religiöse wie politische Aufklärung ist nötig. Denn aufklärerische Traditionen konnten nicht gepflegt werden. Man muss ihnen sagen: Du hast den Koran nicht verstanden! Der Moslem kennt keinen Unterschied von Politik und Religion. Religion ist Politik, und Politik ist Religion."

„Ist es ein Wunder, dass die Leute in der Religion ihren Halt suchen?" Professor Nebi hebt die Stimme an. „Sie haben doch alle das Gefühl, dass sich zurzeit der Boden unter ihren Füßen bewegt. Sie möchten Sicherheit. So laufen sie zu den Predigern, die ihnen klare Worte sagen. Sie nehmen Partei gegen Israel, gegen Arafat, gegen Frauen und so weiter."

„Die meisten islamischen Priester", fährt der andere fort, „haben keine aufklärerische Tradition. Eine Ausbildungsstätte für Prediger wäre dringend nötig. Moslemische Theologen mit aufklärerischer Tradition gibt es in Paris, in den USA in Philadelphia, aber hier nicht."

„Ja, lieber Freund", sagt Nebi mit bedeutungsvollem Augenaufschlag und legt dabei seinen Arm um meine Schulter, „es ist noch viel zu tun. Der Weg zu einem friedlichen Miteinander ist noch sehr weit. Aber wir geben nicht auf."

Ich habe das Gespräch der beiden weitgehend stumm verfolgt. Ich bin beeindruckt von der Tiefe und Vielschichtigkeit der Probleme und kann meine Bewunderung für die aufrechte Haltung dieser Menschen nicht verhehlen.

Ich verabschiede mich herzlich vom Professor. Ich weiß, dass ich ihn wohl nicht so schnell wiedersehe, da mein Entschluss feststeht, in den nächsten Tagen nach Deutschland zurückzukehren. Nebi ist mir sehr vertraut geworden. Er wird mir fehlen. Vielleicht kann ich ihn im Sommer erneut konsultieren, wenn es darum geht, meine Seminararbeit an dem Thema zu beenden.

Sieben

Wieder gehe ich durch Yad Vashem. Etwas hat mich wieder hierher gezogen, diesmal allein. Ich lasse all die abgrundtiefen Schrecken der Grausamkeit erneut auf meine innerste Seele wirken. Die Betroffenheit ist dieselbe wie zuvor, es ist kaum auszuhalten. Aber ich ertrage es. Ich will die Wahrheit sehen, ihr ins Auge schauen. Ich bin sicher: Solange Menschen Empfindungen haben, wird die Dokumentation der Shoa ihre Wirkung nicht verlieren. Auch mir ist das Unfassbare in die Tiefe meines Seins gepflanzt, ob ich dies will oder nicht.

Und wer immer mit offenen Sinnen hierher reist, der kann sich dieser Konfrontation nicht entziehen. Doch so wenig es eine wirklich schlüssige Erklärung auf die Frage geben wird, wie dieses hat möglich sein können, so wenig ist es auch möglich, die Schuldfrage abschließend zu beantworten.

Ich bin überzeugt, dass vor allem für uns Deutsche immer ein bitterer Nachgeschmack bleiben wird, der nicht so einfach mit saloppen Sprüchen zu überdecken ist. Gerade deshalb müssen wir als die Vertreter der nachwachsenden Generationen die aktive Auseinandersetzung suchen.

Mir ist in Yad Vashem klar geworden: Schuld ist nicht übertragbar und wird auch nicht vererbt. Es gibt weder eine Kollektivschuld noch die Blutschuld der Söhne und Enkel! Doch gerade dies entlastet uns keinesfalls. Im Angesicht der Folter und Vernichtung von Millionen Menschen in unserem Land ist die um sich greifende kollektive Verdrängung unverschämt. Ich fühle erneut tiefe Betroffenheit und schäme mich. Doch Noami hatte recht: Die Frage des Weiterlebens spielt auch hier die entscheidende Rolle: Auf das Wie des Weiterlebens kommt es dabei an!

Am Sonntag werde ich zurückfliegen. Telefonisch habe ich mir die Bestätigung für den freien Platz in der Maschine geholt.

Heute am Nachmittag will Noami nach Jerusalem kommen. Es regnet ununterbrochen. Ich bleibe im Hospiz. Im Wiener Café schreibe ich an meinem Tagebuch. Den ganzen Samstagvormittag über habe ich schon geschrieben. Ich werde die Geschichte lückenlos berichten.

Mein Tagebuch soll ihren Namen tragen! Schinkencroissants meide ich.

Endlich gegen fünf öffnet sich die Tür, und herein fliegt Noami. Fredi hat ihr gesagt, wo sie mich findet.

„Was habe ich dich vermisst!"

Momente des Glücks können wie Schwerelosigkeit sein. Alles ist in einem, und das eine ist in allem. Auch die Zeit bleibt stehen.

Gegen halb sieben lässt sie mich wieder allein. Sie hat einen schweren Gang vor sich. Ich habe ihr geraten, ihren Vater nicht zu brüskieren. Ich liebe sie nicht gegen ihre Familie! Um sie wirklich zu gewinnen, muss ich versuchen, mich mit der Familie zu verstehen. Aber das braucht Zeit, und Vertrauen muss erst entstehen. Einen ‚guten Kerl' hat er mich ja schon einmal genannt, der Vater. Auch der Großvater war mir eher zugeneigt. Ich will alles unterlassen, was den Ärger und Unmut gegen mich erneuern könnte. Auch Noami rate ich, sich nicht vorschnell mit der Familie zu überwerfen. Im Augenblick können wir eh noch nicht zusammenbleiben. Wir haben beide unsere Aufgaben zu erfüllen, jeder an seinem Platz. Wir sollten geschickt vorgehen, nicht zu früh der Welt offenbaren, was wir uns versprochen haben. Wenn wir uns unserer Liebe sicher sind, werden sich alle positiven Kräfte für uns zusammentun und unsere gemeinsame Zukunft gestalten!

Heute Abend werde ich Noami wiedersehen. Nach Einbruch der Dunkelheit ist der Sabbat vorüber, sind die besonderen religiösen Regeln außer Kraft.

Was habe ich in diesen drei Wochen gesucht und was gefunden?

Man kann sich aus einer solchen Vergangenheit als Volk nicht davonstehlen. Wir müssen alle unseren Standort im Nebel der

Zeit entdecken. Dabei gilt es einerseits zu erkennen, dass die Deutschen eine historische Verantwortung für die Shoa haben. So bleibt uns eine besondere Verpflichtung zur Solidarität mit dem Staat Israel, dessen sicherer Fortbestand ein Leitmotiv ist.

Andererseits haben gerade wir Deutschen die Pflicht, uns immer und überall gegen Unrecht an Menschen, gegen Rassismus, Fremdenfeindlichkeit und Intoleranz einzusetzen. Wiedergutmachung im geschichtlichen Sinne beginnt beim Farbebekennen im richtigen Moment. Vor allen Dingen bedeutet Verantwortung zu tragen, uns für uns selbst verantwortlich zu fühlen. Wir müssen auch die Mütter und Väter überwinden, die in uns wirken – mit all den schuldhaften Hypotheken der Vergangenheit.

Wie die alte, ewige Jüdin im Flieger mir eröffnete, steckt Synchronicity in vielen unserer Begegnungen. Sie ist der Gleichklang der Sinne. All die lächerlichen Details unseres gewöhnlichen Alltags treten zurück hinter der Bedeutung dieser Erkenntnis.

Und ich denke nach über die Ansammlung von Frauen in meinem Leben.

Was hat meine Mutter mir angetan? Wonach suche ich, weil es mir vorenthalten wurde? Eva konnte es mir nicht geben, weil sie meine Freundin war und nicht meine Mutter.

Vielleicht überwinde ich mit Eva endlich auch die eigene Mutter mit all ihren Lasten der Geschichte. Noami ist faszinierend anders und war mir gleich so nah. Wird unsere Beziehung halten, was sie verspricht, oder wandelt sich bald schon das hell lodernde Feuer in kalten Rauch und Asche? Ich mag daran nicht denken.

Was ist es andererseits, das mich an Leila fasziniert?

Mich reizt das Geheimnisvolle. Und ich fühle mich aufgefordert zu helfen, weil sie zwischen die Fronten der Weltpolitik geraten ist.

Am Nachmittag bekomme ich einen Anruf der Deutschen Botschaft. Man weiß, dass ich meinen Rückflug für morgen bestätigt habe. So stehe ich also immer noch unter besonderer

Überwachung? Unmissverständlich fordert man mich auf, vor meinem Abflug noch einmal die Botschaft aufzusuchen. Man wird mich um neun Uhr am Hospiz abholen. So spare ich mir wenigstens den Transport zum Flughafen! Aber was will man von mir? Eine Begründung für diese „eindringliche Bitte", die „zwingende Notwendigkeit" dieser „Visite" hält man nicht für erforderlich. So ist es denn eher eine Vor- denn eine Einladung! Ich verbringe den Nachmittag mit Kofferpacken und der Begleichung der offenen Rechnungen.

Als ich zu Fuß aufbreche, um noch einmal durch die Gassen der Altstadt zu schlendern, regnet es immer noch in Strömen. Fredi hat mir einen Schirm geborgt. Der Basar ist nur mäßig besucht, einige Ladenbesitzer beginnen bereits, ihre Waren einzuräumen. Die Nacht bricht schon früh herein.

Beim Schreiben hatte ich die Zeit vergessen. Mir fällt nun auf, dass ich seit dem Morgen nichts gegessen habe.

Kandierte Früchte kaufe ich an einem Stand und esse sie vollständig auf. Dann verlasse ich am Jaffator die Altstadt. Ein Taxi bringt mich in die Jaffaroad, wo mir beim Aussteigen wieder die rhythmischen Trommeln entgegenschallen. Noami wird mich nach Einbruch der Dunkelheit hier treffen, eine genaue Zeit haben wir nicht verabredet.

Ich steige die Stufen zum Café hinauf, das sich im ersten Stock über dem Gewölbe des Underground befindet. Hier sind wir verabredet, um unseren Bund zu besiegeln. Es wird unser letzter Abend für lange Zeit sein.

Wie erwartet ist Noami noch nicht da. Ich nehme an einem freien Tisch Platz, das Lokal ist erst mäßig besucht. Einige junge Leute unterhalten sich bei gedämpfter Musik. Ich bestelle einen Cappuccino, wechsle einige Worte mit der jungen Bedienung.

Da endlich tritt sie ein! Noami trägt das kleine Schwarze, das sie im Nirvana kaufte, den Mantel gegen die kühle Luft und die herrschende Nässe legt sie beim Eintreten gleich ab. Dazu hohe schwarze Schuhe mit klobigem Absatz, die ihre schlanken Beine noch länger erscheinen lassen. Sie entdeckt mich, lächelt herüber, hebt mir die Hand entgegen und kommt schnellen Schrittes auf mich zu. Ich springe auf und eile zu ihr.

So stehen wir mitten im Lokal in der Umarmung.

„Stell dir vor", sagt Noami, als wir uns setzen, „meine Vater hat gesagt, er kann meinen Wunsch verstehen." Ich blicke sie fragend an. „Ich habe ihm erklärt, dass ich Gregor nicht wiedersehen werde und nur einen Mann im Kopf habe. Und dass ich will in England studieren und wir werden eine gemeinsame Zukunft bauen."

Und er kann dich verstehen?" frage ich ungläubig.

„Ja, er wird mir das Studium in Biologie erlauben, ich darf nach England gehen."

Noami strahlt vor Glück, sie hat dabei jenen Plan im Kopf, den wir im Nirvana schmiedeten: In diesem Sommer werden wir uns wiedersehen. Ich werde in vier Monaten wiederkommen, um hier meine Diplomarbeit in Politik zu schreiben. Sie wird von der israelisch-palästinensischen Beziehung und den Voraussetzungen eines wirklichen Friedensprozesses handeln.

Gleich nach meiner Rückkehr nach Göttingen werde ich mit dem Professor darüber sprechen. Meine Vorstellungen sind ausgereift, er wird das Thema akzeptieren, da bin ich sicher.

Noami will mir eines der Ferienhäuschen im Gelände des Ramotressorts am Golan besorgen. Dort werde ich den Sommer über im weitläufigen Garten ungestört an der Arbeit schreiben. Sie wird mich an den Wochenenden besuchen. Welch verlockender Gedanke!

Im Herbst werde ich dann ebenfalls nach England gehen, um dort eine Ausbildung in Psychotherapie anzuschließen. Lange schon habe ich davon geträumt.

Ich möchte die Bedingungen erforschen, unter denen Staatensysteme in ihren gesellschaftlichen Entwicklungen demokratisiert werden können. Noch ist es eine Utopie, doch für mich bedeutet dieser Plan zugleich Nähe zu Noami.

Vor allem werde ich sofort nach meiner Rückkehr beginnen, Hebräisch zu lernen. Die Sprache ist der erste Zugang zum unbekannten Denken einer fremden Kultur. Es wird eine Voraussetzung zur Akzeptanz in der Gesellschaft meiner zukünftigen Frau sein. Noamis Familie wird staunen, welche Energie ich dabei in der Lage bin aufzubringen!

Auch mit der jüdischen Religion will ich mich auseinandersetzen, sie besser verstehen. Ist es nicht ein einziger Gott, der uns verbindet? Was genau aus all dem wird, weiß ich noch nicht. Ich kann mir jetzt kaum vorstellen, dass ich mich in das starre Regelwerk der Orthodoxen einfinden werde, aber das ist sicher nicht nötig, wenn ich mit Noami leben will.

Ja, ich will sie bauen, die Mauern zu Jerusalem! Sie sollen ein starkes Fundament für unsere Beziehung werden! Es werden keine Mauern der Trennung sein. Mauern können Halt geben, Verbindungen schaffen, Schutz und Geborgenheit vermitteln. Vor allem aber sind sie als Brücken der Verständigung zu gebrauchen. Das jüdische wie das arabische Viertel Jerusalems wird schließlich auch von ein und derselben Mauer umfasst.

So, wie wir an unserem ersten gemeinsamen Tag den First der Mauer bestiegen, um uns bei einem „Ramparts-Walk" einen Überblick zu verschaffen, wollen wir uns wachsam gegen die vielen Anfeindungen verteidigen, die unsere junge Partnerschaft und Liebe befehden werden. Langsam, Stein auf Stein, wird sie wachsen, die völkerverbindende Mauer unserer Liebe, bis sie zu einem stolzen, unübersehbaren Gebäude geworden ist.

Noami bestellt wie ich ein wohlschmeckendes Mixgetränk aus Ananas, Pampelmuse, Cocos und Maracuja mit einem Spritzer Bacardi und einer Kirsche. Sie nippt genüsslich daran. Ich spieße die rote Kirsche auf und halte sie ihr vor die Lippen. Ohne Zögern öffnet sie ihren Mund und nimmt die süße, in Rum getränkte Frucht mit ihren Zähnen entgegen. Dann beugt sie sich zu mir herüber und bietet mir den Mund zum Kuss. Ihre Lippen sind warm und weich, ihr Parfüm ist neu und aufregend. Die halbe Kirsche schmeckt köstlich. Ich wiederhole das Spiel mit der Frucht aus meinem Glas.

„Mein Vater hat gesagt, du musst wissen, was du tust. Ich will nicht, dass du unglücklich bist. Joachim, wie findest du das?"

„Ich verstehe es nicht ganz", sage ich mit ungläubigem Blick, hat David Rosenbaum mir gegenüber doch ganz deutlich ausgedrückt, dass er unserer Beziehung keine Chance gibt.

Ich traue ihm nicht, denn er ist ein gewiefter Taktiker, um nicht zu sagen ein trickreicher, mit allen Wassern gewaschener Stratege. Er tut das Gegenteil vom Erwartbaren, denke ich, in der berechnenden Hoffnung, dass der dann nicht erforderliche Widerstand Energien frei setzt, die Entwicklungen von dem fördern, was er für vernünftig und richtig hält. Er schätzt seine Tochter dabei sicher richtig ein, kennt sie gut. Würde er ihr gegenüber ein striktes Verbot des Umgangs mit mir aussprechen, riskierte er die trotzige Auflehnung, zumindest die Abneigung der sich emanzipierenden jungen Frau. Wenn er aber ihre Pläne dem Schein nach akzeptiert, wird sie mit der Zeit, so das Kalkül, bald selbst dahinter kommen, dass eine Verbindung mit mir nur Unglück bedeutet. Ich bin ganz sicher, er will mich nicht als Schwiegersohn! Das hat er mir überdeutlich erklärt. Aber wie will er Noami gegen unser beider Willen von mir abbringen?

Die Musik aus der Diskothek dröhnt nun herauf zu uns.

„Komm, Joachim, lass uns tanzen!"

Wir sind wieder für eine selige Ewigkeit vereint im Rausch der Bewegung, leben uns voll aus. Dann gegen Mitternacht trennen wir uns kurz und schmerzlos. Wir sind beide von unserem Wiedersehen im Sommer fest überzeugt. In der Zwischenzeit werden wir in regem Briefkontakt bleiben. Noami fährt zu ihrem Elternhaus, ich nehme ein Taxi zum Hospiz.

Acht

Um neun Uhr erwartet mich ein Wagen der Deutschen Botschaft, der mich nach Tel Aviv bringen soll. Stefan hilft mir mit dem Gepäck, Fredi umarmt mich zum Abschied und klopft mir auf die Schulter. Wir versprechen einander, uns in Göttingen wiederzusehen.

In der Botschaft werde ich diesmal ohne Wartezeit in den schon bekannten Raum geführt. Botschaftsrat Schmidt erwartet mich bereits.

„Sie reisen heute nach Deutschland zurück, Herr Siebenstein. Ihre Verlobte war in palästinensischer Haft, wir hatten Sie darüber informiert."

Warum in aller Welt nennt er nun Leila meine Verlobte? War man mir nicht sehr schnell auf die Schliche gekommen? Hatte man mich nicht der Lüge überführt? Offenbar passt es so nun besser ins Konzept.

„Inzwischen", fährt er fort, „ist Leila Sarahna in israelischer Verwahrung. Es war uns nach zähen Verhandlungen möglich, für Sie vor Ihrer Rückkehr nach Deutschland ein Treffen mit ihr zu vereinbaren. Sie kommt direkt aus israelischer Sicherheitsverwahrung hierher und kehrt sogleich dorthin zurück. Ich lasse Sie nun mit ihr für eine Weile allein, benutzen Sie diese Klingel, wenn Sie etwas brauchen."

Von dieser plötzlichen Wende bin ich sehr überrascht. Schnell frage ich nach, bevor er verschwindet: „Kommt Leila nun frei, oder wie ist das Ganze zu verstehen?"

„Nicht mehr als ein kurzer Besuch auf deutschem Terrain", lacht er wissend, „was sonst wird, muss sich noch zeigen. Es ist auf jeden Fall ein großes Entgegenkommen der israelischen Sicherheitsbehörden. Ich hoffe, Sie wissen das zu schätzen."

Sagt es und tritt durch die Wandtür ab, durch die er gekommen war.

Kurz darauf öffnet sich die andere Tür, durch die ich kam. Ich glaube, meinen Augen nicht zu trauen: „Leila!" Ist sie es wirklich?

Die tiefschwarzen Augen, die mir so oft im Traum erschienen, blicken mich fragend an, während sie langsam eintritt. Die Tür wird hinter ihr verschlossen.

„Joachim?" flüstert sie fast unmerklich.

Sie sieht völlig verändert aus, ist noch schlanker geworden.

Sie trägt dieselbe Kleidung wie am Tag ihrer Einreise vor fast drei Wochen, doch ihr Gesicht zeigt die Spuren unendlicher Traurigkeit. Völlig ungeschminkt, die Haare kürzer und zu einem einfachen Pferdeschwanz zusammengebunden, ähnelt sie auch von den Konturen ihres Gesichtes sehr ihrer älteren Schwester Souhaila, die ich nur einmal in der Höhle bei Abu Tor traf. Aber es ist Leila, ohne Zweifel. Sie kommt auf mich zu, bleibt vor mir stehen und schaut mir ins Gesicht. Dann hebt sie zaghaft die Rechte, streicht mir kurz über die Wange und wiederholt ungläubig meinen Namen.

„Leila, wie geht es dir? Sag, wie konnte das alles geschehen?"

„Du bist es also, der mir hier mit bitterer Ironie, wie ich glaubte, als mein Verlobter angekündigt wurde? Sag, wie kommst du dazu, dich als solchen auszugeben und was tust du hier?" Sie schaut mich an, als käme ich aus einer anderen Welt.

„Deine Schwester Souhaila hat mich informiert, als du nicht bei deinen Eltern ankamst. Ich habe dann nach deinem Verbleib geforscht. Es gibt einige gute Leute, die sehr besorgt sind um dich und die mir dabei halfen. Sie alle wollen, dass du wieder frei kommst."

Ich greife ihre Hand, will sie an meine Lippen heben, doch die junge Frau zieht sie zurück und sagt: „Was ich nicht habe, kannst du mir nicht geben! Niemand kann mir geben, was sie mir nahmen!"

„Komm setz dich und sag mir, was wirft man dir vor? Gibt es einen triftigen Grund, dich einzusperren?"

Nur zögernd nimmt sie auf einem Stuhl neben mir Platz, springt jedoch gleich wieder unruhig auf. Wie ein gehetztes Tier kommt sie mir vor. Sie tritt vor die große Panoramascheibe und stößt im Stakkato hervor: „Du hast ja keine Ahnung! Was glaubst du, wer du bist, dass du dich hier einmischst!"

Dann dreht sie sich zu mir und sagt: „Fahr zurück nach Deutschland! Fahr, solange du noch kannst. Misch dich nicht in Angelegenheiten, die du nicht verstehst."

Ich starre ihr ungläubig ins Gesicht. Höre ich recht? Doch Leila fährt fort mit erregter Stimme: „Hast du jemals erfahren, was es heißt, ohne Rechte zu sein? Weißt du, was es bedeutet, wenn Menschen entführt, geschlagen, gefoltert werden? Glaubst du vielleicht, mit ein paar schönen Worten ist alles Unrecht, das an meinem Volk geschieht, aus der Welt zu schaffen? Was ist mit den Menschen- und Bürgerrechten, für die ihr Deutschen euch doch sonst immer zuständig fühlt? Ihr hört doch nur das Wort Frieden, und dann glaubt ihr aus der Ferne, es kann mit einem bisschen gutem Willen alles in Harmonie enden. Doch die Not derer, die in Gewalt gegen die Feinde und gegen sich selbst den letzten möglichen Ausdruck ihrer geschundenen Volksseele ergreifen, die seht ihr nicht, wollt und könnt ihr nicht verstehen! Dabei gedenkt ihr Jahr für Jahr des Tages, an dem der Anschlag auf das Leben von Adolf Hitler misslang, des Mutes derer, die im Widerstand waren. Auch Bassam handelte in der Überzeugung, eine große und notwendige Tat zu vollbringen. Abu Mar, den sie Arafat nennen, war der erste unter den Kämpfern gegen die Ungerechtigkeit an meinem Volk. Jetzt führt er ein diktatorisches Regime und macht gemeinsame Sache mit den Unterdrückern."

Was sie da sagt, ist unglaublich! Wirft sie nicht alles durcheinander? Ist sie in ihrer Not verblendet, durch den Tod des Bruders und die eigene Haft verwirrt?

„Leila, komm beruhige dich! Es wird schon wieder gut. Ich kann verstehen, dass du sehr viel erlitten hast", versuche ich zu beschwichtigen.

Aber da habe ich gerade das Richtige gesagt: „Gar nichts kannst du verstehen! Und es wird nicht gut. Um gut zu werden, müsste es anders werden. Aber es ist nie sicher, ob es besser wird, wenn es anders wird. Wir haben immer nur erlebt, dass es schlechter wird."

Sie beendet ihren Lauf und bleibt neben mir stehen, lässt ihre Arme sinken. Sie wirkt bei allem Kampfgeist kraftlos und erschöpft. Ich versuche es erneut und lege meine Hand auf ihre Schulter. Diesmal lässt sie mich gewähren.

Nach einer Weile des Schweigens scheint sie versöhnlicher: „Weißt du etwas von meiner Familie? Ich habe nichts erfahren, seit man mich inhaftierte. Vor allem: Was ist mit dem Haus der Eltern?"

„Deine Schwester Souhaila traf ich in der Nähe von Abu Tor. Sie informierte mich über dein Verschwinden. Zunächst nahmen wir an, der israelische Geheimdienst habe dich abgefangen und eingesperrt. Ich habe hier bei der Deutschen Botschaft interveniert und gebeten, nach deinem Verbleib zu forschen. Damit es Nachdruck bekommt, habe ich mich als deinen Verlobten ausgegeben, aber man hat mir dieses von Anfang an nicht geglaubt."

„Was ist mit meinen Eltern?" will Leila nun wissen.

„Ich weiß es nicht. Ich traf deine kleine Schwester Ibtisam in Bir Zeit."

„Ibtisam lebt? Gott sei Dank! Ich kann es nicht glauben!" Leila bekommt bei meinen Worten Farbe im Gesicht.

„Warum sollte sie nicht?"

„Die palästinensischen Geheimpolizisten, die kurz hinter der israelischen Sperre in der Zone A, dem autonomen Gebiet, mein Taxi stoppten, sagten, ich solle mitkommen, meine Schwester Ibtisam liege auf der Intensivstation, sie sei angeschossen worden. Nur deshalb bin ich willig gefolgt. Dann hat man mich in ein Gefängnis gesteckt. Es war schrecklich! Von Ibtisam war nicht mehr die Rede."

„Ibtisam ist wohlauf. Ein Nachbar, Mustafa, begleitete sie und Mister Haschasch von der Universität hat in dem Gespräch mit mir vermittelt. Er bat mich, mit meiner Botschaft hier zu sprechen. Von ihm war der Vorschlag, mich als deinen Verlobten zu bezeichnen. Dann hat sich auch Professor Nebi von der Universität noch sehr stark für dich eingesetzt. Er hat Kontakte zur Autonomiebehörde hergestellt."

Während meiner kurzen Schilderung schaut Leila abwechselnd beunruhigt oder nickt zustimmend. Jetzt entgegnet sie:

„Haschasch ist ein gefährlicher Mensch. Ich traue ihm nicht. Aber dass sich Mustafa kümmert, ist sehr gut. Er hat Ibtisam schon immer gern gesehen. Aber sag, was ist mit dem Haus? Weißt du etwas darüber? Ich bin sehr besorgt um meine Eltern. Deshalb wollte ich zu ihnen, obwohl mir klar war, dass ich mich in Gefahr bringe, wenn ich einreise nach allem, was passiert ist. Ich weiß, dass sie die Häuser zerstören. So wollte ich versuchen, mich einzusetzen, alles zu unternehmen, um das Haus zu erhalten. Ich wollte vor allem einen Rechtsanwalt finden, der die Interessen der Familie vertritt. Bei allem Unglück sollte nicht auch noch dies geschehen. Also, was ist mit dem Haus, was weißt du darüber?"

„Ich kann dich beruhigen. Noch ist es, so scheint es, nicht zerstört. Vor zwei Tagen las ich in der Zeitung, dass der höchste israelische Gerichtshof Anhörungen der Rechtsvertretungen von Familien durchführt. Über die jüngsten Fälle der Selbstmordattentate wurde noch nicht entschieden. Die Petition des Onkels von Ayyash jedoch, des sogenannten Ingenieurs, des Bombenbauers, wurde inzwischen zurückgewiesen. Der Anwalt der Familie wurde mit seinem Plädoyer sogar in der Zeitung zitiert: Jemand, der etwas wie dies tut, denkt nicht über seine Familie nach, er denkt über niemanden nach."

„So ist noch nicht alle Hoffnung vergeben. Ich glaube, Gott schickt dich zu mir, damit ich nicht verzweifle", sagt Leila mit einem nun sehr warmen und beruhigten Ausdruck im Gesicht. Sie lächelt leise und fährt fort: „Ich sehe daraus, dass es juristische Hilfe gibt, das ist gut, wenigstens dort, wenn auch ich noch keinen Rechtsanwalt zu Gesicht bekam."

„Nun sag mir, was wirft man dir vor? Warum warst du eine Gefangene deiner eigenen Regierung. Warum liefert man dich aus als Gefangene Israels? Was kann dies rechtfertigen?"

„Kannst du es dir wirklich nicht denken? Hat niemand dich informiert, bei all den Kontakten, die du erwähnt hast?"

„Nein, ich tappe völlig im Dunkeln."

Sie springt wieder auf und tritt nun an das andere Fenster, schaut über das Häusermeer nach Osten. Bei diesem Ortswechsel bemerke ich eine weitere Bewegung im Raum. Unter der Zimmerdecke, gut getarnt, hinter einer Blende, hängt eine kleine Kamera. Wäre sie nicht gerade in diesem Moment herumgeschwenkt, ich hätte sie sicher nicht bemerkt. Wir werden überwacht! Natürlich, – das ist der ganze Sinn und Zweck der Übung! Warum habe ich es nicht gleich geahnt? Man will Leila durch das unerwartete Treffen mit mir zum Sprechen bringen. Persönliche Begegnungen öffnen das Herz und lassen die Wahrheit heraus.

„Ich bin im Verdacht, meinen Bruder unterstützt zu haben", hebt sie nun zaghaft an. Sie weiß nichts von der Kamera. Soll ich sie warnen? Auch das würde im Augenblick bemerkt.

„Mein Gebiet ist die Biochemie. Ich könnte Bassam mit Wissen über Sprengstoff und den Umgang damit versorgt haben."

„Hast du das denn getan?" frage ich spontan und ungeachtet der Entdeckung, die ich machte.

„Nein, ich hätte Bassam niemals sein Vorhaben verwirklichen lassen, wenn ich davon gewusst hätte."

Leila dreht sich zu mir um. Ihre Worte klingen ehrlich und überzeugend. Mit dem Ausdruck von Schmerz in der Stimme fährt sie fort: „Ich habe ihn geliebt. Er war mein engster Vertrauter in der Familie, bevor er nach Gaza gehen musste. Ich habe mich viel um ihn gekümmert, als wir noch jünger waren. Wir haben in der Zeit der Intifada viel miteinander geredet."

Sie senkt den Kopf, ich nehme ein leises Zittern wahr, das ihren ganzen Körper durchzieht.

„Er war nicht böse", fährt sie fort, „er war nur von der Gerechtigkeit beseelt. Als er fünfzehn wurde, hat er aus nächster Nähe erlebt, wie israelische Soldaten seinem besten Freund in die Beine schossen. Beide hatten Steine geworfen. Bassam konnte entkommen. Aber das war sehr schlimm für ihn. Ich glaube, er fühlte sich schuldig."

Leila ist bei diesen Worten langsam wieder auf mich zu gekommen. Soll ich versuchen, ihr durch Mimik einen Hinweis auf die Kamera zu geben? Aber ich folge dem Gefühl, dass es besser ist, sie nicht zu beeinflussen, und frage stattdessen:

„Ist er danach zu seinem Onkel nach Gaza gegangen?"

„Ja, bald danach. Damit fing es an. Aber es wurde nicht besser. Die Stadt Gaza ist umgeben von Flüchtlingslagern, in denen Hunderttausende elend hausen. Man kann es nicht wohnen nennen. Sie werden nur unterstützt von einer Flüchtlingsorganisation und von der PLO, der Palästinensischen Befreiungsorganisation. Das aber auch nur, wenn sie Geld haben."

„Hat dein Bruder in einem solchen Lager gelebt?"

„Nein, unser Onkel ist ein weitläufiger Verwandter meiner Mutter, stammt von dort aus der Stadt. Früher, vor dem Sechs-Tage-Krieg, waren die Ägypter für den Gazastreifen zuständig. Der Onkel arbeitete in Israel. Er fuhr zweimal täglich über die Grenze. Aber das war immer schon eine unsichere Sache. Sie können jederzeit wieder dicht machen. Dann gibt es keine Arbeit mehr und kein Geld."

„Aber ihr seid doch Kinder einer christlichen Familie. Wie konnte dein Bruder auf die Idee kommen, ein solches Attentat zu begehen und sein Leben zu opfern?"

Leila starrt wieder aus dem Fenster. Ich trete hinter sie. Am Horizont schwebt gerade eine große, vierstrahlige Verkehrsmaschine von der Seeseite zur Landung ein. Ist es die Maschine, die mich heute noch nach Deutschland bringen soll?

Nach langem Schweigen endlich sagt sie: „Das ist es, was ich mich frage, seit ich von der Katastrophe weiß. Ich glaube, ich habe versagt."

Sie schweigt erneut. Dann fügt sie hinzu: „Die Hamas holt sie von der Straße. Die Jugendlichen haben keine Arbeit. Der Islam ist die Lösung, sagen sie. Ich habe Bassam, seit ich in Deutschland war, seit zwei Jahren, nicht mehr getroffen. Damals war er zu Besuch in Ramallah, als ich zu meinen Eltern kam. Er war schon verändert. Er war fromm geworden. Sein Übertritt zum Islam gefiel unserem Vater überhaupt nicht, aber er hatte keinen Einfluss mehr auf ihn. Bassam hat geschwärmt und versucht, alle zu überzeugen. Die Araber dürften nicht ihren Glauben verleugnen, den einzigen rechten Glauben. Der Islam lasse den Verrat nicht zu. Der Golfkrieg habe gezeigt, dass der Westen im Verein mit arabischen Verrätern sich gegen die Muslime verschwört."

„Ich glaube nicht, dass du dich schuldig fühlen musst", greife ich die Selbstvorwürfe Leilas auf. „Hattest du danach noch Kontakt zu Bassam?"

Leila verstummt betreten. Ich sehe sie an.

Dann schwant mir, dass dies offenbar die entscheidende Frage ist. Endlich hebt sie den Blick, um mir in die Augen zusehen. Dabei entdecke ich eine einzelne dicke Träne, die den

schlanken Nasenflügel hinab rinnt.
„Entschuldige", sagt sie und wendet sich wieder ab. Sie wischt die Träne fort. „Ich habe seit Wochen nicht geweint, ich konnte es nicht."
Ich lege ihr erneut die Hand beruhigend auf die Schulter. Da schluchzt sie auf. Es hebt sich in ihr, und wie von Naturgewalten bewegt treibt es die ganze Trauer, Wut und Verzweiflung nun aus ihr heraus. Sie legt beide Hände vors Gesicht und schüttelt sich gewaltig. Ich reiche ihr mein Taschentuch, doch es reicht nicht, um die ganze Eruption abzufangen. Erst ganz langsam kommt es zur Beruhigung. Ich schweige betroffen, doch kenne ich die Erleichterung, die darin liegt, endlich weinen zu können nach langer Zeit des inneren Schmerzes. So beschränke ich mich darauf, ihr leicht die Schulter zu streichen, über uns das Auge der Kamera.
Schließlich gräbt sie ihr Gesicht in meine Schulter, und ich streiche ihr tröstend übers Haar. Doch nur kurz verweilt sie so. Dann reißt sie sich selbst mit einem Ruck zurück und sagt: „Entschuldige, ich habe meine Haltung verloren. Ich tue so, als würden wir uns schon lange kennen. Bitte verzeih, dass ich mich gehen ließ."
„Hattest du noch Kontakt zu Bassam?" wiederhole ich meine Frage.
„Wir haben uns geschrieben, sofern es möglich war", gesteht sie nun. „Ich habe versucht, ihn zu verstehen, bin auf seine Argumente eingegangen. Das hat ihm geholfen und mir auch. Ich habe seinen Schmerz gespürt, es war auch der meine."
„So hast du doch für ihn getan, was dir aus der Ferne möglich war", versuche ich erneut, ihre Selbstvorwürfe zu zerstreuen.
„Eben nicht!" gibt sie mit jenem Funkeln im Blick, das ich schon auf der Fahrt nach Jerusalem wahrnahm, zurück. „Ich habe ihm nur teilweise widersprechen können. Ich habe auch Verständnis für seine Sichtweise geteilt. In vielem muss ich wegen der Erfahrungen, die auch ich machte, so denken wie er. Ich werfe mir nun vor, dass ich ihm nicht den Weg zeigte, den ich selbst gehen wollte."
„Was meinst du damit?"

„Unserem Volk kann nur durch rasche Entwicklung der Strukturen geholfen werden", beginnt Leila nun mit der ganzen Überzeugungskraft der jungen Wissenschaftlerin. „Nicht Destruktion, nicht Gewalt, sondern Aufbauarbeit hilft uns weiter. Jede Kraft an der richtigen Stelle wird gebraucht. Es ist mir nicht gelungen, meinem Bruder auf den Weg zu helfen, der ihn dahin bringt."

Da öffnet sich die Tür und der Botschaftsvertreter erscheint mit einem untersetzten Herrn im silbergrauen Anzug. Leila schaut erschrocken hoch, hat sie doch in der letzten halben Stunde ganz vergessen, wo sie sich befindet. Die halbe Last auf ihren schmalen Schultern, so scheint es, war bereits gewichen. Jetzt wird ihr schlagartig klar, dass dies eine Falle sein könnte, aufgestellt am Beginn erneuter Folter und Seelenpein.

Doch Herr Schmidt ergreift das Wort zuerst und blickt dabei aufmunternd und freundlich: „Wir müssen uns zuerst bei Ihnen beiden entschuldigen", sagt er. „Wir haben Ihr Gespräch in unseren Räumen per Video aufgezeichnet. Das ist nichts Ungewöhnliches, denn aus Sicherheitsgründen sind die Kameras immer in Betrieb, wenn Besucher da sind. Aber in diesem Falle hatte es noch einen anderen Zweck. Dieser Herr hier ist Herr Schamir. Er ist Anwalt und wird Sie, Frau Sarahna, in Ihrer Sache vertreten. Die Kosten werden übernommen."

„Die Aufzeichnung des Gespräches, das ich mitverfolgte, ist ein sehr gutes Entlastungsmittel", ergreift der sympathische ältere Herr mit dem silbergrauen Schnäuzer das Wort. „Ich bin zuversichtlich, dass wir Sie bald frei bekommen." Er reicht mir und Leila die Hand.

„Wer übernimmt Ihre Kosten?" frage ich unbeirrt, denn ich habe inzwischen einen leisen Verdacht. Mir wird gerade klar, dass die Videoaufnahme von der innigen Vertrautheit, mit der wir beide hier in den letzten Minuten verkehrten, in den falschen Händen all meine Pläne mit Noami gefährden könnten. Noami selbst wäre höchst irritiert, würde sie die Szene zu sehen bekommen. Ich müsste ihr einiges erklären!

„Darum müssen Sie sich nicht kümmern", entgegnet der

Anwalt mit verschmitztem Lächeln. „Es gibt immer noch Gerechtigkeit in diesem Land, und da sollte man nicht nach den Gönnern fragen, die ihr Geld an den richtigen Stellen anlegen. Seien Sie gewiss, dass für Sie keine Kosten entstehen."

„Sie müssen nun fort", ergreift wieder Herr Schmidt an mich gewandt das Wort, „Ihre Maschine sollten Sie nicht versäumen. Wir bringen Sie zum Flughafen." Er holt ein ausgedrucktes Formular aus einer Mappe.

„Eines müssen wir noch klären. Auch ich habe das Gespräch zwischen Ihnen beiden miterlebt. Es war sehr überzeugend. Deshalb kann ich für die Botschaft sagen: Die Bundesrepublik Deutschland ist bereit, Frau Sarahna den Abschluss ihrer Promotion zu ermöglichen. Voraussetzung ist, dass Israel sie aufgrund erwiesener Unschuld an den terroristischen Aktivitäten ihres Bruders ziehen lässt. Aber daran habe ich im Moment wie Herr Schamir keinen Zweifel."

Er schaut zu Leila, dann zu mir. Sein Fuchsgesicht mit jenem unangenehmen Ausdruck des Triumphes, der selbstgefällig nach Dankbarkeit heischt, nimmt groteske Züge an. Da von uns keine Reaktion erfolgt, fährt er fort: „Die Briefe von Ihnen, die man offenbar in dem Haus von Bassams Onkel in Gaza fand, sind sehr belastend für Sie. Der palästinensische Geheimdienst wertete sie aus und nahm den Inhalt zum Anlass für Ihre Festnahme. Auch der israelische Geheimdienst Schabak teilte anscheinend diese Einschätzungen. Nun dürften sich diese Dinge aber wohl klären, nachdem Sie, liebe Leila", - er wird zunehmend anzüglicher - „nachdem Sie in den bisherigen Verhören wohl überhaupt nicht zugänglich waren!"

Ich beiße mir auf die Zunge. Zu nah sind mir noch die Erfahrungen, die ich in Efrat mit meiner Ehrlichkeit sammelte. Zu gern hätte ich ihm meine Meinung gesagt, und auch Leila scheint es so zu ergehen. Doch die Aussicht auf eine mögliche Freilassung, die Hoffnung, dann endlich die Angelegenheiten ihrer Eltern regeln zu können, lässt sie schweigen.

„Sind Sie bereit, weiterhin zu Ihrer Verlobung zu stehen, Herr Siebenstein?" lässt er nun die Katze aus dem Sack, „das würde die Freilassung und die baldige Ausreise von Frau

Sarahna nach Deutschland sehr günstig beeinflussen."

Das ist es also! Ich habe geahnt, dass der Hammer noch nachfolgt. Man will in kühler Berechnung meine eigene Lüge nutzen, mich bei den Hörnern zu packen, und ist nun dabei, mich mit meinen eigenen Waffen zu schlagen.

Blitzschnell überwinde ich die aufkommende Empörung, die ich spüre, wenn ich daran denke, was nahe liegt. Was kann ich tun? Soll ich die in greifbare Nähe gerückte Freilassung Leilas aus den Fängen der Geheimdienste jetzt noch aufs Spiel setzen?

Ich denke an Professor Nebi und an die große Hoffnung, die einige kluge Köpfe in Leilas Arbeit setzen, an den Wert und Nutzen, den sie für ihr Volk gewinnen könnte. Soll ich ganz entgegen meinem eigenen Wirken in den letzten drei Wochen nun so kurz vor dem Ziel alles verpatzen? Nein, das geht nicht.

Ich denke kurz an Noami: Was soll das werden? Ich verlobe mich nun wirklich hier auf die Schnelle in der Deutschen Botschaft in Tel Aviv mit einer Palästinenserin, um sie zu retten und das Spiel, das ich selbst begann, zu Ende zu spielen?

Sei es drum!

„Ja", sage ich etwas kleinlaut, doch Leila schaut mich mit ihren großen, schwarzen Augen an, und ihre Vorstellung einer realen Liaison mit mir lässt sich an einem kurzen Lächeln auf ihren Lippen ablesen.

War Synchronicity nicht auch ein Thema zwischen uns, von Anfang an?

Kurz nur umarme ich sie zum Abschied, „alles Gute" wünsche ich ihr. Sie wird sich bei mir melden, wenn sie in Deutschland ist.

Eine förmliche Erklärung muss ich dem Herrn Botschaftsrat noch unterzeichnen. Alles war vorsorglich schon vorbereitet, an alles wurde gedacht:

Ich erkläre hiermit, dass Frau Leila Sarahna meine
rechtmäßige Verlobte ist. Im Falle einer Einreise
nach Deutschland bürge ich für sie. Ich erkläre mich
bereit, meiner Verlobten im Falle wirtschaftlicher Not
Unterstützung jedweder Art zu gewähren.

Ich muss geistig umnachtet sein, abseits jeglicher Zurechnungsfähigkeit, nahe dem Wahnsinn! Doch ich unterzeichne diesen Wisch in der Hoffnung, die Probleme hier endlich überwunden zu haben. Was heißt das schon, Verlobung, denke ich. Wichtig ist doch, dass Leila bald frei kommt. Verlobungen kann man notfalls widerrufen.

Neun

Die Maschine ist fast ausgebucht. Der Sicherheitscheck war gründlich wie immer. Die freundlichen Stewardessen verteilen leichte Lektüre für entspannte Stunden. Ich fühle mich an Bord schon fast abgehoben, irgendwie erleichtert. Nun lasse ich die Probleme hinter mir, die mir zum Schluss über den Kopf zu wachsen drohten. Jetzt bin ich überzeugt, dass sich alles richten wird. Hauptsache, ich komme erstmal in gewohnte Bahnen zurück. Und überhaupt: Noami und Leila sind ganz bezaubernde Frauen. Die Vorstellung, beide zugleich besitzen zu können, schmeichelt auf angenehme Weise meinem Ego.

Ich schlage die deutsche Zeitung auf, während die Stewardessen den noch ankommenden Passagieren ihre Plätze zuweisen und freundlich mit dem Bordgepäck behilflich sind. Der Sitz neben mir ist noch frei. Ich freue mich, am Fenster zu sitzen, so kann ich noch einen Blick zurück werfen, bevor die Maschine über das Mittelmeer westwärts entschwindet.

Was ich lese, ist mir mit der frischen Erfahrung im Westjordanland und der Gespräche mit Professor Nebi besonders nahe. Es geht um den ‚Wandel der Welternährung'.

Bereits heute seien viele Böden durch Erosion und Versalzung unwiederbringlich zerstört. Der Schaden für die natürlichen Ökosysteme sei beträchtlich. Aber im Pflanzenschutz, so die Autoren, lägen noch erhebliche Reserven. Eine angepasste, lokale Agrarforschung wird empfohlen. Unwillkürlich muss ich an die Chancen denken, die sowohl für Israel als auch für Palästina in einer wirtschaftlichen Zusammenarbeit auf diesem Gebiet liegen könnten. Dann fällt mir ein anderer Artikel in den Blick: ‚Neue Forschungsergebnisse der Gentechnik lassen Hoffnung auf Überwindung von Pilzkrankheiten schöpfen!' Ist das nicht Leilas Arbeitsgebiet? Ich erinnere mich, dass Professor Nebi dieses einmal angedeutet hat.

Zu sehr bin ich in den spannenden Artikel vertieft, die Zeitung vor dem Gesicht aufgeschlagen, so dass ich nicht bemerke, wie jemand dezent neben mir Platz nimmt. Immer noch schenke ich diesem Umstand keine Aufmerksamkeit. Erst als ein mir bekanntes Odeur meine Nase leicht berührt, bin ich bereit, meine Sinne wieder mit meinem Verstand zu verknüpfen: Moschus und Amber?

Ich lasse die Zeitung sinken und schaue in die strahlenden Augen des blonden Pagenkopfes meiner Sitznachbarin: Die Überraschung ist geglückt!
„Silvia, du hier?"
„Ist das nicht toll, Joachim?" Sie umarmt mich liebevoll, küsst mich ungeniert auf den Mund, streicht mir vertraut übers Haar und sagt dann mit einem tiefen Blick in meine Augen: „Du hast mir seltsamerweise sehr gefehlt, als du gegangen warst. Nie zuvor habe ich meine Grundsätze verlassen, und schon gar nicht bin ich je einem Mann nachgelaufen."
Natürlich freue ich mich, sie zu sehen, gewiss.
Der Tag und die Nacht in Jericho mit ihr waren auf ihre Weise unvergesslich. Doch ich habe nicht damit gerechnet, sie je wieder zu treffen, schon gar nicht damit, meinen Rückflug mit ihr zu teilen.
Was soll ich mit ihr anfangen, wie auf ihre Vertraulichkeiten reagieren? Inzwischen, seit unserem ersten Treffen, hat sich so vieles geändert in meinem Leben!
Die Maschine rollt endlich in Startposition.

„Natürlich bin ich überrascht und freue mich, dich zu sehen", sage ich ganz der Wahrheit entsprechend. „Aber woher weißt du, wann ich zurück nach Deutschland fliege, und wie kommst du auf den Platz neben mir?"

„Ja, da staunst du, was? Ich habe eben Beziehungen!"

Da heulen die Motoren auf, ein kurzer Sprint und die Startbahn schwindet unter uns hinweg. Silvia klammert sich fest an meinen Arm: „Ich bin schon so oft geflogen in meinem Leben, doch jedes Mal beim Start habe ich wieder dieses flaue Gefühl in der Magengrube", begründet sie ihre Anhänglichkeit.

In wenigen Minuten sind die Häuser der Vorstadtsiedlungen von Tel Aviv unter uns vorüber, und ich kann Silvia, die sich seltsamerweise immer noch an mich klammert, die Küstenlinie des Mittelmeeres von meinem Fenster aus zeigen. Sie beugt sich dabei gern zu mir herüber, lacht fröhlich und will sich erneut einen Kuss holen. Ich gebe zu, das Ganze ist mir nicht unangenehm, seit Anbeginn unserer Bekanntschaft ist sie so unkonventionell, locker und fröhlich, wie ich selten eine Frau traf.

Doch ich komme endlich zur Besinnung und verweigere ihr den Kuss: „Woher kennst du meinen Flug, und welche Beziehung bringt dich auf den Platz neben mir?" frage ich erneut und entziehe ihr nun meinen Arm, um der Frage Nachdruck zu verleihen.

„Ich wollte längst wieder nach Deutschland, mich umsehen nach einem neuen Job. Ich habe dieses Vagabundenleben satt. Endlich sesshaft werden! Es gibt da eine recht große Zeitung in Nordhessen und Südniedersachsen! Ich werde mich um eine feste Stelle als Redakteurin bewerben. Mit meinen Auslandserfahrungen könnten meine Chancen als Nahostexpertin sehr gut stehen!" Sie sagt es mit triumphierendem Blick, und mir scheint, es ist ein Testballon. Aber ich lasse mich nicht fangen!

„Silvia, woher hast du die intimen Kenntnisse von meiner Reise?" insistiere ich.

„Mein lieber Joachim", lacht sie spitzbübisch, und ihre Grübchen treten deutlich hervor, „ich habe einige intime

Kenntnisse von dir. Vor allem was dein Sexualleben betrifft, vergiss das bitte nicht."

Sie versucht erneut, sich an mich zu schmiegen, doch ich weise sie wieder zurück. Daher fährt sie fort: „Weil ich denke, dass eine gesunde Beziehung mit Zukunft auf Ehrlichkeit basiert, und damit du siehst, dass ich es ernst mit dir meine, will ich dich über einige andere Zusammenhänge aufklären, die dich sehr überraschen dürften."

„Wie soll ich das verstehen?" Ich finde das alles gar nicht lustig.

Doch bevor ich weitere Fragen stellen kann, beginnt sie mit unglaublichen Eröffnungen:

„Von den sporadischen Berichten, die ich als freie Journalistin bei meinen deutschen Auftraggebern an den Mann bringe, kann ich mich mehr schlecht als recht ernähren. Das Geld für einen Deutschlandflug muss ich mühsam zusammensparen. Dennoch zieht es mich immer wieder in diese faszinierende Weltgegend. Ich komme aus einer Diplomatenfamilie. Mein Vater war in meiner Kindheit in Tel Aviv, später in Kairo, dann wieder in Tel Aviv. Ich kenne also den Nahen Osten wie meine Westentasche, spreche fließend Hebräisch und leidlich Arabisch. Das sind gute Voraussetzungen für meinen Job. Aber wie gesagt, es bringt nicht viel ein. Deshalb habe ich mehrere lukrative Nebenverdienste."

Sie legt eine Kunstpause ein, wohl um die Sache spannend für mich zu gestalten. Ich schaue sie nur ungläubig an, denn ich kann nicht glauben, was ich zu ahnen beginne.

Dann fährt sie fort: „Als Deutsche mit umfassenden Erfahrungen bin ich sehr wertvoll für gewisse Aufgabenstellungen. Ich liebe zudem das Abenteuer. Eine israelische Agentur greift ab und zu gern auf meine Hilfe zurück, vor allem, wenn Landsleute im Spiel sind."

„Du hast mich beschattet?" frage ich entsetzt, „das Treffen in Jericho war kein Zufall?" Mir fröstelt. Sie aber lacht spitzbübisch, als sei eine gelungene Schachpartie kurz vor der Vollendung und lässt mich weiter raten: „Wer war dein Auftraggeber? Heißt er David Rosenbaum?"

„Natürlich weiß ich, wer ein Interesse an den gelieferten Daten hat, doch arbeite ich immer nur im Auftrag der Agentur, die wirklichen Auftraggeber bleiben verborgen und interessieren mich nicht."
Welch eine Schweinerei! Und diese Schlange wagt es noch, mir all dies frei ins Gesicht zu sagen. Womöglich folgt noch eine Story von der großen Liebe, die sie zu mir entdeckte! Ich spüre Abscheu und Ekel in mir hochsteigen, muss unbedingt den Platz verlassen, aufstehen, mich fortbewegen, halte es an ihrer Seite nicht mehr aus!
Willig lässt sie mich auf den schmalen Gang treten, wo ich zielstrebig den nächsten Waschraum ansteuere. Kaum habe ich die Tür von innen verschlossen, überkommt mich ein ungeheures Würgen, und es treibt mir die Tränen in die Augen. Ich habe es doch gewusst, Moschus und Amber! Mir wird abwechselnd heiß und kalt. Bin ich wirklich so blöd und gutgläubig, nicht zu bemerken, was um mich herum vorgeht?
Es dauert lange, bis ich mich fange und zur Besinnung komme.
Noami, wenn du wüsstest! Die Mauern zu Jerusalem sind längst gebaut. Ihre Steine sind wuchtig und schier unüberwindbar. Wir stehen davor, du und ich, jeder auf einer anderen Seite! Und es scheint, als könnten wir die Aufgänge zu unserem Ramparts-Walk so schnell nicht wieder erreichen.
Ich wasche mir gründlich die Hände und beschließe, zu Silvia zurückzukehren. Jetzt will ich alles wissen!
„Es tut mir leid", beginnt sie gleich und schaut besorgt, „wenn ich gewusst hätte, dass dir das so auf den Magen schlägt!"
„Es ist schon gut", erwidere ich, „sag mir die Wahrheit, wann hast du zuerst von mir erfahren?"
„Ich bekam den Auftrag, eine junge israelische Frau und einen Deutschen im Kibbuz-Hotel am See Genezareth zu erwarten."
„So früh schon?" Ich bin entsetzt.
„Ich fuhr gemütlich dort hin und wartete auf die Ankunft der beiden. Ein Foto von der hübschen Frau half mir bei der Erkennung. Ich saß drei Tische weiter, als ihr mit Blick auf den See zu Abend speistet. Der junge Deutsche war mir auf Anhieb

sympathisch. Mein Auftrag war nur, den Verlauf der Reise zu beschreiben, in allen Einzelheiten, und dabei darauf zu achten, ob die beiden, ...wie soll ich sagen?" Ich schaue sie ungläubig an, „...ob die beiden sexuelle Enthaltsamkeit übten."
„Das ist ja die Höhe", bringe ich nur hervor.
„Nun, das war wohl auch nicht so einfach, fand ich, vor allem nach dem irren Tanz, den ich in der Hotelbar zu sehen bekam. Ich fand das ganz stark. Und dabei wuchs meine Sympathie für dich, mein Schatz." Sie fasst mich am Knie, und ich weise die Hand zurück: „Erzähl weiter!"
„Nachts unterm Sternenhimmel im Hotelgarten war ich dann ganz nah bei dir. Du hast geträumt, eine ganze Weile lang. Dann musste ich schnell weghuschen, weil du plötzlich zu deinem Zimmer zurückgingst. Ich hatte mich vielleicht fünf Schritte von dir entfernt ins Gras gesetzt, konnte deinen Atem hören. Du bist so schnell aufgestanden, dass du in der Dunkelheit fast über mich gestolpert wärst."
Ich sehe sie nur an. Jetzt wird mir einiges klar. Und ich hatte geglaubt, Noami wäre noch in dem dunklen Garten unterwegs gewesen.
„Ich war vor euch bei Noamis Tante im Kibbuz auf dem Golan. Sie wusste von meinem Auftrag, und von ihr erfuhr ich noch vor dem Mittagessen, dass ihr noch zum Kibbuz Hagoshrim fahren würdet. Dort hatte ich ein Zimmer neben deinem und hörte, wie du schon früh schlafen gingst. Am anderen Tag fuhr ich kurz nach euch ab und folgte dem alten Ford. Der Job war leicht und machte Spaß. Ich stand auf der Jordanbrücke und schoss ein Foto, als du ins Wasser fielst. Auf dem Berg der Seligpreisungen stand ich hinter dem Busch und am Grab Moshe Dajans hinter einem Baum. Auch dort schoss ich interessante Belegfotos für meinen Auftraggeber."
„Du hast Fotos von uns geliefert? Kommst du dir nicht ganz furchtbar schmutzig und schäbig vor, ahnungslose Menschen zu beschatten im Dienste eigenwilliger Motive potenter Geldgeber?"
„Ich weiß nicht, was du willst!" entrüstet sie sich nun, „du bist wohl ein wenig weltfremd? Es gibt Millionen Detekteien

auf der Welt, die nichts anderes betreiben als das Geschäft mit der Eifersucht! Betrogene Ehemänner, die ihren Frauen auf die Schliche kommen wollen, Frauen, die ihren Partnern misstrauen, Väter, die wissen wollen, mit wem ihre Kinder verkehren, Erbonkel, die den Lebenswandel ihrer potenziellen Erben kontrollieren, Firmen, die ihre Mitarbeiter auf Treue und Rechtschaffenheit hin überprüfen. Und es gibt noch tausend andere Gründe, eine Agentur zu beauftragen. Der Job ist nicht ehrenrührig, mein Schatz, nur weil du gerade mal zum Beschattungsobjekt geworden bist! Ich finde, du könntest dich freuen, dass ich dir diese Informationen gebe, was normalerweise nicht drin ist. Ich riskiere ganz gewaltig diesen Job. Aber ich meine, du hast es verdient zu wissen, mit wem du es zu tun hast. Deine allerliebste Noami, in die du dich offensichtlich ganz gehörig verknallt hast, ist nämlich nicht so ganz ohne!"

„Wie bitte?" Ich starre sie mit offenen Augen an. Will sie nun auch noch meinen Engel in den Dreck ziehen?

„Du glaubst wohl, sie sei so ahnungslos und naiv wie du?" Silvia lacht, und sie sieht verdammt hübsch aus mit ihren Grübchen und den blauen Augen, die mich, wie mir scheint, verliebt anstrahlen.

Tue ich ihr Unrecht in meiner blinden Liebe zu Noami, gibt es vielleicht noch weitere Hintergründe, die Silvia mir zu offenbaren vermag? Muss ich ihr am Ende noch dankbar sein? Was sollte sie sonst dazu bewegen, sich mir zu outen? Sie ist nicht nur eine hervorragende Köchin, hat mir eine bezaubernde Liebesnacht geschenkt, nein, sie offenbart mir nun auch noch ihr Geschick als verdeckte Agentin. Eine bewundernswerte Frau!

„Willst du damit sagen, dass Noami von den Aktivitäten ihres Vaters wusste?" will ich es nun wissen.

„So kann man das nicht sagen", entgegnet sie. „Mein Auftrag war zunächst erfüllt, als ich euch auf der Rundreise in den Norden des Landes begleitet hatte. Vom Moshaw Nahalal aus fuhr ich geradewegs zu meiner Agentur in Jerusalem zurück. Mir war klar, dass sie jetzt am Freitag zu ihrer Familie zurückkehren würde. Wenig später, wahrscheinlich noch vor eurer Rückkehr, hatte der Auftraggeber eine Depesche mit dem Bericht und den Fotos."

Die Stewardess serviert ein Getränk. Ich brauche jetzt etwas für meinen nervösen Magen und zugleich etwas gegen die Hitze in meinem Kopf. Ich nehme einen Campari mit Eis, Silvia schließt sich meiner Wahl an.

„Ich habe geglaubt, den netten Kerl, der sich da ziemlich hoffnungslos in die Tochter eines israelischen Politikers verknallt hat, sehe ich nicht wieder. Eigentlich schade, fand ich, er hat sich die falsche Frau ausgesucht. Aber das lag nicht in meiner Zuständigkeit."

„Wie kannst du das beurteilen?"

Es will mich erneut erregen, mit welchem Hochmut, welcher Überheblichkeit sie über meine Beziehung zu Noami urteilt. Aber der Drink tut schon seine Wirkung. Mir wird etwas wohler, mir dürstet nun nach der ganzen Wahrheit.

„Erst ein paar Tage später", fährt sie fort, „als der Klient meiner Agentur einen Hinweis erhalten hatte, dass du dich an die Deutsche Botschaft gewandt hattest, begann der zweite Teil meines Auftrages. Offenbar, so stellte sich nun heraus, ging es nicht nur um die väterliche Sorge, mit wem die Tochter verkehrt und ob sie Keuschheit bewahrt. Inzwischen hatte ein Kollege dich in der palästinensischen Universität beobachtet. Ich erfuhr, dass du Verbindungen zu Terroristen haben solltest. Ich konnte das nicht glauben. Du wirktest auf mich so, verzeih, so unschuldig, beinahe etwas naiv. Aber gerade diese jugendliche Unbekümmertheit bei einem erwachsenen Mann, die Offenheit, mit der du an die Welt herangehst, macht dich mir so lieb."

„Vielen Dank für diese schmeichelhafte Einschätzung", entgegne ich etwas düpiert. Doch sie fährt gleich fort: „Mein Wohnsitz ist, wie du weißt, in Jericho. Von dort aus operiere ich, und mein Hauptjob ist der Journalismus. Ich hatte gerade einen Bericht über die Stimmung in den autonomen Gebieten nach den Selbstmordattentaten abgesetzt, als ich von der Agentur die Nachricht bekam, du würdest mit zwei Freunden in Richtung Jericho fahren. Ich sollte versuchen, mich dir erneut an die Fersen zu heften. Das war noch möglich, weil du mich noch nicht kanntest, denn du hattest mich zuvor noch nicht bewusst wahrgenommen. Ich kam an diesem Tag durch die israelische Kontrolle und so habe ich dich in dem Kleinbus, der mir beschrieben worden war, an der Abzweigung von Jerusalem zum Toten Meer abgepasst und bin euch nach Qumran gefolgt."

„Ach nee, dort warst du auch?"

„Ich war nicht die einzige. Ganz offensichtlich hatte noch ein junger Agent Interesse an dir. Ich vermute, es war ein Mitarbeiter des Schabak, des israelischen Geheimdienstes, der euch in seinem Wagen folgte. Ich traf ihn später stets in eurer Reichweite. Ich stand wie er mit den amerikanischen Touristen bei dem Aussichtspunkt gegenüber der Höhlen, als ihr vis-à-vis herumzuklettern versuchtet. Danach saß ich an einem Nachbartisch zwischen Argentiniern im Restaurant, wo ich eure Unterhaltung über die Essener etwas besser als er mitbekam, da es mir gelungen war, etwas näher an euren Tisch zu gelangen."

Sie greift wieder meinen Arm, ich lasse es nun seltsamerweise geschehen, und fährt fort: „Anfangs warst du mir völlig egal. Es war ein Auftrag wie viele zuvor. Du warst ein Beschattungsobjekt, über das es zu berichten galt. Doch als es nach der Rundreise im Norden erneut losging, freute ich mich direkt auf jedes Wiedersehen. Dein Entschluss, nach Jericho zu kommen, brachte mich dann in höchsten Alarmzustand. Schnell räumte ich mein Zimmer auf und traf Vorkehrungen. Es war auch noch mein Geburtstag. Wenn das kein gutes Omen war! Ich hatte die Nacht über an einem Bericht gearbeitet, als die Agentur mir dein Auto durchgab. Ich sollte dir sofort entgegenfahren. Ich passte dich kurz hinter dem Kontrollpunkt ab und fuhr dir zur Deutschen Vertretung hinterher. Ich musste nicht lange warten und konnte dir zum Ausgrabungsgelände folgen. Dort, mein Schatz, habe ich den Pfad meines Auftrages, die Regeln, an die jeder Agent sich zu halten hat, eigenmächtig und sträflich verlassen. Ich vertraute nur meiner eigenen inneren Stimme und sprach dich an. Es ist eigentlich unmöglich für eine verdeckt arbeitende Agentin, so etwas zu tun. Alle weitere Verwendbarkeit ist infrage gestellt, wenn man die Anonymität dem Objekt gegenüber verlässt. Aber das war mir egal. Ich wollte dich wirklich kennenlernen."

„Du willst sagen, du bist mir nicht im Sinne deines Auftraggebers entgegengetreten? Du hast mich aus eigenem Interesse angesprochen?"

„Nun, du darfst nicht vergessen, dass ich dich schon gut kannte. Ich bin oft sehr einsam in dem Leben, das ich wählte."

Sie schaut mich mit verliebten Augen an und fährt fort: „Du bist so ungeheuer sensibel, Joachim. Du hast etwas, worauf ich lange gewartet habe. Das wurde mir schon am See Genezareth klar. Ich habe es zuerst verdrängt. Dann auf der Bank am Tel Jericho, als du von den Menschen sprachst, die dort lebten, merkte ich es wieder: Du bist es, den ich schon so lange suchte. Du bist ein Freund."

Soll ich mir diese unglaubliche Geschichte weiter anhören? Soll ich etwa ihr vertrauen, die mich schon einmal verführte und dann fallen ließ wie eine heiße Kartoffel? Zugegeben, es war mir ja nicht unangenehm. In Be'er Sheva war mir zudem aufgegangen, dass ich dabei in meiner eigenen Einsamkeit nur an Eva gedacht hatte. Diese Erkenntnis hatte mir doch schließlich geholfen, meinerseits die innere Trennung von Eva zu vollziehen. Soll ich ihr glauben, was sie mir da erzählt? Die Abläufe, die sie schildert, klingen ganz plausibel. Doch sie ist eine geschickte Agentin. Sie arbeitet, das ist unumstößlich wahr, im Auftrage David Rosenbaums, eines Mannes, der mit allen Wassern gewaschen ist und mich um jeden Preis von seiner Tochter trennen will.

„Es liegt im Interesse deines Auftraggebers, mich von seiner Tochter fernzuhalten", sage ich ihr offen ins Gesicht.

Die Stewardessen servieren Schellfisch auf Rosinenreis.

„Oh nein", entgegnet sie energisch, „so kannst du das nicht sehen! Ich bin nicht in seinem Auftrag mit dir in Verbindung getreten. Das Doppelspiel wurde von mir begonnen! Ich bin diesen Job, der mir zwar ein annehmbares Einkommen sichert, aber auf Dauer nicht befriedigt, ja so leid! Ich wollte längst nach Deutschland zurückkehren, um in einer Redaktion zu arbeiten. Ich komme in die Jahre, wo ein Sesshaftwerden in geordneten Verhältnissen nicht zu verachten ist."

Sie gibt das Essen unangetastet zurück, behält nur den Nachtisch und den Kaffeebecher. Ihre Augen haben einen verklärten Blick bekommen, und sie fährt fort: „Joachim, ich habe Sehnsucht nach Geborgenheit, nach echter Freundschaft in dieser Welt voll Hass und Einsamkeit."

„So hast du mich nicht im Dienste David Rosenbaums verführt? Willst du mir das weismachen?"

„Nein und absolut nein! Ich wusste von den Sperrungen, die gerade in diesen Tagen alles vollkommen abgedichtet haben. Ich folgte dir aus Jericho in der Hoffnung, du würdest die Stadt nicht verlassen können. Ich habe gebetet, und mein Gebet wurde erhört. So fuhr ich auch wieder in die Stadt zurück."

„Dann war auch dein Gang zum Markt kein Zufall?"

„Nein, natürlich nicht. Es gibt keinem Zufall im Leben!"

„Aber unsere Nacht in deinem Bett hast du an Noamis Vater verraten?"

„Nein, wo denkst du hin!"

Ich lehne mich zurück. Auch ich denke jetzt nicht an Essen. Soll ich auch nur den Nachtisch behalten?

Noami ist es, die ich will! Ihr habe ich meine Seele verschrieben. Für unsere Beziehung habe ich mich endgültig von Eva gelöst. Sie ist es, die mich verzaubert hat wie nie eine Frau zuvor. Bei ihr bin ich im Wort, und wir haben von Anfang an gewusst, dass es Widerstände geben wird. Dem wollten wir uns stellen, und so soll es bleiben!

„Was du mir sagst, ist schmeichelhaft für mich", sage ich nach einer Weile.

„Es ist die Wahrheit", entgegnet sie.

„Wer hat deinen Flug bezahlt?" frage ich einer Eingebung folgend. Sie schweigt.

„Wer hat dafür gesorgt, dass du neben mir einen Platz bekommst?" Sie schweigt.

„Du weißt so gut wie ich, wer ein Interesse daran hat, mich

an eine andere Frau zu bringen."

„Ich denke, dass es eine Bestimmung gibt, wenn der richtige Partner kommt in unserem Leben."

Sie schaut mich aus ihren blauen Augen an. Ich weiche dem Blick aus, sage: „Wir müssen uns selbst entscheiden, sonst sind wir nur Spielball der Verhältnisse. Auf dieser Reise habe ich vor allem erfahren, dass es auf unsere bewussten Entscheidungen ankommt."

Und nach einer Pause füge ich hinzu: „Liebe Silvia, du bist ein Schatz, das spüre ich deutlich. Ich danke dir auch für die Offenheit, mit der du mir diese unglaubliche Agentenstory erzählt hast. Aber ich muss dich enttäuschen. Ich bin bereits anders entschieden."

„So willst du wirklich weiter diesem Trugbild nachlaufen?"

Sie ist hoch erregt, springt auf und geht nun ihrerseits den Weg zur Bordtoilette.

Die Stewardess kommt vorbei, ich reiche ihr beide Desserts zurück und lasse zwei Becher Kaffee einschenken.

Als Silvia nach Minuten zurückkehrt, hat sich ihr Ausdruck gewandelt. Sie wirkt kalt und hat einen Hauch von Verbissenheit. Ihr Hals scheint sich zu krampfen, die Schultern sind deutlich verspannt. Als sie sich setzt, nehme ich wieder ihr aufdringliches Parfüm wahr. Doch jetzt bin ich immun, auch hat sich mein Magen stabilisiert.

Ist Moschus nicht das Drüsensekret eines geweihlosen Hirsches, Amber die Darmausscheidung des Pottwals?

„Dein Engel ist nicht so unschuldig, wie du denkst", beginnt sie ihren neuen Text.

Jetzt, da ich wieder ganz sicher bin, gefeit gegen Versuchungen dieser Art, harre ich voll Ruhe der neuen Enthüllungen, die da kommen mögen.

Auch Noami, da bin ich ganz gewiss, wird sich derzeit einiger Diffamierungen und Verleumdungen erwehren müssen. Ob das Videoband mit der Verlobungsgeschichte schon auf dem Weg zu ihr ist?

„Du wirst von ihr schamlos betrogen, noch bevor sie dich aus den Augen verloren hat."

Aha, es ist das gleiche Muster, das man auch bei Noami anwenden wird!

„In Hagoshrim hat sie dich bei dem Alten gelassen und ist schnurstracks zu ihrem Geliebten gegangen!"

Einen solchen Unsinn mir weismachen zu wollen!

„Ein blendend aussehender junger Mann, der sie mit Kuss empfangen hat!" Sie zieht ein Foto aus ihrer Handtasche, will es mir herüberreichen. Ich werfe nur einen flüchtigen Blick, lehne dankend ab.

„Dann sind sie in seiner Wohnung verschwunden. Als sie nach einer Stunde wieder herauskam, wirkte sie deutlich entspannt und gelöst."

„Du hast eine schmutzige Fantasie", sage ich nur, „du tust mir leid, denn offenbar verdirbt dein Nebenjob den Charakter.»

Dumpf dröhnen die Motoren. Ich lehne mich im Sessel zurück. Bald bin ich in jenen zeitlosen Zustand entrückt, der Abstand schafft und viele Wunden zu heilen vermag. Ich träume, Eva stünde am Flughafen, von David Rosenbaum dorthin beordert, um mich abzuholen.

Aus unserem Verlagsprogramm

Der Voyeur ist ein Mensch, der die Welt mit den Augen aufnimmt, schweigt und zuschaut, der seine Lust versteckt und allenfalls im Verborgenen lebt.
Gerd Stange erzählt die Geschichte von Karlchen, der im Gefängnis sitzt und versuchen will zu verstehen, wie er dorthin geraten ist. Karlchen wächst in den prüden 50er Jahren auf. Sein Aufwachen beginnt mit der Studentenrevolte 1967.
Eva, eine junge Studentin, ist die erste Frau, die er wagt zu lieben und nicht nur zu betrachten.

Sie lässt sich auf ihn ein, obwohl sie in einer Beziehung steckt. Karlchen muss erfahren, dass Befreiung mehr als eine Frage des Intellekts ist. Sein Körper, seine Sexualität und Liebesfähigkeit, auch sein Wunsch nach Identität als Mann bleiben gefangen in seinen Leistungsdevisen, Tabus und Zweideutigkeiten. Die Begegnung mit Eva führt zu einer Zerreißprobe, der Karlchen nicht gewachsen ist.